全面破译西藏神话本源的当代游侠式探险小说

全面破译西藏神话本源的当代游侠式探险小说

伏藏

第1卷

雪域谜藏

飞天 ◉ 作品

九州出版社
JIUZHOUPRESS

图书在版编目（CIP）数据

伏藏.雪域谜藏 / 飞天著. — 北京：九州出版社，2010.5

ISBN 978-7-5108-0451-9

Ⅰ. ①伏… Ⅱ. ①飞… Ⅲ. ①长篇小说－中国－当代 Ⅳ. ①I247.5

中国版本图书馆CIP数据核字（2010）第 062368 号

伏藏.雪域谜藏

作　　者	飞　天　著
出版发行	九州出版社
出 版 人	徐尚定
地　　址	北京市西城区阜外大街甲35号（100037）
发行电话	（010）68992190/2/3/5/6
网　　址	www.jiuzhoupress.com
电子邮箱	jiuzhou@jiuzhoupress.com
印　　刷	三河市祥达印装厂
开　　本	710毫米×1000毫米　16开
印　　张	17.5
字　　数	260千字
版　　次	2010年5月第1版
印　　次	2010年5月第1次印刷
书　　号	ISBN 978-7-5108-0451-9
定　　价	28.00元

雪域谜藏·目录

第一部
冰河山谷

第二部
山高水恶

雪域谜藏·目录

第三部
藏地之神

雪域谜藏

［序］

伏藏，是指苯教和藏传佛教徒在他们信仰的宗教受到劫难时暂时藏匿、日后重新挖掘出来的经典，分为书藏、圣物藏和识藏。

书藏即指经书；圣物藏指法器、高僧大德的遗物等；而最为神奇的识藏，是指埋藏在人们意识深处的伏藏。

据说当某种经典、咒文或史诗在遇到灾难无法流传下去时，就由神灵授藏在某人的意识深处，以免失传。当有了再传条件时，在某种神秘力量启示下，被授藏经文的人就能将其诵出或记录成文，这一现象就是伏藏之谜。具体到传承这些神秘事物的人，被命名为“伏藏师”。

著名的、长达百万句的世界第一史诗《格萨尔王》就是用这种方式流传千年至今。在藏区里，很多完全不识字的文盲孩子，一觉醒来或是大病愈后，就能流利地背诵几百万字的长篇史诗，这种现象并不是传说，而已是中外皆知，却没人能够科学地做出合理解释。

在漫长的藏传佛教传承历史中，从千年前的莲华生大师直到现在，“伏藏”这一真实现象连续不断地显现在人们的面前。比如桑杰喇嘛至德庆岭巴之间就有百余名伏藏大师出现，公珠仁波切将他们献出的伏藏经典汇总为《大宝伏藏》，已由德格印经院和美国、英国等西欧国家的一些著名出版商正式发行。

我的叔叔，被江湖朋友尊称为“十三省盗墓王”的陈沧海，也对千年雪域、藏地高原有着无比浓厚的兴趣。在他浅水湾别墅书房里堆满了与藏地神秘事件有关的典籍，纵观野人之谜、红雪之谜、巫师之谜、虹化之谜、珠峰旗云、象雄之谜、说唱艺人、古格之谜、伏藏之谜、香巴拉之谜这举世瞩目的十种神秘事件，叔叔却偏对名列第九的“伏藏之谜”格外重视。

很可惜，他还没来得及向我解释其中的奥秘，便仓促遇害离世，只留了一段断断续续的话："钥匙……保险箱……日记……进藏……伏藏……"

严格地讲，这不能称为一句话，顶多说就是几个词语，但我能依次联想，勾勒出一幅行动路线图：找到钥匙、打开保险箱、拿到日记、进入西藏……然后呢？去寻找什么，找什么人，还是……

当我从尼泊尔加德满都北上之后，接踵而来的诡异变化，突然将伏藏之谜、伏藏师这两样神秘事物拉近到我身边，在我眼前展开了一幅幅波诡云谲的藏地风云图画。甚至连吐蕃王松赞干布和大唐文成公主当年未能完成的《西藏镇魔图》大业也一起压在我肩膀上。

终于，我向着错综复杂的谜题迈出了最后一步，而我叔叔"大伏藏师"的身份呼之欲出，他用毕生心血维护在脑海中的"镇魔"任务，也逐渐经冥冥之中的精神传递，重新清晰地浮现在我脑海里，唤醒了与生俱来的"伏藏师"记忆。

伏藏师与三眼族魔女，这两方不共戴天、水火不容的千年宿敌，终于在二十一世纪的藏地再次相遇，开始了最终的那一场石破天惊的厮杀……

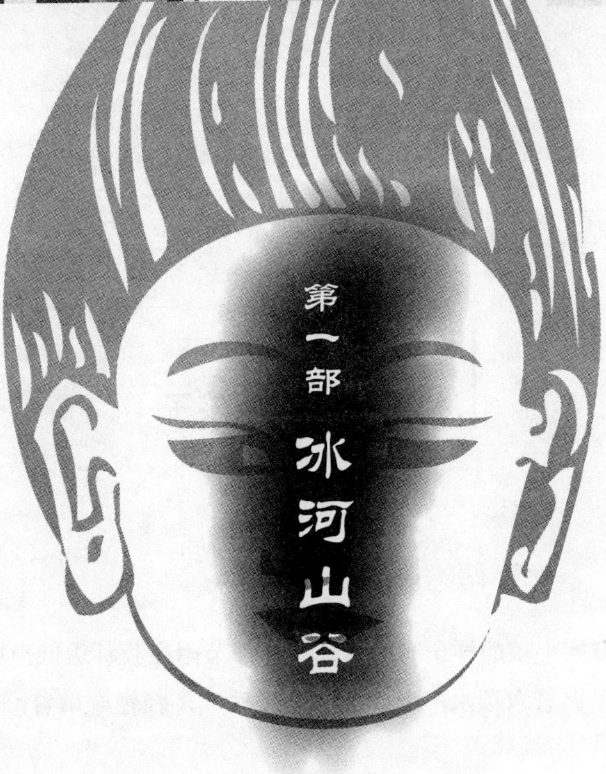

第一部 冰河山谷

第一章
冰河中打坐的孩子

“我看那藏族小孩的样子有些古怪！”邵节附在我耳边低声说。

他的掌心里握着六颗永不离手的“脑顶珠”，轻轻摩挲着，发出阵阵轻微的沙沙响声。

“我知道。”我皱着眉点点头，紧了紧皮衣领子，凝视着那个赤脚站在冰河里的小孩。

那是一个约摸有八九岁的孩子，穿一件脏兮兮的皮袍，用一条皮绳胡乱地在腰间扎住，半敞着衣领，露出脖子上那一圈一圈的灰色污垢，也不知道多久没洗澡了。冰河里的水来自雪山深处，虽然清浅但却冷冽逼人，连我这种身怀内功的人都不敢大意，而那小孩却简简单单地赤足踏在水里，任冰冷的河水哗哗流过膝盖。

哗的一声，邵节把黑白两面的扁圆形脑顶珠撒在左手掌心里，只瞥了一眼即刻握住，沉吟不语。

“老邵，是什么卦？”裹着加厚黑熊皮大衣的司马镜从帐篷里钻出来。

邵节脸色阴沉地摇摇头：“坤卦，至阴至寒、九死一生之相。司马，这地方有些邪门，咱们明天一早就赶紧动身赶去大昭寺那边，重新寻找与老陈死因相关的线索。入山以来，我还没占到一次好卦，次次都是穷困潦倒、四面楚歌的卦象，这不是什么好现象。”

邵节是港岛易学世家邵氏派的正宗传人，与大风水师司马镜一样，都是我叔叔陈沧海的结拜兄弟。两个月前，叔叔在港岛浅水湾区的别墅里遭遇命案惨死时，他们都陪在我的身边，并且为叔父的葬礼出钱出力，费心不少。

“嘿嘿。”司马镜向着冰河来处的雪山眺望着，冷笑几声，表示对邵节的话并不赞同。

此刻我们是在西藏南面的一条无名峡谷中，借宿于一家山民的石屋边。根据叔叔十九次进藏后绘制的地图显示，直线向北翻过三条山脊就能到达拉萨外围的正常道路，然后租用车辆，于二十四小时内抵达大昭寺。

我合上手中的日记本，低声告诉邵节：“我去看看，请两位注意另一伙借宿的人，特别是那个叫‘夏雪’的女孩。”

邵节、司马镜同时一笑，向石屋右后方的五顶帐篷望了望。那里住着同样来自港岛的三名旅行者，一女两男，自称是港岛恒隆财团旗下一家运动杂志的记者，这次选择偏僻路线进藏，是在为一个雪山滑降的专题搜集资料。

这并不是一个很有说服力的理由，特别是那个披着长头发的女孩子，肌肤如雪，一看便知道不是长期从事户外运动的人。

我走下石屋前的斜坡，再向前走五十步，就到了满布鹅卵石的冰河边。

“喂，小兄弟，水凉不凉啊？”我冲那个面向雪山的男孩子打招呼，一尾小白鱼刺啦一声跃出水面，细白的鳞在夕阳下闪着亮光。

他没有理我，双手自然垂着，挺胸昂头静静地注视着雪山，如老僧入定一般。这时又有一尾鱼跳起来，我俯身一捞把它握在掌心，鱼身上带来的寒气立刻凉透了我半条手臂。

水真的很冰凉！这男孩也不知道练过什么功夫，竟然能长时间地抵御寒气袭击？我心中暗想。要知道，即使是最强壮的藏民也不敢轻视冰河的威力，因为寒气一旦循着双脚、双腿上的筋络、骨缝一直逆袭上来，轻则患上最难根治的风湿性关节炎，严重的时候更会令心脏瞬间麻痹而死。

“好漂亮的鱼呀，陈先生真是好身手！”一个清脆的声音传来，那个自称“夏雪”的女孩穿着一身白色的运动装从侧面走过来，乌黑的长发披散在肩上，一副硕大的防眩墨镜戴在脸上遮住双眼，更突出她那小巧的鼻子、艳红的嘴唇，构成了雪山下的一幅最美的画卷。

“那就送给夏小姐吧。”我站起身，双手托着鱼，不苟言笑地递给她。

我要邵节、司马镜两人注意夏雪，并非是见美女而生爱慕之心，而是时刻警惕有人跟踪，对我们不利。据黑道大行家们的统计资料显示，每年进藏的游客中间，四成以上是为“寻宝”而来，其中不乏专职“黑吃黑”的人物。在这种荒山野岭之间，要想活得更长久一些，最好把任何陌路人都假想成敌人，睡觉时都要睁着一只眼睛。

“多谢多谢。”夏雪妩媚地笑着，甩了甩头发，将眼镜推到头顶去，露出一双神采飞扬的大眼睛。她接过鱼，叹了一声，马上蹲下身把它放回河里，嘴角噙着一缕顽皮的微笑。

我们的对话惊动了那个男孩，他转过脸向我望了望，然后拔腿向前走。溯流而上，踢起了无数亮晶晶的水花。

“鱼，可以等到无粮可吃的时候再拿来果腹，因为接下来我们可能会被困在这里几天甚至十几天……我刚刚接到卫星电话消息，藏南地区有大范围、高密度的降雪，其中还夹杂着冰雨，提醒旅行者早作打算。陈先生，我的同事背包里带着麻将，不嫌冒昧的话，你过来打几圈可好？”夏雪抄水洗手，马上冷得咝咝连声吸气，忙不迭地在袖子上擦手，然后插进口袋里取暖。

我摇摇头，麻将是华人的“国粹”，在港岛普及率也极高，但我向来远离赌博，从小到大从没摸过这种东西。

仿佛是为了印证夏雪的话，司马镜在远处高声叫我：“陈风，卫星电话提醒，未来三天有暴风雪和冰雨袭击，我们必须得在这里多耽搁几天。”

坏天气、高山反应、水土不服是进藏者必定会遭遇的三大难题，所以我并不为此而担心。

“怎么，不肯赏光吗？”夏雪扬了扬眉，黑白分明的眸子一转，眼里波光脉脉。

“我从不打麻将，抱歉，失陪一下。”那男孩已经走远，我脑子里灵光一闪，忽然起了追上去的念头，而且正好能摆脱夏雪，也免得和她再多纠缠。她的美亦是一种非常厉害的武器，会让失去戒心的男人吐露实情。很可惜，这一招对我无效。

我沿着冰河上行，脚下的鹅卵石直径越来越大，空气中寒气也越来越重。大约十多分钟后，远远的，那男孩又出现在我视线里。他仍旧站在没过膝盖的冰河中央，双臂举过头顶，向着正西静默地肃立着。

夕阳落下，暮色笼罩过来的速度极快，几分钟内，四周的山石、杂树轮廓便模糊起来。我又接近了点，冷静地掩身在一块大石头后面紧盯着他。西藏雪域高原是佛的国度，佛教影响无处不在，藏族聚居区基本达到了全民信教、佛教教义家喻户晓的地步，藏民一出生就受到宗教气氛的熏陶，没学会吃饭就要先学会诚心祈祷。

我以为他只是在做寻常地静听、祈祷，还没有向更深层次去想，自己无意识地向身下的巨石垂下目光时，发现上面竟然绘着无数的奇怪图画。我的腹部就压着一大块线条粗粝的黑色图形，像是条蜷缩成一团的巨蛇，蛇头蜿蜒向上，连接着一个细长的瓶颈。

“那是什么？”我无声无息地挪动身子，看到大蛇两侧绘着两条粗壮的手臂，但那可能不是人的手臂，因为手背上长着密密叠叠的鳞片，像非洲鳄鱼或者巴拿马乌龟的脚爪一样。此外，凡是目光到处都是一行行纵横交错的藏文，写满了石头的这一面。如果不是怕惊动那孩子的话，我真恨不得立刻爬到石头的另一面去，看看那边还绘着什么。

再抬头看河心，顿时吃了一惊，那孩子的身影不见了，只有泛着白花的河水淙淙流淌着。

我心里一急，嗖地弹身而起站在大石头顶上。冰河两岸五十步之内全都是鹅卵石河滩，没有藏身之处，所以能够断定他还没离远。当我赶到河边时却发现，他整个人都浸趴在河底，摆开“五体投地”大礼的姿势，任由河水冲刷。

“一种诡异的祈祷方式？”我松了口气，不想再作隐蔽，安安稳稳地站在河边等他祈祷结束。

长期的游侠探险生活，让我学会了“泰山崩于前而不变色”的习惯，无论他做出何等惊世骇俗的举动我都能理解，因为西藏本来就是一个多谜、多怪、多异的神秘之地，要是处处见怪、处处惊叫的话，进藏三天，自己的下巴就要掉下来了。

他在水底潜伏了约三分钟，然后水淋淋地站起来，旁若无人地盘膝打坐，仰首向天，胸部以下全部没在水里。

这一幕令我实实在在地吃了一惊，右手马上探入裤袋里，抓住我那本从不离身的日记本，脑子里默想着第五十五页上的一幅铅笔绘画。那幅画上也有一个人五心向天，打坐在一条河里，远处的背景亦是一眼望不到边的雪山。

暮色渐深，远方的山影已经与天空融为一体，但眼前的一幕就是那幅画活生生的翻版。唯一不同的是，画中人是名穿着藏袍的秃头僧侣，而眼前却是一个神神秘秘的未成年男孩。当他在水中浸泡时，身上的袍子肯定是被冰水浸透了，周身寒气逼人的状况下还能安然打坐，这已经非我能及。

更远的山谷中，阵阵寒风急劲地吹来，蓦地传来几声凄厉的狼嗥，令人不寒而栗。

“喂，小兄弟，该回去了，要不要帮忙？”我忍不住出声提醒。他所做的一切，十足是藏教苦行僧在用皮肉之苦来磨砺自己，但他目前还仅仅是个不满十岁的孩子啊！

他沉默地浸在水里，又过了十几分钟才缓缓站起，展开双臂，向前做了一个九十度的深深鞠躬，然后转身趟着河水走回去。

我惦记着那块大石头上的画，等到那孩子走出一段距离后，才急急地赶到石头边，点亮打火机。石头的另一面，绘着的是与藏民生活密切相关的“嗡、嘛、呢、叭、咪、吽”六字真言。

资料记载，这六字真言源于印度梵语，为秘宗莲花部的根本真言，在佛教徒心中具有崇高的神圣感和无可比拟的魔力。“嗡”表示“佛部心”，“嘛呢”表示“如意宝”，“叭咪”表示“莲花部心”，“吽”表示“金刚部心”。所有的藏民笃信，只要持之以恒地反复诵念六字真言，便能得到佛的加持和庇佑，最后功得圆满，解脱轮回之苦，达到成佛的理想彼岸。

六个字都有脸盆大小，是用粗糙的炭笔所写，笔画稚嫩至极。我马上联想到，字与画正是这个沉默的男孩子留下的，而在冰河里赤裸着双脚、五体投地、磕等身头亦是为了某种奇特的信仰。

我默念着这六字真言，缓步转到石头另一面去，仔细地观察着那幅画。那是一只瘦长的白色瓶子，蜷缩的蛇是瓶身上的饰物，旁边两只从半空垂落下来的手臂，似乎并未完成，因为手臂的末端线条模糊，可见绘画者还没有想好如何绘出手臂的拥有者。

围着石头转了三圈之后，我诧异地趴下身子，向石头底下望去。不曾想到的是，石头与地面上的鹅卵石接触的部分也有线条延伸，可见绘画者在石头下面也留下了部分线条，但这块不规则的巨石尺寸约有三米长、两米宽，高度也超过一米，几个壮年人都无法将它翻转，更何况是小孩子？

“他是怎样在石头底下作画的？”我搓着手苦笑。如果不是机缘巧合的话，后来者会以为是藏民们发挥了族群的力量留下了这幅画，绝不会联想到这个小孩子身上。眼前的一切，让我不觉联想到叔叔日记本上留下的“伏藏之谜”那四个字。如果小男孩的记忆中存在某些特殊的闪光点，现在无法言明，只能用稚嫩的笔触描绘出来，岂不正是藏地“伏藏”的一种？既然是“谜”，必定就是繁复难解的，我希望能对他有更多了解，得到更多上天的启迪。

为了不让邵节、司马镜两人担心，我离开巨石，加快了步伐返回。有几次，我隐约觉得背后有人正在不怀好意地窥伺着，那种被凶残兽类死死盯住的感觉让人如芒刺在背，但却无法确定对方藏匿的位置。

我猜得没错，邵节正焦躁地在帐篷前踱着步，一望见我，先遥遥举手示意，等我走近，立刻不满地埋怨：“陈风，一声不响地离开，耽误了这么久，害得我跟司马担心死了。再这样下去，我们就得考虑早早地打道回府，不陪你在藏地雪山上乱闯了！”

他擅长用周易八卦来占卜吉凶，但从尼泊尔北上这段时间里，每一卦都不肯解释给别人听，只是自己看、自己想，然后收卦不语。至于风水师司马镜，更是罗盘深藏，谨言慎行，对一路行来的山川地势、林木石河不加置评，只是抱着卫星电台听新闻解闷。

“进来说吧。”司马镜在大帐篷里招呼，一股烤羊腿的肉香弥散在空气中。这一次我们携带了足够多的食物、清水、装备入藏，做好了持久战的准备，况且不出意外的话，抵达大昭寺外围时，便与提前打前站的人马汇合，结束这趟翻山越岭的苦旅。

我注意到，夏雪那边帐篷里已经传出稀里哗啦的麻将声，而藏民的四间石屋里却静悄悄的，既无灯光也没有人语。

邵节耸耸肩膀，压低了声音：“小孩是趟着水回来的，那对聋哑夫妻一直缩在屋子里，根本没有迎出来。我怀疑，连小孩子也是个天聋地哑，根本听不懂我们要干什么。”

我示意他噤声，弯腰走进帐篷。

值得一提的是，这户藏民家庭是由一对中年男女和那个小男孩组成。我们刚到时就试探过，夫妻俩的确又聋又哑，只是木讷地张着嘴盯着我们看，也不接我们递过去的美金、尼泊尔卢比和人民币，反而欣喜若狂地接受了跟随我们的向导递过去的盐巴、茶叶与白糖。我到他们的石屋里去过，到处烟熏火燎的，在角落里铺着的两张黑糊糊的毡毯既是座位，也是床铺，所有的补给都要靠牵着驴子翻山越岭到几十里外的小村子里去买。

司马镜坐在帐篷的一角，舒舒服服地抱着一只大号保温杯，里面是烫热了的黄酒。

玻璃罩子里的油灯火苗突突跳跃着，映得他右手无名指上的白金胎镶红宝石戒指灼灼闪亮，光彩夺目。他的脸色非常红润，五十多岁的人了，下巴上一点胡楂都没有，过去常被叔叔和邵节取笑为“太监脸”。

“坐，陈风，喝杯酒暖暖身子。出去一趟有什么收获？”他抖了抖肩上披着的皮大衣，惬意地咂了咂嘴，指向面前地毯上那只焦黄喷香的烤羊腿，“在世界屋脊上喝酒吃肉，并非每一个人都有这种机会。来来来，老邵，今朝有酒今朝醉，莫使金樽空对月。喝完酒，咱们两个再手谈一局，总比隔壁那些大呼小叫的麻友们高尚一些吧？”

如此温暖舒适的帐篷的确能令人暂时忘却藏地雪山的寒风和险岭，忘掉前路上的艰辛，但现在不是喝酒享乐的时候。我取出口袋里的日记本，慢慢翻到第五十五页上，展示给他们两个看。

叔叔每次进藏，都会事无巨细地记录下来，形成一本图文并茂的行程日记。这是第十九本，也是最后一本。

“什么意思？”脸型颀长的邵节有些不解。

这本日记在我们三个手中流转了近六个月，其中的关键字句每个人都能背下来，并且所有的图形也已经记在心里。

“僧侣在雪山冰河里沐浴、修行、打坐、净心——不就是如此吗？还有什么值得细细研究的？”司马镜摇摇头，也不理解我的意思。

那幅图画的前一页，写着“伏藏之谜”这四个字，是叔父的亲笔手迹。下面则是用更小的字，对这一西藏特有的名词进行了详尽地解释。

伏藏是指苯教和藏传佛教徒在他们信仰的宗教受到劫难时藏匿起来、等待日后重新挖掘出来的经典，分为书藏、圣物藏和识藏。书藏即指经书；圣物藏指法器、高僧大德的遗物等；识藏则是指当某种经典或咒文在遇到灾难无法流传下去时，就由神灵授藏在某人的意识深处，以免失传。当有了再传条件时，在某种神秘的启示下，被授藏经文的人中有些甚至是不识字的农牧民，他们就能将其诵出或记录成文，这一现象就是伏藏之谜。

叔父特意将这些文字记载在日记里，不知有何意义。

“那是与藏地神秘文化、灵童转世有关的东西，对我们此次的入藏之行意义不大，不是吗？”邵节松了口气，长脸上的纵横皱纹重新舒展开来，并且扫兴地连连摇头，对我郑重其事亮出日记本的行动有些不满。

我把日记本摊开在膝盖上，脑海中默想着小男孩的打坐姿势，不知不觉中，自己也变成了盘膝打坐、五心向天的样子。只不过我的头顶是灰色的帆布帐篷，把天与人隔绝开来。

“有一个人也在冰河中打坐，与叔叔画得一模一样。”我收回思绪，翻过这一页。下面的日记被人连续撕掉了五张纸，把日记本的内容和日期都中断了。再次连接起来，日期已经变成了一周以后，地点则由山谷移动到了拉萨大昭寺。

“谁，那个奇怪的小孩子吗？”邵节一惊，他抢到我身边来，一把抓过笔记本，帐篷里的气氛立时变得凝重起来。

我从自己的背包里取出一叠纸，在上面连续并列写了“五心向天打坐、冰河、孩子、僧人、巨石”几个词语，用铅笔随意地两两连线，想在潜意识中发现它们之间的某种必然联系。

邵节把几页纸翻来覆去地看了几遍，陡然怪叫出声：“陈风、司马，你们那里还有没有沧海兄的照片？拿去给这户藏民看，他们对他一定会有印象，也许能找出些线索来！”

同样的方法我早就想到了，现在，背包的文件夹里就有一张叔叔的六寸生活照片。只是我对这户藏民还没有完全确信，贸然拿照片出去，只怕烧香引得鬼来，受到其他人别有用心的误导。

“怎么？你们不这样认为吗？”邵节再次低叫。

司马镜迅速起身，把帐篷门口半挑的帘幕垂放下来，才压低了声音告诫他：“老邵，别太大声，隔壁那队人马似乎来头不善。大家再低调些、警觉些，免得给人算计了。”

叔叔在世时曾说：“司马镜的为人像极了他老祖先司马懿，行事小心、前瞻后顾，绝不贸然行动。”私下里叔叔曾数次要求我多向司马镜学习，无论何时都要低调地行走江湖，把确保安全放在第一位。

我沉思着点点头，但邵节并不买账，夸张地耸耸肩膀：“那又怎样？咱们三个也都是港岛江湖上的大行家，一个人单挑他们那队人都不成问题。司马，你又犯了畏首畏尾的毛病了，是不是？”

“哈哈哈哈”，一阵大笑声随风而来，伴着稀里哗啦洗牌的巨大动静。

“快听那笑声。”司马镜轻轻剔了剔眉毛，从身边的茶几上拿过望远镜和软布，小心地擦拭着镜头。在雪山旷野中活动，离了高品质的望远镜简直寸步难行，所以我们在临行前特别订制了三架使用正宗蔡司镜头的德国望远镜。

我在“孩子”与“僧人”两词之间划了一个长长的等号，那种奇特的打坐方式前所未见，换成我也会在日记里好好记上一笔。可以这么说，是叔叔亲眼看到有僧人在冰河里打坐，才真实地画在本子上，并非无所事事时的无聊涂鸦。这次我看到的主角则是个未成年孩子。

“不过是中气异常充沛的内家高手罢了，还能有什么？”邵节跟司马镜较劲，故意装出轻蔑的样子。

“我在夏雪其中一个伙伴的手腕上发现了‘七螯天蝎’文身。老邵你是老江湖，当然知道那是苗疆最神秘的炼蛊术门派五花神教的特殊标志。那中年人眼睛里透着十足的邪气，眼底血丝带着蓝汪汪的光芒，嘿嘿，我们都明白，只有五花神教旗下的五行使才能修炼到那种全身血脉变蓝的境界。我虽然无法确定他的身份，却知道对方肯定是五行使之一，与苗疆炼蛊师同行，我们这一次是真的有麻烦了。”擦完了望远镜，司马镜又从贴身衣袋里取出一柄大口径左轮手枪，向左甩开弹仓，倒出子弹，歪着脑袋端详着。

邵节“啊”了一声，瞬间无言以对。

第二章
神鹰会与鹰嘴台

如果天气变坏的话，我会下令队伍暂停前进，腾出时间再次去冰河上游，要邵节、司马镜一起看看那块巨石上的图画。或者，我们沿冰河一起上行，看看它是来自哪里的。苗疆炼蛊师是江湖上人人忌惮的诡异门派，事到如今，我只能抱着“人不犯我、我不犯人”的行事原则，与夏雪一行划清界限。

“陈风，你猜是谁撕掉了沧海兄的日记？我需要你重新确认一下，从保险柜里拿到日记时，那些缺页就不见了吗？”邵节顾左右而言其他，声音也压到最低。

我在纸上添加了“日记缺页”四个字，抬起头，郑重其事地回答：“邵叔、司马叔，我发誓，从没在你们面前说过一句假话。刚刚还有件事没来得及说，冰河上游的一块巨石上，有人用木炭做笔，留下了巨大的六字真言字迹和一幅逼真而潦草的图画。明天，如果天气允许，我们一起过去看看，以二位的江湖经验，也许能探查到一些东西。”

他们是叔叔最好的朋友，并且自告奋勇陪我进藏，查考凶手杀人的动机，所以我没必要瞒着两人。

邵节习惯性地耸肩，像一头乏累了的老牦牛一样喷着鼻息：“沧海怎么会这样不小心呢？以他的武功与经验，谁敢在太岁头上动土？”

司马镜将子弹一粒一粒地装回弹仓，似有意似无意地问：“那画上，都画着些什么？”

我低声回答：“一只白色的瓶子。”

藏民的岩画艺术曾经轰动过全世界，绵延千里的雪山深处，藏着大量未经发现的作品，而我这一次的巧遇或许只是其中的几万分之一。

“看来，明天要有许多事可做了。希望天气不会真的变坏，好让夏雪那队人马提前离去，别跟我们一路同行。陈风，我已经要向导安排好值班人员，今晚大家放心地睡，接下来还有更艰难的路要走呢！”司马镜轻轻打了个哈欠，酒意涌上来，他的双颊和额头都泛起了微微的潮红。

他与邵节似乎有了某种默契，都不再对我离开后的行踪过问，喝酒吃肉完毕后，各自钻进鸭绒睡袋，始终保持沉默。

荒山旷野之夜，风声、狼嗥声不断，处于这种环境里的人类，才能深刻感受到自己是多么渺小。

我吃得很少，脑子里的各种线索错综复杂地交织在一起，一百二十五页日记上的文字和图片此起彼伏地浮现在眼前，朦胧中，仿佛看见叔叔在帐篷里席地而坐、执笔记录的情景。

浅水湾别墅血案发生后，我比警察更早一步到场，叔叔的遗体尚有余温，就倒在电话机旁，手里还握着刚与我通完话的听筒。当时我提聚全身的真气，发动“天魔解体大法”，连点了他胸腹间的七个重穴，激发他体内最后残存的一丝生命力，令他重新睁开眼，但叔叔只是断断续续地说了最后一句话：“钥匙……保险箱……日记……进藏……”

认真说起来，那不是一句话，而是几个词语。

我曾认认真真地把以上几个词写在纸上，然后便勾勒出了一幅他交代给我的行动路线图——找到钥匙、打开保险箱、拿到日记、进入西藏……后面的“转世、复活”是什么意思，就不得而知了。

微型钥匙就藏在他的下唇假牙之中，上面带有港岛汇丰银行的标记，我带着它顺利地开启了银行保险箱，拿回了眼下手边的这册日记。

“进藏之后呢，能够做什么？”我翻了个身，意识渐渐模糊，开始进入了梦乡。

“玛娘纽派（藏语：跟我来吧）、玛娘纽派、玛娘纽派、玛娘纽派……”一个奇怪的声音不知从何处飘来，反复重复着这样的一句藏语，忽高忽低，忽男忽女，像是一个吟游诗人闲极时的无病呻吟。

“到哪里去？”我无意识地呓语着。

“我用身体丈量黑土和大地，我用手指点数白云和蓝天，我攀过悬崖和峭壁，我阅读草原和露珠……”声音变成了一首藏地最常听到的藏语民谣，描述的是藏民们从四面八方赶往拉萨大昭寺磕头朝拜时的情景。

“告诉我，去哪里？”我感觉自己胸口仿佛被大石头压着，逐渐喘不过气来。

“雪山深处，灵魂的永恒栖息之地，就是你所寻找的；护法神的舞蹈，跳动了万年，直到连雪山一起复活。玛娘纽派、玛娘纽派……”那声音变成了动情的呼唤，让我想起了少年时每次放学，叔叔都会站在校门外接我的情景。每一次，我都会甩掉沉甸甸的书包跑向他，因为他是我生命里唯一的亲人。

“叔叔……”我喃喃低语，两颗泪珠涌出眼角，倏地清醒过来。

油灯仍然亮着，邵节和司马镜的鼾声高一声低一声地响着。

“几点钟了？”我想抬手看看腕表，突然发现身子虚弱得像摊烂泥一般，手腕、手指动都不能动。

帐篷外隐隐响起了马嘶，而我与夏雪两队人都没有马匹随行，这荒山里哪来的叫声？

“邵叔，司马叔？”几次翻身未果后，我只能开口叫他们。现在，我发觉空气中飘着淡淡的甜香，稍加分辨后便知道，那是藏边特有的曼陀罗花蕾与千日醉草的种子混合在一起时的味道。千日醉属于一种天然的霸道麻药，人或牲畜误服之后，如同酩酊大醉一样，浑身麻痹，至少要躺上二十四小时才能自解。

马嘶声越来越近，越来越响，一直到了帐篷门外。粗略估计，至少有十几名骑乘者围绕在外面，马匹的鼻息声清晰可闻。

司马镜也醒了，立时惊呼：“糟糕，我不能动了。”

既然帐篷里亮着灯光，外面的人当然会把这里作为第一目标，如果来的是敌人，可就糟了。他曾在临睡前小心地将转轮手枪放在睡袋里，但被迷药波及，根本没有能力拔枪反抗，只能缩在睡袋里，任由宰割。

“帐篷里的人听着，我们是尼泊尔神鹰会的人，只要钱和女人，其他一概不取。你们最好不要反抗，外面有十六支长枪、五柄短枪、二十一柄藏刀等着你们呢。再说，被千日醉算计到的人，最早也得到明天晚上才能活动，你们就别费心思了。在这里，尼泊尔神鹰会是雪山的主宰，你们认命吧。”同样的话分别用中文、英文、藏语、尼泊尔语重复一遍，马贼们里也有许多特殊人才，比如说话的这个，四种语言都说得字正腔圆，丝毫不被山风狼嗥所扰。

尼泊尔神鹰会是尼泊尔与西藏交界地带最强大的一支黑道力量，由尼泊尔叛军与流亡的雇佣兵组成，战斗力颇强，长期盘踞在尼泊尔北部的山洞里，伺机出动作案，来去如风，已经给尼泊尔政府造成了极大的困扰。

女人自然是指夏雪，而两队人所带的行李、粮食、金钱亦是他们的下手目标。当然，遭劫之后的我们唯有选择后撤，待到二次补给后才能从头开始。

邵节也苏醒过来，脸色变得更加难看："怎么会被这群吃人不吐骨头的雪山马贼盯上了？一定是被夏雪他们害的，简直是城门失火、殃及池鱼。"

说归说，我们三个谁都不能动弹，六只眼睛紧盯着帐篷门口。

几分钟后，夏雪的呼救声响起来，伴着马贼们放肆的大笑声。

之前我已经努力地摆动手指，用食指、拇指夹住睡袋的拉链头，发动全部的力气扭动身子，手臂也随之后撤，两根指头都被划破，鲜血洇湿出来。血流得越多，身体所中的毒气危害就会越低，这种自救方式，亦是"天魔解体大法"中的一项。

就算营救不了夏雪，我也得寻机自救，阻止马贼们得手。

"我们先去鹰嘴台，你们五个，留在此地打扫战场，把所有看得上的东西全部扔到马背上。放心放心，我们会等大家聚齐了才对这个美女下手，绝不会抢着尝鲜……"马贼们的嚣张笑声震耳欲聋地响着。

从刚刚他们说的话里判断，外面共有二十一人，大部分骑马，小部分步行。美女夏雪分散了他们的注意力，假如这里仅留五人的话，再给我五分钟时间，我就能解除麻醉，举手投足间让他们死无葬身之地。

十几匹马呼啸而去，听方向，是朝着冰河的上游去的，大概就是去什么"鹰嘴台"。

"你怎么样？"邵节恼火地将牙齿咬得咯咯响，"他妈的向导和值班的人都干什么去了？连个警告都没有，就全部被人放倒了！"

即使是藏地生活经验丰富的向导，面对神鹰会马贼的突袭，也会变得束手无策。我们三个昨晚的心情都很沉重，所以才大意坏事了。

"再需要五分钟，无论如何，要拖住他们。"我全力运功，鲜血早就濡湿了睡袋，一直洇湿到外面。

刺啦一声，帐篷的帘幕被人一刀豁开，一个穿着藏袍的中年男人先探头进来，一眼看见角落里的几个背包，立刻高兴地咧开了干裂的嘴唇，再次挥刀，把帘幕横向割下来。那时，正有五匹精壮结实的河曲马站在外面，不安地抖动着脖子，鼻子里喷出一阵又一阵的白雾。

“只要钱，不要命，你们能听懂吗？”男人用生硬的中文告诉我们。

我的右臂已经能够自由活动了，乘其不备展开袭击的话，得手的把握绝对在九成以上。

男人跨过我的睡袋，俯身抄起了三个背包，挎在左肩上，忽然转身向着司马镜走去。原来，司马镜的右手伸在睡袋外面，无名指上的戒指吸引了马贼的目光。

“喂，这个好东西给我。”他蹲下来，抓住司马镜的手指，用力一撸，戒指立刻易主，“你们的命很重要，我们已经谨遵活佛的教诲，要行善，不可杀生，死后一定会升入天国……”他用藏语自言自语着，粗粝黝黑的脸上毫无表情。

我注意到，他的左腿靴筒里别着一柄藏刀，镶着绿松石的白铜刀柄半露着，正是大好的杀人利器。

这个男人第二次俯身，把剩余的三个背包抄在臂弯里，大步向外走。那些包里，不但有大笔的美、尼、中三国现金，更有我们的身份文件、旅行资料记录本，一旦失去，损失无比重大。

丢失了戒指的司马镜又恼火又窝囊，但这种情况下根本无法发作，只能眼睁睁看着对方离去。

“喂，朋友，你掉东西了。”男人经过我身边时，我轻轻用藏语说道。

“什么？”他果然上当了，下意识低头看着脚下。我要的就是这样一个动手时机，右手从睡袋里抽出来，迅速拔出他的藏刀，掠过他左腿后侧膝盖弯内。那个部位满是筋络与血管，刀锋过处，他的左腿就废了。

看见我能拔刀动手了，邵节、司马镜两人几乎同时欢呼了一声。特别是司马镜，紧接着咬牙切齿地低叫：“宰了他，陈风，直接宰了他，以消我心头之恨！”

那马贼的反应也真是迟钝，足足三秒钟后，才意识到自己的腿遭到重创，高大的身体不由自主地向前跪倒下来，丢下背包，反手拔枪。我不容他有喘息的机会，就地翻滚，刀刃又从他右臂弯里抹过。

藏刀名列中国十大名刀第四名，其锋锐程度足以砍铜削铁，人类的筋肉如何抵挡得住？我虽然没有杀人，两刀下来，却足以令他失去任何反抗能力。

“外面还有四个，小心。”邵节好心地出声提醒。

马贼的手枪已经落在我的手里，满满的一匣子弹，点杀二十名敌人不在话下，何况只是剩余的四人？

出乎意料的是，帐篷里的马贼俯首之时，外面的人也连声惨叫起来。四个人一共叫了十几声，语调越来越惨烈微弱，到了最后便什么都听不到了。我看看表，正好是凌晨三点钟，马贼选取这个时间进攻，正是旅行者睡得最舒的时段，值班者也又累又困，疏于防范。又过了许久，剩余马贼并没有再次钻到我们的帐篷来，答案只有一个，就是他们已经死了，被炼蛊师布置的毒虫所杀。

司马镜倒吸了一口凉气：“五花神教的毒虫，一定是炼蛊师预先布置在营地四周的毒虫起了作用。陈风，一会儿出去，千万小心，别遭到误创。”

江湖有谚：无知者无畏。像邵节、司马镜这样毕生浸淫于江湖的老一辈高手，一行一动都会异常谨慎。

果然，半小时后，我在夏雪他们的帐篷外见到了四名东倒西歪躺着的尼泊尔男人，无一不是脸色漆黑、五官走形。至于杀死他们的蛊虫，早就听从主人的命令返回母体了。

“喂，帐篷里的朋友，我是隔壁同路的，进来看看，请千万手下留情。”我先提前打了声招呼，然后从撕裂的帐篷帘幕中钻进去。与我们一样，他们的帐篷里也是分三个角落摆放着三只睡袋，其中一只是空的，中间被割了一条大口子，显然就是被抓走的夏雪所用。

“陈先生，求你去救救夏小姐，我们感激不尽。”一个躺在帐篷西北角的年轻男人吃力地叫着。他有一双极其英挺的剑眉，虽在中毒的状况下脸色变得一片蜡黄，依旧看得出这是一个风度翩翩的美男子。

另一个中年人缩在睡袋里默不作声，警惕的目光一直在我身上扫来扫去。我没有刻意地打量他们，虽然明知道那就是司马镜说过的五花神教五行使。

“我马上去，等我消息。”只简单地交代了两句，我便退出了帐篷。不管他们什么来路，夏雪有难，我绝不会束手旁观。

我端着两盆冰河冷水回来，浇在邵、司马两人头上，他们的身体渐渐恢复正常。

“看着他，我去救人。”我跨上一匹青色的河曲马，连续拍打驱策，沿着冰河向西追过去。既然邵节他们没事，就先负责管理营地，冒险打斗的事交给我一个人来好了。

从受制的藏族男人嘴里，我知道马贼们要去冰河上游的“鹰嘴台”，河曲马的脚力非常强劲，踏着崎岖不平的鹅卵石河滩前进，步伐异常平稳。

藏地的黎明来得较迟，天亮之前，我有足够的时间接近马贼，然后伺机下手。追出半小时后，我已经过了遍布岩画的巨石，冰河向西北转折，水流收窄，河滩也变得高洼不平起来。远远的，我看到几十支火把照亮了一段深灰色的峭壁，不断有呼哨声、大笑声随风而来，那里想必就是马贼们的聚集地。

我把马牵进侧面的矮树丛，牢牢地拴好，然后悄悄前进，从侧面迂回过去。非万不得已的情况下，我不想开枪杀人，只凭拿到的那柄白铜藏刀就能解决问题。很快，篝火、烤羊、围坐喝酒的粗犷马贼就都映入了我的眼帘。

火把插在离地十余米的地方，那是一个从峭壁上突兀向南伸出的石台，大概就是马贼们口中说的“鹰嘴台”。

旋风般来去劫掠，然后大块吃肉、大瓶喝酒，正是尼泊尔神鹰会马贼的真实写照。他们早就成了尼泊尔边防军心头的一块痼疾，几次进剿，都落得损兵折将的下场。这群人并不是简单的尼泊尔流民、藏南流氓地痞组成的乌合之众，而是有着丰富的单兵作战经验的退伍军人、国际雇佣兵组合，一旦与政府军发生正面冲突，个个都能以一敌百，杀伤力极强。

值得欣慰的是，我一眼便看到被绑缚在一匹马背上的夏雪，身上裹着一件白色的皮大衣，并没有遭到任何侵犯。

“哈哈哈哈……”篝火旁醉醺醺的男人们爆发出一阵狂野大笑，惊动了栖息在岩壁坑凹里的鹰群，发出一阵呜呜哑哑的聒噪声。既然是鹰嘴台，四面自然少不了吃肉的兀鹰、秃鹫之辈。

“那京将军万岁！那京将军万岁！”一个壮汉摇摇晃晃地站起来，举着一支威士忌酒瓶，向着天空胡乱叫喊着。

“那京”二字早就登上了尼泊尔警方和边境防卫军的头号黑名单，在亚洲黑道上更是威震四方，在西藏、印度、尼泊尔交界处的地位不亚于昔日的金三角大毒枭坤沙。所谓的“将军”亦是出于那京本人的自封，与任何政府都扯不上关系。

壮汉的话又引起一阵哄笑，他丢掉酒瓶，转身向我这边走过来，边走便解腰带，看来是喝多了酒要方便一下。

我数过，篝火旁共有十五人，还缺最后一个。他们的长枪都挂在马鞍两侧，身边只有短武器和藏刀，对我的威胁就小多了。

“剩下一人，会不会是去向头领报信？”我不敢轻举妄动，悄声后撤，凝神盯着那个走过来“放水”的马贼。

“喂，大家不要说话了，是那京将军的电话。”壮汉腰间挂着的卫星电话突然响起来，他匆匆束腰，向篝火边的同伙们吼了一嗓子。立刻，哄笑声停了，木柴燃烧时噼啪作响的动静清晰可闻。

“将军，我们就在鹰嘴台下，请指示。”他说的是一口略带西班牙口音的英语，其五官面相也有明显的欧洲人特征。我微微地闭上眼睛，全神贯注地倾听着，依稀听到与他通话的那人亦是用英语讲话，语速平稳，字正腔圆。

“鹰嘴台……开门……护法神，看那些岩画，秘密一定在小孩子身上，一定看好他，别让他消失了。他喜欢画，就继续盯着他画好了，看这小家伙脑子里到底在想些什么？别忘了，好好饲养我的鹰群，每死一只，我就在你背上抽一百鞭，听到了没有？”当我运足内力聆听时，一个极有教养的中年男人的声音稳稳地传入我的耳鼓。很难相信，那就是尼泊尔政府通缉令上的“雪山杀人魔王”那京将军的说话声。

“一定照办，一定照办，我们已经抓到了十几个尼泊尔流民，天一亮就会饲养神鹰，不会让将军失望的。”壮汉连连哈腰点头，左手不停地搔着头顶，对那京将军非常敬畏。

我向篝火的另一边望去，马背上横搭着六个人，像米袋子一样沉甸甸地趴着，大概就是他们抓来喂鹰的食物。

“将军，我们找到一个非常漂亮的东方女孩子，从尼泊尔那边一直跟踪到鹰嘴台冰河附近才下手，什么时候方便给您送过去？我们的探子详细调查过，她是来自港岛的记者，拥有三个户外运动方面的博士学位，没有政府和黑社会背景，非常符合您选择女秘书的要求，而且……”

那京将军打断他：“好，明天黄昏时，我会再打给你。记住，千万不要在鹰嘴台附近动什么邪念，一旦亵渎了藏地护法神的话，谁都救不了你，沾上一点边的人都得死。”

通话结束了，壮汉小心地把电话放回腰间皮套里，而后大声吩咐：“将军有令，好好照顾这位夏雪小姐，她很有可能是未来的将军夫人。”

就在此时，夏雪猛地挺身一跃，从马背上跳了下来，踉跄倒地。

壮汉恼火地低吼了一声，大步向那边赶过去，篝火旁的马贼也齐刷刷地站起来，带动火苗陡然跳跃乱窜，把很多人的影子凌乱地打在岩壁上，群鬼乱舞一般。四面的十几匹河曲马亦受到了某种惊吓，踢踏着四蹄，扬起脖子“嘘溜溜”狂嘶不止。

鹰嘴台上方，几百只秃鹰骤然振翼齐飞，发出惊人的“噗啦啦、噗啦啦”声，势头极其惊人。我仰面向上看，鹰群的黑色翅膀连成一片，如一块突如其来的巨大乌云，遮住了夜空，纷纷飘坠的青灰色绒羽，更像是藏地常见的大片雪花，罩向这群横行雪山的马贼。

第三章
绝壁拱门与护法神唐卡

“什么动静？该不是藏地护法神显灵了吧？”有人用尼泊尔语叫嚷着。

“噤声，别胡说八道！都闭嘴，那京将军说了，谁要是亵渎了雪山神灵，马上就会遭报应，比割肉喂鹰还要惨上百倍！”说话的人立刻遭到了壮汉的训斥。

他扶着夏雪站起来，与所有的人一起仰头望天，等着被惊动的鹰群重新安静下来。

那是我动手救人的最好时机，但是当我举起望远镜向石台上方观察时，突然改变了主意，要继续等待下去，看看这群人到底会做些什么。因为镜头中出现了两扇对开的拱门，现在门扇是紧闭着的，或许他们过一会儿就像《天方夜谭》里的四十大盗一样，诵念“芝麻开门”的咒语，推门而入。

“洞里必是通天宝藏、倾国财富！”若是司马镜在场，一定会这样说。

藏地寺庙多宝，几乎所有藏民在临终之前都要把自己毕生所有一点不剩地捐献给神佛和寺庙，所以藏地的任何一座寺庙中，金银器皿、珊瑚宝石是绝不会缺少的。有些著名寺庙甚至挖了巨大的地下藏宝洞，任由捐献者把宝贝丢弃到下面去，连整理登记的功夫都没有。据可查的资料显示，尼泊尔神鹰会在最近十年间曾袭击过四十多座雪山寺庙，非法所得不可计数，其中一小部分变卖掉用以购置军火武器，绝大多数都被藏匿起来。

如果机缘巧合，我就能亲眼看着他们打开那扇门，与神话中的宝藏做最亲密的接触。

“这是哪里？你是谁？你们要干什么？”夏雪根本站不稳，身子的大半重量都靠在那壮汉掌上。

没有人回答它，大家的目光正随着盘旋上升的鹰群移动着。忽然，两只秃鹫俯冲而下，四支爪子扣住马背上的一具尸体，再度腾空而起。那是一个裹着皮袍的成年人，身体重量至少在七十公斤以上，所以双鹰飞到半空后，上升乏力，只好松爪放弃，任由尸体坠落。另外十几只更为健硕的秃鹫闪电般直冲而来，一边亢声唳叫着，一边动嘴、挥爪撕扯，把尸体分裂为七八块，各自叼着自己的战利品飞向岩壁上的老巢。

“注意保护战马，灭火，快灭火！”壮汉及时下达命令，篝火随即熄灭，只余下袅袅的青烟飘飘荡荡升上天空。鹰群看不到亮光，听不见人声，自然而然地放松了警惕，重新回巢，鹰嘴台下再次恢复了宁静。

谁都知道，在广袤的雪山之上，人类永远无法成为唯一的统治者，眼前的鹰群吃人一幕，就是大自然“弱肉强食、物竞天择”的鲜活表现。

“我是卡加斯，那京将军麾下特别行动队小队长。夏小姐别怕，既然来到雪山，就是将军大人的贵客，我们会不遗余力地保护你的安全，在见到将军之前，保证你连一根汗毛都不会少掉。”壮汉对待夏雪的态度非常恭敬，挥手下令，“把千日醉的解药拿过来，夏小姐累了，在火堆边铺上最干净的毡毯，请夏小姐就座。”

“遵命，卡加斯队长。”有美女在场，马贼们的手脚也变得勤快了许多，立刻重燃篝火，铺好一条雪白的羊羔皮褥子。当夏雪在卡加斯的扶持下到达火堆边上时，所有人变得鸦雀无声，眼神直勾勾地落在她的脸上。

“绝境中的美女总是愈发令人同情生怜。”我在心底默默自语，最后一遍检查枪弹情况，随时准备展开营救。

“我只不过是普通记者，与政治、宗教没有任何关系，也没有更多的财富价值。抓了我，对你们没有什么用处的，不如大家来谈谈条件——我付赎金，你们开个价码出来，好不好？”夏雪已经冷静下来，吃力地坐在羊皮褥子上，双手伸向火堆。

雪山之夜寒风彻骨，有堆火在这里，总能给她少许的安全感。而且，还有我，一个跟踪而来的救美英雄。

“我们不要钱，只要人。黄昏时，你会有幸见到将军本人，有什么话，亲自去向他说吧。”很明显，卡加斯只是外围人员，大事根本做不了主。

蓦地，鹰嘴台上有条人影晃动起来。我旋转望远镜的调焦轮，逐渐看清那是一个只穿着紧身夜行衣的瘦小男人。他是刚刚从岩壁上滑下来的，背靠石壁休息了几分钟，便沿着鹰嘴台旁边的石阶一步一步走下来。

“阿楚！”卡加斯举手大叫，震得夏雪立刻捂住了耳朵。

“阿楚，阿楚，有没有发现藏宝洞的入口？你这已经是第十几次搜索悬崖了，到底有没有戏啊？”马贼们七嘴八舌地用各种语言嘈杂发问，个个都满怀希望。

“收声收声，小心再惊动神鹰！”卡加斯不耐烦地挥手，向身边一拍，“阿楚，坐到这边来。”

岩壁光滑陡峭，能够徒手攀上攀下的都是一流的轻功高手，所以我一直追踪着这个被唤为“阿楚”的华裔男子。他的肩上斜背着一只绿色的军用挎包，走起路来肩头左右摇摆，一看便知道是常年修炼轻功提纵术的大行家。

阿楚在卡加斯旁边坐下，有人递上来一瓶烈酒，被他摆手拒绝了。篝火旁那么多人，只有他没被夏雪的美貌吸引，只是勾着头，心事满腹地对着火堆。

“阿楚，刚刚是你惊动了鹰群吗？搜索了近一个小时，仍旧一无所获？”卡加斯对他非常客气，态度甚至算得上是低声下气的。

阿楚掀了掀瘦瘦的塌鼻头，沉沉地摇摇头。

“那么鹰群怎么会突然惊飞起来，难道是其他什么原因？”卡加斯警觉地取出望远镜，向鹰嘴台上方观察。我在同一时间采取了像他一样的动作，望远镜镜头从岩壁左侧一直向右扫描着，不断看见收束着翅膀挤在一起的秃鹫身影。如果不是受到意外惊扰，这些雪域的神鸟们是不会在半夜里成群乱飞的，我猜此时卡加斯的想法也是一样。

接下来，阿楚打开军用挎包，慢慢地取出一个卷轴，一头顶着下巴，一头压在膝盖上，每一个动作都沉重而迟缓。

在此之前，卡加斯旁边的人早就握着一只三寸高的气雾剂瓶子，在夏雪脸上连喷了几次。那是千日醉的解药，夏雪中的毒因此而彻底解除，能够自由地活动四肢、扭转脖颈了。如此一来，解救她的困难度又降低了许多。

“唐卡还是那张唐卡，大家都看了几百遍了，还能看出什么新意来？”有人不满地嘟囔着。

所谓“唐卡”一词其实是藏语。“唐”的含意与空间有关，表示广袤无边。

藏地大画师才旦朗杰曾说，就像在一块布上，既可画几百甚至上千尊佛，也可只画一尊佛。“卡”有点像魔术，指的是空白被填补。直白来说，唐卡其实也就是西藏的卷轴绘画。

“卡加斯，我们换用冰岛语交谈吧，免得别人打扰。”阿楚不满地冷哼了一声，扭过头来，用冰岛语开口讲话。他有一对刀锋般瘦削的尖眉，眼睛一直都半眯着，像是一个被沙子迷住眼睛的人。

“好，你说，我在听。”卡加斯立刻回应。如果他是西班牙籍人，能够用北欧语言交流并非奇事。真正值得怀疑的是阿楚的来历，我极力在脑海中思索华裔江湖中的轻功高手，试图找到一点蛛丝马迹。

“伏藏师找到了吗？凭那京将军的势力，在雪域高原上找几个有来头的喇嘛，岂不是手到擒来的事？拖了这么久，难道将军是在故意捉弄我吗？”阿楚提到了“伏藏师”，我的注意力一下子被吸引了过来。

冰岛语并非世界上最为晦涩的语言，他们以此交谈，不过是为了避开那些马贼们的搅扰。

“手到擒来？你错了我的朋友，‘伏藏之谜’是藏地十大神秘事件之一，如果埋下‘伏藏’的高僧们那么轻率大意，任何人都能看出伏藏师的蛛丝马迹的话，也就不能称之为‘谜’了。耐心点，玛哈嘎拉护法神的伏藏师一定会找到的，咱们合作的基础也一定会越来越牢固。再说，将军已经提前将一大笔美金汇到你账户里了，还不知足吗？”卡加斯大笑，抓起两块柴棒丢进火堆里，火苗一暗，随即烧得越来越旺。

阿楚哼了一声，缓慢地展开卷轴，我移动镜头，看到的是一尊四周云头、火焰缭绕的彩绘佛像。稍加分辨后，立刻明白那是藏传佛教主要护法神玛哈嘎拉。

在藏地佛学中，玛哈嘎拉的地位十分尊崇，汉语中也有将其名字译做“大黑天”的，或是译做“贡保”，即藏语中“怙主”的意思。在西藏各派的佛学典籍中，对玛哈嘎拉有专章论述，在西藏宗教绘画《圣仙树》中，玛哈嘎拉更是占据了中心位置。究其源头，“玛哈嘎拉”一词来自梵语，意思是“大黑”，有六臂、四臂及白身等几十种化相，其传承有非常悠久的历史。

“看，这是藏地护法神降临人间的法像，实际上，一张唐卡能够带给凡人的启迪是永无止境的，甚至能够指引我，无限地靠近护法神的居住之地。再给我时间，我一定能叩开护法神的大门……”阿楚自语着抬头，向鹰嘴台上望去。

唐卡刚刚展开一点，借着火光的映射，怒目圆睁、宝相庄严的玛哈嘎拉护法神跃然纸上，仿佛下一刻就能从唐卡中跳出来降妖伏魔、匡扶正义。

“我请的人、长江水龙王还没到尼泊尔吗？你再催催那京将军，要想成事，就得把办事效率再提高一大截。要知道，藏地护法神玛哈嘎拉长存人间的消息正在向亚洲各地辐射开去，很多黑道上的大行家都会出手分一杯羹，人一多，事情就难做了。”阿楚并没有继续展开唐卡，而是再度审视玛哈嘎拉的神像后，一点一点地把它卷好，放进一个透明的防水密封筒里面。

密封筒宽度与他的挎包相等，别人从外面看，是无法发现这些秘密资料的。

“呵呵，那京将军答应了的事一定做到，催也没用的。你看，你已经在这片山谷里搜寻了六周，不也是毫无发现？上一周，那京将军曾经专程飞抵尼泊尔边境黑风角山口，督问此事。你急，将军更急，他麾下的鸽盟、犬盟都搜集到了港岛横龙集团超级大亨穆雷珠派人进藏，直接对准探索藏地护法神这件事而来。到现在为止，你独拥这张唐卡，连将军大人要借阅都不肯，实在让他恼火。小兄弟，我不得不提醒你，这是雪域西藏，那京将军的势力如无所不知的阳光、风雨一般笼盖一切，要谁生就生，要谁死就死。说得更透彻一点，他只要下一道要你死的命令，今晚这十五条长枪都会毫不留情地指向你，在你身上……”卡加斯伸出手，在阿楚胸前划了一个圆圈，“打成这样一个巨大的蜂窝，然后从鹰嘴台上丢出去，饲养那些长期盘踞此地的神鹰。”

黑道人马，以求财聚，同样也会以分财散，黑吃黑、神仙跳、老虎套之类的布局随处可见，杀人不见血，吃人不吐骨头。

阿楚的双手按在挎包上，阴沉沉地笑了两声，算作是对卡加斯的回答。

当他们两个以冰岛语交谈时，其他马贼有的低头喝酒，有的仰躺假寐，更多的则是有意无意地向夏雪偷看。因为像夏雪这样的大美女，他们只能在卫星电视上才有机会偶尔看到。

如果我选择强攻的话，第一目标是射杀卡加斯，让马贼们失去首领，先行混乱起来。

阿楚提到“长江水龙王”的名字，我颇感诧异，因为那是一个水性精绝的四川籍江湖高手，与“洞庭神蛟、黑龙江江龙黑、普陀山于飞鱼”并称为“华夏四大水妖”。把水龙王请来此地，对神鹰会的行动能有什么帮助呢？

我稍稍向西北移动，免得蹲伏在一个位置久了，引起马贼们的注意。

腕表指针已经指向清晨五点，东方山顶已经有了晨曦将至的预兆，只要天色开始放亮，马贼们的喂鹰行动就会开始。等到他们分散活动时，我就该考虑发动进攻了。

此时，我与鹰嘴台的距离又拉近了二十几步，望远镜镜头中，清晰地浮现出那扇拱门的样子。看阿楚的意思，一直是在搜索打开拱门的机关，却连连碰壁，无法突破。这群人还算聪明，没有像内地的盗墓贼一样采取穿凿、爆破的暴力破解方式，否则大家早就尸横遍地了。无数藏地寺庙建筑资料显示，佛学高僧中经常有专门研究建筑之道的行家，几乎在所有的墓葬过程中都设置了难以想象的机关埋伏，足以射杀最有经验的盗墓高手。

我的叔叔陈沧海号称为“十三省盗墓王”，连他都不敢贸然挑战藏地墓穴机关，更何况是其他人物了。

“那是一个墓穴吗？”我蓦然惊觉，自己一直将那两扇石门当做了一座藏地古墓的入口，真实情况会是这样子吗？

夏雪的身体复原之后，缓缓地起身，打量着四周的环境。在十几人的长短枪看管下，她要想独力脱逃的话，只怕比登天还难。

东方天空终于出现了浅淡的鱼肚白，藏地的清晨伴着澄澈蓝天上的朵朵白云如期而至。比起港岛那边灰蒙蒙的天空来，这边的一天之始带给人的是无限纯净的心理感受，仿佛一个人的生命刚刚开始，一切都纯白如纸、明净如冰，心情也因之变得充满年轻的激情。

叔叔曾无数次向我描述过藏地的风土人情、草草木木，他对西藏的热爱是表里如一的，像挚诚的僧侣们对佛法的无止境向往一样。甚至有一次，他竟流露出愿意皈依佛门，将自己余生的时间全部留在这片纯洁雪域上。

一念及叔叔，我的思想不免开了小差，忽略了对篝火那边的观察。

“喂，你们几个，把尸体扛到鹰嘴台上去，分割成小块喂鹰。”卡加斯大声吩咐手下，并且殷勤地脱下自己身上的灰色藏袍，披在阿楚身上。

阿楚随意地捋了两把蓬乱的短发，向卡加斯伸手：“给我电话，我想与将军最后沟通一下。说实话，单凭我和水龙王的力量，还是不足以开启神山之门，需要更多的江湖朋友帮忙。至于这张唐卡，适当的时候会拿给他看，还可以复制一份给他。”

篝火已然熄灭，他的脸上带着无限疲倦，对卡加斯故意示好的披衣行为根本毫不在意。

马贼们打起精神，把松松垮垮的藏袍扎紧，将尸体拖下马背，两人一组抬起，沿着开凿在岩壁上的狭窄阶梯爬向鹰嘴台。这群人的衣着各式各样，既有传统的毛皮藏袍，也有来自尼泊尔军队的羊皮棉袄，有几个竟然还穿着耐克和阿迪达斯的新款羽绒服，整支部队不伦不类，真是典型的混合部队。

“将军没时间接电话。”卡加斯后退了一步，举手按住腰间的电话。

阿楚的眉头一下子紧皱起来，在额心形成了一方诡异的四方印鉴。我调整焦距，看清了印鉴的详细模样与纹路字迹，忽然想到了他的身份——四川大小门牙山的“小唐门”弟子。世所共知，川中历史最悠久、力量最庞大的江湖门派是“蜀中唐门”，擅长制毒、下毒、暗器、狙杀这四项功夫，而“小唐门”则是另外一家以“盗墓、掘穴、寻脉、探宝”见长的流派，创始人虽然亦是姓唐，却跟“蜀中唐门”扯不上任何关系。这一派的嫡系弟子最明显的标记就是额头的天生金印，随着发怒程度，印鉴会呈现出深浅不同的红色。

我伏低身子，靠着低矮的灌木丛隐身，清晨的露珠很快便打湿了我的皮衣下摆。失去了黑夜的掩护后，我必须做出进攻的选择，而不是被动地等到登上鹰嘴台的马贼们居高临下发现自己。

“你们没有合作的诚意。”阿楚双臂一振，那件脏兮兮的藏袍滑落下来，跌在草地上，“要知道，找到玛哈嘎拉护法神的唐卡在世间仅此一份，而能解读它的，也只有我一个人。像你们这样的乌合之众，只会骑马劫掠、打打杀杀的，真正到了需要大智慧、大神通的时候，一个都用不上。”

他的目光似乎低头扫了一眼，我敏锐地猜想到，他注视的应该是卡加斯靴筒里的藏刀。

“那唐卡也不是天生属于你的，据鸽盟的兄弟报告，它原先属于一个港岛著名的探险家，几经辗转，才落到你手里的。至于如何解读唐卡上的秘密，黄、红、黑、花四教的高僧们应该比你更具资格。阿楚，将军爱惜你的才华，才会令我全力协助，不让其他势力得手，你若连这点自知之明都没有的话，那就……”他们之间的冲突升级太快，刚刚还并坐深聊，几分钟内就谈崩了。

阿楚冷笑一声，左手按住挎包，转身抬脸向上看。

就在那一瞬间，卡加斯突然扬手大叫：“不要碰到拱门，快点收手，不能对神灵不敬！”

所有的人在他的惊呼之下，都采取了仰面向上看的姿势。按照常识，人的眼睛从近到远的焦距调节间隔为四秒钟，才能够清晰地看到远端的东西。四秒钟，在眼疾手快、下刀如电的江湖高手那里足以发生许多事了。

有四件事几乎是同时发生的：

一名穿着羽绒服的马贼丢下尸体后，大概是为了发泄一下忙了大半夜的劳累，竟然抬脚向那拱门上连踹了三脚，拾起旁边的一块木炭，在左右两扇门上各画了一个大大的叉号；

阿楚乘卡加斯抬头怒吼时，骤然矮身，从对方靴筒里拔出藏刀，举手刺穿了他的胸膛。身手之快，堪比夏夜里的电闪雷轰；

夏雪弹身而起，双脚连环飞踢，准而又准地连续踢中了三名马贼的喉结，受袭者吭都不吭一声便仰面跌倒在篝火灰烬里；

我射出了第一颗子弹，瞄准目标是卡加斯的后脑，但他应该在中弹前就心脏受到重创，死于自己的刀，而不是我的子弹。

当然，还有第五件事，鹰嘴台上的马贼回头向下看时，立即发现了俯卧在树丛中的我，惊愕之下，乱纷纷地忙着掏枪。我迅速闪出树丛，一边向石壁靠近，一边举枪射击。另一边，夏雪从最近处的马背上抓到了一支长枪，闪到一块大石头后面，以跪姿向鹰嘴台上射击，弹无虚发。我们两个通力协作，半分钟内便解决了战斗，将除了卡加斯、阿楚之外的马贼全歼。

“阿楚逃了，真是可惜。”夏雪抛开长枪，甩着长发离开掩体，不理会灰烬旁倒地挣扎的卡加斯，而是急步登上石阶，几个起落，便站在了高高的鹰嘴台上。

阿楚的确狡猾，刺杀卡加斯的同时，已经急速向石壁西南方向逃窜，借着树丛和巨石的掩护消失。他杀了卡加斯，等于和那京将军的合作宣告破裂，只能在雪域高原上隐蔽起来，像地鼠一般活着。

反过来一想，我和夏雪无辜卷入这场战斗，亦是站在了神鹰会的对立面上，再没有第二种选择。

“亵渎了护法神，上天定会降罪……降罪给你们，那京将军说过，藏地雪域的任何一个角落，都在神鹰会的覆盖之下，你们……你们和阿楚都会死，而且死得很惨……很惨……”卡加斯不甘心地跪倒在地，一手指天，一手撑地。

他的心脏和后脑同时遭到重创，还能坚持着发出最后的诅咒，也实属不易了。

我走到他身边，冷静地从他口袋里取出那瓶千日醉解药，放进自己的裤袋里。宿营地那边还有很多人急需解救，然后加速翻过正北面的山梁，免得被神鹰会余党围困。

“护法神玛哈嘎拉会降罪给你们……会惩罚一切胆敢在他门前展开杀戮的人类。听到了吗？他正在向我发出召唤，‘玛娘纽派、玛娘纽派’我要去了，结束在人世间的轮回苦痛，过天上诸神的欢快日子。而你们，而你们……”他用死鱼一样的眼睛直愣愣地瞪着我，眼底充满了对生命的留恋。

“我也曾听到那样的声音！”我轻叹了一声。

扑通一声，他向前扑倒，带动柴灰哄然飞起。我拎起那件被阿楚抖落的藏袍，轻轻覆盖在他的身上。当然，做这件事是没有意义的，以食腐为生的秃鹫稍后就会冲下来分食尸体，让死者尸骨无存。

此时，就在我的头顶之上，早起的几只秃鹫已然嗅到了刚刚飘散开来的血腥味道，正扬着灰色的羽翼，心怀叵测地滑翔于澄蓝的藏地天幕之下。

第四章
伏藏之谜

“那两扇门是属于玛哈嘎拉护法神的吗？”我不免有些惴惴不安。

此时，夏雪已经站在拱门前，正挥动袖子，擦去那两个丑陋的叉号。我确信四周再无危险后，才大步登上石阶，爬上鹰嘴台。人在半空之中，感受到的风力更为强劲，衣服下摆被吹得猎猎飘飞。从石台上下望，白花花的冰河波翻浪涌，如一条银色的飘带般一直向宿营地那边奔流而去。

“原来，这竟然只是一幅岩画，我还以为是两扇真实存在的石门呢。”她见到我，第一句话便流露出了浓浓的失望。果不其然，望远镜里的门扇缝隙真的只是笔直的木炭线条，石壁仍旧是浑然一体的，没有开启的可能。

“我们还是退回宿营地去吧，以免节外生枝。”头顶的鹰群骚动声越来越响，我的提议是从考虑夏雪的安全出发。再说，碰了那京将军的人马，他那边是不会善罢甘休的。激战过后，长五米、宽两米的鹰嘴台上倒着十二具尸体，正在吸引着秃鹫群的注意力。

夏雪敞开衣领，把飞扬不止的乱发裹进衣服里，若有所思地长叹，向着岩画合掌致礼。

奇怪的是，既然这里只有一幅岩画，阿楚在绝壁上攀爬搜索，又为的是什么？我走近石壁，手指摩挲着那些焦黑的线条，禁不住满腹狐疑。

“那张唐卡才是关键中的关键，看起来，这座山谷里的确有些古怪，包括那条冰河在内。”她斜指鹰嘴台侧面的河流，石壁并非它的源头，而是一直向右折转，从鹰嘴台南面继续延伸到雪山深处。

藏地的每一张古老唐卡都记录着一段神秘的故事，就像雪域高原本身，既被称作“世界屋脊”，又是中国大陆神秘传说最多的地方。

“夏小姐不愧是记者出身，目光锐利，思维跳脱，总是能联想到一些常人难以企及的东西。”我语带双关，暗地里表明对她的记者身份的怀疑。刚刚踢杀马贼、举枪射击的连贯动作，已经显示她拥有足够多的实战经验，那本不该是传媒记者的特长。

“呵呵，连自保的本事都没有的话，我就不主动申请进藏了。陈先生如果对我的身份有所怀疑，那就纯粹是以小人之心度君子之腹罢了，我们马上返回，不再讨论这些无聊问题了。”她笑着转移话题，巧妙地婉拒了我的探查。

我曾试着去推那张岩画，就像要发力推开两扇厚重的石门一样。结果可想而知，石壁纹丝不动，与大地牢牢地固结在一起。

意外发生在我与夏雪转身向下走的时候，那名倒在岩画前的马贼猛跳起来，不顾喉结上淋漓滴血的枪眼，举着一柄手枪，狠狠地对准了我们。

“玛哈嘎拉护法神是不存在的，现在，谁都救不了你们！”他抹掉了额头上的血迹，神情狰狞地步步逼迫过来。就是他在岩画上打叉，才导致卡加斯分心，被阿楚偷袭得手。这是一个操着尼泊尔语的雇佣兵，如果换作是藏族马贼的话，断不敢公然亵渎神灵。

“你只有一柄枪，而我们却有两个人，无论怎样比较，你都落在下风了。”我横过身子，把夏雪全部遮住，暗自懊悔没有对鹰嘴台上的尸体详加检查。

“错，我是死人堆里打过滚的人，才不把生死放在心上。现在，你最好老老实实听我安排，叫那女孩子自动走过来，站到我的身边。这么漂亮的一个美女，送给将军糟蹋岂不是太可惜了？”马贼的冷笑声比鬼哭狼嚎还难听十倍。

“你要怎么样？”我无声地提气，准备用一个“倒身撩阴脚”直接把他踢到半空中去。

“我必须……”这半句话成了他的临终遗言。因为半空中忽然出现了一道狭长的“之”字形闪电，噼啦一声斩落到他头上。耀目的电光逼得我立即闭眼，视觉暂留之中，似乎有无数道缭绕的闪电上下翻飞着，择人而噬，一击必杀。

夏雪惊呼了一声，一下子扑倒在我怀里。我也下意识地双臂环抱，把她稳稳地搂住。

“好快的闪电。”良久，她缓慢地挺身离开我，发丝轻扬之间，搔到了我的鼻孔，令我一连打了两个响亮的喷嚏。

再看那名马贼，被闪电从头顶到裆部左右割裂开来，“之”字的两个拐弯正在他的心脏、小腹两处，创口焦黑如炭，连滴多余的鲜血都没有。我向石壁绝顶仰望，除了鹰影、天光、云翳外，再没有什么可疑之物。

按照常理，这样的天气之下，是不可能出现如此强劲的闪电的。

“那是来自玛哈嘎拉护法神对不敬者的严厉惩戒，不对吗？”脸色苍白的夏雪露出了由衷的笑意，坚持着回头，将两个叉号擦得不留一点痕迹，才在我的搀扶下离开。

我们跨上战马离开，身后的鹰群开始大规模地骚动起来，轮番向地面俯冲，分食着马贼们的尸首。

“谢谢你赶过来救我，陈先生。”马蹄声中，夏雪向我表示了感激之情。

我大度地摇头，并不想要她欠我的人情。

“修百世方得同路，同行即是有缘。陈先生，也许我们两队人马可以真诚地合作，一同面对神鹰会的追杀。我的两个伙伴也都是户外运动好手，一定不会拖累你们的后腿。你看这样好不好？合并之后，所有的向导、民夫、饮食费用全部由我来出，算是回报你的救命之情。”夏雪并不放弃，继续自己的游说。

很快，我们便到达了绘着六字真言的大石头那里。夏雪急急地兜住马缰，绕着石头转了两圈，吃惊地问：“陈先生，这是什么人留下的？我感觉笔体与石壁上的岩画非常近似。”

她跳下马，仔仔细细地观看着画上的瓶子，嘴里反复诵念着六字真言。

我也有同样的感觉，忍不住回头眺望。远处高山的顶尖之上，终年不化的皑皑白雪像一顶扣在巨人头上的帽子，在初升的太阳照耀下，闪着一片片动人的银光。假如我们能登临鹰嘴台上方的绝壁之顶，或许就能亲自踏足白雪之上了。

“是那个行止古怪的藏族小男孩画的吗？”夏雪深深地皱眉，眼睛里的灵动水波彻底消失了，取而代之的是一种睿智、沉思的内敛。

我无法肯定自己的判断，只能苦笑着回答：“或许是，也或许不是。”

夏雪的双眉倏地一挑，瞬间提高了音量：“如果是他画的，其本人一定知晓某些鹰嘴台那边的秘密。从这些粗糙潦草的线条里，我们也许能窥见天机，就像藏传佛教的高僧故意留给追随者们的线索一样。解开那些谜题，追随者也就可以得窥上师真颜。”

她取出口袋里的数码相机，绕着大石头连续拍照，连石头底下的细节也没有放过。

“你说的不就是传说中的‘伏藏之谜’吗？”我故意以淡淡语气反问。

“对，陈先生，你猜那小男孩会不会与藏地十大神秘事物之一的‘伏藏之谜’有关？”夏雪的思路也当真豁达，紧接着找到了思维方向。

以小男孩的年龄和藏地艰难的教学条件，他不应该拥有神奇的绘画技艺，特别是在那对又聋又哑的夫妻照看之下。我只能大胆地猜测，他的思想意识是与普通孩子不同的，藏着某种来自上天的神秘启示，无法向别人倾诉，便只能以作画来表示。

“阿楚手里的唐卡仅仅是一种书藏或者圣物藏，而真正撩动人心的却是那个男孩子脑子里的秘密。那京将军自认对藏地佛教文化了如指掌，却没将注意力投射在一个贫穷藏民家的孩子身上。他将如此重大的秘密拱手让给咱们俩，岂不正是天意？”夏雪的双颊浮现出两抹潮红，半夜奔波劳顿，并未磨折她的美丽。

我淡淡地摇头：“没有证据之前，一切仅是妄猜。”

卫星天气预报中的暴风雪并没有来临，今天又是一个大晴天，阳光肆无忌惮地挥洒下来，把这片山谷中的草木石块、流水河滩全部照得耀眼生辉。藏地的绚烂阳光是上天赐予藏民们的最佳礼物，沐浴在这种毫无遮拦的光照之下，我觉得自己浑身上下的每一个毛孔都迫不及待地张开，做好了与骄阳相拥的准备。

“孩子只有一个，假如我考虑带他离开的话，陈先生会不会提出异议？”夏雪开始探问我的口风。

我再次摇头：“只要他愿意跟你走，我不会干涉。”

大家最终目的地都是拉萨大昭寺，她喜欢带一个懵懂无知的孩子同行，借机套话，与我没有任何关联。

“真的？你会那么大度？要知道，他身上或许就关联着玛哈嘎拉护法神的秘密，一旦宣诸于世，我就会成为藏地神秘文化研究的领先人物，随之而来的名与利将滚滚不休……”夏雪还没有完全明白我的意思，只是滔滔不绝地遐思下去。

“我们走……”我刚说了三个字，身体向着鹰嘴台那边猛然掉转。

夏雪本来站在六字真言前面，背西面东，亦是旋风一样原地转身，惊讶地张开了红润的嘴唇，做出了侧耳倾听的姿势。

确确实实的，我听到有个声音在风中呼唤：“玛娘纽派，玛娘纽派……”

“是风声吗？”夏雪脸上微微变色。

我不置可否地摇头，默运内力，让听觉能力大幅度提升。

“来吧，来吧，来吧，时日无多，譬如朝露……来吧，向我来吧……”那声音如同深山野寺里的晨钟一般，一声接一声传来，飘飘悠悠的，带着直指人心、震撼灵魂的力量。

“不是风，是真的有人在呼唤我们。”我不想故作轻松地隐瞒这件事。自己曾经做过被别人呼唤的梦，醒来后就不复记得。这一次，我还没有入睡，已经听到了同样的声音。

夏雪的脸色变得一片惨白，不自觉地向我靠过来。

声音的确是从鹰嘴台那边传来的，一瞬间，我有打马回去的冲动，看看到底是什么样的神秘人在发出具有如此蛊惑力的召唤。

“据藏地最有名气的向导扎西多吉说，几百年来，雪域深处一直隐藏着一个极其特殊的民族，自称掌握着所谓的‘藏地血脉’，能够左右这个雪山世界的兴旺与毁灭。他曾亲身进入过那群人的栖息地，大概位置就在大昭寺西南方向的群山之中。我们听到的，会不会是那些人的呼唤？”夏雪用两排洁白整齐的牙齿，轻轻咬着红润的唇，鼻尖上皱起了细碎的纹路，暴露出了内心里满满的焦灼不安。

她说的，即是西藏传说中的“三眼族”人，除了正常人的一双眼睛外，该族的人在额头正中还生着一只竖向的眼睛，能看到人类所无法触及的另一个世界。

我举着望远镜远眺，只能看见鹰群此起彼伏的矫健身影，在雪山蓝天的背景之下，像一幅西藏题材的完美壁画。

“我去洗手。”我跳下马背，走向冰河，任自己的影子倒映在水面上。

夏雪跟过来，揪着垂到眼前的几缕乱发苦笑：“陈先生，你到底有什么意见，为何不直接说出来？”

对于她的“三眼族”臆测，我没有任何有益的建议，或许冰凉刺骨的河水能令我的头脑迅速冷静下来，重新梳理那些纷乱的思绪。

“那个神神秘秘的男孩子习惯于在冰水中赤脚默立，难道也是在借助于河流的力量，倾听那种呼唤？”夏雪的思维再次跳跃，仿佛在我眼前点燃了一盏明灯。

我伸手入水，彻骨的寒意让人忍不住双臂一颤。刹那间，我的脑子里出现了一幅至为古怪的图画，那是一条横亘在前路上的幽深沟壑，宽约几十米，左右无限延伸出去，直至视线渐渐模糊在黑暗之中。深沟对面，是一个狭窄的甬道入口，不知通向何处。令人吃惊的是，沟底似乎有什么东西在缓缓蠕动着，发出密集之至的“咝咝”声。

“怎么了？”夏雪看出了我的神色有异，马上毫不犹豫地蹲下来，双手插入水里，直没到衣袖。

我转头看着她，几秒钟内，她咝地倒抽了一口凉气，双臂一震猛地起立。

“是……是蛇，是很多很多……蛇，在一个无法跨越的天堑之中！”她的动作过于剧烈，身子一晃，险些栽入水里，被我一把拉住。

“陈先生，你也看到了，是吗？”夏雪顾不得一直湿到肘弯的袖子，反手抓住我的腕子，大声质问。

我没有真真切切地看到蛇，但那种密不透风的咝咝声，正是挤在一起的几千条蛇同时吞吐蛇信时的动静。虽然不能亲眼看见群蛇起舞的诡怖场景，自己却实实在在地感受到了隐藏在深沟中的杀机。

“冷静些，夏小姐，那也许只是幻觉。”我慢慢地掰开她的修长手指。很难想象，如她这般身材窈窕、气质绝佳的大美女，瞬间便能转换为夺枪杀人的女射手。如此白皙、柔嫩、颀长的手指，最该出现在那些名贵的三角钢琴前，而不是在眼下这块雪域荒山中的不毛之地上。

夏雪抽回手，重新蹲下身，凝视着河面上跳跃着的倒影。

“夏小姐很怕蛇？”我意味深长地问。

她的同行伙伴中有五花神教的高手，那可是一个成年累月与世间最霸道的毒虫厮混的门派。只要她跟五花神教沾上一点关系，就不该表现得如此惊惶才对。

夏雪点点头，指尖试探着触及水面，忽地长吁了一口气：“陈先生，刚刚那种幻觉似乎消失了，你也来试试吧。”不等我动手，她就把自己的双手没进河水里，重重地挥动了几下，然后掬起满满的一捧水，在鼻尖轻轻嗅着。

果然，我再次接触河水的时候，除了有增无减的寒意，再没有其他感觉了。

细想起来，我看到的那一幕是在某个山腹之下，自己的视点是从沟壑此端的甬道中向前望，那条潜藏着无数毒蛇的深沟将完整的甬道分割开来，变成了不可逾越的天堑。经验丰富的藏地向导都知道，数百年的藏地四教争权夺势战斗中，越来越惨烈的血雨腥风令藏民们只能选择进入深山躲避这条求生之路。于是，雪山腹地之间，出现了数以万计、千奇百怪的人工洞穴，比之山外世界里的“防空洞”规模有过之而无不及。

我暂时可以把那条甬道归类为数百年来藏民留下的避难所，而千蛇沟壑，则是抵御外来侵略者的最佳工具。

“在神秘的呼喊声开始之时，河水就会充当某种奇特的介质，带给我们一些有用的启迪。是不是可以这么说，那神秘人通过河水告诉山外的人，依循脑子里出现的幻觉，深入群山，找到那个地方？”夏雪的思想已经被这次意外事件牢牢地缠绕住了。

“会不会是因为雪域高原反应引起的幻听、幻视呢？”我偷偷地在心底反问自己。

近代科学家把海拔三千米以上的地区称为高原，当海拔达到这一高度时，会出现低氧压、缺氧、高辐射及高寒等与平原明显不同的异常状况。人类进入这样的环境后，体内必须进行一系列的自我调节，才能逐步适应。因此，初进高原，甚至是常住高原的人从平原重返高原时，极容易发生被称之为“高原反应”的病症。

叔叔在第十二次进藏时，曾在拉萨大昭寺前的四星级宾馆中偶发过一次高原反应，所幸当时的医疗条件足够好，才有惊无险地化解了此劫。

“会不会是我们两个同时产生了轻度高原反应，从而出现了隐约的幻听与幻视？”真奇怪，我想到哪里，夏雪的思绪就会追踪而至。

过了一会儿，她又轻轻摇着头自问自答：“不对，我感觉身体一切正常，没有任何高原反应的征兆。算了，我们回去再说，从那个男孩子身上找线索吧。”

这句话正合我意，俗谚说“众人拾柴火焰高”，把种种神秘难解的线索讲给邵节与司马镜听，他们这一对老江湖定会对我有所启发。

离开那块大石头时，夏雪回放着储存在数码相机里的照片，忽然顽皮地微微一笑：“陈先生，要不要以这幅神秘岩画为背景帮你留影？”

普通的进藏旅游者热衷于步步拍照、处处留影，但我们来到这里的目的却不是游山玩水，对于她的善意提议，我只会敬谢不敏。

藏地的阳光紫外线超强，再次上马时，夏雪将皮衣的宽幅风帽戴在头上，可以伏着身子，避免光线直射在脸上。我从侧面偷偷打量着她的背影，感觉她的来历与目标越来越扑朔迷离，一时无法理清。

宿营地这边一切正常，邵节与司马镜在每个中了千日醉的人脸上都泼了数次冰水，大家体内的毒虽然没有完全解除，行动能力却已经恢复了大半。

“陈风，一切还好吗？”他们两个老江湖忙里偷闲，竟然在冰河旁边摆上了一张简易小桌，正对着一局黑白交错的棋局皱眉苦思。我跟踪马贼离去的目的是救回夏雪，现在夏雪安然无恙地回来，不用细说也会知道，我已经成功地控制了局面。

夏雪等不及骏马停步，便穿帘乳燕般飞身下马，直奔悬着灰色蜡染布帘的石屋门口。

我沉重地点点头，翻身下马。

面目黝黑的向导嘉措顿珠跑过来，接过了马缰，轻轻抚摸着马头，用藏语连声称赞着：“雅布（非常好）！雅布！（非常好）”这样的好马在藏地平民手中并不多见，只有每天发着不义之财的马贼们才舍得购买囤积。

“神鹰会的雪山马贼们呢？打散了，还是打死了？”邵节的脸色一变。在这种地方得罪了那京将军，绝不是一件容易了解的事。

“打死了。”我故作轻松地笑了笑。当时的形势，我和夏雪已经被逼上了你死我活的绝路，除了拔枪射击外，再无选择。

“困卦，困卦，困卦呵……”邵节长叹，右手里的脑顶珠哗的一声抛撒在棋盘上，将中腹的巨大空地填满。

“喂，老邵，你每次都是眼看输棋了就这么干！”司马镜恼火地挠着头，忙不迭地去捡珠子，把散乱的棋局重新布好。

“困：亨；贞，大人吉，无咎；有言不信。”邵节摸着胡子拉碴的下巴，不住地摇头。他对于周易八卦的研究极其深邃，往往能从卦象里看出眼下与将来的吉凶。其实叔叔遇害前的几个月里，邵节已经卜到了许多不祥之卦，但却没有引起叔叔的重视，终有血案惨变。

我知道，“困卦”象征困顿。占卜结果表明，神通广大的大人物可以获得吉祥，没有灾祸，但此时许下的诺言很难令人相信。

第五章
十一眼天珠

“昔日，西周文王被商纣王囚禁在羑里推演周易时，屡次得到‘困卦’，与当时的环境、地形都是息息相关的。他是后来福泽天下的大人物，当然会占到‘亨、贞’二字。但我们呢？不过是港岛来的小人物，又处在广袤的雪域高原之上，根本与这一卦毫不沾边。陈风，不瞒你说，从尼泊尔一路过来，我几乎每天都会在晨、午、昏、晚四个时辰里占到这一卦，可见我们中间或者说大家身边一定有什么大人物遭遇了困境，被拘困在某处，等待外力的解救……”

司马镜打了个哈欠，随手举起望远镜，向河流上游观察着，一边不满地打断邵节，反问：“老邵，大人物被困，与小人物何干？”

来自雪山的冰河日复一日流淌着，今日与昨日看不出有任何不同。鹰嘴台前刚刚发生的激战，也会随着尸体的消失、时间的推移而被人遗忘。千年藏地，唯一长存的只有雪山和冰河，两者像一张细密的滤网，把一切不和谐的音符逐一过滤掉，甚至连我们每个人呼吸着的空气，也被还原成世界最初的模样。

“我回帐篷去了，你们聊。”司马镜站起来，有意无意地向石屋那边瞥了两眼，然后走进了帐篷。

“大人物被困，在刀兵干戈中丧生的只能是小人物。所以说，在我的深层理解中，卜到这一卦，我们就该严密审视自己的行程了。”邵节盯着我，一字一句地说。

“既来之，则安之。”我坦然面对他。世间没有人出售后悔药，不真刀真枪地对抗马贼的话，只会葬送了夏雪的一生，那才是我不愿看到的。

邵节一声长叹，收起了脑顶珠。

“邵叔，我想联络叶天，要他代为报警，以政府的力量威慑神鹰会，要他们不敢轻举妄动。”叶天就是我派出去打前站的负责人，与我既是大学同学，又是关系最铁的挚友。事到如今，托庇于政府的强大力量之下，才是最聪明的选择。

邵节点点头，忽然靠近我，附在我耳边低语：“我在石屋与对方帐篷里都藏了窃听器，很快咱们就能知道他们的底细。只要是对头，就没必要手下留情了。”现在，他脸上的“七星聚义痣”紧紧地聚拢到鼻凹法令纹的附近，不知不觉间显出了腾腾的杀气。

老江湖永远是老江湖，在利害关系、利益纠葛上从不手软，绝不拖泥带水。

我随着邵节走进帐中，司马镜正蜷缩在大衣里，耳朵上扣着一副巨大的监听耳机，全神贯注地听着什么。帐篷中央的小桌上，摆着糌粑、饼干和酥油茶、奶茶，进藏以来，这四样已经成了我们早餐的必然配备。

糌粑是藏民的一种主要食品。制作时先将青稞晒干炒熟，磨成细面，不去皮。吃的时候，把糌粑放在碗里，加点酥油茶，用水不断搅匀，直到把糌粑捏成团为止。（“粑”就是成团的意思。）糌粑携带方便，适于牧民生活。出门只要带上木碗、腰束、“唐古”（糌粑口袋），再找一点茶水就行了，不必起灶用火做饭。还可在糌粑里加入一些肉、野菜之类，做成“稀饭”，藏语叫“土巴”。

我在桌前坐下，端起一杯奶茶，还没来得及向唇边送，便听到帐篷外面有脚步声靠近。

司马镜皱了皱眉，拉下耳机，藏进睡袋里。

“陈先生，我方便进来吗？”那是夏雪的声音。

我答应了一声，刚刚换过的门帘一卷，夏雪已经匆匆踏入，脸上带着惴惴不安的苦笑：“陈先生，我似乎看到你已经取得了千日醉的解药，能不能先借我用一下？石屋里的三个藏民呼吸非常微弱，很需要帮助。除了解毒外，我还会给他们注射维生素针，以确保那……那三个人平安地活下来。”

看得出，她真正关心的是小男孩的死活，却不想被邵节与司马镜看穿心思。

我取出那支喷雾剂递给她，她躬身道谢，旋风般地离去了。

“听到什么没有？”邵节的眉一直皱着，所以那七颗人字形的“七星聚义痣”便一直挤在一起，像是七个大小不一的人字，清晰地排列在他脸上。

“两名藏民又聋又哑，自然不会出声，但帐篷里那两人怎么也毫无动静呢？

我真担心这位五花神教的老兄会不会弄些毒虫来暗算咱们。他奶奶的，这是在人烟荒芜的高原上，普通的解毒药、杀菌针根本挡不住剧毒。老邵，我其实很赞成你的主意，先下手为强，一上路就先把他解决掉，免得夜长梦多。”司马镜从口袋里取出一面小镜子，像个哀怨青春不再的老女人那样，仔仔细细地照着自己的下巴。

邵节坐在我的身边，先用湿纸巾擦干净五指，再用一个小碗，放进糌粑跟酥油茶，心事重重地揉捏着。

平心而论，杀人是件很容易的事。按照他们两个的逻辑，只要在前路上安排一名狙击手，五百米外开上一枪或者几枪，眼中钉肉中刺就被瞬间除掉了。关键问题是，我们有必要这么做吗？

我取过睡袋边的卫星电话，拨了港岛的一个号码，等彼端一个文静女孩的问候声响起时，立刻吩咐：“请帮我查一个人的资料，姓名夏雪，行程为港岛、尼泊尔、西藏一线，其供职单位为港岛恒隆财团旗下某运动杂志。现在，这个人与我们同路，身边的随行者是两个男人，都不像是普普通通的都市人。资料查到后，发给我和叶天各一份，谢谢。”

那女孩子答应一声，立即重复了一遍我的要求，一字不差。

“谢谢你，瑞茜卡。”我由衷赞叹。瑞茜卡是我在港岛那边最值得信任的人之一，亦是叔叔生前的最得力帮手。

“不谢，我会第一时间完成任务，陈先生放心。进藏之路崎岖难行，请各位多保重。”瑞茜卡的谈吐很有分寸，把对我的全部关心都隐藏在几句例行公事的客套话后面。其实很久以来，我们之间便有惺惺相惜之感，但大家都理智地将工作与个人情感分开，绝不混淆。

放下电话，司马镜忽然慢吞吞地开口：“陈风，瑞茜卡对你如何，公司里所有人都心知肚明，而且沧海兄在世时，也极有意撮合你们。在我看来，英雄美人，相得益彰，那是最好的匹配组合。此行结束后，我想冒昧地做牵拉红线的月下老人，不知道合不合适？”

他已经重新戴上耳机，半闭着眼，继续监听。

“当然合适，月下老人也算我一个。”邵节应声表示赞同。

我只轻轻地笑了笑，不加辩驳，思绪早就飘到了那四间石屋里。

藏地生存环境恶劣，大部分藏民普遍有营养不良的症状，此刻补充维生素针是件好事。夏雪把自己的赌注压在那小男孩身上，也许是正确的。

“叮叮叮”，三声轻响过后，司马镜的小镜子柄上蓦地弹出三枚光闪闪的银针。

“这次，说不定我得动用这些‘截脉阴阳针’了。按照我的判断，那对聋哑夫妻根本就是在装聋作哑，今天早晨我似乎听到他们用‘传音入密’之类的功夫交流。暂不管那个孩子有多古怪，只要揭穿聋哑人的身份，谜题就解开一半了。”司马镜用手指轻轻一抹，银针立刻消失在指尖上。

十五年前，司马镜是皇家香港警察总部的审讯部高手，擅长酷刑逼供，并编写过十几本与审讯有关的警察内部手册。他想叫什么人说实话，一般都能达到目的，而“截脉阴阳针”的用处是令受刑者奇经八脉如电击、如蚁咬，最终忍不住张嘴求饶。

我微微皱眉，邵节看见，紧接着开口：“陈风，这件事你就不要管了，我和司马会弄清楚。你还是联络叶天，安排他扫清障碍一事吧。”

所谓“扫清”，就是干掉夏雪身边的五花神教高手，采取一死百了的铁血对策。

“保护那小男孩，留夏雪的命，中午之前上路，这是我的最低限度。”我慎重地提醒两位老江湖。在瑞茜卡查明夏雪具体身份前，我不想盲目杀人。

纵观马贼劫掠事件，卡加斯一行的主要目的是带尸体去喂神鹰，绑架夏雪的行动不过是临时起意，也就是说，我们加速赶路的话，应该能脱离那京将军的势力范围，进入大昭寺附近的安全区。所以，我要求他们两个珍惜时间，尽快离开冰河这边。

我提着卫星电话走出帐篷，正看到夏雪搀着那小男孩出了石屋，一步一顿地向河边走过去。看得出，小男孩的身体非常虚弱，双腿不断地颤抖着，佝偻着身子，行走非常困难。

“陈先生，过来帮帮忙好吗？”夏雪扬手招呼我。

我赶紧走过去，从另一边架住小男孩的手臂。

“陈先生，我们仅仅是同路赶往拉萨，之间暂时没有利益冲突，不值得突然发生火拼，让其他黑道上的人白白捡了便宜。你告诉你的人，我告诉我的人，大家都把刀枪杀机收起来，忍过高原同行的这一周，怎么样？”

夏雪的话令我骤然一惊，深吸了一口气，脸上浮出镇定如常的微笑。

清晨的冰河寒气逼人，还没走近，我的眉睫之间就已经感受到了那种冷森森的冷意。比这更冷的是夏雪接下来的话："我的同伴，一个是苗疆五花神教的天蝎火使者，一个是柔枪水使者，在石屋四周一公里范围内早就布下了毒虫大阵。你的人胆敢发难，必定死在数百条毒虫的啮噬之下，永远地埋骨荒山，其中也包括那些无辜的向导、民夫在内。我查过你的资料，出于对'盗墓王'陈沧海老前辈的敬重，我不得不提前发出警告，听与不听在你，看着办吧。"

火使者梅天蝎、水使者孙柔枪在异术界赫赫有名，是近年来五花神教麾下行走江湖的两大高手，夏雪的话确确实实地印证了邵节、司马镜的判断。

我点点头："好，大家井水不犯河水就是了。"

昨天光线太暗，我忽视了小男孩脖子上挂着的一件东西，那是一只穿在细牛皮绳上的天珠，体积约等于我的半根手指，上面布满了黑白相间的圆形图案。细细品读，这是一只象征"五方佛及六字大明咒"的十一眼天珠，蕴含"传承法物、聚集福慧"的美好意义。

夏雪长出了口气："那就好，那就好。"

我们走近水边，小男孩停步，低头注视着河水。

"他要干什么？"河水如昨，奔流不息。

"我帮他解了千日醉的毒，本来要注射一支维生素针的，但他拼命挣扎，一直指着这边，我就带他过来了。那对聋哑夫妻已经接受了注射，相信会慢慢地好起来。陈先生，如果我带这小孩子一起上路的话，你会反对吗？"夏雪的回答模棱两可，答非所问。

"那对夫妻会同意吗？"我反问。

夏雪一笑："看，他们三个的面相差别太大了，这根本不是那对夫妻的孩子，或许只是捡来的流浪儿罢了。我会补偿他们，并且仅仅是带走一段时间而已，离开藏地时自然会还给他们。"

我回想那对夫妻的五官相貌，都是方脸、窄额、小眼、大嘴，面部皮肤粗糙得像一块剥离多日的老槐树皮，脸上偶尔露出的笑容，比山魈还要难看十倍。而这小男孩却是一张圆脸，浓眉大眼、天庭饱满，两边嘴角微微上翘，唇形如一只摆得端端正正的金元宝。他的肤色虽然黝黑，却没有普通藏民脸上那种粗粝开裂的感觉。

夏雪比我细心，提前注意到了这一点。

"我去打个电话，失陪了。"我放开小男孩的手臂，不理会夏雪脸上胜利的笑容，一个人走向南边，拨了叶天的号码。

此时此刻，我不免强烈怀念起叔叔的另外一个好朋友——读心术大师方东晓。有他在的话，不必小男孩动嘴，脑子里所想、所记的任何事都会在方东晓的笔下流淌出来，我们会毫不费力地获知小男孩心底的秘密。同样，聋哑夫妻的心事也会无所遁形，一一呈现。

"一个真正的成功人士，一定会有许多各行各业的精英朋友，彼此的智慧砥砺、锋芒互见，才会不断照亮攀登向上的阶梯。"这是叔叔的名言，他本人也是毕生身体力行着这句话，身边汇集了许多异术高手。除了邵节、司马镜、方东晓之外，还有相术大师查查生、针灸大师顾自知、中医大师慕容琴等等，几乎全港岛的儒雅名士、异术高手都曾是他的座上客。在九七之前的港岛，提及"南七北六十三省盗墓王"陈沧海，连港督都得给三分面子。

叔叔永远都是我进取的榜样，亦是我二十二年来最钦佩的一个人。

"陈风，路上顺利吗？"叶天的爽朗笑声传来，背景音是藏地市集的嘈杂喧嚣声。

我唯有苦笑："在昨天之前还算顺利，今天就不一样了，需要你的大力支援。"接下来，我详细地把遭遇马贼的前后经过告诉他，却故意略过了自己和夏雪的幻觉那一段。在我而言，没有得到确切证实的东西一般不会盲目地讲给别人听，以免造成不必要的误导。

"没关系，我会通知黑道上的眼线密切注意那京将军的动向，报警就不必了。告诉你，未来四周尼泊尔边防军会加大对神鹰会的搜剿，他们一旦后院起火，就无心理会几个手下的死活了。我会马上带人赶往聂拉木县城西南去接应你们，地点定在樟木沟镇南偏西三十度角的贝夏村，离你们现在所处的位置相隔一道山梁。顺利的话，明天黄昏咱们就能会合——顺便，我要带个好朋友给你认识，也是陈沧海前辈的干女儿……"

提及叔叔，叶天的声音明显地低沉了许多。

这一带的地形图已经全部装在我的脑子里，翻过北面的山梁，再走九公里，的确就是那个名为藏语"贝夏"（钱）的小村。名为村子，实际只能看做是一个山谷里最小的藏民居住点，仅有六户人家，外加一个日用品代销店、一个仅有一名僧人留守的倒塌寺庙。

“那就好，记得多带些美酒美食，邵叔和司马叔从进入尼泊尔开始就怀念港岛的海陆大餐了。如果不是为了陪我，他们可能早就在加德满都转机回头，不肯踏上这段又苦又险的旅程了，我欠他们一个大大的人情。”我说的都是实话，要两位前辈一路风霜地伴着我北上，实在不忍心。

叶天又笑了：“他们与陈前辈是过命的交情，不看僧面看佛面，理应前来。放心，我会带西藏最好的美食过来，还有一位秀色可餐、长袖善舞的美女——陈老爷子的干女儿王帆同行，让他们决无怨言。哦，对了，还有一个更为振奋人心的消息，陈前辈的亲生儿子‘定海神针’陈塘已经有了下落，我正在等黑道线人的电话，估计这次不会空欢喜一场了。”

我惊讶地“啊”了一声，随即精神一振，急急地问：“真的？你能确定？”

陈塘是叔叔的独子，比我年长七岁，是港岛公认的盗墓寻宝这一行里的绝对天才。在我刚刚升入中学的时候，他已经独闯江湖，连续在中国与俄罗斯两国的边境线上发现了四座元朝墓穴。两年后，他转战新疆，专门钻研西夏古墓的课题，并且取得了令全球考古界瞩目的进展。很可惜，就是这样一位光彩夺目的盗墓界之星，却在二零零三年冬天的一次北疆冰雪暴中失踪，成了叔叔心头永远的痛。

事发之后，叔叔悬赏五百万港币找寻线索，但新疆幅员辽阔，并且与八个国家为邻（即东北部与蒙古毗邻，北部同俄罗斯联邦接壤，西北部及西部分别与哈萨克斯坦、吉尔吉斯斯坦和塔吉克斯坦接壤，西南部与阿富汗、巴基斯坦、印度接界），找寻工作一度陷入了大海捞针的困境，直至浅水湾别墅血案发生，也没有确切结果。

“希望是真的，其他话见面谈，还是尽量节约一点卫星电话的电力吧。”叶天的回答变得极其谨慎。

希望越大失望越大，谁都不想从梦乡的巅峰一下子跌到失败的地狱里来。

藏都拉萨正变得越来越繁荣，这一点从嘈杂的市声里就能听得出。叔叔说过，每一次进藏，都能感受到这块伟大的沉睡雪域正在被一点一点唤醒，这总是令他惊喜而忧惧。他从没解释过“忧惧”何来，我也简单忽略过去，等他永远地长眠于港岛公墓后，自己才一遍遍后悔。

在邵节、司马镜等六位叔伯眼中，我足够聪明，差不多能接掌叔叔的衣钵，但却总有遗憾不足之处，比起大哥陈塘差的不是一毫半厘。于是，此次选择沿西藏南路北上，交给叶天的另外一项重大任务就是找到陈塘——无论活人还是死尸。

“陈风，明天黄昏见，我也该出发了。”叶天带着笑意挂断电话。我怀疑此刻他身边一定是有朋友在场，说话闪烁其词的。

贝夏村曾出现在叔叔的日记本里，他指出，那地方只能当做夜晚的宿营地，歇脚可以，一旦遇到马贼或者恶劣天气的袭击，只会成为死地绝境。所以，我决定与叶天会合后，不会久留，天明即赶赴拉萨，做长时间的休整。

目前面临的问题是，假如聋哑夫妻与小男孩没有亲缘关系，会任夏雪带走他吗？

我沉思着将目光转向河边，他们两人像雕塑一般木立俯视着河面，已经很久没有改变姿势了。小男孩的藏袍下摆破了一个大口子，时时被风卷起，露出里面灰色的绒裤来。昨天黄昏，当他潜伏在河底时，所有的衣服都湿透了，到现在未必全干吧？

藏民们用牛粪和干柴生火，我曾注意到石屋的角落里仅有一小堆柴草，只怕不够他用来烤干衣服的。

忽然，小男孩挣脱了夏雪的扶持，双手伸到胸前攥住天珠猛地一挣，将皮绳揪断。当他双手捧着珠子举向天空时，十一眼天珠上的白色线条在阳光下散发出诡异的光芒。在本地藏民和进藏者身上看到天珠是很寻常的事，但我此刻发现，那只原生天珠上有着相当繁复的金刚杵、菩提、虎牙、龟甲、如意、水纹图案，属于极其少见的珍品。

以上每一种图案都有相当深奥的寓意，金刚杵象征“密宗法器、降伏妖魔”；菩提象征“觉悟正道、消除灾难、慈悲为怀”；虎牙象征“刚毅坚韧、消除波折”；龟甲象征“长命百岁、延年益寿”；如意象征“完美无缺”；水纹象征“巨大财富”。能够将诸多图案集中在一颗天珠上出现的话，这已经不能算作单纯意义上的天珠，而是一颗奇异的天然石，完全脱离了“藏饰”的范畴。

天珠的藏语发音为“思怡”，寓意为“美好、威德、财富”，梵文则被称作“昧自尬”，其起源可追溯到公元前三千年到一千五百年之间阿利安人的印度古国。当时的人们为求神佛庇佑，因此创造出了天珠。巫师们将古老文献《吠陀经》中记载的咒术、图腾等符号图案造型画在石材上，同时渗透进了各种药物治病，并用巫术咒语的图腾意念把握佩戴，借此来获得诸佛众神的加持护佑。

“那颗珠子他是从哪里得来的？”我的视线不由自主地被那男孩子吸引住了。识货的人都明白，一旦将珠子带出藏地，必定能在珠宝商那里换得巨大的回报，因为它比任何藏饰商场中摆放的珍品都要神奇。

第六章 聋哑夫妻的真实身份

“噢哈啦——”小男孩发出一声类似鸟鸣般的缓慢叫声，随即是两句简短的藏语：“卡内沛巴（从哪里来）？卡巴太卡（到哪里去）？”他是在向上天发问，而手里的珠子亦是敬奉上天，带着无比的虔诚姿态。

我重复着这两句话，不自觉地用佛家的偈语在心底回答：“从来处来，向去处去。”

偈语就像哲学家手里的笔尖一样，总是尖刻而不可捉摸，无法确切地给我们以耳提面命的答案。当我们潜心问佛时，得到的只是心声，亦即存在于潜意识层面的自悟。

邵节突然在帐篷门口一闪，偷偷地向我招手。

我收回心神，快步走回去。那时，向导正在带领民夫收拾帐篷和装备，随时等待拔营起寨。

“有结果了，看。”邵节摊开掌心，一张记录得密密麻麻的便笺纸展现在我面前，“那两个人似乎是尼泊尔那边派过来的，司马监听到他们的交谈内容，与‘伏藏、伏藏师、玛哈嘎拉护法神留下的伏藏谜题’三项内容有关。嘿嘿，小小的一条空旷山谷入口处，竟然汇集了这么多天南海北的江湖高手，真的是很不简单呐！”

他的额头留着未及擦去的冷汗，可见对便签纸上的内容感到非常震惊。

“尼泊尔语翻译来的？”我向司马镜询问。

他稳稳地点头，扬了扬手里的铅笔头，然后低头，继续飞快地记录着。

便签纸上的内容是一行大字、一行小字交错排列的，大字前面标注着“男”字，另一行小字自然就是女人所说的了。

“伏藏师仍然不见下落，这群人又如此厉害，再耗下去会露出破绽的。”这是男人的话。

“离开，去鹰嘴台，最后搜索一遍，然后向西南撤离，避开神鹰会的人马。”

“那个年轻人好厉害，连千日醉都放不倒他，真是少见。咱们在尼泊尔闭塞久了，连江湖上出来这样的大行家都不知道，可见华人世界里的顶尖高手数不胜数，比喜马拉雅山脉的山尖还多。这次回去，咱们还是闭关清修吧，十年后再重新出来，免得处处碰壁。”这又是男人的话。

“千日醉对嗅觉不灵敏的人当然无效，别高估对方。记住，我们是最好的，才被委以重任出来寻找伏藏师，寺庙的振兴全在你我身上，别说丧气的话了。”

“那样，太阳升起三竿的时候就动身，还是用‘磕头遁’的老办法。”这又是男人的话。

“小东西怎么办？扔在这里自生自灭？”

“当然，南去的路本来就难走，带上他毫无用处。这么久了，他从没带给咱们有用的线索，光是傻傻地画画。我跟踪过他，他到鹰嘴台之后，也只是傻愣愣地站着，既不主动寻找门户，也找不到入口。算了，咱们走，通知另外的人持续跟踪监视就好。”文字到这里结束，男人的话占了一多半，隐约透露出他们隶属于尼泊尔的某处寺庙，到这里来是为了寻找伏藏师。

司马镜摘掉耳机，如释重负地长叹：“终于打开了一道缺口。”他扬了扬手里的便签本，“他们来自尼泊尔境内的天龙寺，此行的主要目的是找藏地玛哈嘎拉护法神遗落人间的某件法器。”

天龙寺是一座历史上非常著名的寺院，如今更是亚洲旅游的亮点。如果不是绕路太多，这一次我们北来的时候，大概会去那里探访一番。

“他们要走，我来跟踪。”邵节眼睛里突然有了神光。

“为什么不先卜一卦？老邵，天龙寺是尼泊尔、藏南、藏中、藏北、新疆一线上实力最强大的寺庙，武功、财力、政府支持度全都排在第一位，其影响力约等于大陆的少林寺。我看他们两个都是经过易容伪装的，功夫一定相当了得，千万别大意。按我的算计，要跟踪的话也只能是陈风去，他的应变能力早就得到证实了，比我们这些老家伙们都强。”司马镜立刻提出反对。

我点点头表示同意，因为他对天龙寺的描述非常中肯，没有丝毫的夸大其词。

叔叔久闯西藏，有一次亲眼目睹天龙寺的一位武僧单挑九名藏地黄教最著名的哲蚌寺护院僧，同时以一对九，打得哲蚌寺的人六重伤、三轻伤，溃不成军，而那武僧只不过是天龙寺的末代弟子，入寺修行仅五年不足。

精妙的易容术除了能改变人的脸型外貌，更能将自身的高明武功掩盖起来，外人无法察觉。至少目前为止，我还没能看出他们的破绽，幸好司马镜的监听立下大功。

“我去跟踪，另一方呢，仍旧没有动静？”夏雪向我说过，五花神教五行使来了两位，这话意在震慑，不知其中有没有水分？

“没有，好像死掉了一样地沉寂。按说，解掉千日醉的毒性之后，他们至少会走出来透透气，活动一下筋骨才对。我猜，他们是在等待夏雪的命令，伺机而动。对了，联络到叶天吗？他怎么说？”司马镜处理问题的能力超过邵节，考虑得也多，能够照顾到方方面面，无一疏漏。

“明天黄昏，贝夏村会合，然后一起返回大昭寺。”我简单地述说了与叶天的通话内容。

一听到可能找到陈塘的消息，两个人同时被吓了一大跳，不约而同地连声反问：“什么什么？叶天竟然……”

我比任何人都相信叶天，他的办事能力亦经常受到叔叔的称赞。他说有消息，就一定是证据确凿、板上钉钉的事，既非空穴来风的臆测，也非人云亦云的意淫。

邵节连连摇头：“不可能不可能，陈塘消失了那么久，而且是在北疆的冰雪暴之中失去联络的，一定是被大雪掩埋，冻成了坚冰一块。叶天有什么本事，能从陈年历史中复原一切？陈风，别太相信朋友，现代社会的人际关系那么复杂，轻信只会坏事。”

他与叶天会面不多，两人之间心存芥蒂，所以才会这么说。

我压低声音，缓缓地告诉他们：“夏雪说，自己的同伴是五花神教的梅天蝎与孙柔枪，刻意提醒我不要自相残杀，引得其他黑道人物坐收渔翁之利。这两个人无须更多介绍，所以咱们必须取消一切狙杀计划，跟他们和平相处直至拉萨。”

铮的一声，司马镜取出了他怀中的那面紫铜罗盘，屈指一弹，声音清脆悦耳之至。

“纠正你一下，陈风，是和平相处到‘不能相处’为止，而不是拉萨。与叶天会合前，我们除了翻越北面的山梁外，还得在贝夏村驻扎一个晚上半个白天，意外随时都会发生。说不定到了生死攸关的时刻，我们两个老家伙就得违抗你的命令，自主选择动不动手，怎么样？”他呵了一口气，用皮大衣的袖子仔细地抹拭着罗盘。

我们之间忽然有了小小的尴尬，很有可能他们以为我处处要求对夏雪一行手下留情，是因为美色当前，忘记了该怎么做。实际上，梅天蝎、孙柔枪的战斗力非常强悍，从许多黑道传闻中就能得出“不可轻敌”的结论。

邵节、司马镜养尊处优久了，真正与敌人交手，胜负如何谁都无法预料。

“那是一条蛇脉，以前我从沧海兄的陈述中就有这样的预判，结果走到此地一看，真真切切是一条得天独厚的大好蛇脉，可起高楼大厦，可做富贵葬地。唯其可惜的是，这蛇脉隐藏在荒山野岭间的无名山谷里，没有人肯千山万水迁徙来此，普通藏民又不谙此道，白白浪费了一块大好风水宝地。”司马镜走到帐篷门口，向冰河上游远眺着。

龙脉、蛇脉是五行风水学中排在天格和地格位置上的绝顶好地，即使是只学过三天堪舆风水的年轻人也能罗列出两大宝地的特点、好处、价值。所谓“一命二运三风水，四积阴德五读书”是人类社会改变命运的最主要方式。命运天生，婴儿由父母精血孕育之始已经注定九成，而积阴德、读书又是后天拼命努力的结果，非常之辛苦。于是，好风水便成了庸人一飞冲天的最佳捷径。

司马镜这一门派的二十一代当家人普云大师曾出手帮助过一位李姓青年，替他选取了一块号称为“蚁脉”的坟地，将李家三代祖先的遗骸尽迁于此。结果，李姓青年在港岛商界一跃而红，成了名满香江的船业大亨。

蚁脉比之龙脉、蛇脉相差万倍，犹能给人带来腾飞好运，何况司马镜发现的是万里无一的真正蛇脉。

“卡内沛巴（从哪里来）？卡巴太卡（到哪里去）……”小男孩的发问声持续传来，一次比一次拖长音调，像是游牧藏民们哼唱的放羊民歌。

“他在鬼叫什么？算了，我去叫向导打点一切，准备上路。”邵节有些躁动不安，对司马镜的话并不在意。

司马镜不悦地伸出右掌，轻轻按在邵节肩上："老邵，敬神即神在，千万别出言亵渎。否则，只怕会连累大家。看看，你一路上一直卜到'困卦'，而我观察到与大人物有关的蛇脉，二者相加，岂不是可以推断出山谷里的确有些异样的事发生？"

邵节一愣，不自觉地摸出脑顶珠，双掌盖住，轻轻摩挲着。

"可惜我们不能停留太久。陈风，我猜神鹰会的人盘踞于此，弄不好也是经过了高手指点，有意要侵占蛇脉，以此帮助那京将军转运。我们都知道，在尼、中、印三国的联合打击下，神鹰会的处境日趋艰难，国际社会观察家们甚至预言，那京将军将像金三角的大毒枭坤沙一般自动向政府投诚，然后放下屠刀、立地成佛。反之，如果有风水高手指点，把他的三代祖坟迁居于此，结果就将大为改观。在风水学中讲究'九蛇出一真龙'，意思是一条真龙出世后能够面南背北、坐镇天下，而其他八条蛇呢？只要其他的命理搭配不是太烂，都可以熬到列土封侯的地步。那京将军所要的，或许就是这样的自由，在这个形势微妙的三角区做自己的土皇帝……"

邵节突然向外一指，打断了司马镜的长篇大论："看，聋哑夫妻出动了。"

我走到门帘后面，小心地向外张望。聋哑夫妻已经出了石屋门口，每个人背上都驮着一个行李卷，身上也换成了传统的藏族衣服。那是一种极其宽大的长袍，大领，右开襟，只缝着一枚扣子，袖口、领口和下摆镶着半旧的彩色布边。两个人的脖子上都挂满了大大小小的藏银项链，反反复复地一圈一圈缠绕着，显得又累赘又繁冗。

他们在屋前站了几分钟后，慢慢跪倒，向着冰河上游磕头。

藏族人磕头和汉族人磕头不同，从跪姿到手势都有区别：在港岛烧香拜佛时，我们的手势是双手合掌成一；而藏传佛教中却是双手合拢，左右手的大拇指藏入其中，如同是双手捧着宝瓶，敬献宝物一样，以此来敬磕头者心中最崇高的真神。

"这就是所谓的'磕头遁'吧？够聪明！"邵节耸耸肩膀，观察着另一边的夏雪与小男孩。当后者举着天珠向天发问时，夏雪始终保持沉默，这份镇定与耐力不是人人都能拥有的。

"我负责跟踪二人，你和司马叔招呼人马启程，沿途一定用望远镜不断地巡视，警惕也会有人向我们开枪。邵叔，你能想到‘射人先射马，擒贼先擒王’的招儿，别人也能。你我加上司马叔，就是咱们这队的最主要目标，明白吗？”我必须要他明白，整支队伍只能有一个领头人，那就是我，而他与司马镜应该起辅助作用，最后的拍板定论只能由我决定。

邵节的长脸拉得更长，翻了翻眼睛，默认了我的安排。

在我的计划中，我们上路，夏雪一行也会动身。聋哑夫妻撤离，正好促成了夏雪带走小男孩的事，无须征得任何人的同意。从司马镜记录的偷听内容里，确切表明他们是假冒藏民的尼泊尔僧人，与小男孩没有任何关系。

两个人磕的是等身头，亦即是俗称的五体投地大磕头。磕拜在地时，用整个身体贴于地面，行五体投地大礼。按照佛典的注解，此时双手、双脚和自己磕在地上的头颅将分别得到五方佛加持，通过五方佛加持的力量把地下受苦的众生随着自己结束磕拜起身时带离苦难。

正常藏民磕等身头朝拜时，方向一定是拉萨大昭寺，而他们两个的去向却是冰河上游。如果不是事先做了窃听，险些被他们虔诚礼佛的样子给骗过了。

很快，聋哑夫妻便行出了几百步，他们没有与小男孩道别解释，小男孩也顾自向天发问，看都不看他们一眼。

我故意留在帐篷里，眼看着夏雪拉着小男孩回去。小男孩木讷地被夏雪牵拉着行动，从眼神到肢体都仿佛变成了一具失去灵魂的稻草人，不出声反驳也不表示抗拒。

接下来，夏雪那边的帐篷里也有了动静，民夫收起全部帐篷和睡袋，捆扎在驴子背上。不出半小时，那队人就吆吆喝喝地动身了。从望远镜里细辨，小男孩的身上加了一件挽着袖子的黑色成人羽绒服，那应该是夏雪的随身衣服，坐在一匹驴子背上，被一前一后两个包裹夹挡着，令别人很难发现。

正常的话，他们翻过山梁，也会在贝夏村休整，与我们的步调基本保持一致。

“堂堂正正地拐带儿童吗？”我在心底里暗笑。

“注意蛇脉，特别是注意蛇脉地势正中央的‘王’字，尽量不要践踏到上面。陈风，你拿好卫星电话，有异常状况马上联络，千万不能因小失大。”当我离开大队赶往山谷彼端时，司马镜千叮咛万嘱咐。

我连连点头，目送他们迤逦前行，而后转身向聋哑夫妻追去。

磕等身头的藏民行动都是相当迟缓的，因为他们每下跪一次，都在心里祈祷赞美一遍，不会那么快就起身前进。而我的追踪目标则不然，刚刚脱离了我们的视线后便站起身来，轻轻松松地并排着向前走。从他们的走路姿势看，根本就不是什么夫妻，而是两个货真价实的男人。这也难怪，尼泊尔寺庙里很少有武功绝高的女僧人，为了掩饰身份，就只能男扮女装了。

鹰嘴台在望，天空中盘旋着的秃鹫全都消失了，不过我相信十几具尸体应该没有让它们吃得太饱。关于堪舆风水方面的学问，我在叔叔的熏陶下略有涉及，眼下大致看得出，鹰嘴台恰好在蛇脉的七寸位置，石屋方向则是长蛇之尾，真正的蛇头已经绕过鹰嘴台，继续深入谷中。

在风水文化中，蛇是绝对的吉利动物。它的爬行动作曲折、轻盈、灵动，攻击敌人或者捕食时，气势逼人，快如闪电。

拿眼前具体的地形来说，山脉走势像蛇行一样蜿蜒曲折，灵动有力，忽高忽低，是地脉生气充足的体现，所谓的“小脉似蛇，大脉如龙”之说由此而来。每一条蛇脉也会依据高低变化分为黄蛇出洞势、灵蛇下山势、灵蛇捕鼠势、水上蛇行势、龟蛇相会势、黄鹰打蛇势等，正如哲学家说“天下没有完全相同的两片树叶”一样，世界上也绝不会存在两条完全相同的蛇脉地势。

蛇的心脏在离头部七寸的地方，世人都知道“打蛇打七寸”，故风水师在蛇脉中点穴时会点在相应的七寸位置。大部分蛇的头部为三角形状，面部中心偏上的地方有”王”字的图案，犹如人的额头三条皱纹，故对蛇形地点穴，也有点在王字位置上的，其中的微妙变化，那就得看风水师的水平高低了。

“如果司马镜在场，一定会将鹰嘴台视为这段蛇脉中的尊贵宝地，随随便便迁个朋友的遗骸过来，来日泽被三代以下不成问题。”上次来的时候，注意力全部在神鹰会马贼身上，哪里会管什么风水学的事，以至于要等到司马镜提醒，才发觉自己竟然“有眼不识金镶玉”，心底大呼惭愧。

那时，前面的两个人正要攀登石阶，我可以向右侧退避，躲进几块大石中间，确保他们登上鹰嘴台时也看不见自己。

“却巴（到此结束）。”一柄寒气凛凛的藏刀突然贴上了我的颈侧大动脉，对方先用藏语说了一句，随即用中文、尼泊尔语、日语、英语连续补充了四遍“不要动”这句话。他的藏语说得并不熟练，“到此结束”应该换成“别动”才对。

一听到那个声音，瘦小个子的阿楚立刻出现在我记忆里。

“是中国人还是日本人？会说中文吗？”阿楚的藏刀慢慢发力，迫使我降低身子，我们两个同时躲在大石头后面。黑夜枪战时，他只顾刺杀卡加斯，并没有注意到隐藏在暗处的我，否则现在也不会问这样的问题。

“中国人，陈风。”我用中文回答。

“哦，那就好，原来是中国同胞，总算找到应该有共同语言的人了！”他的声音里有了笑意，但雪亮的藏刀丝毫没有放松，依然不差分毫地抵在大动脉上，“到这里来干什么？不该是游山玩水看风景吧？说，跟踪天龙寺的两个傻瓜是什么目的？”

我艰难地转过头来，看到的是一张满是疲倦的瓜子形瘦脸，脸色呈现出极度营养不良后的干黄。阿楚的五官相貌非常普通，是典型的华人男子模样，淡眉、细眼、小鼻子、唇形极平的嘴，唯一吸引我眼球的是他脖子上戴着的那条“银蛇咬尾”链子，环环相扣，做工甚是精湛。

“说目的。不说，就放你的血。”他面无表情地盯着我。

我注意到，昨天见到的那只装着唐卡的挎包没在他的肩上，大概是被藏在某个地方了。

一想到绘着玛哈嘎拉护法神的唐卡，我的脑子突然一转：“眼前这个岂不就是上天送到门口的引路向导吗？”并且从卡加斯嘴里也听得出，那京将军觊觎这张唐卡很久了，才会派人协助阿楚在本地展开搜索。如果我能拿到唐卡，无形中又增加了与将军谈判的一只重量级筹码。

“我来自港岛，在寻找伏藏师的下落。”不等他发问，我流畅地一口气将这个谎言编织下去，“我的工作，就是为形形色色的雇主打探各种各样的古怪东西。不管是谁，只要给钱，我就带着使命启程上路。天龙寺的人掌握了伏藏师的下落，所以我才跟踪他们。朋友，咱们无冤无仇，相安无事最好。”

架在我脖子上的藏刀还是他从卡加斯靴筒里得到的那柄，刀柄上镶着绿松石和青色蜜蜡，属于藏地刀器里的上等货。

普通谎言骗不过阿楚，只有这种真真假假、半真半假的话才会让他无法甄别，被动相信。

果然，他的眼珠转了几下，嘿的一声冷笑：“凭你这样的角色也敢卷入搜索伏藏师的大事件？这世界真是人心混乱了，是个人就敢到藏地来寻宝、夺宝。

你们把这里当成什么了？是港岛迪斯尼乐园，还是军队里的童子军训练营？老兄，这里是每天都有人丢命的雪域高原啊懂不懂？那两个人是天龙寺最有名的八大高僧之首——彭达拉和丧加。与其死在他们手里，不如让我成全你，毕竟大家是华裔同胞，应该彼此关照一下。不过，临死之前，最好把你身上的值钱东西拿给我，算作谢礼……”一边说，他一边伸过手，将我口袋里的那个日记本掏了出来。

一瞬间，我窥到了格杀他的良机，但却没有行动。

“如果他看到叔叔的日记会有什么反应？会不会失口吐露一些什么？”这才是我的真实目的。

第七章
雪山蛇脉与蹇困之卦

“啊？”阿楚的眉突然立了起来，做了个极为惊骇的表情，“这是‘盗墓王’陈沧海的日记本吗？你是他什么人？或者你是黑道上妙手空空一路的人物，本子只不过是顺手偷来的？”

这种情况下，他对我的挟制已经极为有限，非但无法瞬间取我性命，自身安全也很难保证了。

“朋友，把你的刀拿开再说好不好？”我冷静地微笑着，眼角余光关注着爬上鹰嘴台的两人。

阿楚的表情变得极其复杂，刀锋更加贴近我的脖子，脚步谨慎地后移。

“没听见吗？被刀逼着的人要说话也只是谎话，不如放下刀，我们或许能够互通有无，交流一些情报。人在江湖，求财爱命，何必跟自己过不去？”我意识到，他将握在手里的日记本视为一块烫手的山芋，叫不出是还给我好，还是装进自己口袋里好。

“你是……为……为‘藏地血脉’来的，对不对？每个人都知道，掌握了‘藏地血脉’，就等于掌握了喜马拉雅山脉的生死，藏地上的修行者做梦都想变成那种至高无上的掌控者。你必须得死，必须得死……”他的话变得非常奇怪，忽然提及“藏地血脉”，脸上带着难以名状的恐惧。

啪的一声，日记落地，压折了七八根纤细的枯枝。

我下意识地屈膝俯身，将自己完全隐藏在石头后面，免得惊动居高临下的两人。喀啦喀啦两声，那两人从背上的行李卷里倒出了一组乱七八糟的零件，迅速组装为一支蓄电池冲击钻，空转测试着。

这可不是什么好兆头，在石壁上打叉的马贼被突如其来的闪电劈死，如果有人胆敢钻凿石壁的话，大概不会有好结果。

“我把日记还你，你得保证对任何人都不会提起咱们见面的事，好不好？”阿楚鼻尖上渗出了汗珠，小心地把日记本捡起来送到我手边。倏忽之间，他的掌心在日记本封面上用力摁了两下，不仔细看的话，完全注意不到。

“好。”我大度地笑着，伸手去接。

他的唇边立刻泛起了狡诈而得意的笑容，冷不防我五指向前一滑，按在他的腕脉上轻轻一捏，咯啦轻响，他的腕关节支撑骨骼已经被从中拗断，再也无法发力。那是一个行云流水般的连续动作，当他张嘴呼痛时，我双手齐发，左手卸掉了他的下巴颏，右手夺刀，刀柄在他膻中穴、气海穴、左右环跳穴上连敲四下，把他变成了一个不能说、不能跑的废人，软绵绵地瘫坐在地。

“在日记本上动手脚，好玩吗？”我抓住本子的一角，在他膝盖上来回蹭了十几次，一层淡粉色的有毒细末留在了他的衣服上。

“哈啦啦、哈啦啦”，电钻飞转起来，噪声惊飞了冰河边饮水的十几只无名小雀。

“天龙寺的高僧？”我不禁摇头苦笑。如果暴力钻凿管用的话，神鹰会的人早就干了，何必等到外人插手。阳光照耀下，石壁上那张岩画越来越像两扇石门，再加上那两人的动作，使得我的思想也有些混沌起来，“那是门吗？还是某个特别具有想象力的人在此处绘下了自己的判断图？如果是门，像阿楚这样的轻功高手，怎么会百般搜寻而一无所获？”

我蹲下身子，用右手小指沾了一点粉末，作势要涂在阿楚唇上。

他吓得向后猛躲，双眼眨个不停，看来这是一种要人命的剧毒。

“你是哪一派的人马？我只听实话。”我替他安好了下巴，藏刀也随随便便地斜插在旁边。

“我没有门派……这些是残神花磨成的毒粉，一进入呼吸系统就会变成寄生虫卵，一周内发育为蚕食人类气管与心肺的‘残神虫’。放过我吧，我保证不敢再班门弄斧了！”他只差没有跪地求饶了，一把鼻涕一把眼泪地跪在我脚边。

“残神虫”的发明者是北疆的一位哈萨克族奇人艾买提达达姆，属于西北地区非常出名的三大毒物之一。早些时候，港岛黑道上就有人中过这种毒，死后解剖时肺脏不复存在，只剩下一个立体纱网般的东西，像被几百条春蚕啮噬过的一摞桑叶。

“你为谁工作？”我的问题旨在拖延时间，分散阿楚的注意力，真正要问的是那张被他小心珍藏的唐卡代表了什么意思。

电钻空转了十几次后，开始对准峭壁调整位置，向着壁画的中心点钻了下去。粗略估计，加长钻头长度约在四十厘米左右，钻透普通石门差不多够了。

“咱们换个地方说行不行？我怕上天降罪，干掉他们两个时殃及你我。我的行李都放在北面那个茂密一点的树丛里，你问什么我都会老实回答。诚如你说的，任何事都能坐下来谈，彼此商榷出一个双方满意的结果。”他也是经历过闪电杀人那一幕的，深谙“安全第一、小心为妙”的道理。

我看穿了阿楚的心思，推了他一把，示意他起身向北去。只走了二十几步，便看到一块平坦的石台上放着一件草绿色的军大衣，脏兮兮的，都快看不出原先的颜色了。那只放着唐卡的挎包就在大衣旁边，仔细观察，装着唐卡的圆筒轮廓依稀可见。

“他妈的，怎么钻不动？这些石头比钻头还硬，十几圈下来就卷刃了。”石台上的人忙活了好几分钟，石壁纹丝不动，连个白印都没留下。

这一次，预想中的闪电并没有出现，两个人连续变换了四五个地方，仍是相同结果。

“我的东西都在那里，其实我只为钱工作，谁给的钱多我就听他的。还有什么话，请尽管问，我一定知无不言、言无不尽。”我们此刻站的地方完全避开了鹰嘴台那边的视线，所以可以直起腰来放心交谈。

再向北去，树丛越来越稀疏，百步之外便只剩下裸露的山石，满目都是苍凉青色。

我很想一步拿到那张唐卡，但阿楚的迟疑脚步却令人生疑。

“你的唐卡呢？能否借给我看看？”我停下脚步，凝视着那块石板。

“就在那里。”他答应得如此爽快，更证明了心中有鬼。

“拿给我。”我淡淡地笑了。尔虞我诈的江湖，无处不在斗智、斗力，然后胜者升天堂，败者下地狱。那只挎包，就是别人为我准备的下地狱的陷阱。

阿楚走向石台，左前方约四十步外陡然有人冒出头来，我想都不想立即侧扑，避开了那人射出的第一颗子弹。接着，第二颗、第三颗、第四颗……听不到枪声，只看到子弹射中石头时迸射出的灿烂火星。很快我就明白了，敌人不想杀我，只是要逼我放掉手里的阿楚。等到射击稍停时，我从几块大石之间向石板那边眺望，大衣、挎包、阿楚全都消失了。

与神秘的唐卡失之交臂，不能不说是一件令人遗憾的事。半分钟内，我从乱石间迂回前行，扑到了射手出现的位置，竟然发现一具白森森的骨架斜靠在四块石头垒成的“椅子”上，膝盖上横亘着一支长枪，枪管犹然发烫。

“一个很有幽默感的枪手！”我盯着遍布鹰喙啄痕的骨架，对这位电光石火间射击、从容不迫撤退的高手举手致敬。江湖人的最高境界正是如此，把杀人、任侠、战斗都当做一场游戏，一进一退，从容洒脱，绝不留下任何仓皇慌张的败笔。在港岛时，只有黑道上的第一快枪手皇甫成才能达到这种水准，让同行们顶礼膜拜。

最糟糕的是，那对冒牌的聋哑夫妻也消失了，大概是这边短暂而激烈的战斗惊动了他们。

我慢慢地回到鹰嘴台下，昨晚的篝火灰烬还在，鹰群也如我所料消灭了尸体，那么是谁收走了所有枪械呢？是阿楚和他的杀手同伙吗？现在我想起来了，骨架身边的长枪也是属于马贼的，枪手不过是就地取材而已。

“啊……”隐隐约约的一声惨叫随风而来。

我环顾四周，山风改变了声音的来处，目光所及之处，只有低矮的树丛、奔流的河水和沉默的岩石。此刻，我站的位置就是蛇脉的七寸之地，假如有人依照生辰、亡时、八字、命理将三代或者上代祖先的骸骨迁移至此，掘地七尺深埋的话——头向蛇头、臂揽蛇颈、脚蹬蛇尾，下两代之内，必定有男童贵不可言，成为政治上独占一方或者商贸类某一个大行业的人物。

诚如司马镜所说，藏地人烟荒芜，可惜了一块风水宝地。

晋代风水名著《葬书》中说：葬者，乘生气也，生气见风则散，见水则聚。鹰嘴台附近地形正符合“山护、水环、鸟羽覆盖其上、杂灌铺陈于下”的宝地宗旨，山系的能量在地下传输，水系的能量在地面传输，山水会聚之所，就是阴阳能量交汇之所。

在风水学上认为，山脉高耸的地方，地下生气旺，低陷的地方，地下生气衰。自古以来，风水的基本要求就是山环水抱，作为帝王陵寝的风水或者作为都城的风水，则要求后拥名山、前绕大河、远有朝岸、左有高山，形成明堂开阔、气魄宏大之像。

“他们进去了，他们进去了，他们进去了……”一个穿着青色羽绒服的年轻人突然从南边的树丛里狂奔出来，手里提着一架黑色的微型摄像机，根本无视我的存在，大步上了石阶，一步三跃地登上鹰嘴台。

他的背上斜挂着一支微型冲锋枪，但此时枪口向下，背带扭成了麻花，应该是跑得太急，什么都顾不上了。

“天呐！天呐！我亲眼看见两个活生生的人从这石壁上钻过去了，这一幕简直是太神奇……太神奇了！”年轻人双臂举向天空，像疯子一样咆哮怒吼着，穿着登山靴的双脚在石壁上乱踢乱踹。

我警惕地盯着他，并不出声打扰。

“喂，你看到没有，两个人站在这里抓着电钻比比画画，然后不知怎么的就一步跨进石壁里面去了。我亲眼看见，他们的一只手还留在外面提着电钻，然后……然后就消失了，就在这里，哈哈哈哈，是被这座山谷里的妖魔鬼怪拖走了，拖走了……”年轻人回过头来，挥舞着拳头，语无伦次地向我吼叫着。

“我没看到，详细说说？”我保持冷静的微笑，缓步走向石阶。

整个鹰嘴台都暴露在明亮的阳光下，年轻人的一举一动都在我视线之内，所以我并不担心他会突然发难。只要有零点零一秒的腾挪时间，我自信就能避开他的任何袭击。

走到石阶一半时，我迅速回头俯瞰，生怕再有意外敌人出现。邵节、司马镜他们已经启程，千万别让敌人抄了他们的后路，给两队人马都造成无法弥补的损失。

“小兄弟，冷静一点，你看到了什么怪事？说来听听？”我半抬着手臂，从阿楚那里缴来的藏刀掖在袖筒里，保持振臂激射的戒备姿势。

“我说过了，有两个人被石壁吞没了，就在五分钟前。你别过来，免得一起变成妖怪的午餐。”他转过头去，举起摄像机，对准那幅岩画从上到下扫描着。那种索尼牌的摄像机具有五倍光学变焦的作用，能够当做放大镜使用。

岩画只是岩画，石壁仍是石壁，唯一特别之处，就是电钻竟然连一点石屑都没弄下来。

其实我已经听懂了年轻人的意思，他是说天龙寺的两个人消失在石壁里。无论他们是被动的还是主动的，坚硬如铁的石壁怎么会突然出现了供人通行的空洞？可惜，我被阿楚和他的同伴算计，单单错过了这精彩而诡异的一幕。

岩画的中间，是两条近乎重叠的垂直线，等于是两扇门的门缝位置，但无论从哪个方向望去，那都只是木炭笔的黑线而已。青色的石壁陡峭地直耸向上，偶尔有灌木丛的枯枝从岩缝里伸出来，灰乎乎的虫足蜥脚一般粘连在石头上。

“别过来！”蓦地年轻人急速旋身，左手操起冲锋枪，向我吼叫着。

我一个箭步冲上去，抓住枪管轻轻一带，将他的身子扯得失去平衡。他向前扑跌过来，手里的摄像机也落在我的掌心里。年轻人还要挣扎，被我在颈部一戳，立刻缩成一团出声不得。

“别乱动，我就不会伤害你。”我挥手卸掉了冲锋枪的弹夹，扬手扔下石台，暂时解除了他的战斗力，可以专心看摄像机里拍到的内容。当录影带快退到终点，从头开始播放时，我惊讶地发现，他竟然把我、阿楚、假冒夫妻全部拍了进去，可见这个人一直遥遥地跟在后面，关注着我们的一举一动。

我向北侧移动，被阿楚藏刀逼住这一幕也在，他还特意拉近镜头，给了我的脖子一个定格特写。之后，摄像机的镜头便始终瞄准鹰嘴台上，将电钻作为焦点。实际上，拍摄者也料不到即将发生的事，我发现提着电钻的那个人身子突然前冲，像是失足踏空一样，半截电钻都消失在石头里。他无法稳定下盘，俯冲向前，结果右肩、右腿首先消失，接着是大半边身子，只余下一条左臂在外面，五指拼命张开，似乎是想抓住些什么，好让自己停下。

“果然是进入了石头里！”我倒吸了一口凉气，左跨一步，看着眼前还没有完全擦拭干净的炭笔叉号。录影带上的人就是从叉号位置消失的，而他的同伴，则是在大惊失色之下，双手扣住这人的左臂，大力向外拖拽。石头的吸附力量非常大，拉人者最终也钻入了石头，成了凭空消失的第二个牺牲品。

现在，我发动全力去推这石壁，一寸一寸挪动，去试探可能存在的暗洞，却终无所获，也无法撼动。

“他们一定是成仙了，被雪域的神佛们带走，成为神佛中的一员。这样的过程，比起活佛的灵童转世、接掌衣钵更为玄妙，如果不是亲眼所见，谁会相信？”我放弃了进入石壁的企图，抓住年轻人的领子，把他拖拽起来。

“我是神鹰会的人，你杀了咱们那么多兄弟，将军说必须得让你和你的女人付出代价。我的目的仅仅是跟踪，大杀手们已经从尼泊尔境内启程，等着买棺材盛殓自己吧！”年轻人缓过气来，露出了恶狠狠的嚣张嘴脸。

我盯着他的眼睛，这是一个黄皮肤、黑眼珠的华人，却甘心帮助尼泊尔人来攻击自己的同胞，良心早不知丢到哪里去了。

“放你走，你能走出这条山谷吗？”我按着他的肩，不急不躁地问。他的身边没有携带干粮和饮水，附近一定还有他的同伴存在。

年轻人一愣，直了直腰，狐疑地问：“你会放我走？”他是那么年轻，嘴唇上的淡淡茸毛还没有完全变黑，如果放在港岛，应该还是念高中的年龄。

我笑了笑：“走吧，放你走，不过千万不要让我第二次遇到你，否则决不留情。”与神鹰会的梁子结下之后，就像长绳上的死疙瘩结，永远都解不开。不过我并没有任何的后悔或者恐惧，兵来将挡、水来土掩好了，反正行走江湖的人日夜都会遇到风雨，看得淡了也就能泰然处之了。

年轻人嗖地跳起来，背靠着石壁死瞪着我。当他发觉我不像是在调侃自己时，马上冲下台阶，涉水趟过冰河，准备直奔正南面的树林，把摄像机里最珍贵的资料留给了我。他是对的，正因为年轻，才更应该珍惜生命，让未来的每一天都过得多姿多彩。

他踏上了冰河对岸，刚刚来得及跺跺脚，甩掉裤管上流淌着的冰水，一颗子弹从正前方扑来，射中了他的额头，令他整个人都向后腾空飞起，哗的一声落在冰河里，亮晶晶的冰水里立刻开了一大朵鲜红的花。他果然有同伴，而且是杀人灭口的同伴。

最终，我带着摄像机归队，跟在夏雪那一队的后面，开始攀登山梁。

“陈风，有何发现？”脸上带着微微酒意的司马镜第一个发问。

“聋哑夫妻失踪，神鹰会的人并没有远离，仍旧紧跟着咱们，等着捡拾战利品。到达贝夏村后，全体人员借宿到民居里，千万不能再给他们可乘之机了。”千日醉之毒防不胜防，甚至只有在失去行动自由时才会恍然觉醒。躲进民居，最起码减少四面受攻的危险。

司马镜点点头，从口袋里摸出一块藏银工艺的圆形牌子：“看这个，夏雪送来的，要我亲手拿给你。如果有什么话想说，就亲自去见她。”

我接过牌子，上面刻得是藏文的六字真言，凹凸之间，精美立现。

“去看看吧，即使只是因为礼貌问题。沧海兄平时就告诫过我们，有一天他不在了，你的婚事就托付给我们俩。夏雪还算不错，而瑞茜卡亦是办公室白领中的佼佼者，两者任选其一，你将会过得无比快乐。”邵节在旁边帮腔。

我谢过他们两位的好意，越过向导和挑夫，急步赶到夏雪身边。

“夏小姐，这东西哪里来的？”我以为这又是她从那小男孩身上搜刮到的。

藏饰以其古朴、粗犷、神秘的特性为人们所喜爱，在佛教盛行的藏地，首饰品已经不再是简单的装饰，已经成为藏族人生活中的一部分。无论是在日常生活、节日中还是去朝拜，人们都会“浑身披挂”各种装饰品。头上戴的巴珠、簪子、发卡；发辫上拴着的银币；耳朵上的大环；项间戴的项链、托架、嘎乌；腰上系的图纹腰带，悬挂的火镰盒子、藏刀、腰扣、鼻烟壶；手上戴的各类戒指手镯等等等等。在这里，牛骨、纯银、藏银、三色铜、玛瑙、松石、蜜蜡、珊瑚、贝壳等都是藏饰的主要制作原料，取自于大自然，并且是完全手工制作，不借助于任何工业机械。

夏雪嘴角噙着笑意：“你以为呢？”

她身前十步就是梅天蝎与孙柔枪两位五花神教高手，两个人垂着头、缩着脖子走路，对我的到来毫不理会。

“是那小男孩的，亦是伏藏线索的一部分？”我不再拐弯抹角。

“是，就在他身上的藏袍里裹着，字迹凸出的部分印在他胸口的骨骼上，几乎成了一行伤疤。”夏雪把银牌拿回去，轻抚着上面忽而纤细、忽而粗重的藏文字迹。

“要他开口说话吧？我真怀疑，此刻不说，不定什么时候飞来一颗流弹，他想说都没有机会了。”我说的是实话，比如鹰嘴台前的那年轻人，指望从我手上逃生，却在同伴枪下做鬼，死得不明不白。

夏雪耳朵上扣着一副单边耳机，忽然眉尖一挑，嘴角笑意加深：“困卦，又是困卦。陈先生，你该回去安慰一下邵先生，就算占卜到第一百次困卦也不必丧气。事在人为，让大人物束手无策的困卦，是否正是代表某些后来者的腾飞之初——比如你。”

我猛然明白，司马镜能在别人帐篷里安窃听器，对方也能如法炮制，向我们这一队人下手。刚刚一定是邵节卜了坏卦发牢骚，完完全全地被夏雪听到。

困卦的完整卦辞是这样的：

困：亨；贞，大人吉，无咎，有言不信。

初六：臀困于株木，入于幽谷，三岁不觌。

九二：困于酒食，绂绂方来，利用享祀，征凶，无咎。

六三：困于石，据于蒺藜，入于其宫，不见其妻，凶。

九四：来徐徐，困于金车，吝，有终。

九五：劓刖，困于赤绂，乃徐有说，利用祭祀。

上六：困于葛藟，累于臲卼，曰：动悔有悔，征吉。

在我看来，两队人马越过面前的山梁，迤逦入住贝夏村，才是真正对应“困卦”的地方。

第八章
山梁上放飞风筝的玄机

“你又找到了什么好东西？可不可以拿出来交流一下？”夏雪把牌子拿回去，向上面呵了口气，用袖子轻轻擦拭着。

那架摄像机就放在我的背包里，资料还没来得及跟邵节、司马镜分享，当然不会在此刻拿出来。我沉默地摇摇头，抬头望了望太阳，从口袋里取出防紫外线墨镜戴好。在藏地，晒黑晒不黑都是次要的，关键是做好紫外线防护，否则要吃大亏。

夏雪举起望远镜，向山梁最高处眺望着。

“要在贝夏村驻扎休整一下吗？”我试探她的口风。

“当然，据向导说，贝夏村那个仅剩一间屋子根基的残破寺庙很有来历，其历史能一直追溯到元朝初年蒙古铁骑横扫欧洲的年代。想想看，就算在拉萨那边，年代如此久远的古建筑遗址也不多见了。”夏雪微笑着，尖削的五指紧握着那面银牌，手背上的青色筋络不自觉地绷紧，显得稍稍有些紧张。

山梁之上，即是蓝水晶般的澄澈天空。藏地的天和水，都是令人只看一眼便终身铭记不忘的东西，至蓝、至纯、至清，仿佛一个人在豆蔻年华的初恋，时时带给自己发自内心的莫名感动。

“等一会儿，陪在我身边好吗？不要走远，我有话说。”夏雪放下望远镜，张开手掌，银牌上的六字真言也在她掌心里印下了痕迹。

我默默地点头，甘愿做她的听众，同时整理自己的思路。在鹰嘴台上，年轻人被射杀后，我第一时间跃下石台，藏身于树丛。其实杀手有机会向我开枪的，但不知什么原因，杀掉同伙后便停手撤离了。

“放长线钓大鱼？”我曾如此自问。纵观那京将军的发迹历史，可以明确地知道他是一个心机极深的人，从尼泊尔特种兵部队里的下等兵，到特种部队一流高手，再到世所公认的廓尔喀第一勇士。别人二十年才能做到的，他仅仅用了七年便完成，然后功成身退，创建神鹰会，站在了政府军的对立面上。

“只有战死的勇士，没有活着的懦夫”这是那京将军在电视台的采访中举着廓尔喀“狗腿”弯刀喊出的血淋淋誓言。他麾下的核心战斗高手，几乎都是经历过英国各次战役的超级雇佣兵，不论是在地形险恶的战役，抑或是突袭行动，都让对手不寒而栗。

“在想什么？”夏雪伸出左手，在我眼前晃了晃，打断了我的沉思。

“我在想，咱们这两队人浩浩荡荡地北上，不知道会惊动多少黑道人马的注意力。下一次进藏，大家最好能各自选择更平坦的路线，比如港岛直飞北京，然后坐火车去拉萨，会更安全一点。”我故意隐瞒自己的心事，如果不是为了追查叔叔的死因，谁又会故意爬山越岭而来呢？

“如果不是有所追求、有所期待，何必舍近而求远呢？”夏雪悠悠长叹，用词不同，但话里的意思直指我的心事，仿佛能一眼看透我的思想一样。

“夏小姐，你在追索什么、期待什么？”我抓住她的话题。

“知我者谓我心忧，不知我者谓我何求？悠悠苍天，彼何人哉？”她用一句模棱两可的话回答我。

二十四小时内，瑞茜卡会查到夏雪的全部资料。到那时，这个神神秘秘的女孩子脸上的面纱就该除下了，再不需要我捉迷藏一样地苦思着她的内心世界。想到兢兢业业、干练睿智的瑞茜卡，我的嘴角不自觉地浮现出一丝欣慰的笑容。正因有她，我才毫无后顾之忧地一路进藏。

“北偏西三十度，山梁最高处有狙击手！”司马镜陡然大叫起来。

我来不及回头，一把揽住夏雪的细腰，向最近处的一头骡子旁边扑倒。紧急中我在她耳边急促低语：“小心！”她的发丝飞扬起来，带着幽香传入我的鼻孔，柔软的身子也紧贴着我，像一头受惊的小鹿一样双臂绕住我的脖颈。

向导和民夫们呆立着，不明白眼前发生了什么事，包括梅、孙两位都垂着手，茫然地站在前面。

小路与司马镜所说的位置直线距离接近一千米，当我举起望远镜观察时，镜头里只有山天相接处的不规则横线，青色的山石和战栗着的枯草历历在目，唯独不见狙击手的影子。在长达五分钟的仔细检索后，我确信狙击手已经受惊离去，才缓缓地松了口气。

司马镜赶上来，向我伸出手："没事了，敌人很警觉，看到我们有了防备，马上撤退。"

训练有素的射手都明白，超远距离狙杀时，务求在对方毫无察觉时扣动扳机，近乎等于向绝对静止的目标射击，才会有百分之百完成任务的把握。否则，目标的轻微移动，都会造成射击精度的巨大误差，只会打草惊蛇。

我抓住司马镜的手弹身而起，反手拉起夏雪。

"我猜，狙击手是为你而来。"司马镜意味深长地笑了，右手托着的罗盘轻转，反射出的炫目光环落向梅天蝎、孙柔枪的后背。

"荣幸之至。"我不想在夏雪面前演戏。她是聪明人，说一些旁敲侧击的话给她听，只会适得其反，倒不如什么都不要说，假痴不癫地拖延到贝夏村再作打算。要知道，队伍翻越山梁的过程中，约等于开阔地带上的野兔，时刻暴露在敌人的瞄准镜里。唯有放下个人恩怨，加快行进速度，才是保命的第一原则。

梅天蝎慢慢地转过身，左手遮在前额上，挡住强烈的阳光，右手则横伸出来，插入罗盘反射的光环里。

"阎王要你三更死，谁能留人到五更？拿开你的镜子，不想死的话。"他的左耳根下，留着一块手掌大的紫色伤疤，一直延伸到脖子后面去，把本来算得上清秀俊逸的一张脸，横向拉扯变形，白惨惨、阴沉沉的，像是一名盯着围栏里待宰牛羊的屠夫。

司马镜手腕一翻，罗盘收回袖子里，嘻嘻笑着："小兄弟，这是罗盘，不是照妖镜。"

孙柔枪跟着回头，若有所思地眨了眨明亮动人的双眼，嚓得打了个响指，微笑着开口："老前辈，这里没有妖，当然无须照妖镜。不过，这里不是港岛的花花世界，在藏地生存，不是摆摆架子、卖卖交情就能平安无事的。任何时候，都要真刀真枪、胼手砥足地去拼命，才能给自己寻一条路出来。我能送给老前辈的只有三个字——'别惹我'，当然更不要惹我的朋友们，否则就会死得非常非常难看，玷污了藏地这片大好的风景。"

他的话，比梅天蝎更伤人，根本不把司马镜放在眼里。

"是吗？小兄弟不要太嚣张啊？像你们这样有事没事说狠话的角色，港岛黑道上多得是，但最终结果怎么样？大大小小的古惑仔都死的死、关的关、跑的跑，最后不还是由我们这种老家伙出来收拾残局？所以说，话要少说、饭要多吃、事要多知啊……"司马镜今天的表现很反常，像他那样低调而沉稳的人，是不该迫不及待地跳出来跟别人口角的。反之，一向暴躁的邵节却远远地跟在队尾，不走过来凑热闹。

啪啪两声，梅天蝎双掌连拍，耳根下的紫色伤疤骤然变得血红。

夏雪适时地举着双臂插进来，将两方隔开。

"铁卡代代（那是什么？）、铁卡代代……"站在我们后面的一个藏民突然指着天空大叫，引开了所有人的注意力。就在正前方的山梁顶上，一架白色的风筝摇摇晃晃地升了起来，随着风向，慢慢地向西面飘动。

"大家不要吵，过了山梁再说。你们马上向前走，不能对老前辈无礼！"夏雪向前一指，严厉地命令梅、孙两人。那两人毫不争辩，向后转身，像什么事都没发生过一样抬腿走路。

司马镜略显失望地摇摇头，不理会夏雪脸上歉意的笑容，重新回到队尾，与邵节走在一起。

"走吧，有风筝升空，就一定有放风筝的人，前路上也就不会寂寞了。不过，别把他们两个的态度放在心上，这是我请来的保镖，脾气怪了一点，但身手还算不错。"夏雪拍打着大衣的下摆，用微笑掩饰着一切。

请五花神教的两大高手做保镖，亦不是人人能够办到的。我不想揭穿什么，假如双方都用窃听器互相算计的话，就等于大家在打一局明牌，谁要出哪一张都心知肚明。

现在，我的注意力全部放在那只在半空中扭摆的风筝上。印象中，我好像在某个地方见过它，这是一只形状极不规则的风筝，扎制手法非常拙劣，样子既不像鸟也不像动物，只能勉强叫做"风筝"而已。

"在哪里见过？梦里？画册里？"

我数次举着望远镜观察，立刻引起了夏雪的好奇："陈先生对风筝很有研究吗？如果我没猜错的话，那就是贝夏村寺庙的唯一留守者放上天的。那位僧人有个非常奇怪的习惯，就是每隔十天左右，自己费力地扎一只风筝放飞，十几年来一直如此，常走这条入藏道路的人都见怪不怪了。没有人看懂他的这种行为有什么意义，关键是他做了十几年风筝，手法依旧拙劣得像一名新手，弄出来的成品让外行人看了都忍不住偷笑。如果你感兴趣，咱们入住贝夏村后，我带你去见识一下。”

叔叔的日记上似乎也提到过这件事，但人的思想就是如此奇怪，只有亲眼看到某样东西，才会触发脑子里的灵光。

“多谢，我自己会去。”我虽然这样回答，但深知自己关注的是风筝，而不是制作并放飞它的人。

风筝一直向西，在我的远眺目送下，渐渐消失在明朗的天幕里。

海拔表显示，山梁中部海拔接近两千五百米，粗略估算，翻越山梁时，海拔会超过三千米，也就是人类出现“高原反应”的高度。

梅天蝎、孙柔枪两个会那么听话地服从夏雪的命令，于我而言也是一种惊诧。五花神教属于黑道江湖中的异类，而炼蛊师这种职业注定了他们的性格必定极其乖戾。夏雪是什么身份，能命令得了他们？

如此一想，我的后背上突然冒出了一层冷汗，忙不迭地摊开手掌，看看刚刚揽过夏雪的细腰后会有什么古怪的反应。还好，掌心一切正常，身体反应也没什么不妥。

中午十一点半钟的时候，我们到达了山梁的最高处。如果放在普通的登山者身上，一定是忙着回顾、前瞻，然后拍照留念，但我们一行只是默默地前进，连多说一句笑话的心思都没有，包括向导和民夫在内，每个人脸上的表情都变得沉甸甸的。

下山的路变得稍微平坦了一些，贝夏村的石屋正出现在视野的远端，而村前的一条小河犹如柔缓的玉带般，在村西拐弯，绕向村南，然后一直向东流下。可惜，村子里没有炊烟，也没有人和牛羊的影子，只是显现出一派荒山孤村的凄凉。

夏雪舔了舔干裂的嘴唇，冷静地下令：“加快速度，到贝夏村再停歇休整。”

我看看腕表，估计最快抵达村子的时间也该在下午四点之后，于是退回到队尾，与邵节、司马镜并排走在一起。

“我是故意激怒他们两个的，对方太冷静、太沉默了，不给咱们一点可乘之机。陈风，你会不会怀疑夏雪亦是五花神教的高手？”司马镜的话，印证了我对刚才那次小冲突的直觉判断。

我不敢轻易就下结论，这关系到大家合作的基础，并且当我们三个人都把夏雪作为头号敌人的时候，她的处境就非常危险了。

“我看到那个风筝，心里忽然有一种似曾相识的感觉。邵叔，你可不可以帮我卜一卦？”我接过邵节递过来的水壶，并不急于回答司马镜的提问。

邵节耸耸肩，不屑地回答：“那不算是一个风筝，只是几根竹篾胡乱缠在一起，再裹上一大张粗糙的马粪纸罢了，比学龄前幼童做出来的还要蹩脚。”

我仰头喝了口水，向西边远眺，只有沉默的青色山峰连绵起伏着。入藏以来，感受最深的就是这片高原的亘古静默，像一名沉睡中的巨人，浑不理会外来者的喧嚣打扰。不过，沉睡者总有一天会清醒过来，会做出令大地震颤、山川毁缺的大事——这不仅仅是我一个人的直觉，叔叔无数次说过同样的话。他在每次入藏之时，都是怀着敬畏、庄严的朝圣者一样的心情，不肯破坏藏地的一草一木、一花一石，仿佛一那样做，就会弄醒巨人，给雪域带来毁灭性的灾难。

“不单单是马粪纸，而是加了一层上好的宣纸。”我淡淡地纠正他。

“咦？又是困卦？”邵节的双手笼在袖子里，占卜完成后，悚然一惊，诧异地低叫着。他转过身，向刚刚跨过的山梁张望着。地点的转换势必造成卦象的更迭，特别是先后的两次占卜被山梁隔开后。

司马镜皱了皱眉，不安地问：“老邵，你是易经八卦的大行家，怎么会出这种怪事？”

在占卜师那里，山梁代表刀锋，能够截断一切是非。不论好卦坏卦，过山即转运，越岭则折返。如果在山南面邵节时常得到“困卦”，到了山北应该转换为吉利祥和的“谦卦”才是。

邵节轻咳了一声，茫然环顾四面的群山，最终沉重地摇摇头：“我不知道，从离开尼泊尔加德满都开始，所有的卦象就变得紊乱起来了。”

“既然如此，不如把脑顶珠收起来，屏息静气，感悟藏地的灵光，抱元守一，或许能够重新恢复占卜的力量。老邵，沧海兄提醒过咱们无数次，要想让思想无限接近天意，就要多来西藏走几遭，因为这里是普天之下唯一没有被污染的净土。咱们早早听他的教诲就好了，现在才来，不过是亡羊补牢，不知道会不会太晚了！”司马镜感慨地喟叹着。

本来，他成功地激怒了梅、孙两人，但对方的怒火却被夏雪当头扑灭，等于是被夏雪釜底抽薪，破坏了他的计划。这场斗智，他已经实实在在地输了。

在“困卦”中抱残守缺，心念合一，不躁动、不盲从，也能将损失降到最低。在我看来，驻扎贝夏村，正是从困境中腾飞的转折点，而且我很想去见见那位放风筝的藏僧，看看到底是什么样的信念支持他年复一年地做同样的事。

“等瑞茜卡的报告到了，再讨论谁才是咱们最大的敌人。”我的话，意在告诫司马镜不要妄动，五花神教的人并不好惹。

“但对方已经抢先动手了，刚刚那狙击手，明显就是对方安排好要狙杀你的。被我喝破之后，立刻逃走。你看到没有，夏雪、梅天蝎、孙柔枪三个在明知山梁上有杀手的情况下，始终背对那个方向，不做任何防范，这种状况怎么解释？唯一的答案就是，杀手是他们调遣过来的，只会向咱们三个动手。陈风，我怀疑你已经中了对方的……”

我一笑，示意司马镜噤声，不要说出最后的答案。

“我们三个，把各自的答案写在手心里，看看是否相同？”我第一个取出签字笔，在掌心里写了“销魂蛊”三个字，然后递给司马镜。他写完，又递给邵节，然后我们三个把紧握着的拳头并在一起，同时展开手掌，各人掌心里是一模一样的名字。

“销魂蛊”是苗疆蛊术中的一种，相传是由元末明初的一位苗疆公主所创。当年她爱上了一位汉人才子，想跟他缔结连理，却遭到婉拒，因为对方早在京城有了自己的爱侣。于是，苗疆公主用“双飞燕子虫、磕头谷、不悔花、断肠草、五劳七伤水、鬼月光、阴阳钵”等七种蛊苗混合在一起，制成了迷惑人心的“销魂蛊”，令才子拜倒在石榴裙下，忘掉一切，眼里只有公主一个人。

所以说，这是一种制造“爱意”的迷魂术，与普通意义上的“杀人蛊”截然不同。

如果夏雪向我施展的是“销魂蛊”，我会变成她的精神俘虏，甘愿接受她的任何差遣，并且甘之如饴。

“对吗？”司马镜刨根问底。

“不对吗？”邵节窥到了我眼底的笑意，亦有些紧张地问。

我缓缓地摇头：“没有。”

如果夏雪向我施展“销魂蛊”，我能感觉到，并且有余力反击。每个人的武功修养不同，抵御外力袭击的能力也会有高下，我清楚自己的定力和反应能力。

司马镜长出了一口气："那就好，我总担心咱们千里迢迢地过来，真要中了别人圈套的话，不但丢人，连命也得丢在西藏了。"

我在他的肩上轻轻一拍，语气真挚地向他保证："司马叔，我会小心，谢谢您的提醒。"

贝夏村的影子越来越近，下午四点半钟的时候，我们终于抵达村头的河边。

小河有八米多宽，最深处仅有半米。河水清澈见底，五颜六色的鹅卵石在夕阳余晖里闪烁着神奇的光环。河面上没有桥，几块平坦的大石头相隔半米排列在水中，权算是过河的桥墩。

河对岸，小路从几间孤零零的石屋中间穿过，向北伸展，通往另一座山梁。这些石屋与藏地所有的房子一样，因陋就简地用石板堆砌起来，好一些的门口挂块脏兮兮的布帘，差些的直接空着，毫无遮掩，像是一只蹲伏在地、张着大嘴的青色怪兽。

此刻，一个须发洁白的藏僧正站在村头的一块大石板上，双手举着一支单筒望远镜，面向正西木立着。他穿着的红色僧裙被风吹动，一直在呼呼啦啦地飘动着，肩头斜缠着的暗红色袈裟已经严重褪色，好几处被晒成了灰白色。

"扎西德勒（吉祥如意）！"领先过河的向导大声向他打招呼。

我看不出他的岁数，只是恍惚觉得，这个人一定经常以这种姿势站在这里，如同一棵植根于石隙间的古树一样，不屈不挠地对抗着艰难的生存环境。

西藏僧人的服装主要有三件，上身穿坎肩，下身着红色僧裙，肩头斜缠一条比身体长约两倍的暗红色袈裟。祈祷诵经时，再披一袭羊毛织成的红色大披风，藏语称为"达冈"。僧人成为"格西"（西藏佛教格鲁派的最高学位）后，坎肩上可用缎子镶边，腰挂缎制水袋，内装漱口小瓶。这位老僧的衣着，证明他只是普通僧人。

"看他手里那望远镜。"我停下脚步，低声地告诉邵、司马两个。

那是一支金黄色的铜制望远镜，属于拉伸式的美国货，镜筒的外壁上留下了长年累月使用的印迹，每一节都被磨得锃亮。现代的望远镜大多数采用廉价的工业塑料，售价在几十美金到几百美金的货色比比皆是，经常出现在藏地的旅行者和僧侣们手里。而这种纯铜制品即使是在港岛的收藏品市场上也很少见，遑论是在藏地老僧手上了。

老僧转过身来，面对向导，然后低下头，小心翼翼地把望远镜的三节导筒收缩起来。

我惊讶地发现，他每做一个动作，都会被我预先猜到，仿佛是一部早就看熟了的电影，主人公的一举一动早就存储在我脑子里。

“接下来，他向队伍最后张望，然后舔嘴唇、跳下石板、走到河边、长时间地洗手、冲洗耳朵……”我眼睁睁地看着他重复着这些动作，最终直起身来，向着路西的石屋后面走去。自始至终，他没有理会向导的问候，对我们这队迤逦而来的人马也毫不在意。

“村里似乎没有寺庙，他会住在哪里？民居里吗？”邵节对老僧没有足够的重视，正在翻出卫星电话，准备联络叶天。

“广义地说来，匿伏在一个人脑子里的莫名记忆，会不会也是类似于‘伏藏’的一部分？”我不急于过河进村，而是在河边的石头上坐下，放松一下已经开始酸痛的双脚，默默地在心底如此自问。

第九章
十三省盗墓王陈沧海的日记本

“陈先生，可以坐下来吗？”夏雪的声音从背后传来。她没有随着队伍过河，手里握着一包香烟、一盒火柴，脸色阴沉沉的，望着河对岸的石屋。

我挥挥手，示意她随便坐。

也许邵节、司马镜不明白我执意要在贝夏村多休整一天的意思，他们都认为没必要坐等叶天过来，而应该加紧翻过北面的山梁，跟他在中途会合，那样会早一些到达拉萨，结束这次行程。关于何时前进、何时停顿，我有自己的想法：“叔叔的日记本被撕掉的部分就是从入藏到拉萨之间的这一段，如果凶手撕掉了纸页，那么叔叔的死因就一定包含在这段行程之中。多停留一天，更有利于反思走过的路，察觉一些蛛丝马迹。”

诚然，停得越久，危险系数越会增大，随时都要面对神鹰会人马的追击，夜里睡觉都捞不着安眠。

“今晚就会有暴风雪，睡得警醒一点。”夏雪没头没脑地提醒，撕开那包柔和七星的封条，掂出一支，叼在嘴角。

我自己不吸烟、不嗜酒，更不喜欢女孩子吸烟。我不自觉地皱眉，露出了轻微的厌恶感。

“抱歉，我不吸烟，仅仅是喜欢借用这样的动作来加深思考。迄今为止，我还没有勇气点燃过，一次都没有。”夏雪意识到了我的情感变化。

每一只烟盒上都标示着“吸烟有害健康”，但很多人却毕生吸烟不止，比如叔叔即是如此。我没来由地舒了一口气，心上的一块石头落地。夏雪是那么美丽的女孩子，我不想她身上表露出来任何一丝瑕疵，这种心情殊为微妙。

两队的向导忙着向藏民租房子过夜，一遍遍地在路东的几家石屋里钻来钻去，而民夫们则席地而坐，安静而木讷地等待着。

我现在已经找不到那年老藏僧的影子，只好慢慢地收回目光，取出叔叔的日记本，迟缓地翻阅着。藏地山谷的黄昏来得极其迅速，没翻几页，夕阳的光芒便消失殆尽，天色随即陷入昏暝之中。

有石屋暂住，就算有暴风雪也不可怕，真正值得担心的是正向这边赶来的叶天。老天保佑，他们别陷在风雪之中才好。

“陈先生，我们应该精诚合作才对，而不是互相提防、互相戒备。你看，大家都是从港岛来的，难得有同样的目的地，理应成为互帮互助的朋友。告诉我，你到底在寻找什么？藏地宝库，还是拜佛成仙？”夏雪不依不饶地追问。

藏地的山山水水中的确埋藏了巨量的宝藏，而雪域活佛的神奇力量也被一代又一代人夸赞颂扬着，但我的来意却与此无关。

那时，我正翻到日记本的“伏藏之谜”那一页，忽地记起了那个被夏雪一路带来的孩子，马上抬眼找寻。他正孤零零地站在一群民夫中间，捧着一只大号水壶，面向正西，木立不语。

“萍水相逢，何必问得如此详细？”我淡淡地反问。

“我怕两队人马起误会，引发殴斗，那就不值得了。邵先生、司马先生都是港岛异术界的大人物，我怕我们这边根本无法自保，一旦梅、孙两位施放毒虫反击，势必弄得不可收拾，还要伤及无辜，那就不好了。这样，你我各说出一个自己心底的秘密作为交换，怎么样？”夏雪语速加快，等我稍一沉吟，马上接下去，“好，你不说话就当是默认了，我先来说。我到藏地来，是为了寻找自己的母亲。如果能找到她，带她回去，我们全家人都会高兴疯了。”

她的心机果然够深，把自己的目的抢先说出来，等于将我一军。

“哦？这么简单？”我在努力判断这一理由的真假。

瑞茜卡那边的资料还没到，现在的状况是我姑妄听之，夏雪姑妄言之。

“母亲是世间最伟大的人，你竟然说这件事简单？”夏雪用手指缠绕着腮边垂下的长发，脸上露出莫测高深的微笑。

一切真相都会在瑞茜卡的资料到达后揭开，我不担心有人向自己施展“销魂蛊”，但她的美丽姿态展露在渐渐聚拢来的暮色里，绝对是一种无言飘摇的巨大诱惑。

“轮到你了，说说看吧？”夏雪弯下了纤腰，盯着我的侧面。晚风吹来，她身上、发上的幽香立刻萦绕着我，如一场旖旎的好梦，让我想起了古人“莫道不销魂、帘卷西风、人比黄花瘦”的句子。

感谢叔叔在世时一直督促我日夜不辍地内外双修，内功定力几乎与港岛的几位太极派名宿相近，所以夏雪的诱惑力像风只是风、如梦只是梦，不会在我心底留下任何痕迹。炼蛊师的种种蛊术、诡术只对定力差的人有效，真正遇到绝顶高手的话，非但不能如愿取胜，反而会受到蛊虫的反噬。

事实上，我不想看到夏雪向自己下蛊，却怕她意外受伤。

“从港岛来，到拉萨去，与朋友会合。不为名利，只为心证；不求腾达，只求心无挂碍。”这些话，隐含着我的心事，不一一细说，谁能明白？

“我找人，你问心，这么说大家是没有利害冲突的了？那么，我来考考你，如果大家同时看到雪山下深埋的巨大宝藏，没有外人在场，你会怎么做？两下火并，还是划地均分？”夏雪不满足于我那段偈语般的答案，直截了当地要我做选择题。

“夏小姐，这样的假设并不成立。真要我回答的话，友情胜于任何金钱名利。”这句话比较适合放在我和叶天之间。

我们是性情相近、志同道合的好朋友，他的果敢机智、敢闯敢干的精神连叔叔都为之激赏。这一次，当我选择入藏解谜时，他主动请缨提前一个月赶到拉萨，替我安排好一切，免得我刚刚从失去亲人的悲痛中难以挣脱出来，精神没有完全恢复，旅程中发生意外。

忽然，那小男孩离开众人，越过小路，向西面走去。正在与梅天蝎低语的孙柔枪立刻起身，紧跟在后面。绕过一排低矮的石屋后，那位留着花白山羊胡的老僧像从地底冒出来的一样，霍地自阴影里站起来，正对着他们两个。

“咦？”夏雪一怔，顾不得跟我斗智，举起望远镜观察。

没有人主动开口说话，小男孩与藏僧就那样对望着，一个仰着头，一个俯着身，像是着了魔一般。如此一来，孙柔枪的位置立刻显得极为尴尬，既无法插话交流，也不肯示弱后退，踌躇不决地站在原地。

“我要过去了，有空再聊。”夏雪急匆匆地收起香烟和火柴，快步过河，去与孙柔枪会合。

“伏藏之谜现在醒悟还不晚，叔叔在追寻什么？发现了什么？得到过什么？”我向自己提问，却不能自问自答。按照叔叔那些好朋友们私下里的讨论结果，我的智慧不及大哥陈塘，若他在此，是不是所有的谜题都会势如破竹般解开？

众多心理学专家们研究发现，两父子之间的感受有极大的共通之处，这是由人类胚胎特殊的受精、发育、成长过程决定的。有百分之十的例证表明，从事高科技研究的父亲，能够通过脑电波馈射的方式，把自己的毕生所学传授给儿子，其成功率约在百分之五到百分之十的范围。

同理，能够继承叔叔衣钵的只能是大哥陈塘，而不是我。每次想到这里，我都暗自发誓要想尽一切办法，把他找回来。

日记本上记载，叔叔从加德满都北上时，雇用了一位陌生的向导和二十名民夫。原先一直跟他合作的老向导因腿疾无法成行，用电话推荐了另一个人选。那次行程也没有特别奇异之处，叔叔只留下例行公事一样的几点吃饭、几点出发、几点驻营之类的简单记录，一直到被撕掉的那几页为止。后面，他记载的是抵达拉萨大昭寺后，会见了从前的老友，大家谈的大多是藏地的发展、藏地文物在国际拍卖会上的表现、藏地的文化发掘等话题。

可以说，整本日记上，除了缺失的几页外，都可以用“流水账”来形容。

“从入境到拉萨之间，他会不会也像我一样，沿冰河上溯，看到了鹰嘴台和那些神奇的岩画？也遇到神鹰会的人现身挑衅。”无论如何，他不会遇到顾盼生姿的夏雪。人与人的相遇非常奇特，如果我和她在人潮汹涌的港岛遇见，即使是擦肩而过也不会带给彼此说话结识的机会。神秘藏地的空旷荒芜，恰好拉近了人与人之间的关系，压迫着大家要彼此关照，闯过一次又一次劫难。

天色太暗了，我已经看不见本子上的字迹，只好将它合起来。

蓦地，我的指肚从本子封面上滑过时，一下子感触到了硬壳封皮上凹凸不平的笔画，不禁讶然，潜心地摩挲辨认着。拿到这日记本许久了，从来没有想到，叔叔会在封面上做文章，留下某些暗线。

“香、雪、海？是‘香雪海’三个字！”我欣喜地读出了那三个字，所有用指甲和笔帽划出来的字迹，都是这三个字，纷乱叠加着占满了日记本的封面和封底。

“香雪海”一词，来自于赏梅者的佳句。史书记载，邓尉香雪海位于光福邓尉山一带，这里自古为江南赏梅佳处，“有邓尉梅花甲天下”之称。每当二月，梅花吐蕊，势若雪海，满山盈谷，香气醉人，“香雪海”三字声名远扬。

我熟悉叔叔的笔迹，他分别用小篆体、隶体、行草体、楷体、宋徽宗瘦金体、王羲之兰亭集序体描摹着那三个字，小心地绕开笔画重叠处，前后共写了一百零八个同样的名字。

“人名？地名？书名？”印象中，叔叔从未提及过这个名字，他的书房里也没有相关的条幅和卷轴。

“陈先生，马上就要开饭了，邵先生有请。”向导嘉措顿珠站在河对岸叫我。他的汉语说得不错，人也憨厚，深得邵节、司马镜的喜爱。

我缓步过河，在路东面最后一座石屋里见到了邵节和司马镜，汉藏合璧的晚餐也已经摆满了小桌。

“嘉措顿珠，进来一起喝酒吧，顺便给我们讲讲藏族老僧的事。”司马镜照例蜷缩在大衣里，还没开始喝酒，眉目之间懒洋洋的，仿佛已经有了几分醉意。叔叔的几个老友中，他是最懂得也最舍得享乐的，在港岛上流社会人士中颇为有名。

嘉措顿珠的黝黑脸庞上露出些许羞涩，举起粗糙的手指，摸着耳朵上嵌着的绿松石耳环，不好意思地嘿嘿笑着。

“我们都很愿意听你说故事，来吧，天下之大，皆兄弟也。”司马镜引用了汉族人常说的一句古语，笑拍着身边已经铺了毡毯的石块。藏地人家生活简陋，一切桌椅板凳包括睡床，全部用石头代替，有些隐居的山民甚至毕生不知道世界上有“床”这种东西存在。

入藏随俗，我们差不多已经习惯了席地而坐、枕石安睡的生活，比起港岛大宅里的席梦思床垫、天鹅绒枕头来，也差不了许多。

“我已经收了叶天先生足够多的向导酬劳，不敢再打扰各位了。其实我早就想好了，把多出的钱，敬献到大昭寺去，替叶先生和各位在转经筒前祈福。我们出来赚钱，只是要填饱家人的肚子，谁也不敢奢望更多，那样一来，会被活佛降罪的。”嘉措顿珠摘下厚厚的狼皮帽子，用力地按在胸口上。

“没关系，只是几杯酒罢了，而且你说故事、我们请酒，这就像八廓街上的藏民们‘以物易物’一样，谁也不会吃亏。”司马镜不急不慢地劝说他。

八廓街是围绕着大昭寺修建的一条繁华商业街，位于拉萨旧城区的中心，比较完整地保存了古城的传统面貌，已经成为拉萨的宗教、经济、文化、民族手工艺乃至西藏风土人情的集结地，也是旅行者到拉萨的必游之地。

叔叔说过，在八廓街街头，不仅能感受到西藏老城区的古朴，同时也感受到现今的繁荣和文明。八廓街就像一个巨大的磁场，对信教的和不信教的人都同样有吸引力，凡是来到拉萨的人，不论是国内还是国外的香客游人，都会对这里产生浓厚的兴趣，使得八廓街千年不衰、人气兴盛。

我请嘉措顿珠进屋，几杯白酒下肚，他便彻底放开，不再忸怩。

“贝夏村已经没有寺庙了，那名老僧怎么还是守在这里，不肯离去？还有，他是属于黄、红、白、花四教里的哪一派，难道就找不到更好的寺院挂靠吗？非要在这里喝西北风？”这是邵节的问题，他又一次充当了司马镜的传声筒。

藏传佛教四大教派分别是宁玛派（俗称“红教”）、萨迦派（俗称“花教”）、噶举派（俗称“白教”）、格鲁派（俗称“黄教”）。

黄教诞生于公元十五世纪初叶，该教派的创立者宗喀巴针对当时佛教各教派戒律废弛、僧人追逐世俗权势财富等情况，倡导以噶丹派教义为基础，主张僧侣严守戒律、崇尚苦行、独身不娶、脱离农事，教义上强调显密次第，先显后密，循序渐进地学习。宗喀巴在世时，该教派以他亲自创建的甘丹寺自称为甘丹派，又因宗喀巴和他的弟子们为区别于旧的各教派而头戴黄帽，故又俗称黄教派。

据《黄琉璃史》载，仅一六九四年至一七三三年四十年内，黄教僧侣人数就从十三万人增长到二十二万人。到乾隆二年（公元1737年）格鲁派达赖系统所属寺院有三千一百五十座，僧侣三十四万两千五百六十人；班禅系统所属寺院已达到三百二十七座，僧侣一万三千六百七十人。

著名的格鲁派寺院有西藏的甘丹寺、哲蚌寺、色拉寺（俗称三大寺）、扎什伦布寺（班禅的驻锡寺院）、青海的塔尔寺、甘肃的拉卜楞寺等，其中甘丹寺是宗喀巴所亲建，又有宗喀巴及其法座继承者九十多辈甘丹池巴的灵塔，因此宗教地位很高。黄教各大寺院不但建筑宏伟、金碧辉煌，而且僧人众多，势力雄厚。

“这些问题很多人问过的，但他从不回答。我走这条入藏线路五年，无数次看见他放风筝，也无数次在钱粮上接济过他。有人说他是黄教僧人，因为某件事被寺庙驱逐出来的；也有很多人怀疑他不是真正的僧人，只是守在这里装装样子罢了，与黄、红、白、花四教都扯不上关系。但是，藏地这么大，谁能跟他认真计较？”嘉措顿珠举着酒碗嘿嘿笑着，仿佛对老僧的宽容能令自己感到更加快乐。

藏传佛教的门派细分比较复杂，看样子老僧的来历早就无法追查了。

“除了放风筝，他还有什么奇怪之处吗？比如他手里那支老式望远镜？”我隐约提醒嘉措顿珠。

“据说那是一支英国商队送他的，而且是由一个很漂亮的女人亲自递到他手里。我没亲眼见过，也不敢乱说，胡乱亵渎佛法是要被上天降罪的。关于那件事，最确切的一种说法是，那漂亮女人来藏地寻找一件东西，已经是第六次抵达贝夏村。她站在冰河中央向着雪山发誓，如果再找不到，就用尖刀自裁，让身体里的鲜血与藏地的河水融为一体，使自己的思想与群山长眠在一起。那时候，老僧人从自己居住的石屋里走出来，向她说了一句话，然后她就一言不发地跳上岸，把准备自杀的藏刀和望远镜一起交到他手里，跟在他后面进了石屋。”

讲长篇大论故事的时候，嘉措顿珠的汉语就不够用了，不断地夹杂进一些藏语来。所幸我在藏语方面的词汇量非常丰富，能够适时地替他翻译出来，说给邵节和司马镜听。

“那是一个漂亮得像珠穆朗玛峰顶的雪莲花一样的女人，看到过当时情景的人都说，那种女人是不适合留在人间的，一定是天上的佛为了某种特殊原因转生人间，死后还是要回到天上，就如同藏地尊贵无比、圣洁无比的女活佛那样。”嘉措顿珠的酒碗停在嘴边，被藏地风沙磨砺得粗糙干裂的脸上浮现出迷惘的微笑。

“竟然有这么美的女人来藏地寻宝？”邵节耸耸肩，对嘉措顿珠的描述有些怀疑。

一路上，我们也见过许多藏地旅行团，混杂在里面的女性游客不少，但无论是女孩还是女人，无一例外都是泼辣而剽悍，带着与藏地山川风物接近的那股“野性”，与“雪莲花”这样的譬喻相差十万八千里。

嘉措顿珠立刻涨红了脸：“我的父亲亲眼看见过她，他就是那个商队的第一向导，还跟她说过话。”

藏民诚实朴拙，一旦听出有人怀疑他的话，立刻不遗余力地为自己辩白。

我早就放下了酒杯，脑子里的事情太多，喝酒只会误事。作为一个合格的藏地向导，嘉措顿珠很少说不负责任、夸大其词的话，这一点从他的日常表现就能看得出。

“那是一个汉族女人？”司马镜也来了精神，横插一嘴。

嘉措顿珠马上连连点头：“是是，一个漂亮的汉族女人，和你们一样也是从港岛来的。”

我吃了一惊，因为嘉措顿珠一开始说是“一支英国商队”。

石屋外起风了，嘉措顿珠走到门口去看了看天，忧心忡忡地回来：“天色变了，暴风雪很快就来，我得安排民夫们住到其他石屋去。可是，可是……”

我爽快地举手：“要给藏民们钱或者粮食之类的不是问题，你尽管去做，一切都会如数算给你。”

在我的世界观里，人与人之间是完全平等的，不存在此贵彼贱的情况。如果要恳请藏民们行方便，自然得有所付出，不能白白劳烦对方。暴风雪来临时，民夫们绝不能再留在帐篷里，弄不好会冻死人的。

嘉措顿珠向我深深地鞠躬，一连声地说：“突及其（谢谢）！突及其（谢谢）！……”然后转身出去。

我把叔叔的日记本放在小桌的一角，思索着“香雪海”一词的含意，忽然听到邵节的低笑声：“喂，听，孙柔枪碰软钉子了。他要去追踪那老僧，夏雪不同意，但他执意要去，怒冲冲地离开了石屋，拉都拉不住。看看，他们那队人马已经起了内讧，很快就有好戏看了。”

没有人回应他，司马镜握着纸杯喝酒，默然无语。

“陈风，你猜猜看，孙柔枪能发现什么？老僧的秘密、藏宝、黑道的眼线……”邵节自得其乐地喃喃自语着。

“跟踪？人生地不熟的，死都不知道命丧谁手，真是太不把藏民们放在眼里了。还是沧海兄说得好，一入藏地，就得心存敬畏，夹着尾巴做人。否则的话，不丢命也得丢人，以灰溜溜地逃离收场。老邵，你好好听着，看老僧那边会不会藏有帮手，我得先睡一会儿了。”

走了一天山路，他们两个熬不过年轻人，也是十分正常的。

第十章
伏藏师的哑谜

嘉措顿珠没有再次进来，我多少吃了一点，在石屋的一角展开睡袋躺下，脑子里仍然是挥之不去的“香雪海”三个字。向导对于老僧的描述很少，重点一直放在那个女人身上，但却不知道对方的名字。

港岛有位著名的美女作家曾经说过，真正的美女是眼睑上的花，只开一次，却会占满观赏者的眼睛。接下来的春夏秋冬，心里再也容不下其他任何一瓣。一花障目，不见沧海巫山。

嘉措顿珠的父亲看到的，便是一朵这样的花，毕生不忘，甚至将这种朝圣者般的真挚情感传给了自己的儿子。

“女人与老僧什么关系？老僧说过什么……”房间里的油灯一直亮着，门口的布帘也早换成了专业的防水帆布，把山风和寒意牢牢地挡在外面。不知什么时候，我合眼睡了过去，日记本沉甸甸地压在胸口上。

骤然之间，我清醒过来，双眼盯着烟熏火燎的灰色屋顶。一股藏地之夜特有的森森寒气卷地而来，帐篷的门帘已经开了一条窄缝，本来浓墨一样的夜色竟然变成了银光闪烁的世界。

“怎么，下雪了吗？”我挪开胸膛上压着的日记本，思想意识还没有完全清醒。刚刚自己好像做过一个梦，是与一座幽深曲折的迷宫有关的。

“玛娘纽派（跟我来吧）。”一个稚嫩的童音响在耳边，令我弹身而起，单掌横在胸前戒备，骇然发现小男孩站在石屋正中，一只手向我伸过来，重复着这句藏语。

“去哪里？”刹那间，我忘记了藏语的“去哪里”怎么说，只是下意识地用汉语提问。

小男孩转过身，轻轻地向外面指了指。

邵节、司马镜的鼾声此起彼伏地响着，我掐了掐自己的掌心，生疼，所以这不是做梦。

“卡巴太卡（到哪里去）？”我沉声问。

小男孩握住了我的手腕，拖着我向外走。一出了石屋，脚下松松软软、喊喊喳喳的，竟然已经是一片白茫茫的雪地。仰面向天上看，纷纷扬扬的鹅毛般雪片扑簌簌地落着，天幕变成了无边无际的昏灰色，而远方连绵的山脉则遍体银装素裹，不见本来面目。

“玛娘纽派，玛娘纽派……”小男孩拉着我直线向西，很快地跨过小路，到达了路西的石屋旁边。石屋后面的巨大空地上，一支长杆横担在一块半人高的石头上，两头各拴着一只皮口袋。那名忽而出现、忽而消失的老僧正站在其中的一只口袋前，向里面装石头。

雪下得很大，我必须不停地拂掉眉毛上的雪片，才能看清老僧的动作。

小男孩指着另外一边的口袋，做了个“钻进去”的动作。老僧没有回头，不停地将石块塞进口袋。我采取了静观其变的应对之策，站进口袋里，把上半身和头留在外面，单手握住长杆。另一边口袋里的石头慢慢增加，等到石头与我的重量相等时，杠杆便趋于平衡，把两只皮口袋都留在半空中。

在风光纪录片上，我看过藏地下雪时的情景，但这一次是亲身经历，感觉自然大不相同。

没到过藏地的游客，可能觉得冬季是本地的旅游禁期，实际上，西藏地处低纬度地区，每年的十一月至来年三月，主要城镇白天气温竟然高于大陆的北京三到五摄氏度。除了享受得天独厚的超强日光浴之外，晶莹的雪山、缤纷的森林会令冬季的藏地变得多姿多彩。

此刻的情景，让我不知不觉联想到《三国志》中“曹冲称象”的故事，但我并不着急退出，只是冷眼旁观，看看老僧和小男孩还能变出什么花样来。

老僧绕着两只皮口袋转圈，忽然用力拍掌大笑，背诵出一大段晦涩的藏语经文来。小男孩站在我的身边，头顶和肩头落满了白雪，变成了一个呆若木鸡的稻草人。

“玩够了没有？”我低声喝问。

老僧弄出这么大的动静，只要是个有知觉的活人，就都被他给吵醒了，也包括夏雪那队人马。

“卡内沛巴（从哪里来）？卡巴太卡（到哪里去）？”老僧停在我的另一边，连眉毛和胡子上都沾满了雪片。

“来处来，去处去。”我无法把佛家的偈语翻译成藏族话告诉他，干脆只用汉语回答。按照佛典上的解释，真正有灵性的信徒，会仅凭说话时的语气、口型、表情完全领悟对方的意思，用何种语言沟通反而成了无所谓的东西。

老僧再次仰天大笑，山羊胡子颤巍巍地翘着，像一把即将掉光了毛的破刷子。

“那个女人跟他去了哪里？”我记起了嘉措顿珠所讲的故事，像这样一个不修边幅的藏地老僧脑子里会藏着什么秘密？

咔嚓一声，我双脚发力，长杆从中折断，两只皮口袋同时落地。小男孩发出一声幼兽般的低叫，而老僧则是仰天长啸，嘴里呼出两尺长的白气，将飘到脸前的雪片全部吹开，回声在山谷间跌宕起伏。接着，一老一小同时把双手合在胸前，深深地相对鞠躬。

我跳出口袋，深呼吸了七八次，才把口袋上带着的那种说不出的腥膻味彻底弄干净。那根长杆原来是山谷里的雪杉树干，断口处还带着丝丝缕缕的木质清香，可见是刚刚砍伐而来的。

啪啪！北面的石屋顶上忽然闪出了刺目的火星，我在第一时间反应过来，那是子弹击中石头后迸射弹跳的结果，躲在暗处的神鹰会人马又一次发难了。

我立即出手，拖着一老一小藏身于近旁石屋的南墙边，全神贯注地倾听着四面的动静。雪片越落越急，扑扑簌簌的声音逐渐变得密不透风，只是再没听到杀手开枪的动静。扑通一声，有人从石屋顶上沉重地跃下，嘴里发出掩抑不住的呻吟，然后爬起来，趟着没到小腿肚的积雪，步履拖沓地走过来。

那是孙柔枪，并且是重伤之下的孙柔枪，一转过屋角，就吃力地靠在墙上。

“陈先生，告诉夏雪……我的死期到了，会在另一个极乐世界里等她。告诉她，世界上的某些事情是永远不能解决的，无论大家做过多少努力，比如寻找母亲这件事。她是个好女孩，帮我照顾她，你一定会做到的，是不是？”孙柔枪漂亮的五官正在恐怖地扭曲着，两颗子弹的弹孔留在他的左右眉骨靠上的地方，又向着斜下方贯通射穿了他的颅骨，汩汩流出的鲜血染红了他的双肩。

“我会告诉他。”我慢慢起身，预备伸手去搀扶他。邵节、司马镜他们看得很长远，知道跟踪小男孩会出事，最终有人将为此而送命。

孙柔枪苦笑着摆手：“谢谢！再见了我的朋友，我得找个安静的地方慢慢等死，免得吓坏别人。陈先生，最遗憾的是没能跟你做朋友，就等来世好了！”

五花神教的高手临终散功之前，身上的毒虫会凶残反噬后四散逃开，而炼蛊师的死状必然奇惨无比。

孙柔枪回过头去，只向西走出十步，便双腿一软，垂着头跪倒在雪地上。大雪越发来得急劲了，他衣服上的血迹渐渐被雪片盖住，头发也由斑白变成全白，连雪带冰，在他头上结成了一只亮晶晶的帽子。

老僧和小男孩面无表情地盯着眼前发生的这一幕，对孙柔枪说过的话毫无反应。

我叹了口气，放开他俩，快步冲出去，扶住孙柔枪。其他人应该都被吵醒了，特别是邵、司马两位，但他们唯一能做的永远都是袖手旁观，绝不掺和。为叔叔的死奔走效力时，他们表现出来的那股热情至今令我感动。反正，面对藏地绝境里的陌生人，他们不约而同地选择了“事不关己、高高挂起”。

“香……雪海……”我听到了孙柔枪在濒死前的深情呼唤声，竟然是留在叔叔日记本封面上的那三个字。

“香雪海是什么？告诉我，那到底是什么？”我摇撼着他的肩，对着他的耳朵大叫。

又有两股污血从他的脑后流下来，这种两头带孔的贯通伤是最令西医头痛的。不过现在大家是在西藏，任何中医西医都没有，民夫背着的药箱里只有简单的消炎药和纱布。

“找到她……”突然间，孙柔枪的脸涨红了，后颈、喉结、胸口的皮肤急促地抖个不停。那是炼蛊师体内的护身毒虫即将反叛的预兆，相信在不久之后，毒虫会咬破人体脏器，冲开皮肤禁锢，跌落到雪地上。

“把他交给我，我来处理一切。”夏雪终于出现了，身上的大衣来不及系扣，只是胡乱披着，“小弟，小弟，你坚持住，我来救你！”她抓住孙柔枪的另一边胳膊，右手指尖上弹出一柄雪亮的小刀，倏地向孙柔枪的琵琶骨位置戳下。

我立刻反手隔开她的小刀，以免孙柔枪体内的毒虫反噬时，凌空落到她的身上："快去，给我找一间安静的石屋，我要替他疗伤！"

炼蛊师以自身的骨肉精血饲养护体神虫，它们都具有某种灵性的，能够自动趋吉避凶，即便在非常恶劣的环境里也能生存下去。如果任由夏雪割开孙柔枪的皮肤，把虫子释放出来，遭殃的也许将是整条山谷的居民以及误入此地的旅行者。

她称呼孙柔枪为"小弟"，关切之情溢于言表，让我无意中窥到了她心里的秘密。

很快，夏雪带着梅天蝎和民夫们腾空了自己住的石屋，我抱着孙柔枪走进去，命令他们将外面的雪铲进来，堆到我俩身边，直到填满整个屋子。

"快，听陈先生安排！"夏雪带头铲雪，肩上的大衣滑落在地也浑不在意。

几分钟之内，我便陷入了一个白雪和坚冰的世界，而孙柔枪则被身下的雪托住，像是平躺在一个白色的手术台上。他的呼吸已经非常微弱，只有用力按压颈侧大动脉时才能感受到一点。

我伸出右手尾指，在他额头正中一划，一条半寸长的惨白口子出现了，但却没有鲜血流出。

"我得救你，保住你心里的秘密。当然，你是五花神教的人，恩将仇报、以怨报德的事时有发生，也许等你一醒过来就会向我动手，铲除异己。我不会怪你，因为我并非为救你而救你，是为了夏小姐。"在没有外人打扰的情况下，我终于可以轻松地吐露自己的心声了。

夏雪那么在乎孙柔枪的生死，我能救了他，她会不会因此而活得快乐一些？

我的双手按在他的心脏部位，慢慢提聚丹田内力，全身三转之后才源源不断地输入对方体内，为这个已经半只脚踏在鬼门关上的年轻人祛毒续命。当前他最大的危险来自于体内那些虫子，炼蛊师与蛊虫的关系一向是"此强彼弱、此弱彼强"的，在他生命力极度虚弱时，蛊虫的力量会占上风，某些时候甚至能把炼蛊师变成行尸走肉般的傀儡，危害人间，后果不堪设想。所以，我必须杀死那些虫子，不留后患。

"啪"的一声，有只黑黝黝的甲壳昆虫从那道口子里蹦跳出来，形似蟋蟀，体积却缩小了十倍。我不等它逃走，食指、拇指一夹，虫子便在我指肚上碎成了几十片。接着，第二条微型蚯蚓、第三条微型蝎子、第四条微型飞蝇都蠕动出来，做了我的指下鬼。

“陈先生，情况怎么样了？”隔着雪堆，夏雪的声音变得混浊而遥远。

我纵声回答：“一切正常，等消息吧。”

五花神教的护体神虫一般会是五的倍数，很明显还有最后一条藏在孙柔枪体内，需要我捉迷藏一样地把他找出来。

孙柔枪终于张开了眼睛，惊异地打量着眼前的冰雪世界。

“用寒气抑制蛊虫的活动能力，然后逐一杀死它们，是我唯一的选择，因为我必须要你活下去，哪怕成为一个一无所能的废人。”我的手掌在他的肋下缓慢游走着，挨根肋骨搜寻，猜测最后一条蛊虫可能生存于骨缝隔膜里。

“别费事了……最后一条是裂头蛊，盘绕在我的大小脑之间的颅骨缝隙里，长度超过三尺，已经跟我的生命融为一体。它死，我死；我死，它死。真正要我命的，不是那两粒子弹，而是被子弹骚扰后彻底愤怒的它。陈先生，我知道你是异术界的天才，但这一行里山外有山，人外有人，是永远都无法抵达完美巅峰的。我死不足惜，求你帮帮雪姐，不要重蹈香雪海的后尘。”孙柔枪艰难地举起手，食指指尖轻触着自己的左太阳穴向上的地方。

我忽然意识到，自己将面前的炼蛊师当做正常的“人”来看，本来就是一种错误。

叔叔说过，当一名炼蛊师决定入门修行的那一刻，他的本体便已经死亡了，余生剩下的所有时间，都是在为蛊虫而活。所以，黑白两道上的正义人士，常常把炼蛊师称呼为“蛊奴”，意即“蛊虫的奴隶”。

“你确定蛊虫就盘踞在那个位置？我有办法将它取出来，放心。”我知道自己能做什么，不能做什么，既然答应夏雪救他，就一定达成使命。

“取出来？你……你在开什么玩笑？”孙柔枪一边轻轻呛咳着，一边皱着眉头笑，额上的伤口像一只竖向的眼睛。如果不是在这个生死攸关的时候，或许我会跟他开句玩笑，因为他的样子像极了藏地传说中的“三眼族人”。

“裂头蛊虫最是怕热喜寒，我用‘天魔解体大法’配合‘三昧真火掌法’，烧灼你的奇经八脉，让全身血液涌向头顶。裂头蛊的成虫受热之后，会自动上浮，躲避热血。那时，我用指甲在你头顶正中按照天干地支、奇门五行的布置划开一个九宫格，取下‘戴九、履一’这两个位置的头皮，蛊虫的头或者尾，就会从这里探出来。运气够好的话，它的头从‘戴九’出来，几秒钟内就会离开你的身体，藏进冰雪里。这样做，你看合理吗？”我有条不紊地把自己的计划说出来。

实质上，裂头蛊并非炼蛊术里的最高境界，叔叔便亲身遇到过苗疆高手用“七步金蚕蛊、桃花水母蛊、葬地旋风蛊”施术杀人，那才是异术界最恐怖绝伦的战事。

真正的绝顶炼蛊师每年的农历五月五日(端午日)都会在正午时分聚置毒虫，因为这一天的空气中毒气最盛，就如《通史》中记载的：“蛊，多于端午日制之，乘阳气极盛时以制药，是以能置人于病、死。多用蛇、虫、蜈蚣之属来制，如果无法解救时，一触便可杀生。”

《通志》中记载，汉族高手炼蛊要用到一百种虫类，而苗疆夷人所要的只有十二种。在养蛊以前，要把正厅打扫得干干净净，全家老少都要洗过澡，诚心诚意在祖宗神位前焚香点烛，对天地鬼神默默地祷告。然后在正厅的中央，挖一个大坑，埋一个大缸下去。缸要选择口小腹大的，才便于加盖，而且口越小，越看不见缸中的情形，人们越容易对缸中的东西发生恐怖，因恐怖而发生敬畏。缸的口须埋得和土一样平。

等到农历五月五日（端午日），到山野里任意捉十二种爬虫回来放在缸中，然后把盖子盖住。这些爬虫，通常是毒蛇、蜈蚣、蝎、大绿毛虫……总之会飞的生物一律不要，四脚会跑的生物也不要，只要一些有毒的爬虫。这十二种爬虫放入缸内以后，主人全家大小，于每夜入睡以后祷告一次，每日人未起床以前祷告一次。连续祷告一年，不可一日间断。一年之中，那些饥饿的爬虫在缸中互相吞噬，毒多的吃毒少的，强大的吃弱小的，最后只剩一个。这个爬虫吃了其他十一种以后，自身的形态和颜色会变得匪夷所思。

叔叔见过的养蛊者缸里剩下的东西，一种叫做“龙蛊”，形态与龙相似，大约是毒蛇、蜈蚣等长爬虫所变成的；一种叫做“麒麟蛊”，形态与四脚蛇相似，大约是青蛙、蜥蜴等短体爬虫所变成的。

可以想象，孙柔枪体内的“裂头蛊”，就是将炼制的“龙蛊”植入脑颅，借助毒虫的力量杀敌，最终跟它融为一体。由三寸长的“龙蛊”生长到三尺长的“裂头蛊”，非得经过十五年以上的潜心豢养不可。细细推算，孙柔枪竟然从五六岁起便开始以身饲蛊了。

“正是那样，不过一来会极度损耗你的内力，二来我将变成毫无异术的废人，不能帮助雪姐做任何事，比死了更痛苦。你还是不要救我了，等我死后，把我的遗体交给大哥，让‘裂头蛊虫’爬入他的身体，继续成活下去。因为……因为我们无论如何都得找到香雪海，在前路上必须得用到‘裂头蛊’。你懂吗？我修炼这种东西，正是为了克制前路上更厉害的毒虫。”孙柔枪的脸色苍白到了极点，往往只有一个人体内的鲜血即将流干时才会这样。

“香雪海是什么？一个人名还是一个地名？”我再次追问。

我们身边的积雪正在融化，雪水洇湿了我的衣服和靴子，刺骨的寒意无处不在。

孙柔枪笑了：“那是属于我们三个人的秘密，永远的秘密。”

叔叔把这三个字反复地摹写在日记本上，一定也知道它代表了什么。我甚至怀疑这三个字会不会与他的被害有关。

“我现在救你，其他事活下来再说。”如他所说，蛊虫由一名炼蛊师身体里转移到另一个人身上，并非一件顺理成章的容易事，其难度等同于血型不同的人相互输血一样。表面上的物理传导非常容易做，随之带来的不相融性病变会连另一个人的生命一起带走，毫无转圜的余地。

哗的一声，孙柔枪右侧的雪团裂开一大块，露出梅天蝎那张毫无表情的脸来。

“我要你活下去，活着看到她，活着去问她当年为什么要做那样的决定。小弟，不要让我和小雪失望，更不要让父亲的在天之灵失望。我能感觉到，她就在附近，随时可能出现。这一次，我们三个一定要听到她的答案。听我说，不要睡过去，一定要活下来！”梅天蝎抓住了孙柔枪的手，死死地攥着。

另一边，夏雪也出现了，头发上沾满了雪末，神情无比焦灼。

“我得救他，杀死‘裂头蛊虫’，让他自身的精血得以蓄养，保证供给大脑和心脏不间断工作的起码动力。那蛊虫的体积太大，他已经养不起它了。”在这样一种奇特的环境里看到夏雪，我的心口一下子变得温暖起来。

她的美，并不因方寸大乱而稍减，眉心紧皱时，反而更显出一种雷雨中的荷、暴雪中的花、狂风中的蝶、电闪中的燕——因不惧危难、蔑视险阻、志存高远而流露出的镇静大方、从容淡定来。

“只能如此吗？陈先生是港岛异术界前辈们眼中的天纵奇才，又受到‘南七北六十三省盗墓王’陈沧海先生不遗余力的悉心教诲，一定能从山穷水尽之处开辟出柳暗花明之路来，对不对？”她拂掉了鬓角的些微残雪，长睫毛一颤，流光溢彩的黑色眸子转动，向我展露出了一片惊艳绝美的笑容，随即低下头握着孙柔枪的另一只手，一字一顿地低声告诉他，“小弟，你一定要活下去！”

我的心被她刹那间闪现的光彩重重地击中，一种甜蜜的疼痛油然而生。特别是当她情真意切地叮嘱孙柔枪活下去的时候，我在心底里缓慢而坚定地告诉自己：“救他，为了她，不遗余力地救他，哪怕是拼上自己的性命。”

第二部 山高水恶

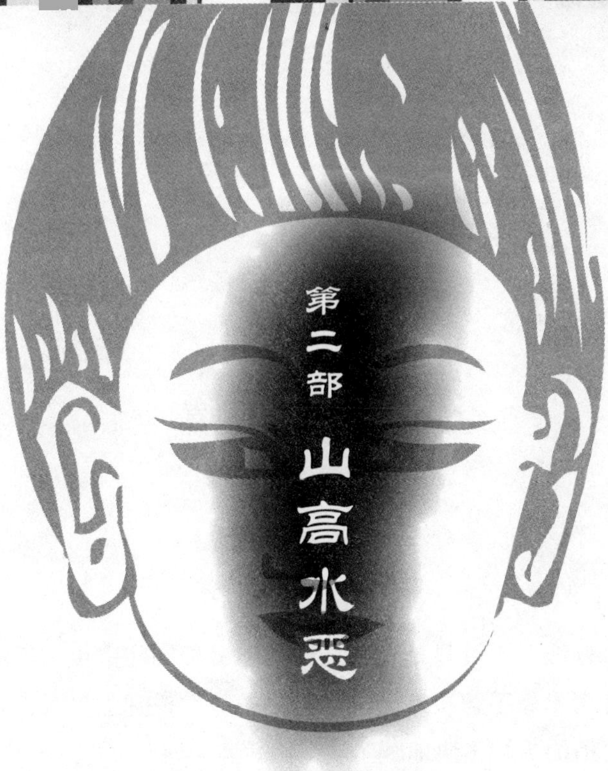

第一章
销魂蛊与闭关僧

“我还有个办法，不过只是权宜之计，能够抑制住蛊虫的活动能力，等到离开藏地后再找炼蛊术高手解决难题，那就是……”说到这里时，夏雪的嘴角慢慢地有了笑意，稍稍抬头，飞快地瞟了我一眼。

那时，她的眼波让我联想到港岛赤柱浦的顶级烧酿扇贝、铜锣湾万品楼的“帝王盅”、中环英格兰皇室主厨鲍勃的“雪蛤赤豆金枪鱼”……总之是我印象里最美味的东西，而那样的一次眼波流转，犹如水晶杯里荡漾着的法兰西皇冠级美酒，只要轻轻地闻上一次，从头发丝到脚尖的每一个汗毛孔便都彻底迷醉其间了。

“请说。”夏雪的另一只手与梅天蝎紧握，三个人的六只手连在了一起。

“我用上乘气功里的‘电闪雷鸣针’刺入他的天灵盖缝隙，把裂头蛊虫的吸食渠道封闭，暂时让它处于半僵死的状态。幸运的话，能拖延到几周之后，争取到一些求医的时间。当然，那样会存在风险，幸与不幸，都得看他的运气。”

“好，就按你说的办。”夏雪做了决定，而梅天蝎只是黑着脸站在旁边，对她言听计从。

孙柔枪已经昏迷了过去，两颊、左右太阳穴还有天灵盖四周的皮肤都在轻重不同地震颤着，那一定是蛊虫吸收不到营养后的躁怒所致。

“我们出去等你，一切拜托了。”夏雪弯下腰，在孙柔枪手背上轻轻一吻，低声安慰，“小弟，父亲的在天之灵会保佑我们，一直到完成那件事，不要怕。”然后，她跟梅天蝎都退出去，用雪块将刚才的两个洞重新封堵上。

上乘气功里的无形气箭妙用无穷，但每次发功后，都会让我的身体极度疲倦，抵抗力降到冰点。假如邵节、司马镜在，一定会阻止我出手救人，毕竟这是在雪域高原地区，接下来不知会遇到什么复杂情况，而且我救的是五花神教的邪派高手。

“为了夏雪，暂时顾不了那么多了。”我抓起一把雪，在自己微微发烫的前额上搓了搓，双手扣住孙柔枪的太阳穴，陡然提气，十指像轮弹琵琶一般在他头部的三十几处穴道上飞速地点了过去，以此来封闭脑部的血液流动，逼迫裂头蛊虫骚动不安，显露形迹。

蓦地，孙柔枪额头的伤口深处，有条隐隐约约的红线闪过。我不敢怠慢，右掌啪的一声拍中了那条伤口，掌心里的气箭汹涌发出。孙柔枪的震颤越来越强烈，如果不是事先封闭了他的头部穴道，裂头蛊就会沿着血脉乱窜，甚至有突破喉关、直扑心脏的糟糕后果。

谁都知道，发狂的蛊虫一进入心脏，这个人就非死不可了。

再过了三四分钟，孙柔枪的身体一下子放平，不再挣扎。等我拿开右掌时，他慢慢睁开眼睛，漠然地望着我。

“熬到出藏，然后找家大医院动手术，把体内的蛊虫和蛊毒完全清理一下吧。以你现在的体质，已经无法炼蛊，再勉强支撑下去，只会害人害己。”我向他提出善意的忠告，一切都是看在夏雪面子上。

“有的人活着，其实他已经死了，就像我。炼蛊师是没有未来的，这一点，我比你更清楚。但是，一个人出生在这个世界上，总得要追求一些东西，比生命更重要的东西。无论如何，我欠你个人情，谢谢。”他清醒了许多，挥起袖子，擦掉脸上的雪水。

我们推开积雪，一前一后走出石室。大雪仍在肆虐，守候在门外的夏雪、梅天蝎、邵节、司马镜都几乎变成了雪人。

藏地的暴风雪之夜给人以极其恐怖的感觉，天幕如浅灰色的穹庐倒扣下来，斜飞横飘的巨大雪片在低温里变得又冷又硬，撞在我的脸上，发出冰片碎裂的嚓嚓声。风声比狼嗥更凄厉，在山梁上、山谷底翻滚呼啸着，周而复始，一停不停。

“陈风，你怎么样？”邵节抢上来，气急败坏地叫着。

我疲倦地摆摆手，走向我们居住的石屋，双腿灌了铅一样，似乎有几千斤重。石屋里已经生起了炭火盆，旁边的酒精炉上还温着一壶咕噜咕噜冒泡的黄酒。一踏进门，我便不由自主地双腿一软，倒向右面的地毯，连抬腿脱靴的力气都没了。

有人跟进门来，帮我脱去靴子，把我拖向火盆旁。温暖的火光在我眼前跳跃着，混混沌沌的脑子里重复默念着“香雪海”三个字。我将叔叔的日记本与夏雪一行紧密地联系起来，感觉自己正在接近谜题的答案。

“喝杯黄酒暖暖身子吧。”那人在我耳边低语，一只小小的瓷杯送到我嘴边来。

“香雪海……”我自语着，就着那人的手喝酒。

“天亮之后，我会告诉你一切。你救了小弟，就等于救了我们全家的希望，谢谢你。”那竟然是夏雪的声音。

“香雪海……叔叔……”我无法驱逐睡意，在她的臂弯里虚弱地伏着，闭目昏睡过去。

这是无梦的一夜，当我醒来时，火盆就要熄灭了，只剩下微红的火炭冒着淡淡的白烟。我枕在夏雪怀里，她无力地垂着头，长发披散下来，罩在我的脸上。

屋外的暴风雪停了，四周死寂一片，听不到任何人语。

我凝视着她的脸，真想让自己的眼睛变成数码相机，把她的这一刻捕捉下来，永远定格在图片上。港岛美女如云，跟那些女孩子在灯红酒绿下的浮躁交往，却比不上昨晚困境中夏雪的轻轻一瞥。我不得不承认，自己的心已经被她俘虏。

“香雪海，就是我母亲的名字。小弟还在襁褓中的时候，她抛下父亲、抛下我们三个义无反顾地入藏，然后就再没回来。父亲临终时，要我们一定找到她，亲口向她要一个抛弃我们的理由。所以，我们来了，不达成使命，就不再回头。幸好有你救了小弟，否则，那两颗子弹杀死的不是他一个人，而是我们全家人的希望。”她没有睁眼，低声叙述着，中间不停地夹杂着若有若无的叹息声。

普通人痴迷于进藏朝圣的大有人在，有据可查的记载显示，全球各地每年都有人因西藏朝圣而皈依藏传佛教，成为雪域活佛弟子中的一员。我猜她的母亲也会是这样的情况，努力寻找的话，一定能得到线索。

“我们三个的名字，是用父亲的姓氏加上母亲名字的拆分组合而来，分别是夏香、夏雪、夏海。大哥、小弟放弃人生梦想，辗转加入五花神教，成为当今最优秀的炼蛊师，也是为了有朝一日克服前路上的险阻，见到香雪海。”她直呼母亲的名字，就像孙柔枪重伤时，也只叫“香雪海”，而不是“母亲”两个字一样。

“能帮上忙，我很荣幸。”我挣扎着起身，颈、腰、膝三处像被加上了强力的钢箍，不敢用力，骨肉生疼。

“我真的很感激你，却找不到致谢的恰当方式，因为我一无所有，什么都不能给予你。而且，陈先生，千万不要……千万不要……”她还没说完，屋外响起了“啪啪”的击掌声。

“小雪，你们醒了吗？我有事要说。”梅天蝎的声音传来。

夏雪啪地击掌，梅天蝎应声掀开门帘进来，身上带着浓重的寒气和刺鼻的血腥气。他铲起七八块木炭倒进火盆里，借机向屋里扫了几眼。孤男寡女，同处一室，他的怀疑自有道理。

“说吧。”夏雪脸上的绯红迅速退去，再次变得冷静如冰。

“我追击到左右山梁顶上和三条山谷深处，行程百里，杀敌七十。他们的确是神枪会的人马，分为三个战斗小组，其中一组里就有射中小弟的那名狙击手。奇怪的是，三组人马彼此并无联络，执行的是完全不同的无目的搜索任务。”梅天蝎蹲在火盆前，用火钳翻动着木炭，石屋里慢慢变得温暖起来。

“他们有没有供认那京将军的真实企图？”夏雪皱眉，忽而向我一笑，“陈先生，这就是我的大哥夏香，只不过那名字已经很久没人叫过了，除了我们兄妹自己。”

江湖人为了掩盖自己的过去更改姓名是常事，我向他伸出手：“幸会。”

有夏雪在场，我暂时不必戒备对方的蛊术，这一下反而让梅天蝎有些不好意思，用力握着我的手：“陈先生，谢谢你救了小海。”

夏雪的故事并没有讲完，如果有时间，我很愿意完完整整地听一遍，然后从中找出可以借鉴的东西来。

两个人同时起身向我告辞，刚一出去，邵节便急不可耐地冲进来，望着靠在墙上的我一声长叹：“销魂蛊，陈风，你中了对方的销魂蛊了，知不知道？”

我吃力地盘起双腿，调匀心神，用打坐练功来恢复元气，并不理会邵节在说什么。

司马镜稍后才踱进来，摘下墨镜，用力搓着自己的脸，嘴里呵出一道又一道白汽。

穿过门帘的缝隙向外望，雪域山川一片银白，如起伏的银龙，壮观之至。可惜，我无力也无心观赏风景，暂时只能待在屋子里。

“昨晚到底发生了什么事？你怎么会被引到路西的石屋后面去了？陈风，多加小心，凡事大家多商量，千万别中了人家的圈套。等下午叶天到了之后，咱们再合计合计，看看有没有更好的办法对付夏雪那队人。”司马镜老谋深算，没有指责我的过错，却对老僧的身份产生了重大怀疑。

雪后的山路非常难行，叶天恐怕不会如期而至，如此一来，队伍在这个山谷里只怕又得多耽误一些时间了。

午餐的时候，嘉措顿珠送过来一瓶土酿的青稞酒，那是昨晚请他喝酒的回礼。

“陈先生，我的人手边有些不太值钱的古董，如果您有时间的话，请饭后帮我看一看好吗？我想收购上来，下次带回尼泊尔去卖。”嘉措顿珠一边问我，一边不好意思地看着另外两个。他是至为淳朴的老实藏民，这种外人看来最普通不过的贩卖生意，他做起来都会心虚不已。

“好。”我简单地回答。元气恢复极慢，我除了身体倦怠之外，说话的力气也不多，只是凭着一口真气强硬支撑着。

嘉措顿珠喜上眉梢，连连向我鞠躬，然后退了出去。

上午，我已经简单地向他们两个说了夏雪的情况，藏地寻母是个比较容易相信的理由，连司马镜也暂时挑不出什么毛病来。现在，瑞茜卡那边的资料搜集工作成了重点，唯有加上资料的印证，才能得出正确的结论。

吃过午饭，我穿大衣和靴子的时候，才发现昨晚夏雪已经烤干了它们，不禁有一种难言的甜蜜浮上心头。

石屋外面，阳光照在漫山遍野的银色雪被上，分外耀眼。向北面看，大雪掩盖了道路，山梁像一条裹满了白砂糖的面包卷，横亘在那里，绝难翻越。

“陈先生，在这里。”嘉措顿珠在一间石屋前向我打招呼，手里提着一个脏乎乎的羊皮口袋。我们一起进了那间屋子，地上没有毡毯，只铺了一层干草，冷冰冰的。

嘉措顿珠打开口袋，取出一张生满了绿色铜锈的面具，满怀希望地递给我。

那是一张被捶打成凸目、裂唇的神像，表情凶恶，三颗獠牙直伸到嘴唇外面。

“陈先生，这东西能够换多少钱？值不值得带到尼泊尔的古董市场上去？”嘉措顿珠只关心这一点。

我反反复复地观察面具，它的背面錾刻着无数句排列成圆环状的六字真言，笔触造型都与常见的西藏法器迥异。

“把它卖给我吧，开个价，回头我签张旅行支票给你。不过，你得告诉我它是从哪里来的？”由加德满都上路时，嘉措顿珠的行李很简单，绝不会带有这种东西。唯一的可能，就是他从路上捡来的。

“五千人民币，可以吗？”嘉措顿珠的脸又红了，那是极度心虚的表现。

“它是哪里来的？”我点点头，表示那个价格没问题。

“是一位老人给我的，就在路西面最北边的一座石屋里，我可以带你去看看。”有了我的收购承诺，嘉措顿珠的情绪空前兴奋，马上带着我出门。

由路西向北，踩着厚厚的积雪走了一段，前面是一间门口又矮又窄的石屋，门口挂着破旧的灰色布帘。

“我自己进去，你去忙吧。”我阻止嘉措顿珠继续前进，像他那样淳朴的藏民会在任何场合忍不住画蛇添足地多话，好心办了坏事。

“请进吧年轻人，我看到你了。”屋里的人开口了，竟然是苍老而亲切的汉语。

我挑开门帘，弯腰进屋。黯淡的光线下，一个披着灰色毡毯的人缩在屋子的西北角，举着一只手向我挥动。屋子里飘荡着淡淡的羊膻气，不过还能勉强忍受。

“年轻人，看看你的脚下，那里有一个难以破解的迷宫。我的规矩是，只要走过迷宫，就可以得到一件礼物。那个藏民向导已经得到了，你也一样。”他的声音嘶哑沧桑，像是一架经历了长久岁月的管风琴，每一个音符里都饱含着生活的艰辛。

我伸脚扫去地上的干草，一个纵横各有八格的巨大正方形铺满了地面，每一格里面都写满了藏语的符咒。

“我不是来走迷宫的，也不想要礼物。老前辈，你是来自藏地之外吗？能否请教几个问题？”我想看到毡毯里面躲着的那张脸，而不是被故弄玄虚的人任意捉弄。

“走过迷宫，就可以得到一件礼物，当然就可以任意提问。”他把毡毯裹得更紧了。

我低头细看，每一格的文字都是取自于西藏佛教高僧布顿大师《佛教史大宝藏论》中专述的“降魔成佛事业”一节，慢慢连缀起来，就是一篇完整的故事，大意是：“所有药叉鸠磐荼、魔候罗伽及罗刹、食肉鬼众并魔属，齐来显现极恶相。菩萨虽见许多凶残极恶形象，但仍如偈句所说‘释迦太子证诸法，依缘所生无实性，心如虚空泰然住，虽见魔军亦不迷’。于是魔王从右方命令一切迷人悦意的魔女，从左边发起一切令人可怖的魔类向菩萨进攻，所有魔军射向菩萨的各种军器，不仅未伤害菩萨，而且变成花朵。”

藏民把佛经视为无上珍宝，不敢践踏涂损，如果我向前迈步，就等于踏在经文上。眼前不是迷宫，而是让人犯下严重错误的圈套。

我不想多事，双手在胸前合十：“前辈不肯赐教的话，我就告辞了。”

呼的一声，毡毯里的人弹跃起来，封住门口：“不许走，既然来了，为什么不走迷宫？”

我忍不住冷笑：“迷宫即是经文，在藏地做践踏经文的事，岂不是对藏传佛教最大的亵渎？老前辈何必强人所难？”

那人惊呼了一声，披着的毡毯落地，露出一张枯瘦到极点的老脸来。

“什么？什么经文？明明是班嘉仁吉大师布下的迷宫，能够考验朝圣者的无上智慧，你在胡说什么？”他开口说话的时候，深凹的两腮一鼓一鼓的，翻白的双眼也在叽里咕噜地转个不停，竟然是个什么都看不到的盲人。

我失望地摇头，不想跟他争辩，懊悔自己又在浪费时间。

“年轻人，跟我来吧。”那人重新拾起毡毯，遮住了瘦如竹竿的身体。当他弯腰时，我看到他的太阳穴、天灵盖都深深地凹陷，那是内家武功练到极致时的表现。刚才他瞬间移动封住门口，也是绝顶轻功的一种表现。

“去哪里？”我暗地里戒备。

“去见班嘉仁吉大师。”他侧耳倾听着外面的动静，瘦得近乎透明的双耳奇怪地抖了抖，微微地点点头，“年轻人，你到底是什么大人物？后面竟然有如此多的跟踪者？”

毫无疑问，邵节、司马镜最担心我一个人出来遭遇不测，必定会跟出来看看。

啪的一声，那人闪电般地出手，一下子擒住了我的右腕。

我急促地提聚内力，要震开他的手，却发现对方的内力强悍至极，根本容不得我反击，瘦如鸟爪般的五指合拢成一把钢钩，死死地扣在我的腕骨上。

“走吧！”他低叫了一声，拉着我出门，迅速右转，奔向被皑皑白雪覆盖的山谷。我身不由己地被他扯着飞奔，起初还能施展轻功跟着他跑，到后来，不自觉地双脚离地，像只纸鸢一样凌空飞翔。

“喂喂，你要带他去哪里？停下，停下……”邵节的声音越来越远，来不及开枪，我们已经离开贝夏村五百步之遥，子弹也追赶不及了。

那人的内功的确了得，带着我飞奔了超过半小时，仍然不见丝毫减速，一直跑到山谷里的一堵青色石壁前，才停止脚步，发出一声龙吟虎啸般的吼叫。他放开我的手，向石壁顶上望了望，陡然腾空而起，跃起五米左右，左手抓住了一条岩缝，右手化成鹤嘴形，在石壁上狠狠地凿了七八下。石屑翻飞之间，石壁上出现了一个拳头大小的黑洞。

“大师，大师。”他大声叫着，右手连抠带扒，黑洞扩展成了半人高的石龛。

“年轻人，上来啊，大师在这里！”他翻身进了石龛，回头向我招呼。

在内力没有受损之前，我完全能够轻松地跃上去，但现在却非常困难。

“上去干什么？”我跺了跺已经麻木不仁的双脚，手、脸、耳朵都被冻僵了，每搓一下都疼得厉害。

“大师在这里，他说过，谁能破除礼物的诱惑，而不去踏足六十四格迷宫践踏活佛经文，就是他要等的那个人。”那人一边解释，一边翻身跃下，抓着我的胳膊一起飞上石龛。真想不到在藏地群山之中还隐藏着如此高明的武学大师，我到现在也唯有连连苦笑而已，在他面前毫无还手之力。

石龛只有两米的进深，那人弯腰向前，双掌猛劈在正面的石壁上。哗啦一声，看起来坚不可摧的石壁坍塌下来，露出了后面的一条幽深甬道来。这次，那人一直扣住我的手腕快步前进，大约在一百步之后，我们面前出现了一间宽大的正方形石室，长、宽、高都至少超过五米，一个银色眉毛、银色胡须的极老藏僧打坐在石室正中，肩上斜披着红色袈裟，手里握着一只古铜转经筒。

“大师，你要的人带来了，你的承诺什么时候能够兑现？”那人不住地大呼小叫，绕着老僧打转。

我感到一阵眩晕，倚着石壁慢慢坐下，不动声色地观察着这间空旷的石室。

藏僧将自己封闭在两重石壁的后面，应该是在闭关修行某种高深的佛法。藏传佛教弟子的修炼过程中，“闭关”是一段必经之途，从古到今，有成就的大德高僧，无不经过闭关修行。闭关可以洗心涤虑、止语断恶；专心求道、快速成就；功德巨大、利益无穷。

“闭关”的要求是：身居密室或深山岩洞、僻静无人搅扰的房间，断绝会客，清净眼耳等六根，集中精力修持瑜伽行、观想、诵咒、念佛、念经、礼佛、拜经、忏悔等，完成规定程式，获得相应的成就。从闭关时间分，有七日到二十一日的“日关”，有一月到五六个月不等的“月关”，还有一至三年的“年关”。从闭关环境分，有在不见光的暗室中修的“黑关”和露天阳光下修的“白关”，有室内修的“内关”和野外坟场、泉头等处修的“外关”。

叔叔曾经到过黄河北岸十多公里的小积石山丹斗寺，那里是西藏佛教后弘的发祥地，一直是名派信徒向往的佛教圣地。丹斗寺东侧，险峰林立，循崎岖山径东行一公里，就能到古之央斗静房和特巴静房。《安多政教史》载，明万历年间，三世达赖索南嘉措来丹斗寺驻锡，曾启开央斗地门，该地多天然生成之佛菩萨及八吉祥瑞物形状之石，原来香火极盛，历史上不少藏传佛教高僧曾到此闭关静修。

“不知道是何方高僧，竟然在这种荒山野谷中自闭于石壁中修行？”我不免暗自狐疑。

“我听到了，我听到了。”那人突然解掉毡毯，盘膝打坐，双掌庄合在胸前，神情庄严肃穆。

第二章
文成公主西藏降魔图

这一次，我清晰地看到那人穿着的竟然是一件极旧的赤色袈裟，那是汉族僧人的祖衣，本来在藏地是绝少看到的。

根据佛教制度，袈裟有大中小三件，一是用五条布缝成的小衣，俗称为“五衣”，是打扫劳作时穿的；一是七条布缝成的中衣，俗称“七衣”，是平时穿的；一是九条乃至二十五条布缝成的大衣，俗称“祖衣”，是礼服，出门或见尊长时穿的。三衣总称为“袈裟”，袈裟本是一种颜色的名称，因为佛教僧人必须穿染衣，避用青黄赤白黑五正色，而用一种杂色，即袈裟色。

汉族僧人的袈裟，祖衣是赤色，五衣、七衣一般都是黄色。蒙、藏僧人的袈裟，大衣是黄色，平时所穿的中衣近赤色。北方气候寒冷，僧众三衣不够，所以僧众在袈裟里面另穿一种常服，这种常服就是古代俗家人的服装略加改变而来的。常服的颜色，明代皇帝曾作过规定，修禅僧人常服为茶褐色，讲经僧人蓝色，律宗僧人黑色。清代以后，没有什么官方规定。但律宗寺院自清初见月律师重兴后，一般僧人常服均为黄色。

在荒凉的藏地贝夏村里，竟深深隐藏着这样一个汉族僧人，真的是有悖常理。

“我懂了，我这次真的听懂了你的话。‘伏藏师见风而化，尸骨灰烬洒满雪域山谷，而灵魂终能驾乘雪莲花之法力，直飞于九天之上，永远脱离六道轮回之忧’。可是，你自始至终都没向我开口说过一个字，只是用‘心声’跟我交流，就算我走了，永远都不会走得安心。大师，求你开口说一句话，哪怕是一个字也好，我就能功德圆满而去了……”那人慢慢地脱下袈裟，一板一眼地整齐叠好，放在身边。

现在，他身上除了一条灰色底裤，再也没有一点遮挡衣物，用“瘦骨嶙峋、骨瘦如柴”之类的词语去形容再好不过。更令我惊异的是，他的后背上用红色的墨迹文着一条遍体鳞甲、红信吞吐的诡异蟒蛇，立体感极强，令我恍惚觉得那只硕大狰狞的蛇头几番要弹跃起来似的。

“什么？什么？不要再用禅机偈语来搪塞我了，我从嵩山西来，为的是解除脑子里的伏藏魔咒。你既然能用心声指示我做事，为什么不能开口？”那人又一次焦躁起来。

“你来了，我的闭关期便结束了。师父说，要我把唐卡交给你，请向我的身后看，打破那堵石壁，就能看到它。”一个浑厚而苍劲的声音在我耳边回响着。

我望向石室中央的老僧，他保持着泥塑木雕般的姿势一动不动，手里握着的转经筒也成了雕塑的延伸部分。

“看我身后，打破石壁。”那声音又一次提醒，正是老僧在用“传音入密”之类的“天心通”功夫招呼我。

我绕过老僧，站在那堵光滑平整的青色石壁前，气沉丹田，双掌聚力，砰的一声拍在石壁上。一股巨大的反震之力奔涌过来，将我反弹出三步，石壁却纹丝不动。

“喂，我来帮你，我来帮你。”那人跳起来，脚步一错，已经站在我的身后，单掌抵住了我的后心。我再次挥掌，他的掌心里送出一股雄浑内力，直达我的双肩、双臂、双掌，跟我自身的力量合在一起，石壁应声坍塌，露出里面的另一间狭窄石室，仅有五步见方。

对面的墙上开凿着一个石龛，里面平放着一幅颜色泛黄的卷轴。我把卷轴拿在手里，正要返身退出来，那声音忽然再次出现：“卷轴要告诉你的事关系重大，展开它之前，你必须以诚心发誓，要按照上面指示的去做，伏魔降妖，为藏地造福。否则，你会遭遇非常磨难，剩余的日子过得生不如死。”

我希望能为藏地造福，让这个未经污染的纯净世界得以永远延续，但我还没有开口盟誓，那声音已经接下去：“好了，你已经发誓，可以打开它了。”“天心通”的好处在于双方沟通时根本不必说出下一步的行动，只要脑子里想到，对方也就接收到了。

“年轻人，帮我一个忙好吗？”那人一直站在我的身边，脸上忽然浮现出神秘的微笑，不等我回答，他的右掌便拍在我的天灵盖上，左掌戳中了我肋下的穴道，再次下移，按住我的丹田气海，两股火热的力量像两条火蛇一样钻入我的体内，在中腹地带会师。死死地纠缠在一起。

“我现在终于明白，自己到藏地来，一直守候在贝夏村，为的就是传这些内功给你。记住，要将武功用在绝对的正道上，不能给嵩山少林寺丢脸。”这种原始的内力传递方法无法控制速度和数量，我怀疑他会因此而掏空了身体，最终丧命。

当那人的内力送入我的奇经八脉之后，我原先疲倦的身体像被打了兴奋剂似的，立刻变得轻松无比，而他的瘦脸却在一点一点干瘪下去，直到皮包骨头为止。

十五分钟后，他颓然松手，软绵绵地倒了下去。

“当他顿悟之时，就是得到抛弃肉身、皈依活佛之时。我等这一刻也太久了，带着唐卡去吧，相信你一定能领悟唐卡里的故事，完成我们大家共同期待的那个任务。”老僧的眼睛眨都不眨，声音却一直响着。

“可是，我能知道他的名字吗？”我不忍心就这样丢下他。

“伏藏师是没有名字的，我们中的任何一个，都只是伏藏的一个细小环节，为了将湮没于历史中的藏传佛教机密重新组合起来，每个人都在做最大限度的努力。他没有名字，我也没有名字，大家从呱呱降生的婴儿直到完成伏藏任务，都是修行的一个阶段，没有自我，只为伏藏活着，无论叫什么名字都是毫无意义的。当你面对伏藏师的世界时，任何一件事、一句话甚至一个动作，都有可能暴露出你的身份来。什么身份？自然是亲手打开伏藏之谜，把上一代人的历史延续下去的护法者身份。你走吧，伏藏之谜还没有结束，你还得万事小心，千万不要等到追悔莫及的时候才想到回头。”那声音一直伴着我出门，回头看看，披着袈裟的老僧依旧凝立不动。

“我呢？我又是谁？怎么会成为伏藏师们等待的那个人？”从雪夜里的老僧用横杆做秤称量我，到那个武功极高的僧人用迷宫试探我，再到现在的传功与唐卡，我忽然觉得自己已经陷入了一个神秘的怪圈里。

“伏藏师的存在，只是为了实质性地做某件事，而不是高屋建瓴地撩开整个谜题的面纱。我们只做自己知道的事，你也如此，直到最终一个环节被发掘出来为止。伏藏，是一个完整而模糊的过程，而不是一个单纯而明晰的结局。年轻人，继续努力吧，伏藏之谜的环正从雪域地脉中一节一节地扯露出来……”

那声音浑厚有力地响着，但语意晦涩，无法全部听懂。

在港岛生活了那么久，我一直低调而勤奋，很少被人吹捧。叔叔常说，天上是不会掉馅饼的。如果别人极力地鼓吹你、颂扬你，就一定是有所图谋，自己一定得保持冷静与平常心。

现在，伏藏师们主动把桂冠戴在我头上，仿佛我就是绝对意义上的天选之子，这一切是他们看错还是故意弄错？

等我站在石壁边缘时，那声音就消失了。我轻飘飘地跃出石龛，自己的轻功增强了一倍以上，随随便便提气，便能像鸥鸟一般驭风而行。

“这是好事还是坏事？”我根本无法下结论。

离开裸露的石壁后，还没来得及打开唐卡，其他跟随者就气喘吁吁地赶到了。

“陈先生，你能告诉我发生了什么吗？”夏雪满脸迷惘。

我早把唐卡放进怀里，免得让外人看到，只是淡淡地告诉她：“无可奉告。”

过多的诡异事件，冲淡了我对她曾经有过的甜蜜感觉。现在当着邵节、司马镜的面，我得注意保持与夏雪、梅天蝎之间的距离，免得他们对我产生不信任感。他们身后的雪地上，留下了十几串深浅不一的脚印，在空旷的荒谷雪原上斑斑驳驳地铺陈着，像一幅寓意深刻的抽象画。

司马镜随着我的目光回头，忽然仰天打了个哈哈：“不识庐山真面目，只缘身在此山中。果然如此，果然如此。老邵，我们既然已经进入了藏地，就该以藏民的思维方式看待一切问题，做到‘见怪不怪、其怪自败’。看，陈风不是好好的吗？大家何必大惊小怪地跟过来？回去吧，回去吧。”

嘉措顿珠缩着脖子站在他旁边，心虚地看着远方的山谷，不敢与我对视。

我再次看到梅天蝎时，一直在想，他能在雪夜里肆意追杀神鹰会的敌人，难道就不惧怕雪域高原的神灵降罪吗？站在这种绵延雪山高傲耸峙的环境里，人类显得何其渺小，每一刻都仿佛被看不见的神灵俯瞰着、注视着，一举一动都不自觉地变得小心翼翼、谨言慎行——五花神教的人尊崇炼蛊之神，或许与正常人的思想意识已经背离太远了吧？

既然他是夏雪的大哥，我从本心深处并不希望他出事。孙柔枪的重伤已经伤了夏雪的心，那是我最不愿意看到的。

“又是一座九曲盘旋、气脉萦回的蛇谷？一路北来，这是第五还是第六条古怪地脉了？”司马镜亮出罗盘，面向山谷深处，眉头深锁。

没有人应声，夏雪与梅天蝎转身向回走，随行的几个藏民都跟了上去。

“陈风，有什么发现？”邵节等那队人走出三十几步，立刻按捺不住地问。

我缓缓地摇头，不给嘉措顿珠任何察言观色的机会。“怀疑一切，小心地求证”，这将是我从今日起的唯一做事原则。神鹰会的人虎视眈眈，伏藏师设计的考验谜题环环相扣，我有理由怀疑身边的每一个人都拥有双重身份。譬如嘉措顿珠，他拿出古铜面具时，并没有直接说清楚六十四格迷宫里面写着什么，只是简单地带我前去。

邵节沮丧地跺了跺脚，团起一个雪球，掷向远处。

“嘉措顿珠，大雪封山的情况下，从大昭寺向这边来的山路还能不能勉强通行？”我一直都在关心着叶天那边的情况。

嘉措顿珠从沉思中惊醒，眼神变得慌乱无比：“什么？陈先生，你在说什么？”

我又重复了一遍，他苦笑起来，弯下腰去，在雪地上勾画出了几条曲线。

“陈先生，向北的两架山梁背阴面都非常陡峭，按照我的估计，大雪落下后会马上冻结成冰面，勉强攀爬的话相当危险。不过，叶先生是藏地的攀登高手，如果能从大昭寺那边找到经验丰富、身手矫健的高明向导，还是可以到达这边的。问题是，就算他能过来，我们这边的大队人马还是被困住了，无法在恶劣天气里北去。您看，北面第二道、第三道山梁间是一条宽达十一米的冰河，属于黄河上游的主要支流，无法涉水通过，需要搭建临时浮桥。很抱歉，我的人在这种天气里无法工作，咱们只能等天气好转才能继续前进。”他把代表冰河的曲线加粗了两遍，再次忧心忡忡地补充，“咱们的食物给养大约能够坚持两周，可卫星电话传送过来的天气预报却明确通知，恶劣天气至少要维持一周以上。我担心，到时候咱们是不是得派人后撤到边境线一带的大镇上购买食物？”

作为一名称职的向导，他考虑得很详细，也把所有的困难提前罗列出来。藏地的酷寒来势汹汹，粮食、燃料是队伍不可或缺的东西，否则大家不是被冻死，就是被饿死。

司马镜对于这一带的地形图研究过多次，他对嘉措顿珠的话连连点头表示同意："我来联络叶天，要他注意安全。"

积雪覆盖之下，旅行者是看不见冰河的，一旦陷落进去，虽然没有溺水的危险，却会在衣服结冰的情况下因无法保持体温而冻死，这是藏地旅行最可怕的潜在危机之一。比如我们眼前三十步之外的那条冰河，现在与旁边的地面齐平，河面上结着的薄冰仅仅能承受积雪的重量，即使是野鹿和獐子踏足，也会导致大面积的冰面破裂。

回到石屋，我先在地上铺了六张废旧报纸，然后把近一米半长的唐卡缓缓地在上面展开。

"文成公主藏地降魔图？"面对唐卡上描绘的花花世界、山川人物，我不禁脱口而出。那上面绘着的其实是一个女子仰卧的图案，身体的各个部位形成了藏地的山脉、河流、城镇、寺庙，与整个川藏地区的地势起伏极其吻合，正是藏地最神秘的十大唐卡之一。

关于西藏地形是魔女之形的传说，可以远溯到公元七世纪文成公主进藏时代。相传在一千三百多年前，即文成公主嫁入藏地时，大昭寺所在地周围是一片沼泽，沼泽中心有一湖泊，置于拉萨城中犹如一名巨大的魔女仰天而卧的样子。文成公主占卜后确认在此处建寺便可降魔，于是利用众多的山羊开始驮土建寺。藏语称山羊为"惹"，称土为"萨"，为纪念建寺，佛殿初名"惹萨"，后又名"祖拉康"，是经堂的意思。"大昭"藏语为"觉地"，意为"释迦牟尼的佛堂"，后来整个城市的名字也演化为"拉萨"。

西藏自治区文物管理委员会上世纪九十年代在整理罗布林卡文物时，发现了两幅《西藏镇魔图》的唐卡，其大小、内容都一样。画面长一百五十二点五厘米、宽七十二厘米，采用金、银、玛瑙、珊瑚、珍珠等多种矿物颜料和藏红花、茜草、大黄等植物颜料绘制出的唐卡，颜料纯度高，画面效果浓烈而厚重，还保持着艳丽的色彩。

这幅《西藏镇魔图》构思巧妙，细密的线条和丰富的色彩既描绘了高山、河流及谷地，又能使魔女的身躯、五官清晰地呈现出来。

女魔呈头东脚西仰卧，其心脏在首府拉萨。在布达拉红山上修建王宫，镇住女魔心骨，尼泊尔公主根据文成公主的推算，以山羊驮土，填平卧塘湖，并在其上修建了大昭寺，供奉神像，镇住女魔心骨。

为了进一步镇住魔女，在当时吐蕃王朝的四大重镇卫藏四茹（当时的四个行政区划），分别修建四大镇寺，称为镇边四大寺，又称镇肢寺。

女魔左肩的约茹修建昌珠寺（今山南地区乃东县昌珠区，寺庙建筑宏大）；女魔右肩当时为伍茹，上建嘎采寺（今拉萨以东墨竹工卡县的秀绒河与马曲河汇合处的马曲河东岸）；女魔的双足处是叶茹及茹拉，也分别建寺（今属日喀则地区）；后来在女魔关节处再修建了四大镇节寺，或称再镇边四寺；后又再修建四大镇翼寺，位于女魔左右掌心及左右足心处。

这张魔女形象的西藏地形上描绘的寺庙及建筑名称全部以古藏文注明，经过时代变迁，一些寺庙只能在文献里读到他们的名称，现今的具体位置及名称已很难考证，但也反映了西藏历史上人们祈求天、地、人和谐一致的文化观念。

我见过藏地博物馆里的《西藏镇魔图》，难道这会是与那两张出自同一人手笔的作品？老僧将这个珍秘藏于石室，再传授给我，代表什么意思？难道是要借由我的力量驱除魔道，把正义的大旗永远高举下去吗？

“这是哪里来的？”围在旁边的邵节与司马镜几乎异口同声地问。

“是那个居住在石屋里的怪人送给我的，他的武功绝顶高明，扯着我向山谷里飞奔时，我根本没有逃脱的机会。”我撒了个谎，将石龛、秘道、老僧那一节隐去，如果他们两个循路追查下去的话，我也会推脱不知。

司马镜捏着唐卡的一角捻了几下，放在鼻子底下仔细地闻着，然后换了其他三个角，再捻再闻，表情复杂至极。

邵节早就取出背包里的八倍放大镜，沿着画面上仰卧女子的身体曲线逐寸观察，嘴里不停地自言自语，把古藏文标注出的地名一一翻译成现代汉语，忽而皱眉沉思，忽而眉飞色舞。

文成公主的故事早就成了藏地永远的传奇，这幅镇魔图的出现，让我的入藏之旅再次充满了不确定性。此刻，我真希望叶天、瑞茜卡两人就在身边，他们一个能为我出谋划策、提出旁征博引的建议；另一个能在最短时间内搜索到与之相关的资料，为我的探索工作提供尽可能多的帮助。

“一个篱笆三个桩，一个好汉三个帮”叔叔的谆谆教诲又一次浮现在我耳边。他的一生，好友遍及五洲四海，彼此砥砺，相互扶持，才有了现在的成就，在人际关系方面一直是我的楷模。

于我而言，叶天、瑞茜卡就是我的左膀右臂，缺一不可。

“是仿造精致的赝品吗？还是一次可恶的玩笑？司马，到现在为止，我也看不出它与藏地博物馆里收藏的那幅镇魔图有什么区别。要不，把它的高清晰资料传回港岛去，要其他人帮忙鉴定一下？依你看，唐卡的材质、绘图颜料、保存年代有什么特别之处吗？”邵节的观察告一段落，直起腰，轻轻捶打着发酸的后颈。

看到唐卡的第一眼，我的第六感就告诉自己：“这绝对不是什么仿制品，而是一幅年代悠久的古迹。”因为它绘出了魔女具有的妖邪神韵，那种向天仰卧的姿势令我感受到了某种诡异的气息。其实当《西藏镇魔图》被发现之初，就有藏地的文物贩子开始兜售各种版本的仿制品，让来自全球各地的旅行者屡屡上当。

叔叔开设在港岛中环的私人展览馆里也有此类赝品，但那是友人赠送的玩笑礼物，虽然外表一模一样，却丝毫不能触动我的感觉。

“不，港岛那边人多嘴杂，没必要惊动太多人。而且，一幅唐卡并不能代表什么，是不是，陈风？”司马镜表现出了足够的沉稳，从邵节手里接过放大镜，在位于魔女心脏位置的大昭寺周遭细看。

我知道，他们对我的叙述有所怀疑，索性保持沉默。

“老邵，再去看看那间石屋，注意不要跟夏雪的人发生冲突。大雪封山，没有最够的把握，千万不能做鹬蚌之争，让第三方获利。记住，多注意石屋的方位、外势、建造脉络，而不仅仅是空荡荡的内部。”司马镜头也不抬地举手指向门外，向邵节下达命令。

邵节皱着眉弹了弹指甲，不耐烦地答应了一声，匆匆走了出去。他们两个的关系变得越来越微妙了，邵节虽然说话很多，但只要司马镜开口，他一定会如实照办，不敢耽搁。

门外，嘉措顿珠正在指挥民夫们靠着石屋搭建帐篷，做好长期驻守的准备。大雪过后，天气晴好，只是朔风急劲，将所有石屋门口的布帘吹得胡乱飘飞着。

“看起来，叶天为了给你找向导颇费了一番心思，嘉措顿珠这个人心思缜密、考虑问题全面，做起事来比普通藏民更敏捷机巧。有他在，咱们的行程的确轻省多了。”司马镜踱到门口，饶有兴致地看着民夫们做事。

我卷起唐卡，藏到毡毯下面去，把手抄在大衣袖子里默不作声。

镇魔图的出现，让司马镜的态度又一次变得高深莫测，不可捉摸。

第三章 香雪海留下的唐卡

“沧海兄说过，藏地之神秘是倾尽毕生之力都无法窥其究竟的，所以他才屡次入藏，乐此不疲。陈风，在这片雪域高原上做任何事都应该将‘全身而退、安全第一’当做座右铭，绝不可掉以轻心，知道吗？”

他终于说出了自己的心里话，无关唐卡和镇魔图，只是从我的个人安全出发。

我诚恳地点点头：“知道了，司马叔教训的是。”

作为叔叔的好友，他以这种父辈的口吻教导我，是理所应当的。

“夏雪走过来了，小心应对。”他伸了个懒腰，扭过头低声警告我。

“陈先生在吗？”夏雪声到人到，身上的暗香在雪后的纯净空气中悠悠浮动着。

我看看毡毯，确信屋里没有破绽后，才低声应答：“我在，夏小姐请进。”

现在，谁都不能确定唐卡的价值，唯有小心应变，或者说谨慎地以不变应万变，才是唯一上策。

“嘿，我出去走走，你们年轻人多聊聊。”司马镜慢慢地踱出去，抄着手走向路西。

夏雪先在门口跺掉了靴子上沾着的积雪，然后才提着一个巨大的黑色旅行袋进来，右手托着一只巴掌大小的黑色圆形木盒。

“陈先生，这是小弟送你的礼物，感谢救命之恩。”她掀开盒盖，里面嵌着三颗用银色锡纸紧密包裹着的小圆球，一股浓重的草药涩味扑面而来。我抽了抽鼻子，随即分辨出里面包括地骨皮、连翘、知母、金银花、板蓝根、夏枯草的成分，其作用一定是解毒、辟邪之类。

我微笑着摇头："举手之劳，何足挂齿？"

接受了那位枯瘦僧人的传功之后，我的体能比以前更加充沛，替孙柔枪疗伤带来的内力损耗真的不算什么了。

"药丸含化，能抵抗毒蛇、青蝎、哮天蜈、长舌蜥的毒气侵袭；吞服的话，可以克制毒虫咬伤后的肌理异变，达到保命护体的功效。小弟是炼蛊制毒的行家，这是他身边最珍贵的东西，请陈先生笑纳。"夏雪把盒子递给我，满脸都是谦恭温柔的笑意。

我知道，五花神教的高手身边都备有克毒灵药，提防仇家以毒攻毒。既然是孙柔枪的珍藏，其功效必定非凡。

"我还带来两样东西，请陈先生过目，非常时期，来得冒昧，请勿见怪。"刺啦一声，夏雪拉开了旅行袋上的银色拉链，慢慢地捧出两幅原白色的唐卡来。

我偷偷地吃了一惊，猜不透她究竟是什么意思。

"这两幅唐卡不是来自藏地的任何僧侣、画家、藏民之手，而是……"她轻轻咬着唇，发出一声轻叹后，才淡淡地接下去，"而是来自我的母亲香雪海之手。其中一幅是她嫁入夏家时带过门来的，完成的时间很早，大概是在她刚刚上完幼稚园的那年。据外婆回忆，那时她才仅仅六岁不到。"

我轻轻"哦"了一声，适度地表示自己的惊讶。

夏雪抽掉唐卡上的透明塑胶套子，解开其中一幅上面缠绕的杏黄色丝绦，在我面前慢慢展开。

那是一尊护法神玛哈嘎拉的神像，但与阿楚携带的那幅截然不同，因为绘画者的笔触处处可见稚嫩，深浅着色更是不成规矩，只能称之为小孩子的涂鸦之作。要知道，唐卡的制作工艺极为复杂，其中夹杂着许多宗教仪式。比如画师在绘画之前须对要画的密宗本尊或护法神进行入密仪式、观修等等；画师本身在作画期间也须沐浴洁身、素食禁色、专心绘画。

"这真的是令堂小时候的作品？虽然有些粗糙，但六岁的孩子能画出这种东西，已经是绘画方面的天才了。"出于礼貌，我不想发表更多看法。

我们两个人都是汉族人，没有那么多藏民的信仰禁忌，尽可以把眼前的卷轴称呼为"唐卡"。实际上，唐卡的绘制过程是根据画面大小，将白布用绳子绷在特制的木框上，经过特殊方法使布面平整光滑，然后极其严格地依据画佛像的尺度起稿，藏语中称为“提康”。所有佛像都有造画标准，如果不遵守这些尺寸要求，就不能称为佛像，不能接受活佛的开光，也不能成为圣物。

在藏地的绘画师那里，一般用烧制的柳木炭条来绘制唐卡，完成后用淡墨线勾画定稿，然后就着色、分染、勾色线，最后描金。绘制完后请高僧活佛进行装藏、开光，唐卡才具有灵气，成为圣物。事实上，一个小女孩也不可能弄到绘制唐卡所需的原料，因为那些东西大部分取之自然，全部由画工自己加工制作，用矿石类、植物类、药材类、动物类及纯黄金粉混合而成。

“陈先生，能否给我一杯水，然后耐心地听我讲完‘香雪海’的故事？你救了小海，等同于我们一家的恩人，我愿意向你坦白这个故事，然后大家毫无隔阂地进行合作。”夏雪在毡毯的一角坐下，神情平和淡定，这番话如同说书人的开场白一般。

我从保温瓶里倒了一杯水给她，顺手将石屋门口的布帘拉好，避免有人冒冒失失地闯进来打扰我们。

夏雪抱着水杯，一声轻咳：“在大雪封山后的藏地荒野中讲述这个与伏藏、转生印记有关的故事，最能令人产生‘身临其境’的真实感。陈先生，这不仅仅是个曲折诡异的故事，而且关系到我们一家人劳燕分飞的命运。父亲因喉结癌去世，临终时口不能言，却固执地要来纸笔，写下‘去问她为什么’六个字，然后怒睁着双眼，无法瞑目而亡。究其实，他深爱母亲，曾经用尽一切办法要破除母亲脑子里深植的魔咒，却最终没能如愿。母亲，是他一生中唯一爱过的女人，小海的相貌酷似母亲，所以最得父亲的宠溺。我们三个曾在父亲坟前发誓，不找到母亲，此生绝不嫁娶……”

藏民们劳动时的藏族土语号子、谈笑声传过来，仿佛在时时刻刻提醒我们这是在高原藏地，连空气里都漂浮着雪域特有的神秘气息。

听故事的人沉默不语，说故事的人目光凝视着灰色布帘，看不见天空与雪山，其深思却早就穿越时空，回到了十几年前的港岛。以下，就是完完整整的“香雪海”的故事。

六岁，香雪海在后花园的廊檐下涂鸦学画，那是一个从上海移居港岛的出口贸易世家，家族产业遍及东南亚，在华裔商业圈子里赫赫有名。不巧的是，香家三代单传，人丁不旺，到了她这一代，父亲一妻四妾，膝下却仅有这一位掌上明珠，全家人视为珍上之珍、宝中之宝。

那天，她把母亲刚刚撑好的白色绣品底坯偷出来，用自己调制的颜料尽心尽力地涂抹了整个下午，把七八只画笔都磨秃了，最后手脚并用，终于完成了那幅神像。当时，她的手边并没有可供参考的范本，也没有人向她讲述藏传佛教的历史，全家人甚至连她画的是哪一尊真神都不清楚。

大屿山宝莲禅寺的住持僧闲云禅师一向都是香老爷的好友，他看了那幅画之后，赠了一串火云珊瑚珠给小小的香雪海，并在她闺房外的廊柱上题写了一首偈子："香非香、雪非雪、海非海；来未来、去未去、生未生"。

香老爷不明白偈子的意思，再三追问，闲云禅师大笑不语。后来，香雪海亲手把那幅画仔细地装裱起来，大家这才明白，她绘制的是藏传佛教中的唐卡，而画中尊神则是玛哈嘎拉护法神的正像。

对于香家人来说，这是一个非常不好的预兆。幸好，香雪海只做过这一次诡谲出格的怪事，直到长大出阁之前，再没有异样。嫁到世代书香门第的夏家时，她已经成长为一个仪容端庄秀丽的绝美女子，任教于港岛大学美术系，主攻西洋绘画。

香雪海出嫁后的第二日，香老爷、香夫人及四位姨娘在祖宗灵位前诚心叩头拜谢，总算了了一件心事。他们以为，小时候的那幅涂鸦之作只是香雪海脑子里的神来之笔，就像生辰八字软弱的小孩子"撞邪、遇鬼、丢魂"一样，渡过那一劫后就不会再重蹈覆辙。

我明白，以上这段只是"香雪海故事"的开篇，就像任何大灾难发生的过程一样，人人以为劫波渡尽、否极泰来之时，恰恰就是更大的灾难汹涌而至的临界点。灭顶之灾到来之前，四周的环境越安静，随之而来的危险就越狂暴。

夏雪喝了口水，淡淡地问："陈先生久在港岛，一定去过宝莲禅寺吧？"

我沉稳地一笑，丝毫不敢卖弄自己的学识，平静地回答："去过。"

其实，叔叔与闲云禅师也是故交，每年捐献给禅寺的香火灯油钱都在六位数，也曾无数次带我亲临禅寺，听经礼佛。宝莲禅寺位于大屿山昂平的凤凰山与弥勒山之间，是香港最著名的十方丛林。山门前，左有木鱼峰天坛大佛、法华塔；右有莲花山与狮子石，堪称屿山胜境。该寺始建于一九〇六年，三位江苏镇江禅师至此，先筑小室，后搭帐篷，建立道场，为港岛禅门立规建制。经过近一个世纪的建设，目前已成为香港占地面积及建筑规模最大的寺庙。

“香雪海大婚之日，闲云禅师在大雄宝殿里参坐枯禅，求得一签，签文是‘镜花水月、为他人作嫁衣裳’。他把这签拿给香老爷看，两人相对无言。而后，嫁到夏家去的香雪海，忽然狂爱作画，一个人关在后花园的静室里一画便是一整天，把仆人们都吓坏了，说是少奶奶中了狐惑。在三间静室的内壁上，她画山川水脉、画盘旋飞舞的长蛇、画一尊又一尊的佛像，总之一切都与日常生活无关，全都是不着边际的东西。于是，夏家到香家拜访，一起去见闲云禅师。禅师说，香小姐的心已经不在了，去了西北雪域，不知所终。一个人的心都不在了，谁还能留得住她？”

夏雪的牙齿与杯沿相碰，发出嘚嘚的脆响。

“你冷吗？”我拿起自己的大衣，毫不暧昧地替她披在肩上。然后坐在炭火盆旁边，挑开半死半活的灰烬，再加上几块木炭，看着淡蓝色的火苗瑟瑟缩缩地烧起来。

那故事里的主人公就是她的父母，切身之痛，安能静心细说？

“不是身冷，而是心冷。陈先生，如果你见了母亲画的那些狰狞盘旋的巨蛇的话，也会忍不住心惊肉跳。那三间静室本来是父亲作画、抚琴、品茗、下棋的地方，但在三年时间里竟然变成了遍地蛇影的鬼屋，没有一个下人敢独自走进去，只好锁住，彻底地闲置起来。那时，大哥降生，母亲的神志恢复了平静，接下来有我，有了小海，时间也迁延了七年，父亲、母亲一直相安无事。香、夏两家以为香雪海脑子里的魔咒已经被解除了，不料就在小海三岁时，母亲突然在一个雷雨夜莫名走失，并在半个月后出现在拉萨大昭寺外的一支徒步旅行队伍中。这只是个开始，母亲的走失、回家，再走失、再回家从此成了一种恶性循环，离开的时间越来越长，每次都是出现在西藏高原。第二幅唐卡，就是母亲那时候画的，看看上面的颜料层次，就能明白母亲在这幅画上反复地改过多少次，终于成了今天的样子。”

夏雪拿起第二个卷轴，手一抖，卷轴落地，自动打开。

画上有一个盘膝坐在河边的清秀僧人，约四十岁上下，身上是标准的藏僧衣饰。僧人背后，玛哈嘎拉护法神正从一大片祥云中显露出半个身子，瞪着眼睛下望。僧人身前则是九条金鳞巨蟒蜿蜒游走着，奔向他的脚下。

我托起卷轴，上面的颜料果然深浅不同，着色的层次也有些混乱，可见绘画者曾经一遍一遍地修改过。

“这幅画起先是挂在静室里，后来则一直带在母亲身边，直到有一天，一位从藏地游历归来的港岛人，把它捎给父亲，同时附带着一封诀别信。从那以后，我们再也没有见到过母亲，直到父亲去世。为了父亲的遗愿，我们就算踏遍藏地的千山万水，也要一直寻找下去。糟糕的是，小海受了重伤，我们的战斗力已然受损。陈先生，我开诚布公地说明自己的处境，就是想求得你的帮助。母亲的那封信上说，自己要去一个金砖铺地、银莲托体的地方，那里的金刚石嵌在山洞顶上，像夏夜里的繁星一样闪烁，数不胜数。如果大家合作，能够找到那地方，一切收获全部归你，我们只要能找回母亲，就心满意足了。”

直觉上，我感觉到夏雪隐瞒了一部分关键情节，单凭两张似是而非的唐卡，并不能深刻地说明问题。

“我怎么帮你？”我没有必要兜圈子。

“神鹰会也在找那个地方，击退他们，将他们获知的资料拿过来，跟我知道的汇合在一起，或许就能解决问题了。”夏雪的答案来得很快，可见早就经过深思熟虑了，只是等我点头而已。

我不觉微笑起来：“看起来，合作对我是有极大好处的对吧？隐藏在雪山深处的金银宝库的确很诱人，但我还得跟邵节、司马镜两位商量，无法立刻答应你。”

“击退神鹰会”五个字说起来容易，却实难做到。想要顾全大局的话，任何决定都要先跟他们两个沟通，然后再合理地规划下一步的行动。更何况，叶天很快就要过来，我们大家的智慧融合在一起的时候，会做出更有利的选择。

“香雪海”的话题到此就该告一段落了，但夏雪迟疑着不肯离去。从她的眼底深处，我看到了充满希冀的火花。果然，在短暂的沉默后，她忽然开口：“陈先生，你从那洞里拿到了什么？能否让我瞻仰一下？”

我微微一怔，猛然醒悟一定是梅天蝎曾悄悄盯梢跟踪，抢在邵节、司马镜之前到过山谷深处，亲眼看到了我带着卷轴跃出石龛的一幕。

“放心，只看一眼，绝不奢求。”夏雪把我的迟疑当做了故意藏私，步步紧逼，不达目的决不罢休。

我摇头微笑：“什么都没有，你既然放出眼线跟踪，为何不自己去看，反倒舍近而求远，回来问我？”

昨天，梅天蝎讲到自己奔走与山梁雪谷之间追杀神鹰会人马时，我已经有了不祥的预感。五花神教以炼蛊术闻名天下，武功却不是他们的特长，一旦遇到神鹰会或者天龙寺的高手，吃亏的只能是他。在大多数时候，过于激进不是好事，只会给自己带来杀身之祸。

石室里不知不觉飘动着尴尴尬尬的气氛，我不把资料共享，势必会影响夏雪的情绪，但这是没有办法的办法。

“陈先生，你看到过敦煌壁画里的飞天吗？”夏雪低头收卷那两张唐卡，以一种漫不经心的口吻问了这个莫名其妙的问题。

敦煌壁画是中国古代洞窟艺术中的奇葩，石窟顶上绘着的飞天不长翅膀，不生羽毛，凭借飘曳的衣裙、飞舞的彩带凌空翱翔，千姿百态，千变万化。我当然看过，而且不止一次。

在佛教典籍中，飞天原是佛教中乾闼婆和紧那罗的化身。乾闼婆，意译为天歌神；紧那罗，意译为天乐神，原是古印度神话中的娱乐神和歌舞神，是一对夫妻，后被佛教吸收为天龙八部众神之一。乾闼婆的任务是在佛国里散发香气，为佛献花、供宝，栖身于花丛，飞翔于天宫。紧那罗的任务是在佛国里奏乐、歌舞，但不能飞翔于云霄。后来，乾闼婆和紧那罗相混合，男女不分，职能不分，合为一体，变为飞天。

“看过。”我保持微笑。

“现在，我眼里就有两尊飞天，你想不想看？”她猛然抬头，乌黑的发丝飘飞之间，清亮亮的眼神化做两柄短箭，无声地急射过来，空气中也再次充满了她的发香、体香。

“飞天是西方诸佛中的乐神，怎么会出现在她眼睛里呢？”我身不由己地望向她的眼睛，陡然看见两条长袖飘飘、横向飞动的影子。转眼间，两条影子变为四条，四条影子变为八条，全部围绕着她的黑色瞳孔飞旋着。

刹那间，我眼前的景物都飞速旋转起来，自己像是坐在一列高速飞驰的过山车上，一阵阵的眩晕感涌上头顶。

“把那东西交给我，就是你从山洞里拿到的，全部给我，一点都不要藏私。”夏雪的声音变得柔美无比，软绵绵的，直达我的耳鼓深处。我的身体摇晃了几下，昏昏欲睡地垂下了眼睑，回身摸索着毡毯下的唐卡卷轴，用力抽出来。

飞天们继续舞动着，夏雪飞快地打开唐卡，只略微看了看，忽然不解地一笑：“这不是《西藏镇魔图》的翻印赝品吗？有什么值得慎重珍藏的？难道你跑了那么远的山路，就为了去拿这样东西？那可是真的太奇怪了。”

我舔了舔干裂的嘴唇，放眼望去，满目都是起舞的飞天和夏雪甜润到极点的微笑。

“我要真相，我要你心里的秘密！”她走过来，双手撼动着我的右肩。

“那就是真相。”我梦游一样低吃着。

“文成公主嫁入藏地后，再三勘察地形，制定了镇压藏地三眼族妖女的降魔阵图，但那已经是历史上的过去时了。现在，三眼族人早就在藏地失踪，据说是遁逃于雪山最深处的酷寒之地，根本不能走出来跟正常人交往。所以，三眼族魔女都属于遥远的历史了。我只想问你，怎样才能抢在神鹰会的人之前找到隐蔽石洞？”

这个问题我无法回答，因为那京将军到底知道多少，谁也不清楚。

“告诉我，告诉我……”夏雪靠近我的耳朵，低沉的声音带着不容人抗拒的力量。

我又舔了舔唇，极度焦渴的感觉让我艰难地抬头望向门口。门外就是纯净无瑕的白雪，只要掬一捧雪粒塞进嘴里，就能解除我浑身的灼烧感。或者，我该解开衣服，在藏地的大雪里打上几个滚，从身到心都与天地自然亲密接触，涤除污垢，重开心门。

“陈先生，你必须向我坦白说话，不要有丝毫的隐瞒。在这一刻，我即是飞天神的化身，能够把你的心愿乘着乐声送抵西天诸佛面前，他们会满足你的一切要求。唯一的一点，你得打开心底里的死结，说出来……说出来……”夏香在我面前轻轻俯身，黑发如瀑布倒垂，轻拂在我脸上。

那一刻，我忽然很想抱住她，在雪地里翩翩起舞。

上个圣诞节的平安夜舞会上，瑞茜卡主动邀我跳舞，但我拒绝了她，任由一位美国男孩子带着她旋入舞池。我和瑞茜卡只能做好朋友、做好搭档，这是大家一开始就心知肚明的事。仅此而已，友谊永远转化不成爱情。

“眼前的人呢？在雪域的特殊环境下，会不会与瑞茜卡有所不同？”恍惚中，我的手已经攀上了夏雪的纤腰。

“必要的时候，红粉飞天也可以化白骨骷髅、血海夜叉，单看你如何选择，知道吗？”夏雪吐气如兰，双眼中舞动的飞天戛然而止，慢慢地浮现出两堆三叠骷髅来，阴森恐怖至极。她的手慢慢地缠过我的脖子，两个人的身体正在无限接近，鼻尖碰上了鼻尖，而那些骷髅的影子应该已经倒映在我的眼珠之上。

“不要再对我施展‘飞天销魂蛊’了，你知道，向内功高于自己的人下蛊，一旦遭到反震，后果非常糟糕。夏小姐，我不是喜欢乘人之危的人，既然你要的东西我无法给予，大家就此点到为止吧？”

我向后仰身，避开她的咄咄逼视。

在她的“美人销魂蛊”中，飞天的曼妙舞姿只是药引子，真正杀人于无形的却是她释放出的脑电波意志力。如果被她的心力控制的话，我也会沦为蛊奴，懵懂无知地替她不知疲倦地奔走，直到累死为止。

第四章
叶天与王帆

夏雪吃了一惊，单掌在我肩头一推，急速地借力后退。

我捡起跌落在地的大衣，拍打着上面的浮尘，不想做更多的解释。她以为我替夏海疗伤时内力巨亏，可以借此良机掌控我，但她恰恰错了，经过老僧的传功后，我已经脱胎换骨，迁升入一流江湖高手之列。

“你在骗我？”夏雪的脸变得苍白无比，举起袖子用力擦拭着双眼。

我摇摇头，人类永远分析不透男女感情上的事，就像刚才，我在努力提聚心神的情况下，也差点坠入她的美丽陷阱。如果不是她操之过急，将飞天瞬间化为骷髅的话，也许会是另外一个结果。

“我说过帮你，就一定帮你，无须附加任何条件。夏小姐，等我的朋友到了，希望你提供更多与香雪海女士有关的线索，大家一起来找。我叔叔是港岛公认的盗墓王，有丰富的合伙寻宝的经验，按照他定下的规矩，在大家各取所需后，剩余的财宝五五分账，谁也不要试图占便宜。”规矩是人定的，当然也该由人来打破。如果不是叔叔的日记本上留下了那么多“香雪海”的名字，我也不会特意停下行程，与夏雪联手。

夏雪收拾起唐卡，沮丧地垂着头向外走。

我心里忽然有些不忍，起身叫她：“夏小姐，生意归生意，合作归合作，等这件事完成后，我们能不能做好朋友，从拉萨大昭寺结伴回港岛去？”

在我眼中，她与瑞茜卡有明显的不同，冷漠时像冰，柔情时像水，战斗时如火，沉默时如云，一直都教人无法猜透。反之，瑞茜卡任何时候都像一杯清凉的冰水，可以用来解渴、泡茶、待客，任何时候都表现得完美无缺，几乎做到了办公室女秘书们的典范。两个人对比，后者明显落在下风，跟我朝夕相处了那么久，大家仍只限于吃工作餐、喝下午茶，绝不越雷池一步。

“不能了解这事的话，我会固守在藏地，一直不停地寻找下去。如果我求你，你会放下手边的事留下来帮我吗？”夏雪脸上的表情非常无奈，“不到山穷水尽的时候，我不会这样放下面子求人，请陈先生不要见笑。”

她掀开门帘跨出去，一阵疾风卷地而来，把她的大衣下摆直掀起来。大概是被雪粒迷了眼的缘故，她丢下旅行袋，举起双手擦眼。

我刚刚跟到门边，要伸手去挑布帘，嘉措顿珠已经急急忙忙地赶过来，替她拾起旅行袋：“夏小姐，我来帮你提袋子，要送回帐篷里去吗？”

面对像她那样美丽的女孩子，大部分男人都会抢着献殷勤，连我们的藏族向导也不例外。有女如此，她的母亲香雪海必定也是绝世美人，光彩耀目之至。我想等叶天到达后，大家对这一带的地形地貌做个详尽的梳理，把全部民夫撒出去寻找线索，务求在地毯式搜索下有所斩获。

午后，司马镜联络到叶天，他正带领一个二十人的民夫队攀登北面的第二道山梁，预计在晚上七点钟左右到达。因为大家随身携带的给养装备几乎超限，所以前进速度无法快上去，让我们不要担心。

邵节似乎悄悄松了口气，他按照司马镜的吩咐详细检查了那间石屋，从内到外、从上到下看了个遍。结果非常令人沮丧，他没有任何发现，连迷宫格上的藏经也消失得无影无踪。他在贝夏村的七户人家共十八个人之内反复排查，那些人都是老老实实的藏民，仅能听懂少许汉语，除了摇头之外，没有提供任何有价值的线索。

在持续打坐运功的情况下，我的体力恢复极快，已经有足够的能量应付一切。可以想象得到，每个有心人都不会放过山谷深处的秘密，都会亲自探看或是派人前往，当然也包括邵节、司马镜在内。

“如果他们发现那位闭关静修的老僧会怎么样？”我不知道答案，神秘的藏地带给我的是一层连一层的迷雾，无法破解。

司马镜的罗盘始终在掌心里转动着，他在身边放了一张白纸，每隔几分钟就在上面记下一长串阿拉伯数字。风水师的天机只有自己通晓，他不说，我和邵节问都无从问起。

下午四点钟，卫星电话传送的天气预报到了，拉萨以南持续暴雪，伴以八级大风，警告雪灾区的居民一定要牢牢地固守在家，不要随意出门。而且这种恶劣的天气下，极有可能发生大规模雪崩，造成人员伤亡。

“我去看看嘉措顿珠他们，千万别发生意外。”我站起身，慢慢地踱向门口。就在背对他们两个的时候，我感觉到身后的人正在别有用意地交换目光，似乎心底藏着不可告人的秘密。

夕阳的最后一抹残光落在苍茫的雪原上，风那么冷，一离开温暖的火盆，自己就好像是掉进了冰窟窿一般，从头到脚被寒气包裹着。

新扎的帐篷里也生起了炭火盆，民夫们围着火盆抽烟、闲聊、玩纸牌，其乐融融，早就把帐篷外的呼啸北风、崎岖前路抛在脑后。他们习惯于挣钱吃饭、闭眼睡觉的简单生活思维，所以走到那里也能随遇而安，每餐吃一点糍粑、喝点酥油茶就很满足，什么都不多想。

“陈先生，有什么吩咐？”嘉措顿珠从帐篷后面转出来，手里拎着卫星电话，表情并不轻松。

“没事，只是过来看看大家情绪如何。你告诉他们，耽误的工时报酬照付，旅程结束时每个人都有红包奖金，请大家安心休息。”对于进藏旅行者来说，钱不是最重要的，行程的安全才该放在第一位。没有这些好的向导和民夫，外地人将会寸步难行。

嘉措顿珠不好意思地搓着手红了脸：“谢谢陈先生，您给我们的实在已经太多了。”

就在此时，他的电话开始振铃，我低头一瞥，液晶屏幕上显示的竟然是叶天的号码，马上不动声色地点点头：“你忙吧，我随便走走。”

从常理判断，嘉措顿珠是叶天找来的，他们之间通电话无可厚非，不过现在是非常时期，叶天刚刚和司马镜通过电话，对贝夏村的情况非常清楚，何必又单独打给嘉措顿珠？

我抄着手走向被积雪覆盖的冰河，情绪越发低沉，心里充满了不信任别人和不被别人信任的郁闷。

忽然间，那个小男孩从夏雪住的石屋里走出来，一直向我走近。

“我知道，在大山的某个地方，一位即将化骨成灰的老喇嘛正躺在石床上等着一个人。他的眼睛、耳朵、鼻子因为长久的等待而变得看不见、听不到、闻不着，一只脚已经踏进了鬼门关。他在等人，等一个上代高僧口口传递下来的人，他们之间一定会发生某些心与心之间的深刻交流。不幸的是，他等了那么久，该来的人却没有一点消息。这个月甚至这一周，他就会随风圆寂，成为生命尽头的一个小灰点。你知道吗？你听懂了吗？”他主动地站到我身边，抓着我的右腕，在“列缺穴、合谷穴”上轻轻一戳。

他说的这番话完全使用汉语，而且表情温和平静，不像是十岁未到的小孩子说出来的。

“你会说汉语？那么咱们交流起来就方便得多了。”我非常高兴，他能开口，才是解决问题的捷径。

“我当然会说，说话只不过是上天赐予人的技能之一，就像掌心里的烛，只要你能够开启心智，洞察自我，指缝轻轻一开，光明就将照彻万丈黑夜。知道吗？其实你也可以，不过是‘不识庐山真面目，只缘身在此山中’罢了。”小男孩指向山谷深处，“唐诗说，只在此山中，云深不知处。在我眼里，藏地的雪山之下，才是人间至宝、世界真理的匿伏之地，当我们撩去它的面纱，一切天机，尽在掌中。”

我的“合谷穴”上一阵刺痛，浑身一震，倏地向后退了一步。

小男孩微微一愣：“怎么？难道你不是……”

他低头看着自己的手，我这才发现他的小指指甲留成了一个匕首般的尖，而且已经把我皮肤刺破，迸出一粒殷红的血珠来。

“我不是什么？”我看着他那身破旧的藏袍，肩头开线的地方已经露出了棉花。夏雪带他到此，仍旧套不到什么秘密，大概是白白用了那么多心思后才无奈地选择了放弃。

“当头棒喝、一针见血；见心悟性、翻然猛醒。不该是这样吗？不该是这样吗？”他木讷地抬起头来，黑色的眼珠一动不动，突然间失去了神采。

当他发问时，那名奇怪的老僧又出现了，绕着我转了一圈，从怀里掏出一条灰白色的哈达，捧在手里。

藏族的礼节礼仪是多种多样的，而敬献哈达是最常见的一种。哈达藏语译音为“达卡”，是藏族民间往来时使用的丝织品，是社会交往中必不可少的见面礼物。

据《藏族风情》一书中记载，哈达是十三世纪从元朝传入西藏的。当时，西藏地方政府官员八思巴洛随叔父前往西京拜见元太宗的次子阔端，随后在元朝宫廷生活了几年。元世祖忽必烈继位后，封八思巴洛为“大宝法王”，尊为国师、帝师，并赐给玉印。公元一二七六年，他离京返回藏萨迦寺时，带回了第一条哈达，当时的哈达两边印有“万里长城”的图样和“吉祥如意”等字样。

据史书介绍，藏族自古以来就喜爱崇尚白色，因此哈达通常就是白色的，表示纯净、洁白和诚挚的意思。在丝织品还没有出现和不发达的时候，藏族先民则以羊毛、白石等白色物品来表示洁白无瑕之意。现在，藏族姑娘出嫁喜欢乘白马；过藏历年，藏民喜欢在房屋墙壁上用白色粉末涂成一行行的圆点以示庆贺；大喇嘛出门，要在门口用白粉撒出吉祥的图案等。

藏族人民给白色赐予吉祥、圣洁、高尚、善良等等诸多意义，究其原因，除了印度佛教传入西藏后，佛教思想中“尚白”传统强化了藏族白色崇拜外，应当归结于藏族所处的特定自然环境。藏族大多生活在雪线以上的地带，雪是他们终年的伴侣，雪花纷纷降落时，晶莹洁白；冰雪消融时，滋润万物；雪冻冰封时，一尘不染，令人产生吉祥神秘的感觉。天长日久，白雪在藏族人的心灵深处扎下了根，进而逐渐产生并形成了崇尚白色的民族意识。

老僧捧着的哈达原先应该是纯白色，但在他身边放得久了之后，布料脏了，被弄成了这种灰不灰、白不白的颜色。

“不是他。”小男孩按住了老僧的手。

老僧刚要挣扎，小男孩反手一抓，连老僧的另一只手也同时锁住。

“不是他，一定不是他。知道吗？我们还得再等等看。”小男孩的身子只够到老僧的腰际。但老僧的身子却被小男孩轻易地扭住，动弹不得。

“不是什么？”我低声喝问。

他们在打哑谜，把我完全蒙在鼓里。

小男孩扭头不答，眺望着山谷深处。过了一会儿，拖着老僧的手走向那间画着迷宫的石屋。

“喂，小兄弟，你到底在说什么？为什么不能一次说个清楚？”在我看来，他说的“即将化灰”的老喇嘛，或许就是石龛里那个一动不动的闭关僧人。实际上我见过那人了，该说的、该做的也已经完成，绝不存在“谁在等谁”的问题。

两个人头也不回，踩着嘎吱嘎吱作响的积雪向前走。

那时，邵节突然从侧面冲出来，横在两个人的面前，劈手去抢那条哈达。我料不到小男孩竟然身怀高明武功，刹那间，他的手与邵节的手碰在一起，两个人在一秒钟内连续拆解了七八招，而后邵节大叫一声，被小男孩反扣住了双臂。

邵氏家族主攻周易八卦，兼修河南陈家沟一脉的陈氏、杨氏太极拳，所以邵节的武功并不算弱。我来不及出声，飞奔过去，但已经晚了。小男孩双手一扯一送，邵节被推出五步，趔趄着跌倒在雪地上。

附近几间石屋的门帘同时抖动，可见许多人都在关心战局，盯着小男孩的一举一动。

我抢过去扶起邵节，他苦着脸哼哼着："双臂三关节都脱臼了，这小男孩的武功很诡异，用的大概是易筋经上的功夫。"

"属于你的，谁都拿不走；不属于你的，谁也不能妄取。"小男孩领着老僧离去，消失在那间迷宫石屋里。

我替邵节绑好关节，扶着他向回走。

"他对你说了些什么？陈风，事情越来越复杂，你得向我和司马说实话，然后我们才能帮你。"邵节丢了面子，焦躁的脾气马上收敛了许多。

我认认真真地回答："他说藏地的雪山下埋藏着许许多多宝贝。"

邵节哼了一声，露出很明显的质疑表情。北面的山梁上，忽然响起一连串沉闷的牛角号声，呜呜嘟嘟，响彻了半条山谷。

司马镜走出石屋，举着望远镜观察了几秒钟，高兴地连连跺脚："叶天！是叶天到了！"

我对他的表现感到非常诧异，毕竟叶天只是我们的朋友，而不是绝境中的天降救星，不需要如此激动。

牛角声第二次吹响时，雪白的山梁上便出现了十几个小小的黑点。贝夏村的藏民们都沉默地缩在自己的石屋里，对外界的变化不闻不问，像蜗牛一样将自己封闭起来。从望远镜里看，穿着白色羽绒大衣、戴着黑色风镜和白色滑雪头盔的叶天正挥舞着雪杖，像滑雪运动员一样潇洒地躬身滑行，在黄昏将尽的雪原上飞驰着。

从前在大学里时，叶天一直是校际运动会上的焦点人物，风流倜傥，体格健硕，曾经迷倒过数百花样年华的女生。他的性格外向直爽，跟我正好相反，走到哪里都会拥有一大帮朋友，身边也永远不缺各式各样的美女佳人。

"那是他的优点，但却是一个冒险家的致命弱点。所以，他可以成为一个活得风风光光的城市白领，却永远成不了一位伟大的冒险家。”这是叔叔对叶天的评价，亦是他固执地婉拒收徒的最主要原因。

我的哲学导师说过，性格成就人生。在未来的日子里，我更愿意像叔叔那样，行事低调、内心充实、隐忍不拔、努力向上，成为一个真正自信的男人，直面人生中的所有艰辛，然后把一重重困难迎面打倒，然后冷冷地踩在脚下。

虽然如此，却影响不了我和叶天的友谊，就像邵节说过的那样：“性格互补、阴阳共济，才能做生意上的好搭档。”

忽然间，叶天急促停步，抛下雪杖，身边的人立刻递上一部黑色的卫星电话。

几秒钟后，邵节手里的电话响了。

“一定是找陈风的。”司马镜一笑，示意邵节把电话拿给我。

“陈风兄弟，一路还好吗？”叶天的爽朗笑声清脆得像石屋门口垂挂的冰凌。

我们在望远镜里对望着，声音响在彼此耳边。

叶天身后，是十几名高大健壮的藏民，每个人身上都背着一人高的超大旅行袋，看上去沉重至极。

“大家都在等你呢，怎么？王帆没有同来？”我搜遍了那些陌生的藏民面孔，却没发现王帆的影子。

“像她那样的‘北疆第一赏金猎人’，怎么会有闲心看雪景、赶夜路？午饭后早就跟我们分道扬镳，直插西南面的山脊，去追杀一名价值二十五万港币的黑道人物。顺利的话，二十四小时内会提对方的人头来贝夏村汇合。你这位干妹妹性如烈火、动如霹雳，除了陈老爷子的话之外，谁的话都听不进去，在黑道上那个‘霸王花奔雷手’的绰号不是白来的。”叶天甩掉了滑雪手套，取出一只栗色的细颈烟斗，旁边的人马上擦着火柴帮他点烟。这种派头，与港岛黑社会的老大如出一辙。

关于王帆的一切，叔叔曾从拉萨带了一卷录影带回来，上面是她练功、打电动、通宵泡互联网的记录。按我的理解，那是一个泼辣性感、爱恨分明的女孩子，带着北疆人天生的质朴与野性，与夏雪、瑞茜卡两个绝非一路。

一提及叔叔，我的情绪便低沉下来。

“陈风，我带来的补给差不多能支撑队伍一周所用，咱们安心在贝夏村驻扎几天，详细探明四周的情况。还有，我可以向你透露一点，王帆追杀的那个人，也与咱们探索的东西稍微有点关系。我已经告诉她，能留活口的话一定不要下死手，得把对方肚子里的资料挖掘出来，你说呢？”

叶天的浓眉飞扬着，带着气盖山河的豪迈，向我们这边俯瞰。

“‘北国风光，千里冰封，万里雪飘。望长城内外，惟余莽莽；大河上下，顿失滔滔。山舞银蛇，原驰蜡象，欲与天公试比高。须晴日，看红装素裹，分外妖娆。江山如此多娇，引无数英雄竞折腰。惜秦皇汉武，略输文采；唐宗宋祖，稍逊风骚。一代天骄，成吉思汗，只识弯弓射大雕。俱往矣，数风流人物，还看今朝。’陈风，你说，藏地高原的坦荡雪景是不是要比港岛那块弹丸之地的冬天要恢弘壮丽得多？只有站在这里，才能领悟到伟人名句里描绘的无敌意境。今天这个世界，是完全属于我们的，雄心有多高，舞台就有多广阔。千万别再持续消沉了，要努力去完成陈老爷子未完成的事业，把‘十三省盗墓王’的金字招牌高举下去。”

当他挥舞着烟斗朗诵伟人诗篇时，我不觉回想起他在校际诗社的讲台上慷慨陈词的情景。他是那么有野心的一个人，并且锋芒毕露，丝毫不想浪费自身的光和热，一定要展示出来，照亮身边的人。

二十一世纪的社会生活中，只有叶天这样的人才会获得巨大成功，一步步跃升为聚光灯下的大人物。至于我，天生喜欢低调沉稳的生活，对曝光、记者、媒体有与生俱来的排斥感。

按照我的原意，只是要叶天轻装简从到贝夏村来，大家一起商议，看看有没有可能在几条山谷间收集一些有用的资料。现在，他带着英气逼人的神采如约而至，大概也会取代我、邵节、司马镜，成为整支队伍的核心。

“见面谈。”我对他的鼓励报以微笑。

“见面谈，把心事全都告诉我。记住，你的事就是我的事，兄弟同心，其利断金！”他潇洒地将电话向后一抛，继续握着烟斗欣赏雪景，并不急于上路。

司马镜终于放下了望远镜，如释重负一样向着邵节：“老邵，咱们真是老了，看看叶天和陈风就知道，现在是年轻人的天下，未来绝对是属于他们的。”

或许是我过于多心了，之前司马镜提及我和叶天，总是把我的名字放在前面的。而现在，他的眼里似乎只有叶天，我却变成了陪衬。

“三十六小时内从大昭寺那边赶到这里，的确够快的，年轻人就是有冲劲！”邵节随声附和，马上转身，“我去叫嘉措顿珠做准备，今晚烤三只羊，大家好好喝两杯。”

不知不觉中，我成了局外人，一切都被这两位叔叔辈的老江湖取代了。不一会儿，民夫的帐篷里就响起了嚓嚓霍霍的磨刀声，所有人的情绪都受到了感染，忙里忙外生火的人脸上也洋溢着过节一样的笑容。

第五章
神秘男孩颅腔里的血色珍珠

我一个人沿着小路向北去迎接叶天，走过夏雪他们的石屋时，正巧夏雪掀帘出来。

“来的是我的朋友叶天和一群民夫，晚上我们准备开一个篝火派对，一起参加吧？”我希望自己尽快忘掉“飞天销魂蛊”的事，消除我们之间的一切芥蒂。

夏雪轻轻摇头，弯眉上笼着淡淡的愁郁：“不必了，多谢。有的人只爱黄昏，并不喜欢什么篝火晚会。不过大家都小心些，在山谷里点火，虎豹豺狼都眼巴巴地盯着呢！再有，发生了那么多奇怪的事，我真不敢相信大家还能乐得出来？”

她的不解亦是我心里的困惑，邵节、司马镜怎么会把叶天当成了救世主？难道在他们心里，叶天一到，任何危机、艰难就都不复存在了？

“且尽杯中酒，莫问明天事，不好吗？”我在掩饰自己的心事。

夏雪哈哈一笑，脸上罩上了一层淡淡的寒霜。

孙柔枪的重伤是她心头的一块病，他不好，她的心病也不会好。其实我很想实话实说地告诉她：“人在江湖，身不由己。杀人的人不知道什么时候自己会被杀，只能把今日的果解释为昨日的因，因循果报，如此而已。孙柔枪是五花神教的杀手，死在他蛊术下的人没有一千，也有八百，他自己当然也得有遭到报应的时候。”

“小心。”她走向冰河，与我擦肩而过时，用“传音入密”的唇语说了这两个字。

“小心谁？”我还以唇语。

“小心一切人，包括我。”她又笑了，雪白的牙齿在昏暝暮色里如两排刚刚脱离蚌壳的绝色珍珠，“在神秘莫测的雪域高原，连草都可以化为虫，成为举世无双的‘冬虫夏草’，还有什么是不可能发生的呢？陈先生，我相信，以后咱们一定有机会联手的，只不过无法预料其具体的形式而已。”

当她眉尖微挑、唇角初绽时，那种发自内心的微笑令我不由自主地迷醉。

“我期待平等互利地合作，而不是用任何诡计手段暗算对方。夏小姐，我也相信，大家一定会合作愉快的。”她从身边经过之后，仿佛空气也被重新净化过了一样，满是来自她发上的无名芬芳。

“嗯，他怎么样了？要不要我再过去看看？”谈话明明已经结束，我却恋恋不舍地旋身，凝视着她走向冰河的背影。实质上，孙柔枪体内最大的隐患不是枪伤，而是颅骨里潜藏着的裂头蛊虫。不除虫，总有一天会死在这一点上。

“大哥给他敷上了最好的金创药，是德国人牧平教授的独家秘方，三四天内就会结痂止痛。大恩不言谢，以后必定报答。”夏雪没有回头，只把一行纤细孤单的脚印留在了我面前的雪地上。

我的心一下子放下来，牧平教授是国际著名学者，从四十岁起专攻医药创伤研究，目前已经获得了七十多项这方面的专利权。“三四天结痂”应该是最悲观的结语，快的话，四十八小时内新生肌肉就会出现，然后迅速痊愈。那些秘药的力量比我的“天魔解体大法”更具有奇效，但价格却远远不是常人能够接受的。

出了贝夏村约一公里后，才与叶天一行汇合。

比起上次在港岛见面时，他在下巴、人中上都蓄起了短须，增添了少许稳重的感觉。不过，每当他一瞪眼看人、一张嘴说话，仍旧不自觉地显露出一种无以名状的霸气。看他的八字可以得知，虎年、八月、黄昏时出生，属于“下山觅食之虎”，命盘旺，杀气重。纵观叶天的个性，与相士们占卜解卦所得有九成相似：固执强硬、专断独行，喜欢冒险逞强、越挫越猛、雄心万丈。

“我带来四瓶经过活佛开光的顶级青稞酒，今天晚上大家每人一瓶，不醉无归。从明天起，拟定计划，搜索山谷，看看陈老爷子经过这里时曾经发生过什么。好兄弟，邵叔、司马叔说你非常消沉，我心里真不是滋味，但又不知道怎么安慰你，等王帆到了，听她说些热闹刺激的赏金猎人故事，也许你会放松一些。”叶天用力拍着我的肩，发出“啪啪啪啪”的声响。他的左右两掌分别修炼过“铁砂掌”与“太极化骨绵掌”，虽然没有故意发力，我已经感觉到骨肉生疼。

青稞酒在藏语中叫做“羌”，是用青藏高原出产的青稞制成。这是藏族人民最喜欢喝的酒，逢年过节、结婚、生孩子、迎送亲友，必不可少。最近十年，随着进藏旅游的人越来越多，青稞酒也热销亚洲其他地区，成了中国特色的烈酒之一。

叶天比我略高，约一米七八左右，体重超过八十公斤，肌肉健硕得像一匹下山的猎豹，皮肤则是城市女孩子最为崇拜的健康小麦色。此时他身上穿的是阿迪达斯品牌的运动服装，腕上戴着的那块瑞士万国牌运动表闪闪放光，从头到脚毫无瑕疵，充满了一股睥睨群雄的英雄豪杰气概。

与他相比，我不免有些惭愧。很明显的一点就是，自从叔叔去世后，我的情绪一直比较消沉，每天晨昏晚午脑子里都在计划着重返藏地、寻找破案线索的事。

“多谢。”我只说了两个字。其实像我这么低调的人，并不适合与叶天那种风风火火的人待在一起。

“走吧，去看看邵叔、司马叔他们。”叶天反客为主，拉着我的手前行，而他带来的人则稍远一点跟在后面。

回到贝夏村边的时候，夏雪刚刚从冰河边回转，她与叶天打照面的时候，两个人都微微一笑，相互点头致意。

“是夏小姐吗？大前年的时候，我在粤港足球对抗赛上见过你，当时你是记者，我是港岛足球队的解说助理，当时咱们还打过赌猜谁是最后赢家呢——不记得我了？”叶天一向在女孩子面前都表现得非常健谈。他常说，漂亮女孩子是启迪男人智慧的催化剂，不分国籍人种，只要是美女，都有这种神奇的力量。

“记得，幸会。”夏雪向后退了几步，让路给我们。

“晚上有青稞美酒加上烤羊腿的篝火晚会，夏小姐肯不肯赏光参与？”叶天越发神采飞扬起来。

“不必，陈先生已经邀请过我了。我这边有病人，脱不开身。”夏雪矜持而歉意地笑了笑，礼貌地回绝了邀请。

叶天点点头：“那么，回头见。”

邵节与司马镜早就站在石屋前迎接，叶天在他们面前表现得不卑不亢，虽然还是执子侄辈的礼节，神情表现却是与对方平起平坐的。

大家在石屋里就座后，叶天带来的人立刻点起酒精炉，取出一整套木鱼石的功夫茶具摆好。

“去，取冰河表面的积雪来，先去掉顶层的半寸浮雪，底下同样也截止到冰层以上半寸的位置。观察积雪的时候，一定选取莹白如玉的部分，不能有一点偏黄或是偏绿的杂色。既然来到雪域，就要用最纯洁的雪水沏茶待客，招待我的好兄弟和长辈们。”叶天一道命令下去，有两个人提着一柄银铲、一只银筒走向河边。

另外一边，一个随从取出了一只韩国产的大号保鲜盒，连续揭开三层盖子，才取出一小袋深绿色的茶叶来。起初，帐篷里只有木柴燃烧后的焦味，当那人轻轻拉开袋子上的封条后，一股沁人心脾的铁观音茶香迅速弥散开来，令人心神一片空明。

“好茶！”邵节脱口赞叹。

“好茶，果然好茶。”司马镜若有若无地皱了皱眉，才跟着低声赞叹。

“兄弟，这种茶叶很有来历，被称为‘黄金铁观音’，产于安溪西坪松岩的山脚朝阳之处，吸收了附近七大‘铁岩’的天地灵气，然后用安溪著名的‘绿萝水’灌溉，由豆蔻年华的十八岁女孩儿后浸润在舌尖下，所以被称作‘雀舌儿九转香’。其后的晾晒、炒制都是由安溪当地顶尖的茶王亲手操作，已经做到万分之九千九百九十九的完美度，犹如极品黄金的‘四九纯度’一样。”几年不见，叶天的品茶功夫也大有长进，说起来头头是道。

据我所知，安溪铁观音是中国乌龙茶中的极品，跻身于中国十大名茶和世界十大名茶之列，其香高韵长，醇厚甘鲜，品格超凡，被誉为“长寿茶”、“青春健美茶、茶类中之香槟酒”、“最优美而诱人的天然花香”。安溪西坪松岩、峣阳一带，自然环境得天独厚，气候温和，雨景充沛，四季常青，层峦叠翠，云雾缭绕，涧水潺流，泉甘土赤，可谓“天、地、人、种”齐备，十分利于铁观音生长。

叔叔生前，在铁观音的品鉴方面很有研究，曾在浅水湾别墅的地下室里开辟了专门的茶叶收藏室，在这方面下的心思极多。如果他在场的话，别人就不敢对任何茶叶评头论足了。

叶天带来的“黄金铁观音”价格非常昂贵，一九九七年之前，每年港督都会采办这种茶叶亲自押送回伦敦去献给英国女王。论其市场价格，差不多在三千港币一两。

“在这种地方，再好的茶也喝不出味道来，不如喝酒。”我不是故意要扫叶天的兴，如果他肯先把陈塘的下落说出来，那才会深得我心。

重要的是，陈塘出现，我肩上背负的担子就会减轻一半。俗谚说，打虎亲兄弟，上阵父子兵。陈塘是叔叔的亲骨肉，当然会不遗余力地陪我一起追查下去，然后回港岛去名正言顺地接管叔叔的庞大产业，不再让我夹在中间为难。

“酒？当然有，但我想等王帆在场时喝，于酒酣耳热之际，听她说些江湖黑道上的打打杀杀故事，借以下酒，是最畅快的事。知道吗？她在北疆这几年，接触最多的是恐怖分子，几乎每天、每小时、每一分钟都在跟死神打交道，从滴血的刀尖上捡钱，其经历之复杂，足可以写一百本动作电影的剧本。下面，我要说的是陈老爷子的独生子陈塘的事。王帆证实，陈塘就在北疆的西北角活动，大致的活动范围是塔城、裕民、额敏、托里四个三级城市，以走私各种违禁品度日。不幸的是，他的一只手已经断了，五指主要的筋脉被别人挑断，现在连最简单的拿筷子动作都做不了。”

叶天的表情也显得很难过，毕竟陈塘年轻时是港岛风流侠少中最爱玩、最有钱、最洒脱的男孩子，落到今天这种地步，个中原因无法一一细察，实在令人扼腕叹息。

“找到他！你们没能找到他吗？”邵节大叫一声。

叶天摇头：“那时，王帆还没与他建立相互信任的关系。你们应该知道，做走私生意那行的人，比狸猫还要警觉，一有风吹草动，立刻逃得远远的，然后匿伏起来，三四个月不露面。以上得到的这些消息，都是王帆花了大价钱买回来的，可信度超过六成。我一直在想，他一定是在北疆遭到了重创，没脸回港岛去，才混到现在这样。陈风，等我们到达大昭寺后，我会要王帆打通北疆黑道的关系网，争取早一日把陈塘找回来。到那时候，咱们三兄弟联手，天下还有搞不定的事吗？”

白银水壶里的雪片融化了，几分钟后便滚沸起来。

铁观音茶的泡饮方法别具一格，自成一家。要想真正品味到好茶的妙处，在用水、茶具、冲泡三道关口上必须都要精益求精。唐代陆羽所著的《茶经》一书，对喝茶之道做了最详尽的阐述，并且分为源、具、造、器、煮、饮、事、出、就、图十部分，不厌其烦地将中华茶艺记录下来，传之后世。

在港岛，叔叔对陆羽的书删繁就简，喝乌龙茶只求三点：石泉水、炭火炉、袖珍壶。

“陈风，要不要把夏小姐请过来一起喝茶？”叶天忽然又提出了新的要求。

我猜不透他的用意，沉吟了一下，邵节已经抢着说：“我去请，陈风对她的伙伴有救命之恩，这点面子应该给吧？”

他刚刚站起来，被司马镜一把按住：“慢，这不是喝茶的时候。夏小姐不是省油的灯，弄不好以后会跟咱们平分胜利果实。我的意思，不如早点送他们上路，以免除后患。”

“有这么严重吗？”叶天满不在乎地冷笑。

司马镜的提议大大地出乎我的预料，他说话少，但句句都像催命符一般，瞄准了夏雪那队人马。

叶天的随从们正在洗杯沏茶，手法亦是非常熟练，应该是跟随在他身边很久的贴心人。

“完全有。”司马镜郑重其事地点点头，“其实从第一眼看到她时，我就预感到，将来大家总有当堂火并的一天。”

我忽然感到一阵心寒，原来从山梁那面的相遇开始，他心里便有了这样的想法，老江湖们的心真的如海底针一样，仅凭外表，谁都难以猜透。

“杀人很简单，但我们必须有极其充分的理由。这是个法制社会，谁都没有权去毁灭别人的生命。司马叔，你要想除掉对方，只要切断冰河水源，或是在水源中下毒，一切不就在无声无息中解决了？不过，非到万不得已的时候，绝对不要出此下策，那样只会因小失大。”叶天微笑着，轻轻抚摸着右手上的腕表。

我很熟悉他的习惯，只有在深入专注地考虑问题时，他才会做这个动作。上次，港岛的一位心理医师替他诊病时，曾说这是强迫症的一种，一生无法根除。

暮色就在布帘外悄悄降临，石屋里没有点灯，只有酒精炉的火光随风跳荡着。藏地之夜，给人以无比静谧感觉的同时，也仿佛带来了某种无法言喻的杀机。

“我们要夺过那个小男孩，有无数种方法；要撬开他的思想缝隙，也有捷径可循。大家看……”他从手边的背包里取出一只两尺见方的白色塑胶袋，里面放的是两张医院里常见的脑部扫描底片，“这些底片记录了小男孩脑子里的一些情况，是几个月前从这条路经过的一家英国商队拍下来的。很巧，他们随身携带着微型扫描机入藏，本来目的是要去拍喜马拉雅山脉雪猴的脑部结构。结果，图片一出来，所有人全都愣住了，因为在黑白成像系统上，竟然出现了三个有色红点。”

他把底片递给我，那三个位于小男孩颅腔正中的红点太明显了，直径等同于一颗较大的花生米，呈近似圆形，紧挨着竖向排列在大小脑之间，像是三颗长在同一根茎上的山药豆。

“黑白片子不可能出现红色像素，这是图片材质决定的，绝对不会更改。”邵节一边从我手里接过底片，一边非常肯定地说。

这些话谁都知道，但红色珍珠一样的东西是千真万确存在的，绝非伪造得来。底片在我们四个手中传了一圈后，又回到叶天手里。

“所以，这次我也带着微型的彩色扫描仪，要给他再做一次脑部扫描，看看这一幕到底是如何发生的？”叶天一笑，似乎对我们的反应早在意料之中。

“也许那是三颗血瘤，过量堆积的血红素导致了扫描仪成像功能的紊乱。要做扫描的话，我们明天一早就抓紧时间进行，免得节外生枝。”我基本上保留自己的看法，怀疑是拍摄扫面底片的人操作失误，才导致了这种奇怪图片的问世。

“好的，日本三菱公司的彩色超声波透视仪出错率非常小，这次那小男孩就无所遁形了。”叶天哈哈大笑，对自己的安排非常满意。

茶泡好了，那人的整套泡茶手法遵从的是北派正宗的“铁观音八法”，即百鹤沐浴洗杯、观音入宫落茶、悬壶高冲冲茶、春风拂面刮沫、关公巡城倒茶、韩信点兵点茶，然后端到我们面前，完成“八法”中的最后两步，鉴赏汤色看茶、浅啜甘霖喝茶。

那的确是一袋极品好茶，我只啜了一口，立刻感到齿颊留香、心旷神怡。

“兄弟，再忙再累的时候，也要记得善待自己，摒除一切外界的俗务纷扰，安静地坐下来喝茶、看书、下棋，让身心得到彻底的放松。陈老爷子前几次来拉萨，我都这样劝过他。成名几十年了，他每年都会外出奔走、跋山涉险，何苦呢？有事交给下面的小弟们去做不好吗？我私底下跟王帆谈过，她也不赞成老爷子事必躬亲的性格。因为二十一世纪是年轻人的世界，老前辈们那套创业经验、办事手段都已经过时了，必须得退位让贤，把舞台留给更有发展潜力的年轻人。”叶天的话，隐隐约约含有对江湖前辈不敬的浮夸意味。

叔叔的一生，虽然忙碌却每一天都过得非常充实，是值得我们年轻一辈学习的。

我握紧了手中的紫砂小杯，礼节性地点点头。叶天的态度让我很失望，毕竟大家做好朋友那么多年，彼此之间早就有了某种默契，如果我对他不满意的话，他应该能感觉出来。

“沧海兄的事已经成为过去了，我们还是谈眼下的情况吧？”司马镜的脸色阴晴不定，罗盘在指尖上翻来翻去，极力压制着自己的不耐烦。

暮色浓重地合拢之后，外面又起风了。石屋里点起两个大火盆，木炭高高地堆起来，每个人的脸都被炭火烤得红红的。

“在这里，没有我叶天办不到的事。兄弟，听我一句劝告，结束港岛那边的事，一起转到这边来吧。看看这儿的环境、空气、民风，纯净得犹如一块从深山里开凿出来的坚冰，不带丝毫污染。你我一起扎根这里，做一番挥斥方遒、睥睨群雄的大事业，超过陈老爷子的成就，不好吗？”

还没有开始喝酒，仅仅是喝茶，他的人已经醉了。

我也很想超过叔叔，做港岛黑道上的大人物，但空话好说，真正做起实事来却比登天还难。

“神鹰会的人不可怕，五花神教的人也不可怕，甚至包括尼泊尔天龙寺、西藏本地的黑道势力都不可怕。当三眼族人从雪山深处复活时，整个藏地沦陷为魔鬼之都，那才是最最可怕的。因为在三眼族魔女的肆虐之下，雪域方圆三千里之内都会变成沼泽和戈壁滩，人类除了加入魔族之外，再无生路。当然，一入魔族，便失去了人类的灵魂，与死了也没什么两样了。来人，把我拿到的《西藏镇魔图》临摹卷轴拿过来，再把灯光弄得更亮一些。”叶天挥挥手，有人在房间的四角点起四根两尺高、一寸直径的牛油蜡烛，驱散了所有黑暗。

叶天到来之后，对陈塘出现的消息阐述得并不太多，这多多少少都让我有些遗憾。再者，王帆把追杀赏金目标看得比与我们汇合还重，更令人心寒。忽然间，我觉得石屋里变得很闷，很想大步走出去透透气。

另外有人捧着一幅卷轴过来，小心地铺开在叶天面前的毡毯上。

我的背包里已经有了另外一幅来历奇特的镇魔图，意外地看到他带来的临摹图时，闭目思索了一会儿，确信两幅卷轴上描绘的东西大同小异，仅仅是所用颜料、标注字体稍有差别而已。

“谁？”门口有人喝问。

“我，嘉措顿珠，向导。”嘉措顿珠谦卑地低笑声传来。

叶天挥手，示意旁边的人出去传话：“要他进来，我有话说。”

他低头俯视着仰卧向天的魔女图像，用一支红蓝铅笔虚指着由尼泊尔北上拉萨的那个范围，我们此刻所处的就是其中的某一条山谷。

“司马叔，‘九曲蛇脉’就在此处，对不对？现在，我对蛇脉的本体已经不关心了，而是要找到蛇脉环拱护卫的焦点。你的罗盘功夫厉害，能不能试着替我分析分析？”他在尼泊尔加德满都和拉萨之间画了一条直线，然后以此为基准，向喜马拉雅山脉西部画了个不规则的半圆。

第六章
贝夏村的会合

司马镜屈起左手的食指，在罗盘上轻轻地弹奏着，对叶天的话置若罔闻。

按照叶天画出的那条虚线，能够包括在内的山川河流极多，要想一一搜索真如大海捞针一般，就算再增加十倍的人手也不够。

“叶先生，您一到，连老天爷也开眼，立刻就雪尽风停了。”嘉措顿珠走进来鞠躬行礼后，垂着手站在一边。

叶天不理睬他，只盯着司马镜，期待他的回应。

司马镜若有所思地摇摇头，凝视着火盆里的木炭，罗盘在右掌上轻轻抛起来，接着再抛起，似乎已经进入了物我两忘的境界。

邵节搓着掌心里的脑顶珠，发出单调的嘎吱嘎吱声。

“那焦点不好找，连大陆上最有名的九华蹉跎派、崂山上清观、龙虎山张天师阴阳门、峨嵋千手观音教等等风水大派都找不到解决办法，何况是我们？人手、精力、工具都远不及他们，而且这又是大雪封山之时。叶天，你把‘九曲蛇脉’的风水布局想得太简单了，未免操之过急。按照我的想法，我们先北上拉萨，做好一切准备工作，等到天时、地利、人和三要素齐全了，再重新杀回来，那样或许有破解的机会。地理风水是一门高深至极的学问，只懂一些皮毛是干不成大事的。”司马镜不看叶天，只是盯着忽明忽暗的火盆。

的确，如果“九曲蛇脉”的天机那么容易就被洞悉，还有什么稀奇可言？

“血罗盘呢？司马叔不要过谦，你列举的四大派之所以失败，是因为他们不懂得‘血罗盘’的奥妙。现在，司马叔大驾亲临，歃血涂朱、以命定盘，还有什么难题不能迎刃而解呢？我不管别人的入藏经过怎样，只要邵叔、司马叔认清一点，普天之下，没有我叶天办不成的事，绝对没有。”叶天哈哈大笑，走到司马镜面前，伸出右手食指、中指，把罗盘挟住。

血罗盘是司马镜那一派的绝技，类似于武学功夫里的“天魔解体大法”，其具体实施方法是，用风水师自己的鲜血涂抹罗盘，将自己的灵性与罗盘合二为一，一起进入风水学的微观世界里。那时，风水师已经不是在用眼睛看，而是用自己的心去感悟，一定能清楚地洞悉眼前风水的奥秘。

听叔叔说过，司马镜最后一次施展“血罗盘”的功夫，还是替港岛四大家族之一的霍家老爷寻找旺穴。最终结果，霍老爷的金丝楠木棺埋在将军澳西北的观音山、黄竹山中间的一个“枯木逢春、松柏常青”的喜鹊登枝局中。那里居高临下，背山面海，能够远眺海水潮涨潮落。目前看来，霍家弟子在港岛的政治、经济两方面都占据了要职，而且家族人丁兴旺、财运亨通，足以证明司马镜的风水功夫一流。

香港著名堪舆学家、曾替港府及富豪看风水的“神眼”蔡伯励说过：“司马镜唯一的弱点在于自身的气度，如果能够周游世界、开拓心胸，拜在蔡氏门下历练十年，则天下风水大师加在一起都不是他的对手。”

蔡氏一族中，眼光最准、慧根最重的当属蔡伯励的女儿蔡兴华，每次见到司马镜，都恭恭敬敬的鞠躬致礼，尊称一声“司马前辈”。很可惜，司马镜自视太高，没有把蔡伯励的话放在心上，只凭一招“血罗盘”便打遍港岛无敌手，与蔡氏一族分据港岛东西，被民间称为“东边司马西边蔡，四手把住港九脉”。

“我做不到。”司马镜不动声色地摇头。

咔嚓一声，那只铜板罗盘被叶天的两指从中钳断，当啷当啷两声落地。

“司马叔，现在是我叶天求你，无论如何，总要给几分面子吧？当年，霍老爷和港府官员一句话，你就跑前跑后地一力奔走，难不成还要叫小侄给你下跪吗？你是港岛黑白道上的老前辈了，当然明白‘敬酒不吃，吃罚酒’这句话的意思，对不对？”

我没料到叶天一点都不给司马镜面子，露了这一手“金铰剪”的功夫，分明就是赤裸裸的武力威胁。

“这是我的饭碗，小叶。”司马镜慢慢地蹲下身，拾起两块铜板。他还没有起身，叶天已经抢先举手，按在他的肩膀上。

“小叶，你毁掉风水师的罗盘，等于是砸我的饭碗。港岛黑道七大派、澳九深粤十三帮都没人敢这么做，但你却毫不顾忌地做了，难道是故意逼我往绝路上走？‘血罗盘’的内功手法与步骤非常精细，你就不怕我故意算错一两个方位角，让‘九曲蛇脉’中‘万王之王’的焦点变成‘九幽囚死’之所？”司马镜脸上的微笑有些不自然，但那总算是“笑”，而邵节的表情实实在在地像哑巴吃黄连一样，五官扭曲，无法描述。

在风水师手中，活穴变死穴、圣地变绝地是很容易做到的，只是有良知的业界高手都不肯这么做，免得自损阴功。叶天逼人太甚，司马镜遭到强逼的状况下，难免会孤注一掷，把所有风水计算弄得一塌糊涂。

现在，问题的关键是，叶天要找“九曲蛇脉”的焦点做什么用？要知道，如果有人将三代祖先的骸骨挪移到那种地方后，其后代子孙会踏上“成王败寇”的不归之路，要么贵不可言、登峰造极；要么死无葬身之地，而后遗臭万年。

据我所知，叶天是一名孤儿，无父无母，到目前为止也没有中意的女友，更不必谈子嗣了。就算给他那个好到极点的墓穴宝地，又有什么用呢？

“一百零八。”叶天的语气冷漠到了极点，只吐出一个数字。

司马镜突然变色，抬起头，近在咫尺地直瞪着叶天的脸。

“大家合作，就当我没说过这个数字。否则，你知道将会有什么后果。”叶天放开手，两个人同时站起来，仍旧彼此死盯着，随时都会爆发一样。

没人开口，屋子里的气氛诡异到了极点，只有壶里的雪水一遍一遍沸腾着。

“我做，合作，满意了吗？”司马镜脸上的皱纹慢慢地展开，露出了温和的笑容，“饭碗砸了可以再造，只要有一口气在，脚下就会有路，活人总不至于被尿憋死吧？”一瞬间，他把所有的不快全都压了下去，心里想的什么一点都没表现在脸上。

我站起身，掀开门帘走出去。屋子里的气氛实在闷得难以忍受，我必须得出去透透气才行。在港岛时，我就能感觉到，叔叔一走，所有人的态度都有所改变。从前围绕在他身边的人，忽然间就都消失得无影无踪，毫无音讯。现在，叶天的态度亦是如此，仿佛受压迫太久的人，一旦得势，不知天有多高、地有多厚一样。

风那么冷，我又没披大衣，几分钟内身体就被冻透了。

“九曲蛇脉”的地形极其珍贵，按照风水学的观点，此类地形的灵气交汇之处，比普通的“龙脉、蛇脉”又高贵上何止千倍？但是，叶天仅凭地形图和向导们的探索，就要如此认定，仍旧是匆忙而草率的，误差极大。况且，从一九三零年至今，无数欧美灵异学家和中国的风水大师都不惧千辛万苦进过西藏，妄图在未经污染的雪域高原上找到真正的风水宝地，作为鱼跃龙门、一飞冲天的跳板。最终结果，他们都失败了，一无所得地铩羽而归。

叶天一来，石屋就变成了西楚霸王与刘邦的鸿门宴，杀机频频出现，他整个人也变得异常陌生。我知道那个数字的意义，司马镜在港岛与大陆各有一个家，加上自己的兄弟姐妹、子侄甥女，老小上下总共刚好一百零八口。如果叶天掌握了这些人的生死，则司马镜就不得不乖乖地俯首称臣，别无它想。

“这样的叶天，还会真心帮我吗？”我无法回答。

细算起来，叶天已经入藏五个年头，他的改变叫人无法接受，而这一次更是变本加厉，换了个人似的。很多老前辈们都说，西藏就像一块巨大的磁石，能改变人的本性，把好的变成坏的、坏的变成好的，最终结果难以预料。

不知不觉中，我的脚步一直向北，到了夏雪他们住的石屋门口。

霍地门帘一挑，温暖的油灯光芒散漫出来，包裹着夏雪纤细的身影。

“陈先生，这么巧？我收到一些消息，刚刚想走过去通知你……你们。”她在最后改口，大概觉得措辞有些不太妥当。

“什么事？”我一开口，便发觉自己的嗓子因缺水而有些沙哑。

“请进来说，是一些不太好的消息。”她向后退了一步，半转身子，仍旧温柔地帮我把住布帘。

我苦笑了一声，低头走入。外面那么冷，一个人站得久了只怕会严重受凉感冒，耽误下一步的行程。

梅天蝎、孙柔枪两个正盘坐在火盆前喝酒，后者头上缠着厚厚的纱布，只露出眼睛、鼻子和嘴巴。

“坐。”梅天蝎在自己的身边一拍。

“酒？”孙柔枪举了举手中的杯子，眨了眨失神的双眼。纱布像绳子一般把他的五官捆得紧紧的，无法做出任何表情。

我摇摇头，平静地在梅天蝎对面坐下，对两人的冷淡故意视而不见，双手伸向火盆烤火。

夏雪在我背后轻叹：“不到最后一刻，谁都分不清敌我。大哥、小弟，陈先生是咱们的救命恩人，他到这里来，是不会有恶意的。否则，又何必费那么大的心神出手救治小弟？你们对待别人的冷傲态度，是绝对不可以拿来用在陈先生身上的，知道吗？”

她从旁边的旅行袋里取出一只粉红色的双层保温杯和一只长方形盒子，轻轻掀开盒盖，柔声问：“陈先生，要喝哪一种茶？荷兰玫瑰乌龙还是乌镇茉莉花？”

我听到那两种熟悉的名字，心头忽然一热，有种“久旱逢甘霖、他乡遇故知”的感叹。在港岛时，我跟叔叔都极爱这两种茶。一般来说，上午喝茉莉花茶清火气，下午喝乌龙茶镇元气，一年三百六十五天不断。

叶天带“黄金乌龙茶”来，只为显摆阔气，根本没有考虑别人的感受。

“身在藏地雪山，身为一个大男人，只该喝烧刀子烈酒，干些‘弓如霹雳弦惊、马似的卢飞快’的豪爽大事。要喝茶，为什么不回铜锣湾别墅里去喝？何必巴巴地跑到这个兔子都不拉屎的鬼地方来？”梅天蝎阴沉沉地笑了，反手从暗处抓出两只黑色陶瓶，隔着火盆向我一举。

“喝酒会误大事，五花神教的大、小蓝教主没有勒令过你们吗？哪怕是初入门的炼蛊师都明白，酒精会让体内的蛊虫处于莫名的兴奋癫狂状态，不能安安分分地待在‘蛊穴’里，到处乱窜。后果会怎样？你们都清楚，我不必多说了。”我淡淡地冷笑，对梅天蝎说的这些外行话既不屑又无奈。

最高明的炼蛊师一生戒烟、戒酒、戒色，对自身的要求比少林寺的十八罗汉童子功更严格。唯有如此，才能抱元守一，炼制出静如处子、动如脱兔的蛊虫来，临阵对敌，百战不殆。五花神教的大蓝教主与叔叔是江湖上彼此仰慕、彼此钦敬的英雄豪杰，他们在港岛西贡白沙湾吃螃蟹喝菊花酒的时候，我也有幸在场，见识了大蓝教主的风采。

“来了，就没打算活着回去，不喝死，也会战死。陈老弟，作为一个男人，前怕狼后怕虎的有什么发展前途？”梅天蝎拍掉陶瓶上的泥封，一股山东景阳冈二锅头的呛鼻酒气顿时充满了石屋。

我哼了声，不想跟他胡搅蛮缠下去，只是静静地烤火。

“就喝乌镇茉莉花吧。江南三月的美妙景致，全都浓缩于一个玲珑小镇，而乌镇后山集天地之精华灵气，孕育了这种‘千碧我独白、春深不知处’的好花、好茶，每一个心中有根的华裔后代，都应该斟一杯细品。大哥、陈先生、小弟，我已经再三说过，大家能同走一条道、同乘一艘船就是最大的缘分。藏地雪大、风狂、路险、人凶，不团结的话，只会自寻死路。所以，有缘人自是多福，我替大家煮这壶茶，以茶代酒，订立‘互不侵犯、团结守望’的盟约，好不好？”

夏雪的话里蕴含着无尽深意，似乎是在提醒我来日方长，大家的缘分不会是昙花一现，然后就各奔前程。

“夹在有意无意之间，钩在似垂非垂之际”正是销魂蛊的最精妙处，我实在无法分清她到底是在向我下蛊，还是真的要与我结盟。细想起来，异性男女之间的情爱、暧昧、痴缠岂不也是一种终生无法摆脱的“蛊”？

乌镇是江南四大名镇之一，具有六千余年悠久历史，曾名乌墩和青墩，地处浙江省桐乡市北端，西临湖州市，北界江苏吴江县，为二省三市交界之处。

“要沏好茶，必须是乌镇修真观前河中央的‘三尺水’、江南紫砂青龙壶、杏林柴，水烧到鱼眼泡时为最佳……”闻到茉莉花茶的清香，叔叔的话仿佛又一次响在耳边。

乌镇古景中，老戏台是不可错过的一处。它建于清乾隆十四年，北隔观前街与修真观相对，南临东市河，东倚兴华桥。戏台前有“锣鼓一场，唤醒人间春梦；宫商两音，传来天上神仙”的对联，横批匾额则是“以古为鉴”。

“陈先生，没有三尺水、青龙壶、杏林柴，只有高山雪水，简陋之处请多见谅。”夏雪适时地在我耳边提醒，把我从回忆的泥沼中拉了回来。茶已经沏好，就在保温杯里，仿佛还带着她的脂粉香气。按照茶道高手的论述，茉莉花味道轻柔、香气淡雅，属于“女儿茶”，与脂粉气混合，犹如踏雪寻梅、雨中观樱，相得益彰。

我接过杯子，默默地感叹：“在藏地风雪中，能从夏雪手中喝到这样的好茶，是一种奇特的缘分吗？”

夜风如狼嗥般穿过贝夏村的石屋空当里，周而复始，无休无止，像一头永不满足的噬人恶魔，不达目的绝不离去。

“夏小姐，你说有些不好的消息，是指什么？”我把梅天蝎、孙柔枪视为木头人，只对着夏雪说话。

“神鹰会的敌人三日内会在正西、正南面山谷里出现，搜索一位来自尼泊尔天龙寺的绝顶高手。可以想象，他们爬上山梁时，一定会在望远镜里望到我们，然后开始劫掠侵袭。尼泊尔天龙寺行事一直都在亦正亦邪之间，比起神鹰会来，我甚至更担心天龙寺成为咱们的敌人。你看，贝夏村外毫无屏障，敌人的狙击手轻易就能占据有利位置，居高临下射击，把咱们当成美妙绝伦的移动靶。陈先生，我不知道你是怎么想的，是不是需要在明日清晨就加速赶路，翻过山梁向北，早一点进入拉萨政府的保护圈？”夏雪慢条斯理地分析着，情况紧急，但她的语速却缓慢而冷静。

贝夏村处于三面环山的低洼地带，无论是应对敌人的外围狙击还是阵地冲锋，都毫无优势可言。

“消息可信？”我比她更镇定。

“可信，因为我们在加德满都那边有内线，可以详细了解神鹰会的最新动向……”夏雪一句话没说完，正在举着瓶子喝酒的梅天蝎突然站起来，走向门口。

“怎么？”夏雪警觉地问。

“西南面的山梁上有敌人来了，我布下的‘脱线蛊’已经有了反应，很有可能是神鹰会的人。我观察过，那边的山势地形复杂，是狙击手隐身的最佳位置。夏雪，你能确定神鹰会的人还有余力对咱们发动攻击吗？”他曾孤身破敌，自以为神鹰会的人马不堪一击，所以明知敌人来袭，却丝毫不感到惊慌。

哗的一声，夏雪用一勺雪水浇灭了火盆，沉着地回答：“那京将军在加德满都到西藏这条线路上浸淫了十几年，如果他是浪得虚名之辈，弄不好早就被政府军剿杀得寸草不留了。大哥，你杀的也许只是外围人马，等他的亲信部队赶过来的时候，连尼泊尔的特种兵们都感到头痛，非常非常难缠。现在，大家偃旗息鼓，减小目标，看对方如何攻击再做打算。”

石屋里失去了火光，变得一团漆黑。

梅天蝎只是站在门帘旁边偷望，绝不敢贸然跳出去，成为狙击手们的游戏目标。

炭火一熄，室内温度直线下降。

黑暗中，一只柔软的手伸过来，扣住了我的右掌，伴随着一声温婉的叹息：“天那么冷，不能踏雪赏月，反倒要刀枪火拼，简直是焚琴煮鹤、大煞风景。不知道那京将军的矛头会对准谁，是嚣张飞扬的叶天呢？还是低调隐忍的陈先生你？总之，神鹰会从不做赔本的买卖，从不打无准备无目的之仗。所以，我们无论如何要忍下去，直到对方露出底牌为止。”

我任由她扣着，冰封的心似乎正感受到春风吹拂的馨香。

“销魂蛊虽然有效，却要因人而异。陈先生，我不会再次向你下蛊了，大哥、小海也是，绝不再把你当成敌人，因为我们此时有共同的攻击目标。”夏雪絮语着，向我这边靠过来。

“尼泊尔天龙寺的人很嚣张，从不把政府军和神鹰会放在眼里。你们说，这一次神鹰会的人是不是旨在追杀天龙寺的高手？对于我们，不会给予太多关注？”我向黑暗发问，却没有人回应，连门边的梅天蝎都不再开口，只是静默地站着，期待着火拼的序幕。

在鹰嘴台那边发生了太多的事，包括假聋哑夫妻神秘地消失在岩壁前那一幕，我无法解释那种神奇的现象，只是凭着感觉翻越山梁前进，暂时把那边的怪事放下。至于神鹰会与天龙寺，都会对自己人的下落做调查，绝不轻易罢休。

“死亡是解决问题的唯一方法。”这是黑白两道的名言。当一件事进入纠缠不清的死结阶段时，必须有一方或几方突然死亡，把死结斩断，前途就会豁然开朗，顺利地走下去。今晚，我不希望看到死亡，但一个人的意志又怎么能左右整个世界呢？

江湖与官场政治一样，总有“一将成名万骨枯”的时候，然后有更多的人踩着死亡者的尸骸前进，坐上万众瞩目的中心宝座。

“西北面也来人了，呈合围之势。”梅天蝎再次开口。

不必他说，我也听到了一阵突如其来的枪声，响在正西、西北那边，持续了约三四分钟的样子。

“等。”夏雪只说了一个字。

梅天蝎那边窸窸窣窣地响了两声，我立刻提醒：“不要使用望远镜，危险。”

目前的狙击步枪瞄具非常先进，夜视仪的视野相当开阔，自动提示系统能够准确地捕捉到任意活动目标，然后加以狙杀。这一点在两次海湾战争的狙击手交战史上都得到过准确体现，不信可以去看看美军的毙敌名单里，有多少敌方狙击手是被穿透瞄具、爆头而亡的。

“这是战争，不是游戏，没有人甘于被屠戮，当然也包括神鹰会的人。他们在山梁两侧损失了那么多兄弟，一定会加倍小心，派遣精锐出马。此刻，不知有多少支长枪瞄着这边的石屋呢。”我摸索到保温杯，浅啜了一口香茶，脑子里慢慢地勾画着西面山谷两侧的地貌，预想着敌人会以何种阵形冲锋过来。

“不反击，等死？”梅天蝎那边有道光线一闪，那应该是望远镜的虹膜贴片在反光。

我在黑暗中冷笑：“等死，总比找死好。我敢保证，你挑开那道门帘，立刻就有十颗以上的子弹飞进来。你兄弟命大，并不代表你也命大。”

梅天蝎沉默了几秒钟，嗤的一声冷笑：“我为什么要听你的？从资料上看，你一点高原实战的经验都没有。而我，从十五岁闯荡江湖，身经大小三百战，杀敌无数，受伤无数，直到名列五花神教五行使。你有什么资格教训我？”

第七章
谈笑间樯橹灰飞烟灭

噗噜噜、噗噜噜两声，有两只夜行的飞鹰从我们这间石屋顶上低低地掠过。

“死鹰。”夏雪一笑，两排洁白的牙齿在黑暗中映射着无暇珍珠般的光彩。唇齿开启之间，幽谷芝兰般的淡香向我缓缓袭来。

话声刚落，飞鹰发出两声绝望的唳叫，噗噗两声，坠落在门前的雪地上，犹自拍打着翅膀，做着垂死挣扎。

狙击镜后的杀手们是绝不放过任何风吹草动的，宁可错杀，不会错过。梅天蝎可以不相信我说的话，但他的生命只有一次，在枪林弹雨面前与他人是平等的。

“怎么办？”夏雪在我的掌心里写了三个字，然后摊开自己的手掌，伸到我面前。

“等。”我回了一个字，她的掌心柔软得像一片初春的法国梧桐叶子，我甚至担心自己的指甲会划伤她。在情况不明的暗夜，与其冒死前冲，不如以静制动，看清敌人的路数后再说。

“明白。”她尖尖的指甲再次划过我的掌心，微微一笑。

呜呜两声，有人在我刚才离开的石屋里吹起了号角，两长、两短，再一长、一短，正是发动进攻的信号。我愣了，难道是叶天想组织带来的人主动向来犯者冲锋？那真的非常不明智，等于是向敌人枪口上撞。

“给我枪，最好的枪。”我沉声吩咐。

火盆边的孙柔枪嘿嘿冷笑了两声，反手在身边的毡毯下面摸索着。

“你要怎么做？刚刚还说要坐等死守的？”夏雪急促地问，手指骤然扣紧。

号角再次响起，沉闷而亢奋的声音弥散着整个山谷里。我能想象得到，山梁上隐蔽的狙击手们此刻心里一定是热血沸腾，充满了开枪杀人前的兴奋战栗。

“给。”孙柔枪那边发出熟练地组合枪械部件的喀啦声，三秒钟内递过来一支卡着苏制瞄具的长枪，还有一条挂着子弹袋的牛皮腰带，“六十发备弹、夜视瞄具、双重十字丝、五百米内必杀、八百米内命中率高达百分之九十五。不过，那也要看使用它的是谁？再好的剑交在懦夫手里，也会成为烧火棍。”

这个从死亡边缘爬回来的人居然很有幽默感，比冷冰冰的梅天蝎要好得多。枪是好枪，握在手里沉甸甸的，甫一接触，就能感觉到枪身上带着的森森杀气。我轻抚木柄枪托的尾部，上面刻着一行潦草的英文字母，正好位于顶住肩窝的地方。

“我不想看着有人白白送死，而且，叶天是我的好朋友。”我在黑暗中苦笑，顺手把长枪挂在右肩上。即使现在的叶天只让我感到陌生，却没有昔日朋友间肝胆相照、进退与共的热血激情。

“要杀敌，就得下重手。陈先生，我们期待你的精彩表演。”梅天蝎阴沉沉地拍了拍手掌，口气如同置身事外的无聊观众。

“陈先生，你得想清楚，外面那么危险，没必要为了别人的盲目冲锋而做陪绑的替死鬼，不是吗？”夏雪偷偷地扣住了长枪的背带，试图劝说我放弃走出去的决定。

实际上，没人愿意冒着枪林弹雨冲出去，狙击手射杀老鹰的两枪，已经显示了相当扎实的移动靶射击功夫。人的体积十倍于老鹰，几乎能塞满瞄具的十字丝上下限，只要对方把握住千分之一秒的时间扣动扳机，从这门口出去的人立刻就会非死即伤。

“外面很冷，不过，江湖人的血无论何时都是热的，能够抵御任何寒意。我不是表演者，只是一个被动地使出全身解数谋求生路的抗暴者。也许神鹰会与那京将军将来会明白，尼泊尔到拉萨之间的千里雪原并非他们自己的后院，可以肆意劫掠、任凭席卷。在生与死之间，人和人永远都是平等的，而我，就是一个不得不出手的卫道者。最后，衷心谢谢夏小姐的好茶，我叔叔果然没有说错，乌镇茉莉花茶缺失了古戏台前的三尺水之后，果然少了七分神韵，茶香黯然失色。如果这一次大家都能平安不死，我一定专程请大家去水乡乌镇，尝尝那里的三珍斋酱鸡，喝一壶正宗的茉莉花茶。”

我凝视着被风卷动的布帘，调匀心神，把一切杂念抛开。在鹰嘴台救援夏雪的时候，我已经杀了神鹰会的人，这一次，只不过是继续加深双方的仇怨罢了。

“你不会死，大家都不会死。”夏雪幽幽叹息着，“大哥、小弟，等一会儿跟随在陈先生左右，对一切敢于进袭的敌人都要秋风扫落叶般无情，务求一击必中、一中必杀。总之，我们大家要拧成一股绳，先把神鹰会的这次波劫渡过再说。我再次警告你们，陈先生对咱们有恩，一定要好好保护他。”

她的话就是命令，梅天蝎与孙柔枪答应了一声，再不敢冷嘲热讽。

丁零零！没想到我口袋里的电话会在这时候响起来，四个人同时一怔。

“山雨欲来风满楼，希望电话能带来一些好消息。”夏雪低声强笑。布帘一动，露出了半尺宽的缝隙，外面雪地上的反光明晃晃的，像是在大地上平铺了一面银镜似的。向远处望去，山谷之间隐约有手电筒的光柱胡乱晃动着，也许就是神鹰会的人马。

“嘿，那是诱饵，真正的狩猎者会躲藏在两侧的树丛里、山石间，只等别人冒进扑击，然后关门捉鳖。陈风，你那位好朋友叶天不会连这点脑力都没有吧？竟然敢在人生地不熟的藏地野外进行冲锋？”梅天蝎终于没忍住，又冒出一句。

我暂时不了解叶天的想法，但明白他绝不是梅天蝎想象得那么幼稚无知。

“我全都看到了。”我冷冷地回答，随即掏出电话接听。

“喂，风哥？”一个大大咧咧的女孩子声音传来，“是我，王帆，就在贝夏村正西约六公里外的山梁上。这地方不错，背风、清净，居高临下，能够看到神鹰会那群人的一举一动，当然也能看到你们龟缩在石屋里的窘况。说老实话，你们选择贝夏村作为会合点本身就是错误的，这里距离神鹰会的盘踞地太近，进不能攻，退无法守，等于是个不折不扣的绝地。刚刚我数过，神鹰会的人马共分为三个攻击队，每队超过七十人，都配备了精良无比的美军武器。而且，还有一支狙击小队离开大队单独行动，在贝夏村正西的十点钟、十二点钟、一点钟、三点钟方向埋伏完毕，都匍匐在临时掩体里，枪口一致向东，与石屋的直线距离约为五百米到一千米之间。可以说，你们根本没有机会从石屋门口脱身出来——如果没有我的话。注意，以下事项我只说一遍，考验考验你的记忆能力。二十分钟后，我在你们的十二点钟方向动手杀人，然后向南运动，干掉十点钟方向的六个人，接下来，我会占据九点钟方向的某个点，暗地里狙杀处于我对面的一点钟、三点钟方向敌人，差不多把整支狙击小队消灭干净。至于你们，可以选择继续当缩头乌龟，也可以选择适当时机脱身出来，伏击神鹰会的大队。”

这么冗长的一段叙述中，还伴随着不停咀嚼口香糖的吧唧声，而我只是认真听、认真记，绝不打断她。

作为叔叔在大陆的干女儿，我和王帆从未碰过面，也没通过电话，这是平生的第一次。

“好，记下了。”我等她说完，才清晰地回答了这四个字。

其实她不必完全干掉狙击手，只要扰乱对方的阵营，分散他们的注意力，我和叶天他们就能脱离困境。

“啊哈，真的记下了？这可不是小孩子过家家、旅行团玩野战游戏，敌人手里的长短美式武器都是能瞬间要人性命的真家伙。风哥，我知道你不喜欢用枪，更不喜欢暴力杀人，但现在是人家的刀架在脖子上来了，非杀不可，不杀不足以平民愤，哈哈，你说呢？”王帆肆无忌惮地大笑，呸的一声吐掉口香糖。

我用长叹代替回答，像王帆这样的赏金猎人，对生死杀戮早就司空见惯，才不在乎神鹰会来的人是多是少，那仅仅是一个数字问题。

“喏，就这样，杀完人再聊天，现在看表，准备开工。如果我提前干完活的话，会施放蓝色火焰箭通知你们！”王帆挂了电话，但她那种睥睨天下群雄的豪气却与叔叔如出一辙，都属于天马行空、独来独往的一类。不同的是，她还年轻，正是“少年不知愁”的黄金时代，而叔叔已经撒手尘寰而终。

“是帮手，二十分钟后撕裂狙击手的包围圈，给我们机会冲出去。”我简单地解释给另外三人听。

梅天蝎干笑了一声：“好大的口气，不是瞎吹吧？”

我不想理他，单手把住枪身，缓缓地做着深呼吸动作，务求将自己的战斗状态调整到最佳。突然，我闻到了藏香的浓重气息，仿佛有人在自己面前点了这种东西，越来越重，越来越近。

“谁点香了？谁？”夏雪低叫。那时候，火盆里仍然湿漉漉的，没有半点火星。

我们都没动过火，所以香气一定是来自屋外，是敌人或者民夫们所点的。

“那藏香的香味有点不对劲，好像是……好像是……”火盆边的孙柔枪自言自语了一句。

我猛地抽动了一下鼻子，藏香的古怪味道倏地传遍了自己的五脏六腑，遍及浑身每一个毛孔。

藏香是藏传佛教在宗教仪式中使用的一种香，相传是吞弥桑布扎发明的，目前已经发展成为西藏文化的一部分。通常使用柏树泥为原料，以藏红花、麝香、白檀香、红檀香、紫檀香、沉香、豆蔻、穿山甲、甘菘、冰片、没药等几十钟香料为辅料，炮制成粉状，再用水调和成香泥，通过手工和用牛角制作的工具将香泥挤出成条状，阴干制成。

我曾经去过西藏尼木县吞巴乡吞巴村，那里是原料柏树泥的生产基地。在这里，村民利用溪水的水力推动水磨，将柏树木块磨成泥状，然后制成块状出售，差不多已经有一千年以上的生产历史。而叔叔最喜欢的一种藏香来自山南的敏珠林寺，那里生产传统配方的极品藏香，与现在闻到的有些相似。

“你心里还有秘密？”夏雪的手指伸过来，在我掌心里划字，手法又轻又快，笔迹也变成了正宗的王羲之兰亭集序体，与刚刚的潦草写法迥然不同。

我不明白她指的是什么，压低了声音问：“什么意思？”

“《西藏镇魔图》的唐卡在哪里？给我。”她毫不客气地写下了这行字。

我如实回答：“在石屋里，得等大战过后。”那张唐卡还没呈给叶天看看，当然就不方便传到这边来。

“我现在就要，去拿。”夏雪写字的手法那么高明，以指代笔，写得又快又好，只是语气越来越奇怪，完全变成了命令式的。

我伸手捂住右胸，气闷的感觉越来越强烈，绝对是有什么地方不对劲了。如果有人在屋外点香的话，等于是暴露在狙击手的瞄准镜之下，早就要死一百次了。

“夏雪，不要再空手划字了，你究竟想说什么？”我站起身，跨过火盆，走向梅天蝎。不管怎样，我不想被人利用，然后把所有黑锅自己背下来。夏雪在这种时候提及唐卡，一定是有其他想法。

“我要那幅唐卡，就是山洞里的老僧交给你的那张。”夏雪开口说话，嗓子又尖又细，瞬间变声。

跨过火盆时，我早就偷偷地把一盒火柴捞在手里，此刻嗤的一声反手弹出一根划着的火柴，燃烧着的小火球从夏雪脸前飞过。一瞬间，我看见了她极度苍白的脸和两个投映在石墙上的歪斜影子。然后，火柴落地，火球熄灭，一切再度重归黑暗。

“现在拿不过来，要看，等结束了神鹰会的侵袭再说。”我冷静地回答，背靠石壁，屏住呼吸。屋外的寒风那么强劲，藏香不可能是外面传进来的，否则早被风吹得无影无踪了。唯一的可能，就是有人在屋里燃香。

“我要那张唐卡，不管付出多大的代价，甚至不惜让所有停宿在贝夏村的人伏尸遍地、血流成河。听懂了没有，嘻嘻嘻嘻……”那个尖细的声音像有人正在握着锯条打磨铁锅一样，刺耳至极，让我浑身都起了一层鸡皮疙瘩。

“喂，那不是小雪的声音，那是谁？”梅天蝎醒悟过来。

我单手摘枪，狠狠地对准夏雪，一字一句地问：“你说什么？那是你在说话吗？”

一个人不可能有两个影子，那只是一个与夏雪同样身高、同样胖瘦的人以绝顶轻功附在夏雪身边而已。我甚至能明白刚刚在自己掌心里划字的并非夏雪，正是暗地里潜入的敌方高手。

“什么？你说我是什么？我只不过是天龙寺的一名僧人，特地前来跟诸位研讨一下与伏藏之谜有关的大小事情。既然你们都不喜欢我隐身开口，那就暂时离开夏小姐，单独领教。”

嚓的一声，有人在火盆旁边打了个响指，指尖上迸出一连串火星，已经浸湿的木炭噼噼啪啪地燃烧起来。孙柔枪、梅天蝎都已经倒地，站在火盆边的是一个四十岁左右的中年男人，头顶光秃秃的，身上披着一张又长又软的黑色披风，胡乱地拖在地下。

“我，暗龙，来自天龙寺，在你们中国人的所谓江湖里毫无名气，但青藏高原一线的朋友们都听过我的名字。尼泊尔政府军送给我一个很有趣的名字，叫做‘吞噬狂龙’，意思是所到之处，吞噬一切，绝对不留活口。你是‘盗墓王’陈沧海的侄子吧？难道他没有告诉过你，沿尼泊尔北上，一定要备好给天龙寺的贵重礼物，否则弄不好就要横死雪原？”他摸着自己的光头，左手上赫然只有三根手指。

我听说过他，天龙寺第一武僧，从三岁起自宫修炼尼泊尔传统武学中的“波罗蜜龙象神功”，十四岁打遍全国无敌手，十六岁参加印度举办的“全球修行者技击大会”，与他对阵的日本柔道大师、泰拳王、马来西亚铁头功传人、俄罗斯金刚力士都是被当场打死，抬下擂台的。从那以后，印度瑜伽术大师婆娑阿傩道看中了他的武学天赋，不顾自己已经金盆洗手、退出江湖的誓言，把他收为关门弟子之外的门徒，把毕生所学的瑜伽术精粹传给他。历经十年，暗龙把印度、尼泊尔、俄罗斯几国的武功融会贯通于一身，已经成了真正夭矫飞天的无敌之龙。

“久仰大名。”我缓缓地垂下了枪口。

遇到这个黑道煞星，枪械和子弹都成了次要的东西，因为他的瞬间移动速度早就超过了子弹，并且能凭借绝顶高明的瑜伽术令身体的任意部分形变，避开子弹带来的伤害。

在黑道传说中，暗龙出现的场合，根本没有别人发表观点的机会。

“我要那张唐卡，也要她。”暗龙指着火盆旁边仰面倒地的夏雪，瞪圆了死气沉沉的牛眼，狠狠地盯住我。他的脸上长满了暗紫色的小疙瘩，两颗尖利森白的犬牙从薄薄的嘴唇里探出来，仿佛随时都会恶狠狠地扑过来，发动最凶猛的攻击。

“唐卡在另外的石屋里，自己去拿。她是我的，谁都不能带走。”面对这场不得不应对的恶战，我的心已经沉入了冰窟里，再也没有退路。夏雪与我之间并没有什么生死约定，但我不可能再次看着敌人带走她，让一朵世间最美的鲜花成为牺牲品。

“你的？港岛名花夏雪会是你的？别自欺欺人了，四大家族的侠少都想成为她的意中人，为此打破了头、挣破了脸，各自信誓旦旦一定要摘花而归。天龙寺虽然地处偏远，媒体报纸、卫星电视之类都有，这点消息还是了解的。总之，你和她没有任何关系，不值得替她出头。小兄弟，天下美女多如牛毛，就算在尼泊尔那种小地方，也有相当不错的女孩子。想想吧，为了她送命，值得吗？”

嚓嚓嚓嚓四声，暗龙的指尖上再次迸出灿烂的火花，那是一种霸道到极致的手指硬功，在尼泊尔语里叫做“特里兰姆罗差朱奥斯玛”，意思是“漂亮的眼睛”，比中国任何一种指上功夫都强劲，早就被尼泊尔政府军引申称为“火眼杀人术”。

“换了你，会不会放手？”我冷静地反问。

夏雪给我讲述的那个“香雪海”的故事恰在此刻浮现在我脑海里，他们三个为了寻找母亲千里而来，其孝心能感天动地。我能做的，就是在一路同行时尽最大努力保护他们，为世界上多留一些“仁义礼智信、百善孝为先”的动人光辉。

“你看中她身边携带的唐卡了吧？告诉你，那些东西不是你我这些赳赳武夫能够参悟的，我必须得带回去交给天龙寺后山的八部长老闭关破解，然后才可能出现某种好的结果。包括《西藏镇魔图》在内，留在凡人掌中都是没有意义的。”暗龙并不急于动手，企图用语言来打动我。

我皱着眉退让了一步：“人留下，唐卡带走，怎么样？”

在神鹰会人马虎视眈眈的情势下，我懂得适时放弃利益，以免全盘皆输。再过几分钟，就是王帆约定的进攻时刻，大局要紧，不能吝惜局部。

“要唐卡，也得要人。知道吗？这个女孩子本身就是一个七窍玲珑的谜题，天龙寺八部长老指名要带她回去研究。如果你肯合作，也可以跟随我去天龙寺，等长老们研究过了，你再把她带回来。”暗龙捏着下巴，装出一副比哭都难看的笑脸。

他的右手始终隐藏在黑袍里，我一直都在担心那里面会不会隐藏着更犀利的武器。

“很不错的主意。”我忍不住冷笑起来，因为他的这种建议只适合骗骗上幼稚园的小朋友。

还有三分半钟，王帆就要动手，相信她也给叶天打过同样的电话。内外夹击之下，挫败神鹰会的围攻大有希望，但暗龙的突现，却成了目前最大的危机。

“我听到你在打电话，战斗一开始，咱们就去叶天的石屋拿唐卡。其他的条件，稍后再谈，如何？”暗龙的中文说得非常流利，从他的五官相貌看，能够分辨出中国人与尼泊尔人混血后裔的某些独特之处。混血儿往往异常聪明，能够在任何环境里出人头地，暗龙也没有例外。

这三分半钟，我是看着秒针的跳动艰难度过的。当远处山谷里的枪声再次响起时，叶天那边的进攻也已经开始，分为左右两队，向南北山梁上迂回前进。

梅天蝎从门帘缝隙里向外窥探，马上缩回头报告：“叶天在北队，他带来的人相当剽悍，雪地行军的速度超过正规军，随身携带的长短枪械也足够精良，大概是有备而来。两个老家伙并没有跟上去，而是继续死守。我们呢？隔岸观火还是趁火打劫？”

我用一根柴棍挑开门帘，远眺着正西面子弹划破夜色的瞬间光芒。

“我带暗龙出门，王帆就会有机会开枪射杀他，解决所有问题。”我把希望全部寄托在王帆身上，不知道这个毫无责任心的野丫头能不能胜任如此重要的工作。

“想要他们活命的话，就带我去拿那张唐卡吧。”暗龙露出了尖尖的犬牙，向孙柔枪、夏雪努了努嘴。

第八章
叛我者死

梅天蝎向旁边让了让，我站在布帘边，沉默地等待王帆的第二轮狙击开始。

五分钟后，预料中的战斗开始了，叶天手下的人马与山梁上的敌人交火，突击步枪与微型冲锋枪的射击声连成一片。我闪出门口，暗龙紧跟在后面，而梅天蝎则在一声急促的呻吟后悄无声息了。

“放心，只要你合作，不会死人的。”暗龙抖了抖披风，轻巧无声地掠过雪地。

“陈先生？”嘉措顿珠从暗影里跳了出来，手里倒提着一柄单刃藏刀，满脸都是焦灼的汗珠，“叶先生他们出发了，你要不要追上去跟他们一起？今晚神鹰会的敌人来得太突然，根本来不及防范。你看，民夫们都吓坏了，一致推举我出来看看情况。”

他并没注意到形迹可疑的暗龙，一边走一边举手擦着额上的汗水。

除了夏雪那间石屋里露出的细微火光外，整个贝夏村一片死寂，只有银白色的雪光铺陈在大地上。

“我回石屋去，邵先生、司马先生还在，是不是？”我停住脚步。

“我不知道，叶先生出发前，我就回帐篷了，什么都不清楚。要不，我陪你一起过去？”嘉措顿珠向山谷里眺望着，然后把藏刀插在腰带上。那种一尺半长的狩猎用藏刀通常是插在一种牦牛皮手工缝制而成的刀鞘里，然后挂在腰带铜钩上，像他那样随随便便一插，弄不好会割裂藏袍。

暗龙就站在我的身边，但却是在我的左手边，如果山梁上有狙击手向这边射击的话，我会首先把子弹挡住。同样，就算王帆发现有情况，也不可能绕过我射中暗龙。《西藏镇魔图》的唐卡对我而言是没什么用的，如果暗龙只取唐卡，放过夏雪等人，我也许可以任由他摆布，然后大家相安无事。可惜，他的外号叫做“吞噬狂龙”，胃口太大，不杀光所有人，是不会离开的。

“不用，你回帐篷去吧。”我不愿嘉措顿珠无辜送命。他的家里还有妻儿老小需要供养，侥幸能从暗龙手边逃命的话，也算是我积下的阴德。

再向南走了三十几步，左侧是石屋，右侧即是被厚厚的积雪覆盖的冰河。

暗龙突然抽了抽鼻子，向冰河那边张望。积雪填平了河道，只有在仔细倾听时，才会发觉冰层下的水流在艰涩地流淌着，偶尔发出卷走河底石子时发出的叮咚声。藏地的雪后风光，犹如一幅静止的完美图片，能令最善遣词造句的诗人自惭笔拙，无法用语言表达出来。

“请进吧。”我指向石屋。进门前后，是令他暴露在王帆瞄准镜下的唯一机会，因为那时候他是背对西面的，脑后不会长眼提防。

“陈风，我一直都在奇怪你为什么肯如此合作，现在终于明白了，你在河边设下了严密的埋伏。不过这样也好，我拿那些潜匿在雪被之下的人做标靶，让你们中国人见识一下天龙寺的武功。十秒钟，我只需要十秒钟就可以完全清场，请帮我计数吧。”暗龙的黑色披风霍的一声膨胀起来，变得像一只巨大的皮球，倏地卷向右前方。

我没有设伏，事实上队伍中也没有足够的好手能形成对暗龙的致命威胁。如果真的有伏兵，只能来自神鹰会。

当暗龙飞掠到冰河上方时，至少有十几支长枪同时开火，子弹射在雪地上激起阵阵冰雾。开枪者大约分为四组，交叉位于冰河的两侧，距离石屋仅有百米之遥。我不禁惊出了一身冷汗，如果对方有意向我、向叶天等人开枪的话，大家再有九条命也早耗尽了。

所以说，神鹰会今晚的行动目标只对准暗龙一人，王帆、叶天的反击行动有些操之过急了。

轰隆！河面上发生了一次剧烈爆炸，四处飞溅的冰块、雪片、水珠纷纷扬扬地飘飞着，石屋门口也被波及。黑色的暗龙、白色的伏兵瞬间交手，然后便是暗红色的鲜血一次再一次从白披风那一方头顶喷涌激射。

我只数到“六”，冰河中心的激战便告结束，暗龙先是卷向冰河对面，快如闪电一样纵跃了七次，而后倒纵回来，在石屋正西五十步的位置，双脚连环飞踹，把雪地里藏着的六名狙击手踢得口喷鲜血而倒。他的披风里藏着一柄类似于短戟的武器，可削可刺，每次挥动都令敌人血肉横飞。

孙柔枪的长枪依然在我肩上，但我竟然连举枪瞄准的机会都没找到，暗龙已经返回。

“刚刚数到‘九’，是吗？神鹰会的人不配称为尼泊尔第一黑帮，而这些只懂得藏在雪地里暗算的败类，更称不上我们尼泊尔的廓尔喀勇士。雪域高原之上，只有天龙寺的人才配享用‘勇士’这一尊贵称号。”暗龙杀了二十几名伏兵，披风上居然一滴鲜血都没留下，可见早就是身经百战的杀人老手。

我无奈地将长枪丢在脚下，狠狠一脚踏住。

“你没有机会杀我，或许再过三十年，等我老得不能动了，你才勉强够资格来向我挑战。年轻人，就连号称‘旧金山华人技击之王’的‘天煞孤星’郭太，都死在我的瑜伽柔术之下。说实话，我对华人武术家已经失去了兴趣，你们永远都只懂得摆摆花架子，然后以强身健体、延年益寿为噱头骗骗小孩子的零花钱罢了。”暗龙的确有洋洋得意的资本，纵观他刚才的出手，在“稳、准、狠、快”四方面已臻登峰造极之境，我即使勉强在他背后开枪，子弹也变成了毫无目标的瞎弹，不会伤他半分。

“我承认，你赢了。”我用力地跺了两脚，长枪完全没入积雪中，“子弹杀不了你，枪械还有何用？”

江湖唯一的规矩，就是“弱肉强食、胜者为王”。这种情况下，就算那京将军亲自赶来，也只会仓皇遁逃，免得被“吞噬狂龙”所杀。

我弯腰掬起一捧白雪，用力地在脸上搓了搓，平静了一下自己的情绪，才低声说：“跟我来吧，《西藏镇魔图》的唐卡是你的了。”

夏雪、梅天蝎、孙柔枪皆被袭倒地，叶天、王帆远在外围，无法赶回来驰援，至于邵节、司马镜则养尊处优惯了，不可能成为我的帮手，所以，暗龙掌控了贝夏村的一切，我们大家同时落入了加德满都北上以来的最危急困境。

“年轻人，你最好不要玩什么花样，神鹰会那些死尸就是你的前车之鉴。”暗龙放松了戒心，怒瞪的牛眼也眯成了一条线，注意力全部放在石屋这边。当他转身、伸手、撩起门帘之际，一个梳着满头麻花辫的健壮女孩子从冰河中陡然跃起，双手抱着一支长枪，带着满身湿淋淋的水花飞上半空，双腿呈弓箭步拉开姿势，像一匹蓄势待发的大宛骏马。

暗龙倏地回头，没看清他怎么运功发力的，身子便弹射出去，直扑那女孩子。

就在那时，我用脚尖扣动扳机，射出了今晚的第一颗子弹。这是非常情况下的非常发射手法，十八岁时，单为练这项功夫，我磨穿了三十双耐克运动鞋的脚掌。枪陷入雪里，能骗过所有人，而且连暗龙都不知道枪口瞄向何方，只会以为我在强压之下选择了妥协投降。

我是“盗墓王”陈沧海的侄子，人生词典里永远没有“投降”二字，叔叔的在天之灵也许正沉默地注视着我，看看我这个陈家子弟有没有丢他的脸。

那颗子弹射中了暗龙背后尾骶，一个能毁掉他全部下盘功夫的关键部位。不过，他的冲击之势丝毫不停，披风一飘，黑沉沉的短戟出现，直刺女孩小腹。

那就是王帆，一个让前苏联分裂成的数个小国中黑道人物闻风丧胆的赏金猎人。

她的双脚落地，暗龙的戟尖也堪堪抵达，但她怀里的长枪突然喷出一蓬火光，第二次、第三次、第四次，连发四枪，近在咫尺地射中了暗龙。子弹的冲击力使得暗龙向后倒跌出去，飞出五步远，落在雪地上。

王帆降低枪口，一鼓作气地射出十二弹，但暗龙在雪地上打了两个滚之后，立刻便卷起一阵雪雾，瞬间失去了踪迹。暗龙的失利在于过分自大，并且尾骶中枪在先，才会在我和王帆的联手合击下败退。可惜的是，没能杀掉这头狂龙，始终留下了无穷后患。

我向王帆挥手，招呼她过来，但她却挂好长枪，满不在乎地举起了电话，向我这边指了指。然后，我的电话就响了起来。

“使命达成，其实我向神鹰会的人下手，还有另外原因。这群尼泊尔傻鸟竟敢阻止我抓取目标，耽误我赚乌克兰人的赏金，所以，免费杀他们几个人，算是给那京将军点颜色看看，别不把西北一带的英雄们放在眼里。风哥，我在冰河上游留了个礼物给你，等明天风平浪静了来取，寻找刻有帆船标记的岩石即可。老爷子的事我很伤心，抓到仇人的话一定替我捅上三刀，接下来，我会回北疆去继续寻找陈塘大哥，掘地三尺，也要把他挖出来，了却老爷子的心愿。酸酸唧唧的话就不说了，免得影响了你跟那位夏小姐谈情说爱，大家各自保重吧！”不容我说一句话，她就径自挂断电话，撑着雪杖奔向南面的山梁，消失在苍茫雪原之上。

叔叔爱煞了王帆这种不拘一格、洒脱无羁的豪迈性格，但凡“物以类聚、人以群分”，年轻时候的他同样如此，才会与王帆一见如故，最终收为义女。

西面的枪声逐渐稀疏了，神鹰会的人正在边战边撤。

暗龙一退，《西藏镇魔图》就不会流入别人手里了，等叶天返回，我会把唐卡拿给他。此刻，石屋的布帘被风吹动，挑起了半边，我恰好看到司马镜靠在房间的东北角，垂着头，像是在打瞌睡。

“司马叔？”我闻到了一股浓重的血腥气，心里立刻有了不祥的预感。

“怎么了陈先生？”嘉措顿珠再次冒了出来，很小心地缩着脖子东张西望，跟在我的身后。

我顾不得回答，穿帘而入，扑到司马镜身前。一柄小号藏刀插在他的脊柱中央，仅露着红珊瑚刀柄在外面，鲜血都被他的大衣吸收掉了，从正面看什么都发现不了。

“司马叔，是谁干的？”我托住他的下巴，手指在颈侧大动脉上一探，脉搏极其微弱。

嘉措顿珠跟进来，一连声地惊叫着：“是神鹰会的人吗？陈先生，你们带的刀伤药呢？我得赶紧告诉叶先生去，他一定有办法救人杀敌的。”

我摆摆手，示意他闭嘴，不要惊动凶手，随即脱掉司马镜的大衣。刀口流出的血还是温热的，证明凶案就发生在十分钟之内，也就是我、王帆决战暗龙的那一段时间里。邵节不在屋里，很有可能也遭了毒手，只是尸体不在现场而已。

“嘉措顿珠，把炭火弄旺一点，刀伤药在旁边的背包里，红白两种，温水调和，快去做。”我原谅这个藏族向导的张皇失措，毕竟他们是老实本分的山民，并非刀头舔血的江湖人，大概早就被今晚的枪战吓破了胆。

“司马叔，邵叔呢？被敌人带走了？”这是我的正常推论。

“没有……我没想到……竟然发生了……这样的事，我太伤心了……太伤心了……”司马镜半闭着眼，反手向背后摸索着，一下子触到刀柄，疼得五官挪位，无法自控。

我立刻一怔：“什么事？司马叔，你说清楚好吗？”

能够令老江湖伤心的事并不多，我刚刚追问到此，右肋陡然一阵刺痛，一柄尖刀已经刺入了我的身体，并且刀刃在我的皮肉里不断地搅动，像是要把五脏六腑戳烂一样。我猛回头，嘉措顿珠那张平淡无奇的脸出现在我眼前。

“第二把刀，杀第二个人，我终于做到了。你的命能换一大笔美金，比卖那个面具要好赚得多，然后我就可以脱离单调枯燥的向导生活，带着我的老婆孩子到加德满都去，买房、买地、买马，做大生意，做上等人。陈先生，没人跟钱有仇，我们藏民虽然有着诚实、质朴、善良、热忱的优秀本质，但那些东西都不能当饭吃，一旦有人给钱，还是现实一点好。放心，我会把现场布置好，矛头指向天龙寺的人，让叶先生把所有火气发到他们身上。”嘉措顿珠摸了摸鼻尖，憨厚地笑着，但眼底已经有了神奇的希望之光。

他的手里还握着第三柄刀，目光在我胸口逡巡，正准备第三次出手。

“邵叔呢？”我捂住伤口，浑身的力气正伴着鲜血疯狂向外涌。

“他当然也逃不了干系，不过却是以我的雇主身份出现，这场行动正是他一手策划的。藏地风大雪大，我巴望着尽快干完这一票，然后拿钱离开。陈先生，你也知道向导这一行不好干，吃苦受累比驴子还多，最后收到的钞票仅够吃饭喝酒。我不想重复父亲的老路，必须得自己开一条光明的新路出来，你能理解我吗？”他在藏刀上呵了口气，细心地用藏袍的袖子抹拭着。

我承认，自己一直都小看了他，才会导致今晚的事变。

值得庆幸的是，他选择了叶天到达后才动手发难，已经晚了一步。凭着叶天的智慧，无论现场经过何种伪装，他都能追本溯源，找出真相。

嘉措顿珠摸着自己粗糙皲裂的手背，忽然长叹：“昨晚，我做了一个奇怪的梦，有一名三眼族人蹲在我的睡袋前，死死地盯着我看。生在他额头上的第三只眼闪着幽幽的蓝光，一直瞪着我，仿佛要看透我的思想一样。杀人不是我们藏民应该做的事，会受活佛降罪，但谁又能拒绝钞票的诱惑呢？陈先生，千万不要怪我，要怪，就怪你们港岛人太有钱了，随随便便甩一把出来，就是几万、几十万港币，足够藏民一家人三辈子都花不完。父亲说，看到三眼族人出现，那个人就会死，并且死得很难看。你说，会有这样的结果吗？”

他絮絮叨叨地自语着，没发觉邵节已经悄然进门，嘴角带着邪笑站在他的后面。

在港岛时，我和邵节几乎天天见面，喝茶、吃饭、泡KTV不下数百次，但我从来没见他这样笑过，像一只骗过猎人的狐狸盯着鸡舍里的猎物一样。

“大家都知道，三眼族人和白发魔女是这条路上行走的人经常梦到的，祖祖辈辈都那么说。父亲梦到过，他的朋友们也梦到过，现在终于轮到我了。可是，我不能死，我的孩子仁吉丹松才只有七岁，他还需要我……”

邵节的一声冷笑打断了嘉措顿珠的表白，他赶紧站起来走到一边去。

叔叔入藏那么多次，听到的三眼族人传说足可以编纂成一本厚厚的册子，但从没有人敢发誓说自己千真万确地近距离接触过那个传说中的奇异族类。所以，传说只是传说，连一张照片都没有，何来真相？

“邵叔。”看在叔叔份上，我最后一次这样礼貌地称呼他。

邵节倒背着手，踌躇满志地踱着步。

“嘉措顿珠，把火盆弄得旺一点。对于两个濒死的人来说，他们渴望在生命的最后一刻留住光明的影子。当然，这是可望而不可即的事，我只是要他们明白，谁才是藏地之行的最高主宰者。”他在石屋正中的折叠椅上落座，之前那座位是专给叶天预备的。

嘉措顿珠立刻俯身去给火盆添炭，黝黑的脸庞被死灰复燃的炭火照亮，眼光重新变得木讷而迟钝。

“很好，我会马上提高你的报酬，比叶天给你的高出三倍。有了那些钱，加德满都的美女们会整天追着你不放，恨不得跟你白头偕老、双宿双栖才好。那时候，你就会明白什么才是富人们的生活，什么才是生命中的享受。”邵节的声音里颇多感慨。金钱和美女都是男人们毕生追逐的主要目标，但我深刻怀疑嘉措顿珠不太可能带着钱全身而退。要黑道上的人物讲仁义、求信誉是一件相当困难的事，能做到的万里无一。

像嘉措顿珠这样的藏民，通常下场就是利用完毕后马上杀人灭口，不留后患，所谓的几十万、几百万酬劳仅是纸上谈兵，空头支票而已。

“杀了我和司马叔，对你有什么好？要知道，你的周易占卜术在藏地根本都用不上，无法适应这里的气场变化。你常说，不能卜卦则诸事不宜，无法定论吉凶。所以，一旦离开港岛，就把按卦行事的理论收起来。现在呢？你是要逆天而行吗？”我点了伤口附近的穴道，流血速度慢下来，但失血过多的话，在贝夏村不可能得到补给，只能咬牙硬扛着。

邵节摊开右拳，凝视着掌心里的脑顶珠。

山谷中的枪声停了，西藏大地陷入了非同寻常的沉沉死寂。

“邵先生，叶先生的人随时都会回来，我们还做不做，你什么时候签支票给我？”嘉措顿珠的担心不无道理，实际上他是因为只看到眼前利益，才成了邵节的帮凶。

“我占卜到‘否卦’，利小人、害贵族。陈风，在世俗人看来，你、沧海兄是贵族，而我这种医卜星相行业里混迹的则是小人。占到这一卦，才是我迫不及待动手的真正理由。卦由心生，秉承卦神的指引前行，才是占卜师必须要信守的生命原则。”邵节踢了踢司马镜的腿，后者的呼吸越来越弱，恐怕即刻就要撒手尘寰了。

叶天还期待着司马镜的“血罗盘”能帮助他寻找“九曲蛇脉”的焦点，等他回来发现司马镜已死的话，不就成了“竹篮打水一场空”？

否卦是六十四卦里最最糟糕的，其卦辞是：

初六：拔茅茹，以其彙，贞吉亨。

六二：包承。小人吉，大人否亨。

六三：包羞。

九四：有命无咎，畴离祉。

九五：休否，大人吉。其亡其亡，系于苞桑。

上九：倾否，先否后喜。

按照爻辞的粗略解释是这样的：“干坏事的是坏人，贵族占问不利，大的去了小的来。”实际运用在日常占卜中时，属于“闭塞不通之象、上下不和之意”。

占卜大象，则天气上升、地气下降、天地之气不交，主闭塞不通；占卜运势，则上下不和、百事不通、凡事宜忍，须知否极泰来；占卜爱情，则阴阳相背，拒人于千里之外，有不和及离别之象；占卜疾病，则为凶兆，病在脑、肺及肠胃等甚至是不治之症；占卜失物，则永远找不回来；占卜诉讼，则各走极端，有口难言，宜及时求和。

否卦，是坏到极点、降到最低、晦气到家的一卦，如果在日常占卜中遇到，明智者会沐浴更衣、闭关自省三日，然后再谨慎小心地恢复正常生活。像邵节那样的易经大行家，是轻易不会遭到如此困境的，因为他们在占卜到“否卦”之前，早就隐约意识到危机的降临，提前加以修正防范，扭转颓势。

反过来说，如果占卜者肯约束自己，安心等待时机好转，则如俗谚所谓的“否极泰来”一样，坏到极点的否卦，亦是卜者转运的拐点、一飞冲天的预兆，正如诗人雪莱所说，严冬已经到来，春天还会远吗？

当邵节为自己将来的命运占卜到这一卦时，内心深处是否也是如此告慰自己？他既然敢铤而走险，就等于把自己置于风口浪尖上，拼死一搏了。

“然后呢？杀了我又怎么样？”我故意示弱，装出气喘吁吁的样子。

“乘着‘地利’的神脉，找到大山里的宝藏，顺便把叶天做掉，让所有的宝藏都归我，就像沧海兄那样，由一个盗墓贼成长为‘盗墓王’，再进入商界、收藏家、银行家，逐步攀升，五年之内，造就世界上如日中天的超级富豪。”每个人一谈到自己的伟大梦想时，都会满眼放光，邵节也不会例外。

西藏，是一块充满了无解谜题的神奇地方，他或许是想借助“地利”来提升自己冲破难关、飞龙直上的能力。历史上曾有很多一代英才经这样的非常途径成功过，譬如蒙古草原上的元朝大帝忽必烈、太平天国的开国元勋洪秀全，无不如此。

“三才只占其一，而且不是处于主导地位的‘天时’，你就想轻轻松松地大获成功吗？”我惊异于邵节的野心，叔叔在世时，此人隐藏极深，一点心思都没露出来过。

“你怎么知道我只占其一？天时、人和两点，也早在我们的掌控之中了，只是你和沧海兄这种上等人永远都觉察不到罢了。”邵节停在我的面前，一字一顿地接下去，“天地万物，永远都在依据着自己的循环轨迹潜移默化地运转，只有我这样的聪明人才能感觉到。至于你，到西藏来本身就是一个错误，从港岛国际机场出发时，我已经循着风云龙虎四时、左右进退四方、生老病死四关偷偷地替你卜到了一卦。”

“是什么？”我没有即刻展开反击，是因为他曾说到“我们的掌控”五个字，可见反叛者并非只有他，至少是两个以上的敌人。嘉措顿珠只是被他收买的向导，不会被算在“我们”之内，那么其他的人还会是谁？

“哈哈哈哈……”邵节得意地笑起来，向我探身，鼻尖几乎顶到我的鼻尖。

“叛我者死——邵叔，还记得我叔叔生前刻在龙头杖上的那四个字吗？”我坦坦荡荡地迎接着他的逼视。

“什么？”这次轮到他愕然一怔。

“亲者痛、仇者快、叛我者死。”我低沉地说出了叔叔闯荡江湖的最根本原则。他肯为朋友两肋插刀、赴汤蹈火，但绝不能容忍朋友亲人的背叛，因为那是扎在他心口上的重重一刀。

第九章 护法神玛哈嘎拉的呼吸

“嘿嘿嘿嘿……”邵节奸笑起来，“大局已经颠覆，就算有一千句人生格言有什么用？他活着，可以说‘反叛者死’，现在他早死了，你也马上要死，那么，谁来狙杀反叛者？总不会让反叛者好端端地在雪地上滑一跤就跌死吧？我说过，‘否极’之后马上就是‘泰来’，今晚就是坏与好的分水岭，把你做掉，一切就都天下太平了。”

“咳咳”，嘉措顿珠突然急促地咳嗽起来，不安地走向石屋门口。

“怎么了？”邵节严厉地低喝。

“我感受到了一种不知名的力量，就在前面的山谷里。邵先生，我很害怕，心跳得非常快，像是发生了高原反应马上要晕倒一样。”嘉措顿珠双手捂住心口，从布帘的缝隙里偷偷地向外张望。

邵节冷哼了一声，继续面向我：“陈风，你难道不想知道我替你卜到的是哪一卦？”

我点点头，平静地注视着他，同时用眼角余光密切留意嘉措顿珠的一举一动。

“是乾上乾下的天字第一号乾卦，乾为天，想必你也熟知，‘彖曰：大哉乾元，万物资始，乃统天。云行雨施，品物流形。大明始终，六位时成，时乘六龙以御天。乾道变化，各正性命，保合太和，乃利贞。首出庶物，万国咸宁。’那么好的卦，出现在入藏之前，恰恰是一种绝妙的反讽。你以至盛至阳的气势进入至寒至阴的雪域高原，接下来只会发生火星撞地球一样的激烈对碰，必有一方气竭而亡。我们大家都明白，喜马拉雅山脉在地球上具有不可替代的标杆性位置，群峰巍峨地耸立在永久雪线之上，藏族人依据梵语单词‘黑玛’（译为：雪）和‘阿拉雅’（译为：域）为这一雄伟的山系创造了喜马拉雅山这个名字，形成了印度次大陆的北部边界及其与北部大陆之间几乎不可逾越的屏障……”

邵节滔滔不绝地叙述着，脸上洋溢着高度膨胀的胜利者自得。

“你究竟想说什么？”我意识到嘉措顿珠的情绪正变得焦躁不安，左手抓着腰带上缠着的一串藏银蛇骨链扭来扭去。

“我想说，雪域是不会灭亡的，它会用寒气和冰河浇灭你的阳气，所以你的结局不会比沧海兄好多少。”

邵节的话，令我对叔叔遇害那件事一下子有了新的想法，脱口而出：“你知道叔叔是遭了什么人的毒手，对不对？甚至说，你也参与其中了？”震惊之下，我的伤口重新迸裂，鲜血汩汩流出。

“你永远都不会知道真相。”邵节耸耸肩膀。

我抑制住内心深处暗暗涌动的暴雨狂潮，淡淡地一笑：“邵叔，这个世界上最难找到的就是真相，但我曾在叔叔遗体前发誓，一定代他手刃元凶，挖敌人的心来基奠他。从幼稚园开始，我就没让他失望过，这一次也不例外。如果你也参与了那件事的话，最好永远都别让我知道，杀我亲人者，不共戴天，虽远必诛。”

咕咚一声，司马镜向前扑倒，痛苦地蜷缩成一团。

邵节皱着眉看着他，不屑地冷笑着：“司马，死在我手里，至少不用担心一百零八口亲人的性命。叶天那个人心狠手辣，落在他手里得脱三层皮才能见阎王。俗话说，阎王好见，小鬼难缠，他就是那个最最难缠的‘小鬼’。老友一场，要不要我送你一程，赶紧上路？”

嗖的一声，邵节从袖筒里拔出了一柄双刃伞兵刀，雪亮的锋刃被炉火映成了淡淡的橘色。

“这是神鹰会嫡系精锐部队才有资格佩戴的刀子，插在你身上，大家只会把账算在那京将军一边。这一柄是你的，另外一柄会留给沧海兄最疼爱的侄子陈风身上，送他一起上路，然后藏地之行就成了纯粹的观光旅游，所有人都会轻松一点。”他轻抚着刀柄上双翼扑张的黑鹰，唇角露出了满意的奸笑。

“邵先生，我听到了一阵鼓声……一阵人皮鼓的古怪声音，那种东西，早就在藏地上失传了。你听，除了鼓声，还有人在念诵六字真言，‘嗡嘛呢叭咪吽、嗡嘛呢叭咪吽、嗡嘛呢叭咪吽、嗡嘛呢叭咪吽’，一直在念，一口气都不歇地念，像是在催着我们循声过去。”嘉措顿珠陡然掀开布帘，慌张地摸索着腰带，连续抓了六七次才找到望远镜，向正西眺望着。

事实上，我没有听到任何鼓声，脑子里只有“套出邵节实话”这一件事。

“胡说八道什么？要你办点事，只会瞎扯走神的。盯紧点，防备有人暗地里偷袭！”邵节对待嘉措顿珠的态度像在训斥一条猎狗。

“我真听到了，你们汉人不理解藏民的鼓声。人皮鼓具有通达神灵的力量，鼓声一响，神灵就会被唤醒。邵先生，我们还是放弃杀人的计划吧，一旦神灵降罪，我们就会陷入绝境。”嘉措顿珠苦苦哀求，但已经被勃勃野心烧红了眼的邵节怎么会放过已经到手的果实？

他举着小刀逼向司马镜，只要一刀插下去，司马镜的一生就算结束了。

我不得不出声阻止：“喂，他已经是大半个死人了，没办法活着走出藏地，何不留条全尸给他？”

司马镜是港岛非常有名的风水师，他死了，将是港岛异术界的极大损失。

邵节焦躁起来：“吵什么？难道你想抢死？”倏地旋身，刀子向我的左肋飞快地刺了下来。

我猛吸了一口气，身子一缩，施展“沾衣十八跌”的功夫，借助皮肉的力量裹住刀尖，然后吐气开声，双臂一振，砰的一声把邵节远远地弹开。如果不是受伤在先，这一次交手就能震断他的手腕。

“嘭嘭、噗噗、嘭嘭嘭嘭、噗噗噗噗”，刹那间，一阵鼓声传入我的耳朵，节奏干涩而诡异，带给人的不是鼓舞奋进，而是一种说不出的凄凉悲怆。我来不及向邵节进击，跃到布帘旁边，抢过了嘉措顿珠手中的望远镜，顺便一脚踹在他的腰眼上，先废了他的攻击能力。

正西方向，雪被填平了沟壑，触目所及，全都是白茫茫的，看不出其他不妥，但是那种撼动人心的鼓声连连传来，让我的心情有说不出的酸楚。

“人皮鼓，那一定是以身献佛的人皮鼓，用少女的细嫩肌肤蒙在鼓架上，然后用鲜血涂抹四十九次，历时三年才成。而且，只有最虔诚的女信徒才有资格将自己的皮肤献给天神，那是她生命中最大的荣耀。”嘉措顿珠按着自己的胸膛，脸色土灰，只顾喃喃自语，根本不再听从邵节的差遣。

啪的一声，火盆里的木炭爆出了一长串火星，照亮了邵节狞笑的脸。

“你们死定了，连同夏雪那群人，都会死在贝夏村，老老实实地把所有的秘密交出来，供我们所用吧。雪山上的神会保佑你们，早登西方极乐世界。”他手中的刀已经插入了司马镜的颈侧。

“那鼓声来自哪里？”我拎起嘉措顿珠，在他的人中位置狠狠地一掐，要他从混沌中清醒过来。

“我不知道，据说当鼓声响起的时候，一个披着白色长发的女妖就会出现，杀光所有惊扰她的人。神鹰会来袭的枪声那样密集，一定是把女妖给吵醒了，很快就会赶来。我们没有办法，只有伸着脖子等死了。”嘉措顿珠的话仍然不着边际，实际上大多数藏地传说都是以讹传讹的东西，没有太大的真实性。

鼓声忽然近了许多，差不多就在石屋对面的冰河边缘，但我看不到任何人影。

“嘉措顿珠，别忘了你的任务！”邵节气急败坏地叫起来。虽然杀了司马镜，他却无法控制我的自由。

“我不记得什么任务了，藏地的一切生灵都是为天神而活。当天神的召唤声响起来，朝圣者就要屏住呼吸，聆听天神带来的启迪，然后照着实行，才能达到解脱灵魂苦难的地步。我要去了，跟他们一样。”他一把扯下了布帘，贝夏村中央的小路上已经出现了十几名披着毯子、棉被的老少藏民，正沉重而缓慢地走向冰河。

这些都是贝夏村的无辜村民，他们为了躲避战火，全都藏在各自的家里，根本不敢外出，现在却梦游一样出来，拖儿带女怔忪前行。中间两位老年妇女甚至不记得穿上鞋子，赤着脚踩在冰冷的雪地上。鼓声一直不急不缓地响着，节奏永远不变。

嘉措顿珠看着自己的族人，慢慢地垂下头走了出去，像他们一样，双手合十在胸前。

“你要去哪儿？”邵节焦躁地大叫。

奇怪的是，他似乎从来没有担心过叶天马上就要回来这件事，注意力过多地放在了嘉措顿珠身上。

“我感觉到了藏地护法神玛哈嘎拉的呼吸，他在召唤我们过去，进入他的护持怀抱，永远不受异族人的侵害。在那里，有着雪域高原上最美丽的香巴拉之城、有酥油茶海、有取之不尽的衣服……他是世间唯一真神，几千年来俯瞰并保卫着藏地的安宁。我愿意在他面前自白罪状，用冰河的水洗涤心灵，重新回归真正纯洁安详的内心，并将永远保持下去，借此使雪域永远圣洁高远……”嘉措顿珠斜刺里赶向队伍，北风一吹，他的藏袍忽然散开，腰带也随即被风卷走。

“究竟发生了什么？陈风，你知道这群人到底在干什么，都他妈疯了？”邵节有些惊慌，忘记了几分钟前我们还在殊死对敌，反过来向我求解。

我知道，鼓声背后一定隐藏着某种玄机。大多数藏民在长期的祈祷礼佛过程中，自身思想或多或少都有通灵成分，能够感受到肉眼无法看到、理论无法解释的东西。

“听那鼓声。”我不动声色地向冰河那边一指。

“什么鼓声？”邵节支起耳朵，皱着眉谛听了几秒钟，满腹狐疑地问，“我什么都听不到，除了风声以外。”

“嘭嘭、噗噗、嘭嘭嘭嘭，你真的听不到？”我重复着单调的鼓点。

不知不觉中，邵节已经靠近门口，距我仅有三步。只要我愿意，举手之间就能取他性命，为司马镜报仇。那一刻，我忽地回忆起前年的中秋节，叔叔在澳门的菊花楼宴请老友时的情景。彼时，邵节、司马镜、读心术大师方东晓、相术大师查查生、针灸大师顾自知、中医大师慕容琴全部在座，宾主共欢，暖意融融。现在，我们同处冰冷的藏地，彼此的心比外面的冰雪更为冷硬。

“我真的听不到，你不要骗我。”邵节缩了缩脖子，用带血的右手取出脑顶珠，准备占卜一卦。

“你可以骗我，可以骗叔叔，为什么不能容忍别人骗你？”我死盯着他的额头印堂穴，假如一个“鹤凿”下去，那里就会出现一个三根指头粗的小洞，让对方当堂毙命。

“我没有骗他，一切都是……”邵节左边额角上陡然迸出一根虬曲的青筋，猛地提了一口气，攥紧脑顶珠。

“都是什么？”我的右臂正在缓缓蓄力，只等最后的一刻。

“那就是他的命，他自己也知道，你以后也会知道。伏藏师的生命结束于谜题解开的刹那，难道他没对你说过吗？”邵节恶狠狠地叫起来，毫无惧色地向我踏上一步，脸色狰狞地继续重复，“他活着，就是在等谜题解开；他死了，证明谜题已经解开，伏藏师的使命达成，当然应该慷慨赴死。”

风卷起雪花，飞旋着涌进门来。我恍然惊觉，眼角竟然早就有了潸潸泪光。叔叔对我恩重如山，我从小就发誓长大后一定尽全部身心去报答他，但现在却是“子欲养而亲不在”，造成了毕生无法弥补的巨大憾事。为此，我就算粉身碎骨，也要把害死他的人全部手刃，绝不放过一个。

“你，是第一个。”我感觉自己的脸上已经结了一层冷酷的寒霜，无法做出任何表情。

“什么？”邵节的左手压在右拳五指上，做了一个深及丹田的深呼吸，身体似乎正在膨胀起来。当他聚集全部精力占卜时，就会做出这种动作，但这一次，他没能把这套程序继续下去，因为他的印堂穴上蓦地添了一个凹陷的小洞，身体像被傀儡师突然牵动的线偶一样向后飞了出去。

我并没有出手，那是一颗狙击步枪的子弹造成的后果。布帘掀开时，狙击手的视线可以毫无阻隔地瞄向屋内任何目标，这一次他选择了射杀邵节，下一次就可能是我。

邵节倒在司马镜身边，伤口汩汩冒血的声音清晰可闻。我踢出一块石头，将火盆掀翻，先让石屋重归黑暗，然后拾起地上的布帘，草草地挂上。

“叮叮当当”几声，邵节掌心里的脑顶珠滚落在地上，他大声地喘着粗气，胡乱在地上摸索着，长指甲划过地面时，发出令人牙酸的吱嘎声。

“是什么卦？是什么卦？陈风，把神珠给我，我得看看最后占到的是哪一卦？”他绝望地叫着，带着控制不住的哭腔。

我在他身边蹲下，握住他的左腕，感觉到他的脉搏已经极度紊乱。

“给我神珠，快帮我捡回神珠。”他用力抖动胳膊，想要甩开我。

我在黑暗中摸到了他珍爱的脑顶珠，但每一颗都裂成了两半，总共十二片。

“没有卦，‘珠碎不成卦’，你不是一直都这么说吗？”我把碎片放在他手里。

现代化战争中，狙击手被称为“鬼影杀手”，因为当他的子弹远距离夺人性命时，根本无从追查。所以，我没法断定杀人者到底是属于哪一方的。暗龙逃遁、神鹰会人马退却，还有什么人会匿伏在高手雪原上，伺机夺命？

不可否认的是，我的一半心思还在为夏雪担心，她和梅天蝎、孙柔枪都倒在石屋里，会不会再遭别人的暗袭？另一半，则放在叶天身上。当他高调行事、呼啸前行的时候，最容易招来狙击手的子弹，生死只在须臾之间。

可是眼下，我只能困在石屋里，守着两个叔叔的老友，其中之一，还是无耻的反叛者。

“珠碎不成卦，生死两分张”，这是邵节常说的话，我只提上句，免得他失去活下去的希望。就像战士的枪、勇士的刀一样，脑顶珠也是邵节的武器，连它都碎了，正是一种不祥的预兆。

“我要死了，邵氏一脉的弟子临死时，都是珠碎人亡，我也绝不可能例外。能死在老友身边，是一种冥冥中的循环报应。我不该逆天而行，明明遭遇了‘否卦’，却总是妄想‘否极泰来’，凭一己之力突破困境。事实证明，人无法胜天，无法跳出六道轮回的圈子，始终都在命运的藩篱中活着。鼓声，我听到了鼓声……”

他张开双手，向半空中胡乱抓挠着，脑顶珠的碎片重又撒落一地。

“谁杀了我叔叔？”我按住他的肩，此刻他身子下面满是鲜血，那颗穿透颅骨的子弹相当致命，邵节能够在中弹后还能说话、动作、喘息，已经殊为不易了。

“我说过……他是伏藏师，伏藏师的命运就像黑白棋盘上的‘弃子’，本来就是为了大局布置的，为了最终胜利，只能舍弃它们……他知道自己的命运，无须任何人替他报仇……”邵节拼命挣扎，想要坐起来，额上的血向四面溅开，好几滴落在我的脸上。

“谁杀了他？我问你谁杀了他？”我的五指不由自主地收紧，咔嚓一声将他的肩胛骨抓碎。

叔叔从没对我说过与“伏藏师”有关的话，我怀疑这只是邵节的借口。

“你永远都想不到，谁也想不到……是……是，咳咳咳咳……”一口血呛住了他的喉咙，偏在这时候剧烈地咳嗽起来。

我用虎口贴住他的喉结，轻轻地向上推了三次，让他停止咳嗽，靠近他耳边提醒：“名字，你只要说出凶手的名字！”只需知道一个当时在场的人，我就能顺藤摸瓜，找到其余人。毕竟我和叔叔在港岛的黑白两道都有相当广阔的人脉，稍有线索，便可以无孔不入地追查下去，比警方的动作更快。

“陈……”这是邵节一生说出的最后一个字，而且是对案情最没有帮助的字。

黑暗中渐渐出现了另一个人的呼吸声，伴着司马镜沙哑的低笑：“我终于饶回了这一刀，在你彻底死掉之前。”

扑通一声，他的身子第二次扑倒，压在邵节头顶上。我垂手摸索，邵节顶门百会穴上又直插进去一把尖刀，深贯至刀柄。他中了邵节两刀，伪装假死，却在关键时刻醒过来，杀死凶手的同时，也截断了即将浮出水面的线索。

确信邵节死了之后，我不免大失所望，只能振作精神，在门边观察那群踏上冰河的藏族人。他们很快地踏着冰层过河，在对岸围成了一个不规则的圆圈，全部垂着头、合掌于胸前。嘉措顿珠的藏袍不知何时被风吹掉了，只剩里面的单衣，却丝毫没有瑟瑟发抖的样子，只是和族人们一起默立着。

我闪出石屋，向北飞奔。如果不是邵节反叛这件事拖着，我会在暗龙逃遁、王帆离去时就回夏雪那边去，绝不耽搁。

陡然间，我看到夏雪闪电般地从她住的石屋里冲了出来，向前冲了十几步之后，仰天长啸：“妈妈，是你吗？是你吗？我是小雪！”她的长发本来是披拂在背后的，双臂急振时，黑发猛地向上飘飞，像是要愤怒地戟指上天一样。

“妈妈，我是小雪，大哥、小弟都在这里，请你现身出来看看我们吧！妈——妈——妈！”连续三声，一个字比一个字高亢，如同一支被吹奏到音阶极限的铜笛，充满了裂石穿云般的力量，震得我的耳鼓嗡嗡作响。如果真的换作铜笛，如此吹法，势必导致笛膜破裂、吹奏者吐血的惨事。

我知道大事不妙，脚尖发力，飞纵过去，紧紧地抱住她。

噗的一声，夏雪喷出了一大口鲜血，星星点点地撒落在夜色中的雪地上。红的血，白的雪，立刻交织成了一幅活生生的红梅傲雪图。

“我感受到了她的呼吸，就在这里，一定就在这里……这是梦吗？我是在做梦吗？妈，出来……看、看……我……”她的身子急促颤抖着，两口鲜血连续吐在我的胸前。那一刻，我和她的心跳声混合在一起，心与心之间的距离前所未有地接近。

第十章
深埋地下的三眼族人

“听我说，不要开口，沉心静气，连环吐纳，让涌动的气血重新各归其位。夏小姐，藏地不是平原，一旦引发深度高原反应，你就要有生命危险了！”我贴在她的耳边低语，一颗心痛如刀绞。

夏雪挣扎了两下，头一歪，昏死过去。

我抱着她在雪地里坐下，先翻翻她的眼皮看看，确信她只是因为情绪过分激动所致的简单昏迷，心才稍微放下，取出手帕抹掉她唇角的血痕。

现在，除了冰河彼岸那群藏族人，四面再也没有其他人影，更不存在夏雪呼唤过的母亲。对了，那鼓声实质上是一直响着的，像是电影中的背景音乐一样。

夏雪的身体柔软如一袭狐裘，一动不动地躺在我的怀里，双眼紧闭，疲倦地皱着眉，脸色与唇色苍白得像黎明的雾。有那么一瞬间，我真的很想在她的唇上轻轻印下一吻，希望借着自己的体温融化她眉间的不快。

“她在哪里？她在哪里？”梅天蝎与孙柔枪是从石屋里爬出来的，两个人焦急地扶着石墙站起来，焦灼地向四面张望。

“谁？”我扬起脸，不敢高声说话，以免吓到怀里的人。

“香雪海。”孙柔枪头上缠着的纱布中又洇出血迹来，那个名字令他又激动，又愤怒，才重新撕裂了正在愈合的伤口。

“小雪说，她感觉到了母亲的气息，一定就在贝夏村附近的某一处，已经距离我们很近很近了。她为什么不现身来看我们，是不敢面对自己的孩子吗？”梅天蝎每说一句，右拳就在墙上狠擂一下，墙没倒，指背上早就鲜血淋漓了。

他们都太冲动，虽然有幸成为五花神教的五行使，但定力、耐性却欠缺得很。

“没有人来，少安毋躁。”我冷静地告诫他们。

事实上，当他们跟随在夏雪后面爬出来之后，已经看清了四面的情况，不该大呼小叫地发狠，做这些毫无意义的动作。叔叔曾说过：“要想解决问题的话，第一是冷静，第二是冷静，第三还是冷静。”跟随他那么久，我在潜移默化中记住了他说过的所有人生哲理，并且正在笃信不疑地实践这些至理名言。

我相信，被我和王帆前后夹击过的暗龙，一定不会走远，正在暗处觊觎着贝夏村的猎物们。所以，我们的说话与行事最好都小心一些，不要露出破绽，为他所乘。

“小雪说她在这里，一定不会错。她们之间有非常微妙的意念连通，从小就是这样。陈先生，请点她的‘发际点’穴道，赶快要她清醒过来。我们在藏地找了这么久，也许这是唯一的一次机会，拜托了！”梅天蝎稍稍冷静下来，吃力地跪爬前行，赶到我的身边来。

“发际点”穴道位于太阳穴发际的前额“发际点”，也就是用手按发角会感到疼痛的位置，是一个直接刺激脑神经的人体痛点，与“人中穴”的作用相近。我在夏雪发际点上揉了七八下，另一只手掌运足真气，在她后背的“肾俞穴、命门穴、志室穴、气海俞穴”上缓缓揉搓，帮她打通身体脉络里的阻塞点，让气息流转加快。

以上四个穴道的功用各有不同，“肾俞穴 ”在第二腰椎棘突旁开一寸半处，属于足太阳膀胱经，输入真气后，能够让肾脏发热，气机充盈活力；“命门穴 ”在第二腰椎与第三腰椎棘突之间，属于督脉，真气能帮她冲开脊椎气机阻滞之处；“志室穴”在第二腰椎棘突旁开三寸处，属于足太阳膀胱经，真气进入后冲击静脉和神经的逆反障碍；“气海俞穴”在第三腰椎棘突旁开一寸半处，属于足太阳膀胱经，真气的作用则是冲击肾脏，破阻通脉。

夏雪失血过多，简单地刺激穴道唤醒她，只会让她的身体更加虚弱，容易留下暗伤。如果条件允许，我想将自身内力过渡给她，让她尽快恢复元气。

“你们有没有听到鼓声？”我虽然是向着梅、孙二人说话，眼神却始终舍不得离开夏雪的脸。当她的眼睫毛深垂时，在脸上形成了淡淡的阴影，如同国画大师笔下的两抹意境深远的墨晕，令人不由自主地产生了无穷无尽的遐思。

“什么鼓声？”梅天蝎一愣。

“算了。”我摇摇头，虽然不知道他们为什么听不到鼓声，但也无心解释这个问题。

对岸的藏人突然发出一声参差不齐、含混不清的呐喊，合着的双掌忽地举向天空。天上的阴云正在散去，呈现出一种明蓝与深灰交织的绮丽背景来。紧接着，所有人开始大声诵念六字真言，一声声“嗡嘛呢叭咪哞”仿佛发自每一个人的心底，无论是苍老的、幼稚的、沙哑的还是含混的口音，都带着无可比拟的虔诚。

我的目光搜索着嘉措顿珠的身影，他刺中我一刀，是反叛者邵节的走卒，一定不能轻易放过。等藏族人的奇怪仪式过后，我会跟他清算这笔账的。

嗡的一声，有只小虫从我眼前飞过，落在夏雪的膝盖上。梅天蝎骂了一声，屈指一弹，小虫便无影无踪了。此刻，因为外界的纷扰太多，我们谁都没有心思去想小虫来自何处。实际上，在藏地的大雪之夜，是不可能有这种小虫自由地飞来飞去的。

夏雪终于醒了过来，当她睫毛初张的那一刻，我的心底深处掠过一阵战栗的喜悦。她的美丽如一块纯洁无瑕的冰，丝毫不掺任何杂质。

“我感觉到了她，就在这里。天可怜见，她还一直活着，我们终于看见找到她的希望了。大哥，很快咱们就能告慰父亲的在天之灵，解开她抛舍家人的谜团。我没事，只是太激动、太高兴了，才会昏倒。”夏雪离开我的怀抱，理了理蓬乱的头发，凝神眺望那群藏族人。

“你一定听到了鼓声，是吗？”我看到她的精神还算不错，总算松了口气。

“对，鼓声，人皮鼓的鼓声。”夏雪的表情有些异样。

“她在哪里？”梅天蝎插嘴进来，他不懂我和夏雪在说什么，只关心香雪海的下落。一个被抛弃的孩子心里总是充满了对母亲的怨恨，也许他正渴望以某种方式泄愤，让香雪海付出代价。

夏雪轻轻地摇摇头：“我感觉到她，却看不见她。大哥，不要心急，抽丝剥茧是件需要耐心、细心的活，必须得由我来做。至于你和小弟，只跟在后面就好，千万不要躁动。”

她的回答十分微妙，别人根本猜不透她心里是怎么想的。

梅天蝎长叹一声，挣扎着起身，走到孙柔枪那边去了。

“夏小姐，你的血脉受损，千万要防止再次情绪过激，有什么事都得一步一步来。”其实我也理解，当一个人苦苦追索的目标出现时，一定有“踏破铁鞋无觅处，得来全不费工夫”的强烈震惊。随即，膨胀的希望化为极度的失望，这种由九仞高山到九地深渊的巨大落差，差不多会让任何人发疯。

我希望她能控制情绪，保护自己，好好地走出藏地。

茫茫雪山，千年来吞噬过无数旅人的生命，风雪、缺氧、险峰随时都会把一个活生生的人变为累累白骨。邵节没说错，西藏的地理属性为“至阴”，一定是那些千年不散的阴魂们长久地流连此地，才令冰雪不化、峰顶长白。

“你永远都不会理解的，那不仅仅是一个故事，而是一段夏氏和香氏的家族悲歌。如果没有人挺身而出阻止悲剧的持续发生，那个古老而诡谲的循环就会一直继续下去，直到无人可死、无家可破为止。现在，是一个能说、能笑、能唱、能跳的夏雪站在你面前，几年之后，说不定会变成茕茕荒冢、白骨三根，孤零零地留在群山万谷之内。所以，我没有选择，只能竭尽全力向前，不再给自己预留后路。我已经决定了，找不到香雪海，我就把余生的时间全部奉陪给藏地，踏遍山川，黑发变白而无怨无悔。”夏雪的眼睛里已经没有哀愁，只有希望与绝望混合的燎原之火。

不知为什么，以瑞茜卡的工作效率，早该把夏雪的详细资料传真过来了。那样的话，我就能理解对方说的每一段话，从另外的侧面弄清楚关于“香雪海”的一切。

“我愿意帮你，不过是在了却手边琐事之后。说真的，每个进入藏地的旅行者，都带着属于自己的目标与秘密，我也一样。夏小姐，你的体质并不十分强健，虽然勉强练习武功，以勤奋不辍来弥补，终究不是办法。方便的话，港岛那边的咏春拳派会馆里有我的几个好朋友，可以教你练习他们的‘龙筋虎骨金刚劲功’，对于提升女孩子的体质有相当大的好处。”

说起来，我和叔叔都与咏春拳派、少林派有相当密切的关系。目前，细论港岛的咏春拳传人，首推李恒昌先生。他是当年李小龙授业师兄黄淳梁的关门弟子，是叶问大师咏春支流的正统传人，并于一九九七年创立中国咏春拳学总会并任会长，曾获一届港岛自由搏击冠军，被大陆授予中国武术七段。

叔叔生前，与李先生交情笃厚，两个人对于武学、茶道、棋道、书法都有共同爱好，每周都会找时间切磋。只要夏雪愿意，练习咏春拳对她一定大有裨益。

夏雪取出一块白手帕，慢慢地擦掉唇上的血痕，对我的提议只是微微一笑，不作置辩。

“未来的事，未来再说吧。现在，你向冰河对面看，那圆圈里一定有什么玄机。陈先生，留宿贝夏村是你自己的主意还是他人的授意？你对此地有没有更深的了解？”夏雪靠过来，幽香随风潜近，诱惑着我的嗅觉神经。

“我是第一次来这里，你误会了。”我坦诚回答。

“那么，叶天他们呢？还有邵、司马两位，是否也跟你一样？”她问得非常详细，只差没有问到队伍中的每一个人。我猜她肯定是在怀疑什么，采用的是警方审讯犯人的“排除法”。说老实话，我现在不愿意相信任何人，因为连邵节这样的人都会因私心而反叛，真实生活永远比小说、电影都诡秘曲折，实在令人不能对他人放心。

北面的山梁上响起了牛角号声，叶天带着一队人正飞速地滑雪跃下。由于有了王帆居高临下的狙杀，神鹰会的包围圈被轻松打破，所以这场夜袭有惊无险。

“看，他们来了，一群纵横藏地的神枪勇士。”夏雪抿着嘴角，露出满含讽刺意味的微笑。

“说曹操曹操到，有什么疑问，还是问叶先生好了。”我自动让位，以求避嫌。当感情遇上阴谋时，我不得不与夏雪拉远距离，免得自己陷入感情漩涡。

从加德满都北上以来，我得到的线索非常有限，如果不能在贝夏村附近这几条山谷里多做探听的话，等到了拉萨那边，就再没有什么异常状况是与叔叔的日记有关了。不管是什么人撕掉了那五页日记，上面记载的都是发生在这段路程中的事。

“叶天知道什么？邵节、司马镜又知道什么？”她问我，我又何尝不想问她？

“我们结盟吧？陈先生，你也该感觉得出，我们两人考虑问题的方式非常接近，如果摒弃成见，结为资料共享的盟友，一定能把每个问号都变为句号。”

夏雪笑了笑，低下头，用脚尖在积雪上划了一个大大的问号，又在旁边加了一个小小的句号。

“夏小姐过奖了，如果你肯进一步把‘香雪海’的详细故事告诉我，我想自己很乐意做一个合格的听众。可是，我这边实在没有太多资料能够共享，否则，何必困在贝夏村这种小地方，而不是穿山越岭、直奔主题而去？”

我说的是真话，这段旅程中有太多问号，无法解开，她的诸多疑问，我只能说无可奉告。

胜利归来的叶天神色并不轻松，停在我们身边时，表情冷冰冰、硬邦邦的，没有一丝笑意。他的身上沾满了枯叶与积雪，还有一股挥之不去的火药硝烟味。长期的藏地生活让他有了太多的改变，对我而言，近似于一个完全陌生的人。

“还顺利吗？神鹰会的人撤退那么急，是不是还有其他阴谋？”我迎上去，王帆离去得太急，我很担心她会跟敌人再次遭遇。如果没有王帆，神鹰会的攻击线早就推进到贝夏村前来了。

“神鹰会的主要目标不是我们，而是另外一个神秘人物。一个非常非常古怪的人。算了，回石屋去说，我累了。”他看了一眼夏雪，欲言又止，匆匆地走向南面的石屋。我此刻才发现，他的大衣后背上裂开了一条两尺长的大口子，里面的三层衣服也都破了，露出肌肉健硕的后背来。

那好像是刀伤，而且是被金背砍山刀、虎头雁翎刀、大杆朴刀、青龙偃月刀之类的重兵器砍中留下的。我忍不住向北边的山梁扫了几眼，因为在这种环境、这种枪械互射的状况下，何来大刀肉搏？再说，叶天身后带着数名持枪好手，一旦有敌人掩近袭击，就算他们无法开枪射杀对方，至少也能出声提醒，让叶天躲开一劫。

跟在叶天身后的人全都垂着头，脸上带着非常明显的沮丧。

“夏小姐，失陪一下。”我得跟上去解释邵节、司马镜的事，只能暂时丢开夏雪这边。

“不，陈先生，请稍等。我觉得那群藏族人正在提示咱们某些事，想和你一起过去看看。那样，五分钟后，咱们在河边集合，好不好？”夏雪看出了我心里的不安，改口为五分钟后行动，她的善解人意让我有小小的感动。

我点点头，迅速赶上叶天。

“石屋里发生了一些变化，不过情况已经被控制住。”我有些惭愧地低声告诉他。

没能躲开嘉措顿珠的刀，没能阻止邵节格杀司马镜，没能救下邵节的命。三者合一，只能证明我一直都在连环失误，每一步都落在敌人的后面。幸好司马镜还勉强活着，在我数次过渡真气给他的情况下，伤势已经得到缓解。

“邵节果然反叛了？”叶天的浓眉蓦地挑了起来。

“邵节反叛，司马叔重伤，不过暂时还死不了。难道你早就预料到了未来可能的变化？”我不动声色地反问。

“兄弟，我失算了，这真是一次非常糟糕的行动。”此刻，马上就要到石屋门口了，叶天忽然踌躇地顿住了脚步。如果他真的看出邵节即将反叛的事，却以司马镜为诱饵引邵节动手，这种代价未免也太大了。

叶天转头望着冰河对岸，挥手示意其他人散开。

当那群藏族人围成圆圈时，嘉措顿珠竟然大步走到圈里，向正西双膝跪倒，然后扑倒身子，伸展开四肢。

“他在干什么？”叶天皱着眉跺了跺脚，摸出一只纯银酒壶，轻轻地抿了一小口。

“无法解释。不过嘉措顿珠亦是反叛者，也许能从他的嘴里套出一些邵节的情况。叶天，你还没说是怎么识破邵节伪装的，何以判断他必定要反叛？”这才是我心里真正的疑惑。

“那得感谢来自瑞茜卡的秘密资料，近几年，邵节迷上了黄赌毒三样，所有收入都流水一样花了出去，手头实际上已经非常拮据。我从线人那里得到的资料上说，他曾向陈老爷子借贷逾八千万港币，已经到了无力偿还的地步。瑞茜卡传真给我的财务报表显示，邵节名下所有的产业都做了银行抵押，自身已经变成了一文不名的穷光蛋，这才着急跟着你入藏。此类情况下，只要有人开价买你的命，他就会毫不犹豫地跟着执行，根本不管那样做的后果。事实上，瑞茜卡已经把收集到的资料做了细致的汇编，最终得出了‘邵节危险’的结论。你们在加德满都的时候，我怕惊动邵节，才没把资料传给你。”叶天进屋，但这样的解释并不能让我满意，因为瑞茜卡是叔叔的秘书，有任何资料都该首先通知我一声才对。

天空中陡然掠过一道耀目的电光，那光来得如此之快，甚至教人无法判断它是来自冰河、结束于远山还是来自远山、结束于冰河。我只看到光，却没听到任何声音，并且闪电过后，那种神秘的人皮鼓声也随即消失了。

夏雪飞奔向冰河，双臂一振，已然跃过河面，一连声地叫着：“陈先生，快来，快来！”

我来不及回应，立刻跟了过去。

哗的一声，藏民们围成的圈子散开，每个人都在连滚带爬地向后退。积雪乱飞之间，我从人缝里看到了嘉措顿珠，但却是已经被斩成两半的尸体，像根从中劈开的半截树桩一般，断面向上，平躺在积雪中，污血流了满地。

“你看到那光了吗？你看到那道神奇至极的电光了吗？”夏雪的嗓音开始颤抖。

我点点头，嘘了一声，要她少安毋躁。

藏族人散尽后，只剩我们两个站在嘉措顿珠的尸体旁。地面裂开了一条半尺宽的口子，长度约有七步，正东正西方向。这种情况，像是一名顶天立地的巨人手执长刀，从半空斩下后造成的结果，因为之前嘉措顿珠五体投地状伏在那里，所以才成了首当其冲的牺牲品。

“那下面会有什么？鼓声为什么会在此刻停止？”夏雪喃喃自问，站在裂缝旁边。

我及时出手拉住她的胳膊，阻止了她即将跪下去仔细察看的举动。裂缝很深，谁知道第二道电光会不会接踵而至？

“第六感告诉我，下面有不干净的东西，小心。”我说不清那是什么，但是知道一定与棺材或者尸体有关，是女孩子最害怕的东西。

夏雪抬起头来，定定地看着我的脸，苍白的唇哆嗦了一下：“陈先生，我又感受到了她的存在，就在电光掠过的刹那。但是现在，她不见了，随着那奇怪的鼓声一道不见了。”

我扶住她，握着她的左掌，极力给她温暖。一望无际的雪原上，只有被风席卷而起的雪片飘飘飞舞着，半径三公里之内看不见任何逃逸的人影。除非香雪海变成来无影去无踪的透明鬼魂，否则，一定会暴露在我们的视野里。

“安心一点，很快就有水落石出的时候了。”她的手冷得像两块坚冰，寒意逆窜到我的身体里来。

所有人都围拢过来，叶天吩咐手下人沿着藏族人刚才围成的圆圈开挖，务必保持那条裂缝的完整性。大约挖掘到一米半深的时候，一个黑色的棺材盖子露了出来。叶天精神大振，甩出一叠港币作为奖金，挖掘者立刻加快速度，很快便将冻土挖松，把那具三尺宽、三尺高、七尺长的纯黑色棺材抬到地面上来。

“打开它。”叶天沉声吩咐。

棺盖被取下来，内壁也是一片漆黑，棺底躺着一个脸色苍白的“人”。我暂时不能确定这是不是一个人，因为他的额头上生长着一只竖立的眼睛，像是顽皮的孩童最喜欢玩的贴纸一样。

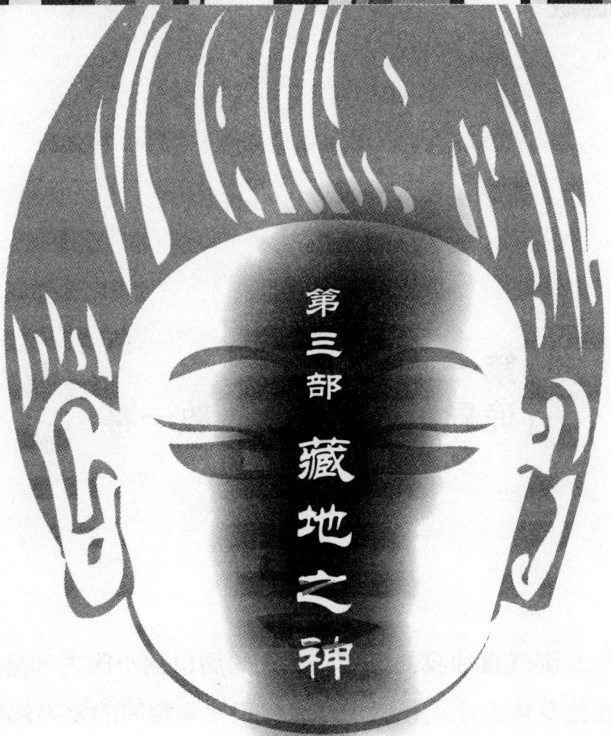

第三部 藏地之神

第一章
诡异绝伦的虫棺飞散一幕

一股浓烈的血腥气直冲我的鼻端，这人的胸口到小腹之间赫然有道贯穿身体的刀痕，等于在他身体上连刺带劈了一刀，正中胸腹间的要害部位。

“叶先生，是一个刚刚被杀的死人，伤口还在汩汩流血。”有人大声向叶天报告。

按照解剖学上的理论，血液离体后至完全凝固所需的时间，大约是四到十二分钟，可见他中刀的时间仅仅在几分钟内。再联系嘉措顿珠的死状，我初步推断正是那道电光要了这个怪人的命。

叶天在棺材边俯身探望了一阵后，掏出一把小刀，试探着拨弄死人的第三只眼睛。现在，大家都相信那是一只与正常人眼睛完全相同的器官，只不过是长错了地方而已。

“这不是嘉禾公司出品的怪物电影道具，而是一个真正的……人，他有第三只眼睛，比我们在场的每个人都凭空多出一只来。根据人类生理学上的知识理论，双眼能够合理成像，那么这第三只眼呢？能够看到什么？”叶天长吸了一口气，收起小刀。

他的左手试着伸向那怪人的衣领，看样子是想把对方揪起来，看看棺材底部还有什么。最终，他的手停在半途中，又一点一点缩回来。

“三眼族人出现了。”人群中，不知是谁倒吸着凉气下了结论。

这可不是个什么好消息，传说中三眼族人企图把西藏变为黑暗中的魔殿，他们憎恨光明，将至高无上的黑暗之神当做图腾崇拜，是全人类的死敌。现在，大家发现的是一具尸体，但在几分钟前，他一定是活生生地躺在棺材里的，或者是在睡觉，或者是在冬眠。

那怪人穿着一件普通的褐色藏袍，双手平放在身体两侧，维持着仰面向上的平躺姿势。我近距离地仔细观察过他，除了那只多出来的眼睛外，五官外表与普通藏民没有太大区别。

“陈风，你有没有什么好的建议？”叶天扶着黑色棺材的一侧，无可奈何地苦笑着。

我只说了一句话：“镇定，安抚人心最重要。”

作为整个探险队的领袖，大家都在看我和叶天的脸色行事，一旦军心涣散，队伍就会失去战斗力，成为一支乌合之众。要知道，四面的雪原旷野中还有无数双虎视眈眈的眼睛在盯着我们，时刻窥探着我们即将露出的破绽。

“对，这只是个意外，不算什么，不是吗？”叶天得到了提醒，直起腰来，狠狠地抹了把脸，努力地振作精神，“管他是什么，反正都是死人了，没什么可担心的。”

“有第一个，就会有第二个、第三个、第一千个、第一万个，直到这个曾经遭到驱逐的邪恶民族全部觉醒，卷土重来，占领西藏，将光明的世界变成黑暗乐园。陈先生，接下来该怎么办，怎么办？”夏雪不敢再看下去，捂着脸后退。

梅天蝎、孙柔枪没有跟到冰河这边来，只在对岸张望。

叶天瞥着夏雪的背影，故作轻松地哈哈一笑：“兄弟，去安慰安慰你的美人吧，这里有我呢！告诉她，假如这家伙第二次醒过来，三秒钟之内就能被我射成蜂窝，只好再死一次。”

他说的对，表面看来，三只眼的怪人与正常人体质相同，可以暂时认定会死于快枪弹雨之下。

我翻看了嘉措顿珠的尸体，确认他是被刀刃或是刀气所杀，而不是死于其他原因。此刻，我明白了电光实际就是刀光，杀人者以一种不可思议的手法发招，不见人，只见刀，达成使命后翩然离去。

乐观一点想，最起码杀人者是站在三眼族人的对立面上，敌人的敌人就有可能是我们的朋友。

那么，最后还有一个悖论是无法解释的，刀光破棺杀人，棺盖怎么还能好端端的，既不破碎，也不垮塌？作为武学行家，我确信在那种情况下，即使是江湖公推的清末民国第一刀客沧州府铁老爷子，也不可能将力道控制得滴水不漏。

“最好把这家伙的眼睛抠下来，拿到港岛研究机构去做个切片分析，看看人类身上长出第三只眼来的时候，视力会不会变得更清晰一点。”小刀在叶天的五指间翻来倒去，显示出他目前也是顾虑重重。

最好的方法并非如此，而是即刻在冷冻状态下将尸体运出西藏，然后搭乘飞机，送到拥有尖端医学技术的研究所去。解剖三眼族人的身体秘密是一件对全人类都有非凡意义的国际大事，至于最终由哪个国家的医学精英来完成已不重要。

“陈风，你怎么看？”叶天缓缓转身，两腮上的咀嚼肌全部僵硬如铁。

“调查贝夏村的全部藏族人，一定要从他们嘴里掏出实话来。至于这具奇怪的尸体，暂时用冰块覆盖住，然后联系最近的高等级医学机构，看看他们有没有合适的建议。你进入西藏的时间早，能否安排人立即着手搜集民间关于‘三眼族人’的传说，汇集编纂成文档，传真到这边来？我觉得，咱们现在遭遇的已经不是普通意义上的探险难题，肩上同时压着几副重担，必须得小心行事。”我越说，叶天的脸色越难看，小刀翻转的速度也越来越急。

又一个不眠之夜随着东方天空的鱼肚白即将结束，我偷偷地打了个哈欠，等着叶天的回答。

调查本村藏民的计划，早在无名老僧出现时就在我脑海里形成了，不过连番遭遇非常事件后，暂时无暇进行。

“那些事我马上安排他们去做，但现在我得告诉你另外一件事。”他回头吩咐手下向棺材里装入冰块，然后走到我身边来。

“什么事？”我的目光仍然没有离开那具棺材。

“其实，我带领人马主动冲出去，为的就是给邵节露出本来面目的时间与空间。计划中，我只要离开半小时就够了，然后立刻回转，杀一个回马枪。奇怪的是，当我们爬上西北面的骆驼背形山梁、击杀了十一名神鹰会马贼后，却遇到了一个满头银发、身材干瘦的女人。当时，她正隐蔽于一个很浅的山洞里，等我们逼近，便轻如猿猴地飞跃出来，在我后背上抓了一把。你刚刚已经看到了，那一抓有多么狠辣，把所有衣服都撕裂了。看过港岛导演们按照梁羽生先生著作所拍的《白发魔女传》吗？我们看到的，就是那样一个诡谲的女人。她的头发直拖到脚踝，像几万根粗细均匀的银丝一般随风飘荡。然后，她就在我们的眼皮底下消失了。陈风，我怀疑神鹰会追杀的人是她，而不是我们或是其他人。她是谁呢？

也许是传说中的西藏雪人？”叶天尴尬地苦笑着把情况介绍了一遍。

他的如意算盘出了纰漏，才导致了司马镜重伤的结果。糟糕的是，邵节、嘉措顿珠双双毙命，把找到他们同伙的线索也掐断了。

“西藏雪人？可能吗？”我眺望着那段连绵起伏的山梁，的确很像一只俯卧着的骆驼。

“双方交手只是电光石火的刹那间，我连她的五官相貌都没看清。不过，我带的人曾听说过贝夏村‘白发魔女’的故事，她很少伤害藏族人，只是偶尔对外来的探险寻宝者下手。去年夏天，就有两名来自北爱尔兰的英国探险家伤在她的手里，一个被抓裂了颌骨，一个则被推下山崖，跌至重伤。”不知为什么，我感觉叶天有些闪烁其词，仿佛在刻意隐瞒着什么。

小说毕竟只是小说，据说梁羽生先生一步都没踏入过藏地，只是在港岛中环的翡翠工作室里凭空创造，才有了那部介乎神魔志怪的《白发魔女传》。现在，我们面临的最大困境是资料的极其缺乏，那么多问号，只能从资料中求解，反正藏地的山石水树是不会开口说话的，更不能告诉我们什么。

“陈风，你不觉得夏小姐有些可疑吗？她似乎知道相当多的东西，北上进藏也是抱有明确的搜寻目的。留她在咱们身边，始终是一种隐患，对吗？”叶天向夏雪的背影扫了几眼，眼神中的杀机忽隐忽现。

河面上的积雪已经被藏民们踩得乱七八糟，浮冰破了十几个大洞，河水的寒意肆无忌惮地翻卷上来。衣衫单薄的夏雪就站在河边，面向西北，任由风吹水侵。

我皱了皱眉，叶天立刻察觉：“心疼了？兄弟，千万不要为美色所迷。记住，这里是白山黑水的藏地高原，不是风花雪月的港岛公园，没必要扮演情圣的角色。”

他说的对，做情圣是要分时候、分地点，是要付出代价的，我还有自己的路要走，只怕会达不到夏雪的期许。但是，我一看到她衣袂飘飘的纤瘦背影，却总是忍不住心动。

瑞茜卡同样是美女，同样有纤纤细腰、如云长发，并且是在港岛那种现代化大都市里，身边永远有鲜花、美酒、歌舞、霓虹，应该是最能调动年轻男女情商的。她追了我五年，明里暗里表白过不下三十次，大家却始终保持纯净如水的朋友关系，不越雷池一步。

“要做情圣，在港岛就做了，何必等到现在？”我淡淡地回答。

“那么，就把心收回来，勘察杀害陈老爷子的凶手，寻找陈塘下落。”叶天受到突如其来的打击之后，嚣张飞扬的气势全都没有了，中气明显不足，挺拔笔直的后背也佝偻下来。

“再联络瑞茜卡，催她一下，把资料传过来。天一亮，我就去找王帆留给我们的礼物。总之，把邵节反叛的影响减到最低，安抚所有藏民的情绪，务必保持镇定。”我不知道叶天还遭遇到了什么，刀尖上舔血的江湖人应该不会为了大难不死而沮丧到这样的地步。

此刻，我不愿意再纠葛于叶天有没有说出实话，而是突然意识到大家都忽略了两个人，老僧与小男孩。算起来，小男孩应该在夏雪身边的，只是暗龙突袭过后，大家首尾不能相顾，谁还有心思想到他们？

“在想什么？”我走到夏雪身后，劲风已经吹走她身上的香气，只留下刺骨的寒意。

“我在想，大千世界真是神秘莫测，创造了七窍灵动、直立行走的人类，要他们执掌乾坤，维护社会运转的秩序，却又设下无数埋伏、陷阱、病毒、劲敌，让人类疲于奔命、寝食难安。于是，人类只能不停地提高自己的脑力水平、身体技能，拼命进化，以求继续稳固自己掌舵者的地位。就像一道无限加高的堤坝，妄想永远拦住东去的江流。最终结果，你猜会是什么？”她幽幽地叹息着，紧紧地抱着自己瑟瑟发抖的肩。

“堵不如疏，自然是堤坝被冲毁，大江自由东去。”我没听懂她的意思，只是按常理回答。

“对，你说得很对。当人类这道堤坝被冲毁的那一刻，就是三眼族人重新崛起、涤荡一切、恢复黑暗世界的时候。我们发现了第一个三眼族人，其实在绵延雪山下面，潜伏着更多他们的同类，几千、几万还是几千万、几亿，没人知道。现在，我们两个站在这里，看山是山、看水是水，很快，三眼族人抵达的时候，山不再是山、水不再是水，万物都将成为黑暗世界的一分子，包括我们的灵魂。我们完了，你知道吗？我们早就没有未来了，你知道吗？”她欲哭无泪，脸上的表情像是一个贪玩迷路的孩子突然意识到了自己的困境。

我脱下大衣，轻轻地穿在她身上，再细心地帮她系好每一粒扣子。

那一刻，我强忍住要拥她入怀、用身体去给她温暖的冲动，只是淡淡地一笑："世界没有变坏之前，不必杞人忧天；世界已经变坏之后，后悔恐惧没有任何作用。夏小姐，每一个聪明人只会见招拆招，绝不瞻前顾后地过分忧虑。现在，我们看到的只是一个死掉的三眼族人，可见对这个诡异族群深恶痛绝的不仅仅是你。振作点，既然到藏地来了，就得坚定地走下去，没有第二种选择。"

我说的，其实是我的心声。

邵节的反叛亦给了我一次沉重的打击，他是叔叔生前的好友，悍然对自己的同伴痛下杀手，觊觎着雪山里深藏的财宝，活生生在我面前呈现出了一幅"人为财死、鸟为食亡"的人生画卷。

"我跟你不同，也许此刻我的母亲正在被囚禁、被磨折、被煎熬着，等待着我的拯救。从降生开始，我和她之间就有心灵感应，无时无刻不感觉到她内心的痛楚与焦虑——譬如现在，她对未来的恐惧直接影响到我……"夏雪痛苦地揪住了大衣的领子，紧咬着苍白的嘴唇。

"她在哪儿？"我无法帮到她，只有心疼满怀。

"在那里。"夏雪向西指着。那边，是冰河、是雪原、是莽苍高山，唯独不见人影。

"天亮之后，我会向西边山谷搜索，愿意一起去吗？"如果一定要有人冒险，我希望自己能一力承担，不再让叶天等人遇袭。姑且不论他们看到的白发魔女是什么东西，我都一无所惧。

"愿意。"夏雪一声长叹，涩涩地苦笑着，"也许我们该单独走走，把彼此心底的秘密坦白地说出来。陈先生，我的初衷并没改变，希望与你结盟。"

恶劣的环境中，人人都需要一个强大的盟友，以求共渡难关。我不知道自己是否该彻底地相信夏雪，所谓"酒不醉人人自醉，花不迷人人自迷"，谁能告诉我，她灿若春花的笑、楚楚可怜的愁是否也是"销魂蛊"的更深层境界？

天终于亮了，两只漆黑色的小甲虫嘤嘤地飞来，落在夏雪的肩头。

"它们是哪里来的？"夏雪盯着小虫，这两只小东西的腹部伸出三对细长的腿脚，死死地勾在衣服上。

甲虫的背面有六个暗红色斑点，分前后行排列各三个，连在一起呈"水"字形，是红棕象甲虫的典型特征。不同的是，常见的红棕象甲虫为锈褐色，而眼前的两只却通体黑色。它们最早出现在印度，主要危害椰子，后成为海枣上的一种重要害虫，曾对中东地区海枣生产带来了严重损失，几乎所有棕榈科植物都有可能存在被红棕象甲虫寄生的危险。

我敏锐地联想到，昨晚也有同样的小虫出现，却被梅天蝎伸指弹飞了。

“黑色的小虫？”夏雪转身，向放着三眼族人尸体的黑色棺材望去。

那边，叶天的手下已经在棺材里填满了冰块，然后抬起棺盖，准备照原样扣上去。

“陈先生，我虽然不是专业的昆虫学家，却也看得出，这是红棕象甲虫，又名椰子甲虫、亚洲棕榈象甲、印度红棕象甲。目前主要的分布地为印度、沙特、伊朗、阿联酋、马来西亚、菲律宾、斯里兰卡、所罗门群岛等等，在大陆则分布在海南、两广、台湾、云南、西藏墨脱的部分地区，它们属于典型的南方害虫，分布北界不超过地球上的北回归线。颜色上的变异能说明什么？是在藏地特殊环境下所产生的变异吗？”她捏起一只甲虫，皱眉思索着。

最直接的感觉是，大雪和严寒一定会消灭掉这种虫子，而不是任由它们飞来飞去。

“在最不可能的环境里出现的奇怪虫子……”夏雪松开手指，甲虫落在冰窟里，被河水卷走。然后，她捋了一下额边的乱发，再次自言自语，“是棺材里跑出来的吗？借着三眼族人的体温存活下来，被胡乱丢进去的冰块惊扰，就飞了出来。如此说法，还算解释得通吗？”

“叶先生，有件怪事，这棺盖似乎缩小了很多，根本无法扣严，差不多要掉进去了。”那边干活的人突然叫起来。

我似乎领悟到了什么，蓦地打了个冷战，一把抓住夏雪的腕子。

“怎么了？你的手那样冷？”夏雪奇怪地向我望过来。

“甲虫与棺材肯定有关，但却不是从里面爬上来的，而是……”我的思维仿佛僵住了，眼睁睁地看着两个人抬着那块黑色的棺盖吃力地转来转去，怎么也放不好。

“虫子，怎么这么多虫子？”其中一个人低头向棺材里望着，惊诧地大叫起来。

十几只——不，是几十只黑色的甲虫嗡的一声飞出来，落在两个人的肩上、脸上、头发上，翅膀摩擦时发出的沙沙声像一首曲调异常古怪的印度梵唱。两个人用力抛下棺盖，忙不迭地扑打虫子，并且大声招呼同伴们来帮忙。

“大家都不要动！你们两个，赶紧钻到雪下面，虫子自然会逃掉。”叶天吼了一声，所有人四面散开，紧张地注视着两名同伴。

“那不是普通的棺材，而是一具虫棺。”我做出了自己的判断。

“什么？”夏雪长吸了一口气，似乎不敢相信自己的耳朵。

“虫棺，几万只变异后的红棕象甲虫结成的虫棺，用来保护三眼族人的身体不受伤害。那道说不出是电光还是刀光的破空一击，实际上已经劈开了虫棺，但在甲虫的腿脚勾连之下，棺材上的刀痕又被弥补起来，这也就是大家仅仅看到尸体、却不知他如何被人杀死的原因。”我为自己所下的结论而悚然心惊，但接下来的事却更是诡异得令人浑身汗毛倒竖。

棺盖先跌在棺材上，翻了个身后才仰面落入雪中，陡然裂成几十块。突然，这几十块黑色的东西急速地蠕动起来，然后就呼呼啦啦地飞上半空，在挖掘出棺材的深坑上空盘旋飞舞着。紧接着，填满冰块的棺材也向四面张开，每一块先前看来是木板的东西都变成了甲虫，加入了那条飞舞着的黑色“虫”带。

“后退，后退！”我只说了四个字，夏雪已经用力挣脱了我的手，从叶天的一名手下胸前抢过冲锋枪，奔向纷纷扬扬的甲虫圈子。

空气中充满了嗖嗖嗡嗡声，虫带越旋越急，越飞越高，逐渐变成了一座挺立在半空中的黑色尖塔。

“啊……啊，救命！救命啊！”最早被虫子包围的两个人在雪地上翻滚着，悲惨地呼救。但是，除了夏雪，已经没人敢靠近他们，人人都只求自保。

哒哒哒哒！夏雪举枪，向甲虫尖塔急速射击，几秒钟内打光了枪膛里的所有子弹。甲虫受惊，阵形一乱，化成一团黑色的乱云，从空中冲向夏雪。我就在此刻赶到，单臂抱起她向后疾退，几个纵跃便到了冰河对岸。

夏雪的身体一直都在无比激动地颤抖着，牙齿发出“嘚嘚嘚嘚”的碰击声。

“冷静！夏小姐，躁动解决不了任何问题，请务必要冷静！”我用拇指按住她脖颈后面的大锥穴，提聚真气，缓缓地顺时针揉搓着，一遍一遍在她耳边叮咛。大锥穴是督脉上非常关键的一个穴位，反复按摩，会起到去除烦躁、镇静退热的作用。

遇到这种无法解释的诡异怪事时，智者会选择以退为进，看清局面后再展开反击，逞匹夫之勇、盲目冲锋陷阵是最不可取的。她的名字中虽有一个“雪”字，性格中却是缺乏沉潜、稳重、冷静的一面。

“我看到了虫子……陈先生，我早就看到过虫棺飞散的这一幕，就在我的思想深处、在梦里看到过。它们与香雪海有关，与我的母亲有关，你……看看它们飞向何处，我母亲一定就在那里……”夏雪语无伦次地低叫着，几度要弹身而起，再度冲过河去，却都被我稳稳地压制住。

第二章
小男孩颅腔里的血珍珠

所有人四面散开，持枪等待。

我在大陆的河南、山东一带亲眼目睹过蝗灾发生时的恐怖景象。千万只蝗虫聚积为半空中的大块黄云，伴着嗡嗡嗡嗡的羽翼摩擦声，疯狂地扑向大片的庄稼地，吃掉一切农作物。然后再飞起、再落下，所过之处，千里绿野只剩光秃秃的田垄。

现在，虫带升空，亦如蝗群一样，几十支长短枪械只怕无法抵挡。

“三眼族人与虫棺之间是什么关系？怪人能够驱使虫子结成棺材来保护自己吗？抑或是说，那根本不是一具棺材，只不过是怪人潜伏匿藏时的秘密保护圈？”如此一想，我的后背上立刻冒出了一层冷汗。

冰河发源于山谷，流经之处极长，假如真的像夏雪说的那样，有第一个三眼族人，就有第二个、第三个、第四个乃至无数个——他们会潜藏在哪里？会不会与自己的同伴一样，也是身处虫棺、深埋河畔？

“夏小姐，关于三眼族人，你到底知道多少？情况非常危急，我希望你能把资料共享出来，否则……”不知不觉，我重重地捏紧了她的手臂，痛得她紧皱眉头。

“否则什么？你不会是想严刑逼供吧？”她惨淡地笑起来，苍白的下唇上多了几缕淡淡的血丝。

我一字一顿地正色回答：“大家同在一条船上，休戚相关，生死与共。你不是一直都想结盟吗？现在，我已经同意了，希望你把所知的一切都说出来，看看这条山谷里还隐藏着多少未知的危险。”

“那么，先放开我的手臂再说，你总不是想让它断掉吧？”她仰起脸来，舔了一下自己的唇，清亮亮的眼眸深处掠过一丝受伤的小动物一样的悲怆感，“陈先生，我要跟你一个人结盟，而不是对岸那一群人。你答应结盟，却不肯完全相信我，这样子大家怎么合作？看来，之前我是太自作多情了，把你当做一个睿智而清醒的一流都市游侠，就像‘盗墓王’陈老前辈那样。现在，我命令你放开这只手——你相信不相信，只要我做一个手势，大哥和小弟埋伏在村里村外的蛊虫就会立刻冒出来，毒杀所有人，包括你在内。”

我相信她并非虚言恫吓，五花神教的毒辣手段早就传遍江湖，盖过了“制毒、炼毒、下毒”这一行中历史最悠久的前辈门派“云南大理五毒教”。

“对不起，我是无心冒犯。”我马上放手。

她眼里的痛楚，像一柄无形无影的快刀，直插在我心上。

蓦地，虫带的旋转速度放慢，再次攀高后，飞向山谷深处。

没有人开枪，也没有人出声，只是静静地目送黑色甲虫群离去。

“快看看，那怪人怎么样了？”叶天的声音响起来。作为队伍的领袖，他必须得发挥自己的应变能力。

“一颗眼珠——只剩下一颗眼珠了，身体的其他部分都化成清水，渗入雪地里，根本不留痕迹。三眼族人自称是雪域高原最纯正的子民，生命来自雪山，死后要将身体还给雪山，属于自己的只有那颗眼珠。”夏雪低声絮语着，不为回答叶天，只讲给我自己听。

“谢谢，对不起。”前一句，是向她提供资料表示感谢；后一句，是真心为弄痛她的手臂导致她疼得咬破了嘴唇而致歉。

“我知道的资料极少，并且都没得到过其他渠道的印证。正因如此，我才不想全盘托出，以免破坏了你的思考过程。当然，任何人都会问这些资料的来源，是吗？”她轻抚着被我抓过的手臂，若有所思地偏着头长叹。那一刻，她忧伤的眼神如梦如雾，渐渐地抓住了我的心。

“是。”我的喉咙被什么东西哽住了，心越来越痛。

“它们都在我脑子里，连我自己都不知道那是什么时候开始的事。打个比方，一块被写入程序的电脑芯片能够负担起海量的计算、存储、汇编、查找工作，把电脑外行们看得目瞪口呆，无法想象它的工作过程。在我们看来，这是一个‘空白、写入、工作’的连环事件，所有的电脑产品流水线都是如此工作的，毫无秘密可言。现在，我就是那芯片，你、叶天以及今晚在场的所有人，包括大哥和小弟在内，都可以算作‘电脑外行’——明白了吗？”她的眼神飘过冰河，从忙乱的人群中掠过。

“芯片、看客都有了，那么谁是写入者？”我脱口而出，问了这句，忽然明白过来自己的问题有多愚蠢。她把自己比做“芯片”，已经说明“只知道自己知道的、不知道自己不知道的”这种事实，何须多问？

“对不起。”我相信自己的脸一定是红了。

夏雪微笑着，慢慢伸出手，在我的左腮边轻轻一抹：“你为救我，连被黑甲虫咬伤了都浑然不觉。这份情，木头人都会懂，只是情势所逼，唯有深藏在心底而已。”

她的指尖上留着一颗鲜红的血珠，我这才发现腮上火辣辣的，像被黄蜂蜇了一样。不过，如果能让她明白我的心，受伤再重十倍，也都值了。

“台湾著名的漂泊女作家三毛说过，爱情有若佛家的禅，不可说，不可说，一说就是错。陈先生，从这一刻起，我们什么都不要再说了，除非……除非大家都能够在这片茫茫雪域里找到答案、得偿夙愿，彻底放下肩上、心上的包袱，坦坦荡荡地回港岛去。然后，剪掉生命里的这段记忆，重新认识，重新开始。”她说出了我一直想说的话，藏地不是适合爱情萌发的温室，我们心里也存着太多未解的纷扰，根本容不下太多感情的种子。

我点点头，心里有太多感动、太多感悟：“不着一字，尽得风流。她说的每一句话，都像是发自我内心，只不过经由她的唇诠释出来。如果内心感觉如此契合的两个人还不算是‘前缘天定’的话，还有谁能配得上这四个字？”

“谢谢。”我情不自禁地伸出手，握着她带血的指尖。那一滴血，像一种世上最好的黏合剂，已经无声地把我们两个连接在一起。

“天哪！只剩下……叶先生，那怪人只剩下一颗眼珠跟衣服了，整个人好像都溶化了一样，什么都找不到！”河对岸有人惊呼，印证了夏雪的话。

“天亮了，我们一起向山谷深处进发吧？大家各自寻找需要的线索。”夏雪从两个人握手相视的沉思中率先跳出来。

整夜的纷扰算是告一段落，叶天唯一的收获就是那颗眼珠。如果刨除三眼族人和虫棺出现的这段故事，那么外人是无论如何都不会由眼珠联想到什么奇闻怪事的，因为那只是一颗普普通通的眼珠。

“入藏那么久，如此诡异的事还是第一次碰到。”叶天好几次苦笑着重复这句话。

调查贝夏村藏族人的结果令人吃惊，全村七个老人、四个中年女人、五个十四岁上下的少年全部都是又聋又哑，无法向我们提供任何可用的线索。唯一能够说话的老僧和那小男孩都不见了，也没有留下可供查找的蛛丝马迹。

至于重伤的司马镜，只能采用外敷药物与内服抗生素治疗。反复权衡后，前进到拉萨要比后退到加德满更明智，但目前来看，抵达拉萨至少要三天以上时间，唯有祈祷上天保佑他的伤口不要恶性发作。

上午九点钟，我和夏雪从贝夏村出发，轻装向西。

叶天没有多说什么，只是叮嘱早去早回，多加小心。看得出，他对夏雪仍不放心，却又不便阻拦。

积雪掩盖了一切，我们在指北针的帮助下，小心地沿冰河方向前进。

“只要香雪海出现，我就感应得到。这几天，我已经无数次告诉自己，距离成功只差一步，再努努力，就会揭开谜底。陈先生你呢？要找的东西有没有明确线索？”夏雪说这些话时，我们已经离开村子超过十公里，进入了两山包夹下的一片安静的开阔地。再向前去，转过右侧的山嘴，就回望不到贝夏村了。

“我在找朋友留下的帆船标记，不过到目前为止，我不明白自己做什么才能找到杀死叔叔的凶手。叶天来了，带来的亦只是满头雾水，分不清青红皂白。再加上叔叔的好友邵节突然反叛，越发酿成了雪上加霜的一局残棋。”这是我的心里话。

“先帮我找母亲，我再帮你找凶手，好不好？”夏雪嫣然一笑。

昨晚，她在极度激动的状况下吐血不止，可见寻找香雪海那件事对她的重要性。对比起来，梅天蝎、孙柔枪两个就要略差一些，并且感应不到香雪海的存在。

“只为了向她要一个抛夫离子的说法就付出那么多，值得吗？”我不是要辩论什么，只想提醒夏雪，并非每一件事都有完美答案，别把事情想得太简单化了。人类世界里，最复杂、最难解的就是感情的计算题，连古人都慨叹“清官难断家务事”，数千年来，谁也无法脱离这句话围成的怪圈。

“当然重要，这关系到我们夏家每一个人的声誉和良心。我必须要看到真相，然后回港岛去，在父亲的坟前告诉他。”夏雪的语气无比坚决。

说话间，我们进入了一片覆盖着厚厚积雪的鹅卵石河滩，左侧的一块半人高的巨石上，赫然刻着一个拇指大小的三角帆船标记，旁边还有一个黑色的箭头符号，笔直地向上指着。

“王帆留下的秘密应该就在这里。”我仰面向山崖半腰上看，费了不少眼力，才发现了一个极其隐蔽的低矮石洞。

我要夏雪在下面等着，自己轻松地攀上山崖，顺便找到了石洞下面的第二个帆船符号。等我钻进洞里时，一个瘦小的男人正盘膝坐着喝闷酒，一副精钢手铐锁在他的脚踝上，左肩窝处光秃秃的，包着厚厚的带血纱布。他猛然抬头，大吃一惊，慌乱地伸手去腰间摸枪，被我一脚踢翻。

“阿楚，别来无恙？”我打量着他的脸，正是有过一面之缘的阿楚，原来王帆留给我的礼物就是他。

他现在只剩一条右臂，脸色铁青，嘴唇也早干得起了一层小水泡。

“怎么又是你？这一次，你们又侥幸占了上风。不过，我是什么都不会说的，哪怕你再把我的右臂砍下来，甚至连我的头都拿去，也得不到什么有效的答案。说白了吧，给我来个痛快，早早上路，早早投胎。”他挺了挺胸，把跌在脚下的不锈钢酒壶拿起来。

这个山洞的进深约有六步，像个口小肚大的坛子，没有外面的帆船标记的话，经过的人很可能轻易地就忽略了它。

阿楚从我枪下逃走过一次，带着那张视为珍宝的唐卡，但现在他除了身上的衣服、腰间的短枪和手中的酒壶外，连个最小的包裹都没有，更不必说唐卡卷轴了。

“要你的命没用，我又不是随随便便就要杀人的武力狂魔。赶到这里来，只是要替我的朋友释放你。现在，你已经自由了，把那副手铐打开，自由离开吧。”我敏锐地意识到那只酒壶不会是阿楚随身携带的，上面刻着的篆体“王”字证明它的主人一定是姓王，而不是阿楚。

既然王帆已经带走了他一条胳膊，那么还会留一柄短枪在他身边吗？绝不会。

一切可疑物品都应该来自于到过现场的第三个人，并且是阿楚的朋友。另外，阿楚出身于小唐门，开锁、迷香、寻宝等等项目都是人人必会的，绝不会被一副手铐轻易锁住。

“不过是一个小小的陷阱。”我已经看透了阿楚的伪装。

阿楚踢了踢双腿，手铐的钢链哗啦哗啦地响了两声，沮丧地抬起头：“我弄不开，你朋友的手铐改装过，又加了一层万字形保护伞，普通的开锁技术不管用。”

当他扭动身子时，右臂紧紧地夹住腋下，脸上的表情非常虚假，故意要骗我近身。

我后退一步，轻轻地摇摇头：“既然这样，我也没有办法。”

王帆电话里没提及唐卡的事，我暂时不知道阿楚的包裹去了哪里。

“喂喂，带我走吧，我丢了一只胳膊，伤口只是简单地包扎了一下，会死人的。帮帮我，我真的不想连命也丢到西藏。陈先生，求求你！”阿楚换了一副可怜巴巴的表情，努力地向前探身。

“陈先生，怎么样了？”夏雪也爬了上来，看到阿楚后，亦惊亦喜。

我向她转脸，故意留给阿楚发难的时机。果然，他猛然向前弹起，右臂一扬，腋窝下飞出了一蓬细如牛毛的钢针，弹簧机关发出的“嘎啦”声刺耳至极。山洞里转圜的空间极小，他以如此暴烈的方式出手，根本就没给我和夏雪留下退路。

霍的一声，我以真气鼓荡身上的大衣，旋身挡住夏雪，用膨胀成圆球的后背挡住钢针。等钢针破空声稍停、阿楚扑近我身后三尺时，右脚以“倒踢紫金冠”之势飞起，狠狠地踢在他的前胸上。

不给别人留后路的人，也等于断绝了自己的后路，阿楚就是这样的一个人。

砰的一下，他倒撞在石壁上又翻身落地，无声无息地昏厥过去。

我迅速搜他的身，从他背后衣服夹层里找到了一个薄薄的黑色塑胶袋，仅有普通的记事簿大小。

“这就是你朋友留下的东西？为什么没有那张唐卡？被你朋友带走了？”夏雪的脸色一连三变。在我们的印象中，绘着护法神玛哈嘎拉像的唐卡是阿楚身上最值钱的东西，也是他跟那京将军谈判的最重要的筹码。

“我朋友只是擅长千里追杀的赏金猎人，她要是带走唐卡的话，一定会提前告诉我。”我非常相信王帆，像她那样出名的赏金猎人，一定会绝对保持自己的职业操守，不为任何宝物所动。

夏雪亲自搜阿楚的身，最终失望地罢手。

我打开塑胶袋，里面是三张微缩过的脑部扫描图片，图片的右下角标着不同的拍摄日期。

“这是什么？”夏雪接过图片，迎着洞口的亮光观察了几分钟，再还给我，轻描淡写地问。

“你明明知道是什么，何必伪装？”我笑了。

不知从什么时候起，我似乎也能看透夏雪的内心世界了。从她脸上最微小的表情变化和她说的每一个字里面，都能读到一些隐藏的东西。她凝神看第三张图片的时候，双眉不停地颤动，目光焦点一直盯在被拍摄者的大小脑之间。我之前便注意到，那个位置有五个竖向排列的红色圆点，大小如一粒衬衫上的纽扣。

“我……”夏雪尴尬地一笑。

我迅速地交替打量三张图片，标注日期分别是二零零四年、二零零六年、二零零七年。前两张上的红点是五个，后一张上则减少为四个，最上面靠近颅顶的那个不见了。

夏雪拾起酒壶，擦干净上面的土，放进自己的口袋里。

阿楚还没有醒过来，但脉搏的跳动频率正在提高，不会在我的飞踢下丧命。

“陈先生，你大概已经意识到了，那五个红点不是外人用记号笔标上去的，而是扫描图片自带。换句话说，是一部黑白成像的脑部扫描机弄出来的——这是一种奇怪的悖论，就像用老式的黑白相机拍出彩色照片一样，在任何人看来，答案只有一种，就是‘绝不可能’。”夏雪斟酌再三，才小心地开口道。

我点点头，不露任何惊讶之色。

“但是，这三张图片恰恰就在‘绝不可能’的情况下出现了，而且你知道它们代表的是谁的颅骨实况吗？”无须我回答，她便若有所思地继续下去，“是那个小男孩的，一个颅骨里生着五颗血珍珠的小孩子。没有人明白这种奇怪现象代表什么意思，或许可以解释为五颗形状、体积完全相同的血瘤，或许是颅骨间不明原因形成的气泡。总之，有很多人关注过这件事，包括我。现在看到的，是微缩过的片子，实际上那五个红点的直径超过一厘米，已经阻碍了他的脑部骨骼发育。随着年龄的增长，血珍珠一定会被挤破——看最后那张，已经破裂了一颗，只剩四颗了。”

我在阿楚太阳穴上轻拍了两掌，刺激他尽快醒过来。

如果夏雪所说的都是实情，小男孩身体里埋藏着的秘密便成了许多人关注的焦点。那么，阿楚带着这些图片有什么用？

“也许你会问，只要把小男孩带离藏地，去大城市的高级医院做个脑颅开刀手术，不就将里面的东西看得一清二楚了？之前好多人也有这样的想法，但他们还没来得及带他走出山谷，就死在神鹰会马贼的枪下了，这一点屡试不爽。你看，我们刚把他带到山梁这边来，就遭到马贼的大举进攻，你能说跟那小男孩无关吗？现在的实际情况是，马贼进攻之后，小男孩就不见了，或许不是简单的走失，而是被他们抢了回去。”

夏雪的话让我无言以对，原来这几天发生的事全部都是有着独特背景的，而不是表面看起来那么简单。

在这里，那京将军的势力非常庞大，在跨过山梁遇袭时，我就该意识到一定是哪里出问题了，而不是简单的马贼劫掠。

阿楚醒了，失神地瞪着灰乎乎的洞顶，对我和夏雪不加理睬。

“那张唐卡呢？”夏雪俯身，略显焦躁地追问。

“不知道，你们别费心思了。”阿楚懒洋洋地回答。

“水龙王在哪里？”夏雪一语击中要害，阿楚的眼睛连眨了几下，嘴角神经质地抽动着。

“那酒壶上刻着水龙王的独家标记，而且我查到他最近三个月由长江入藏的详细行踪，也包括他定做的许多新式潜泳设备记录。世界上没有不透风的墙，只要你做了，就一定会有人知道。阿楚，你想甩开那京将军单干，要把雪山深处的宝藏据为己有，这恰恰是上了神鹰会的当。知道吗？没有那京将军点头，任何人想打通加德满都到边境线的运输线路都是痴人说梦。现在，无论你努力地做什么，都是在为他人做嫁衣，替那京将军铺路。”

夏雪的分析很有条理。鹰嘴台激战之前，阿楚就提到过“水龙王”的名字，那酒壶另一面上刻着的正是一条独角长龙，可见是与水龙王有关的。至于阿楚腰间的那柄手枪，一定是同样的来历。也就是说，昨晚王帆擒获阿楚、断臂囚禁他之后，水龙王也悄悄跟了上来。

古人云：螳螂捕蝉，黄雀在后。这句话实在太有道理了，每一次猎物和猎手的交锋背后，不知隐藏着多少狡猾的黄雀，都在等待着坐享其成。

“水龙王去了哪里？”夏雪狡黠地一笑，揪住阿楚的衣领，一字一句地接下去，“不要以为他是你的铁杆同盟，你们因财宝聚合，一定也会因财宝翻脸。想想看，他会在得手后老老实实地跟你平分吗？你断了一条手臂，已经是个废人，什么都干不了，凭什么要拿走一半财宝？所以，水龙王不回来的话，你大概还能活着离开藏地；他回来，你就会死，杀人灭口，抛尸雪山。”

这番分析丝丝入扣，像一名围棋高手在对着观众做复盘讲解一样，把每一步的各种可能性都思路清晰地讲出来，连我也忍不住连连地点头。

“听我说，能够帮你的只有我跟陈先生，因为我们对财宝不感兴趣，只关心这片山谷里藏着的那个神秘石洞。至于里面是空空如也还是金山银山，都跟我们无关——”在夏雪的语言攻势下，阿楚已经乱了阵脚，眼珠子转来转去，苍白的脸上不断掠过惶惑与沮丧的表情。

“那么，现在可以告诉我，对于小男孩颅骨里的血珍珠，你又知道多少？”夏雪直起身，接过我手中的图片，轻轻撒手，任由它们飘落在阿楚脸上。

第三章
伏藏师化灰而去

阿楚慢慢地坐起来，摸了摸鼻尖，哑着嗓子冷笑：“我凭什么要相信你？你也说过，加德满都到拉萨之间的广袤地盘上，几乎完全被那京将军的尼泊尔神鹰会势力覆盖。跟他合作都不安全，你又能拿什么做保证？”

他把扫描图片一张一张地顺好，插回到塑胶袋里。

“我无法保证，但你也没有更好的选择，不是吗？”夏雪不屑地冷笑。

“水龙王不在这里，会去了哪里？进入雪山深处了吗？”我联想到鹰嘴台前阿楚与卡加斯的对话，思索问题的焦点似乎正在对准那边。那时，阿楚在石台上方的悬崖绝壁上反复搜索，一定是在找一扇可以进入的门户。

“那么，假如我们合作之后能有所发现，怎样分配可能存在的财富？”阿楚狡猾地绕了个圈子。

“我们两个什么都不要。”夏雪毫不犹豫地回答。

阿楚嘿嘿冷笑了两声，看样子对这样的答案不是十分满意。

洞口外面忽然有东西闪过，夏雪急促地翻身向外，准备向外探头张望。

我沉声喝止她：“别动，千万别露出头去。”在这种毫无遮蔽的情况下，盲目出现，只怕会成为狙击者的活靶。

“可是，刚刚好像有个人或者一只猴子掠过了，你不觉得奇怪吗？”夏雪抿了抿嘴唇，深吸了一口气，身子贴近洞壁，小心地向石壁下面望着。

“这是在西藏，哪来的什么猴子？要有的话，也只是珍稀至极的大雪山六耳猕猴，那种好事千年难遇，还是别想了吧！”阿楚还有心思出言讥笑，可见思想正在由抵触向合作衍变。

我宁愿是大家都看花了眼，只是从贝夏村出来后，自己一直有那种被敌人窥视着的紧张感觉。所以，我清楚地知道背后有一只或者多只“黄雀”存在，一行一动务必小心谨慎，才能安安全全地走出藏地。

“没有异常情况。”夏雪松了口气，额头上已然冷汗涔涔。

“我同意合作，但是，接下来的每一步你们都必须听我的，不要多说，也不要多动。如果有神鹰会的敌人出现，你们就得负责出手清除。而我，一定会带你们进入雪山深处的秘境，然后大家各取所需——当然，我不知道你们想要什么，可那些并不重要，对吗？”阿楚弹身而起，断臂之痛，并没有影响到他的行动自由。

我们三个出了石洞，略微辨别了一下方向，便踏上了贝夏村的方向。

走了一程，夏雪指着北边的一段青色石壁，向我耳语：“你去过那里对吗？那轻功卓越的僧人抓你到这里来的时候，大哥一直都跟踪在后面。”

峭壁上的石龛已经被修补过，与旁边的山石颜色完全相同，无法找到具体位置。

阿楚拐向石壁那边，抬头向上望，大概是在寻找那个已经消失的石龛。

“你在找什么？”夏雪忍不住问。

“这个，你得问陈先生才对，伏藏师的隐蔽之所就在上面，他也亲身进去过。我确信这里就是通向雪山腹地的门户，只不过要费些力气打开洞口……”阿楚的话还没说完，他脚下的一堆积雪陡然下陷，整个人都坠落下去。我只来得及抓住夏雪的左腕，两个人的身子也同时腾空而坠。

“怎么回事？”她急促地大叫了一声，双臂一振，想要冲天跃起，但大块大块的积雪扑簌簌地落下，没头没脸地砸过来，不容她有逃脱之机。落地之前，我把她紧紧地搂在怀里，双腿连环旋踢，尽可能地减缓高空跌落的撞击力。

整个下落过程维持了约一分钟，粗略估算，落差要达到三四十米的样子。

阿楚的惨叫声响起的时候，我沉着地提气缩身，注意力高度集中，在脚尖触地的刹那，身子急促地飞旋出去，像一只巨大的陀螺一般。这是轻功提纵术里的最高境界，比起“踏雪无痕，登萍渡水”之类传说中的神奇功夫不逊分毫。

夏雪埋头在我胸前，等我缓缓止步，才长舒了一口气，慢慢抬起头来。

“吓到你了吗？”我感受到了她胸腔里急促的“砰砰砰砰”心跳声。

“还好，没想到这里会藏着陷阱。如果没有你的轻功，咱们只怕要像阿楚一样跌成……”她不想把“肉饼”两个字说出来，但引路的阿楚的确已经成了那种东西，再也无法站起来讨价还价了。

夏雪划着了一根火柴，大概看出这里是一个宽阔的地下岩洞，仰面向上看的时候，积雪早就把洞口堵得严严实实的，就算轻功再高的人，也不可能原路回去了。于是，我们只能沿着岩洞里唯一的一条小路摸索前进，火柴仅剩十几根，必须得节省着用。

走了一段路后，脚下的路渐渐变宽，接着变成了斜着向上的人工台阶。再后来，我们看到了跳跃着的油灯光芒，不禁又惊又喜。更令人惊疑的是，灯光后面，竟然并排盘膝坐着四个人，分别是小男孩、贝夏村的老僧、传我武功的少林僧、石龛里那个只闻其声不见动作的银眉银须僧人。

夏雪愕然停步，根本想不到会在此地见到这些人。

“来了，走吧。”银须僧不看我和夏雪，率先起身，走向侧面的漆黑甬道。

“来了，走吧。”小男孩重复了一遍，轻轻地站起来，少林僧立刻在他面前俯身，把他驮在肩上。老僧则双手捧起旁边石台上的铜油灯，恭敬地低头跟在银须僧后面，一行人鱼贯进入甬道。

“怎么办？”夏雪咬着唇，先向身后望了望，犹豫不决地看着我。

“别怕，跟上去。”我握着夏雪的手，沉默地跟在后面。四个人里面，少林僧、银须僧对我是没有恶意的，他们不但传给我武功，还把那张《西藏镇魔图》的唐卡送给我，只可惜我到现在为止，仍旧无法领悟其中的深奥玄机。

“除了老僧和小男孩，另外两人是谁？陈先生，你有多少事瞒着我……”夏雪还要多问，我做了个“嘘声”的动作，示意她暂时保持安静，以后再慢慢解释。

有些时候，“以不变应万变”才是最好的办法。阿楚的惨死让他肚子里的秘密成了永远的死结，小男孩等人的出现，却在我们面前亮起了另外一盏引路的明灯。我相信，无论这条黑漆漆的甬道通向哪里，都会有走到尽头的那一刻。

“我忽然觉得，能够在黑暗中一直牵着手走下去，忘掉藏地之外的一切纷扰和牵挂，就算被后来人指斥为不负责任的逃避，也未免不是一件幸福的事。”夏雪向我靠过来，幽幽地叹息着。

“我们会结束一切，在港岛那边了无牵挂地重新开始。放心，一切有我。”

我放开她的手，转而揽住她的细腰，给她温暖，也给她坚决走下去的勇气。

“这样，真好。”她的头靠在我的肩上，呢喃地低语着。

甬道忽而向上，忽而向下，忽而左旋，忽而右转，但我一直保持着良好的方向感，确定它一直是通向西南面的。前面三人始终匀速前进，只有舒缓的呼吸声与轻微的脚步声传来，一个字都不多说。

“五十分钟了，他们究竟要去哪里？”夏雪看了看腕表，绿宝石夜光指针落在上午十一点的位置，“总不能一直这么走下去吧？”

前面四人到底要引我们去哪里，这一点连我都不清楚。光晕中，小男孩的身影随着少林僧的身子摆动而轻轻摇晃着，让我自然地联想到他颅骨中的血珍珠。五去其一，剩余四颗呢？会不会也在某一时刻破裂？现在，我不再后悔没有从阿楚的尸体上将扫描图片拿回来，有小男孩的真身在，图片已经失去了意义。

“嗡嘛呢叭咪哞，嗡嘛呢叭咪哞，嗡嘛呢叭咪哞，嗡嘛呢叭咪哞……”一阵苍老的诵经声隐约传来，在甬道里形成了奇怪的回声。

我和夏雪同时一愣，她抢先开口：“陈先生，你听到没有？这是古代藏语，六字真言的每一声都跟现代藏地上传诵的有很大差别。我以前听过这种声音，在一段二战时的老式录音带上，跟现在听到的一模一样。”

叔叔从藏地带回来的录音资料中，保存了很多九十岁以上的藏族老僧诵念《佛说圣佛母般若波罗蜜多心经》的片段，所以我对此亦有自己的独特体会。

“不要说话，多听多看就好了。”我放开夏雪的腰，加快脚步，紧跟上少林僧。

又过了一个近九十度的转角，前面出现了一大片亮光，原来是一个巨大的方形石洞。石洞中央，燃着九盏油灯，火苗突突突突地乱跳着。

前面四人停步，面向右侧的一张石台。少林僧蹲下身子，把小男孩放下来。

“我们来了。”银须僧向着灰色的石台鞠躬。其余两人，静静地站着，似乎已经忘记了我、夏雪、小男孩的存在。

石台上忽然有了动静，一个苍老的声音深沉地响起来：“伏藏师的使命完成了吗？”

我集中目力望向那边，原来那张七尺见方的石台中央是向下凹陷的，一个身着灰色长袍的人就伏在凹槽里，头发胡须极长，乱糟糟地缠在身上。不仔细看的话，多半会把他当做一段干枯的树根。

银须僧抬起头："每个人都有各自的使命，那些事本来就是只可意会、不能言传的。所以，完与没完，从无定论。"

灰袍人一动不动地卧着，又问："你们呢？"

少林僧上前一步，低声回答："我感觉自己已经完成了一切使命，隐藏在贝夏村里，测试过超过六千名年轻人，终于甄选到真正与护法神有缘的一位，并且带他去见尊师，又把毕生修练的武功都传到他的身上。从出生起，这几件事就刀砍斧凿一样镌刻在我脑海里，一年三百六十五天、一天二十四小时都会时时跳出来提醒我。现在，我感觉所有的记忆残片都被清除干净，只剩下一道横贯思想深处的七彩长虹。尊师，这样的结果是否可以证明，我已经达成了伏藏师的使命，可以结束这一道轮回里的肉身生命了？"

"到我身边来吧。"那声音平平淡淡地回答。

少林僧感激地鞠躬到地，然后急匆匆地跨前九步，走到石台右侧的暗影中，规规矩矩地垂下双手，恭恭敬敬地面向石壁站好。

"藏传佛教弟子修行到至高境界后，了却一切凡尘俗念，超脱于物我两忘境界，然后纵身虹化而去。你已经看见彩虹，证明距离真正的成功已经不远了。但你应该知道，佛门修行从来不论时间的长短，亦不论刻苦努力与否，只讲求缘法，须知'百丈竿头更进一步'是难上加难的憾事。"灰袍人的语气冷冰冰的，不带一丝感情。

"弟子已经非常努力去做了，难道……难道……"少林僧的声音颤抖起来。

"缘法未到，不可虹化，此为天意，谁能逆转？"灰袍人淡淡地下了定论。

在藏传佛教中，据说密宗修行者达到至高境界后，肉身会在圆寂后几天内自动化成七彩长虹消失，这种现象被称为"虹化"，列为西藏十大不解之谜中的一种。

根据修行者的能力高低，虹化可分为三个层次。极少数的高修为、大师级的高僧死亡时，躯体完全虹化，身体不断发光，形骸不断缩小直至消失，这是第一层；肉身圆寂后几天内自动化成光和声，最后还剩下一些头发、指甲或者是各色透明的坚固舍利子，这是第二层；至于第三层，则在虹化后遗体渐渐缩小，肉身缩小到大约只有一尺高度，变得坚硬如铁。

在以上的三个层次之外，另有一种虹化现象，则是肉身完全消失后，长虹之光可以再次凝聚成如三岁孩子大小的彩虹身体，称作不死虹身，这才是高僧虹化的至高无上境界。

据佛经记载，佛陀涅槃火化时，曾三次用火烧都烧不着。

大弟子迦叶告诫一众弟子："佛陀已成金刚之身，凡间之火无法点燃他的肉体。"随后佛陀身上开始自燃，出现三昧火光，随即虹化，地上留下逾万粒舍利子。

可以猜到，少林僧以为达成伏藏师的使命，就可以进入修行的虹化境界，此刻听到灰袍人的解释，一定大失所望。

"你呢？"灰袍人第二次发问。

老僧扑通一声跪倒，然后匍匐在地，伸展四肢，向着石台行五体投地大礼。

"我总共完成了七件任务，只是一直都在反思，这七件事真的是有意义的吗？这些伏藏师的任务彼此间有没有关联？我作为一个真实存在的人活在藏地雪山之上是有意义的吗？我举着这盏灯穿越重重黑暗到这里来是有意义的吗？我一次又一次地举着望远镜向这里眺望是有意义的吗？我把那个女人投入冰河激流中是有意义的吗？我在贝夏村的长久等待是有意义的吗？尊师，请赐给我最明确的答案，解开我修行中的连环死结。那样的话，无论过去做过什么，将来要做什么，我都会欣然接受，不再受思想被蠹虫噬咬之苦。"老僧连续提了七个问题，每一个听起来都像晦涩难懂的哲学命题。

蓦地，站在我身边的夏雪咝的一声，倒吸了一口凉气。

"你有这么多问题，只能证明心魔未除，时时作祟。作为一名伏藏师，你只需要根据思想中的印记努力执行就好了，不必多寻烦恼。难道你不知道'不在其位不谋其政'的道理？你看，古往今来，无论哪朝哪代、哪时哪地、哪支哪派的伏藏师，所承担的都仅仅是'伏藏之谜'里的一个小小环节？在这个庞大而完整的谜题中，你、我、他都像是大房子上的一块砖石、一根木头，唯有连接在一起，才能凸显本身价值。像你那样，盲目地反思自身价值，过多地关注于个人得失，只会越来越迷惘。现在，你在心中默想一下，什么才是真正意义上的'藏地伏藏师'？"

他们用汉语交谈，似乎是故意要说给我和夏雪这两个汉族人听的。这种对话，早就变成了另一种形式的哲思辩论。

"尊师，那么我作为一名合格的伏藏师，只是浑浑噩噩度日就好了吗？然后跟随时间的变换，被动地走完伏藏师的一生？"老僧越来越困惑，也越来越沮丧。

灰袍人回答："错了，你这么想，恰恰已经坠入思想的魔道。如果不是你的环节出现了错误，事情不会变得如此麻烦。在同一根链条上，每一个人都必须全心全意、竭尽所能去做，才能保证完成一个总的'伏藏'任务。上一次，你并没有在最短时间里把那女人送到那里去……"

夏雪陡然大叫着插话："你们说的是哪一个女人？她的名字是不是叫香雪海？"

灰袍人的声音并未被从中打断，仍在继续着："而是耽搁了六年，直到她第二次出现在贝夏村，你才完成了那件任务。六年，会发生多少事、错过多少机会，你明白吗？从这一点来说，你不是一个合格的伏藏师，下一个轮回中一定会遭到极其严酷的天谴。好了，你可以起身了，再多追悔也难掩盖那个严重的错误。"

老僧吃力地爬起来，一言不发地走过去，站在石台左侧。

"你们还没有回答我，香雪海到底去了哪里？"夏雪不肯放弃地追问。

突然，少林僧的头顶上升腾起一阵灰色的雾气。转瞬间，他的身体如同一块泡沫模型一样碎裂开来，还没有落地，便全部化成了细碎的粉末，扑簌簌地铺洒了满地。

夏雪低叫了一声，紧紧地抓住了我的胳膊。那时，老僧也像少林僧一样，连同身上的衣服一起粉末化了。他们的肉体消失过程中并没有出现彩虹和异光，可见修行未到，是不会进入"虹化"境界的。

没有人回答夏雪的话，灰袍人的声音又响起来："还有你，走还是留？"

银须僧迟疑地摇摇头，向我和夏雪这边转过脸来。

"你看懂了那张唐卡上记载的秘密了吗？如果你是上天钦点的镇魔图传人，为什么还没有任何异样的表现？或者是他们弄错了，误打误撞把你带到这个秘境之中来？我不知道，我真的不知道，解不开这点疑问的话，即使化灰而去，也去得不安心。年轻人，到我身边来吧，让我好好看看你。"这应该就是银须僧的声音，并且像取得唐卡的那次一样，是不发出任何实际声音的"心声"。

我拿开夏雪的手，毫无畏惧地走过去，站在银须僧面前。

他伸出双手，按在我的肩膀上，瞪大了眼睛，死死地盯住我。

唐卡已经暂时交到叶天手上，我希望凭他的智慧能看出一些不同之处。

“也许是他们错了，我无论如何都看不出你的思想有什么奇异之处。怎么办？他们两个已经化灰离去，无法倒退回来，当然就无法重复同样的甄选过程，你让我能怎么办？怎么向护法神玛哈嘎拉交代？”银须僧露出了失望至极的表情。

上一次取得《西藏镇魔图》的过程中，我完全是被动行事，被少林僧一路裹挟到山谷的石龛中。如果因此而破坏了银须僧的计划，我只能深感抱歉。

“走，还是留？”灰袍人又问。

银须僧迟疑地回答：“我还没有完成自己的任务——虽然我已经见到被甄选者，也把《西藏镇魔图》交给他，亲自监督他以心声盟誓，为藏地的和平安详而战。但是，这一切来得太平淡了些，我在世间修行超过五十年，又自封于石壁内闭关七年，难道只为做这么一点小事？”

“你还想做什么？”灰袍人追问。

“我还想留在他身边，为镇魔降妖作贡献，早日令藏地平安丰饶，让藏民们过上好日子。”银须僧认真而严肃地回答。

“可是，你忘记自己的身份了吗？这种越俎代庖的事是违背伏藏师规则的。既然你能顺利达成使命，就证明自身可以转入下一轮回了，灵魂不灭的话，下一世肯定还能重新回到这片雪原上来。”灰袍人苦口婆心地劝说着。

银须僧撤回了自己的手，艰难地蠕动着嘴唇出声：“祝你好运吧，我实在已经帮不了你太多了。”

我不知道该如何帮他，只能点点头，真诚地道了声：“多谢。”

他们是伏藏师，可以在完成生命里的阶段性任务后，选择瞬间圆寂、化灰而去，与一切俗世烦恼一刀两断，而我和夏雪却不能。因为我们肩上都担负着沉甸甸的责任，一朝未能达成使命，就一日不能放松自己。

第四章
山腹深处的诡谲激变

银须僧向小男孩招手，要他走近，然后握住他的右手。

“我们做错什么了吗？”小男孩的眼窝里开始闪动着盈盈的泪波。

“不是我们，而是我。当然，或许是我多虑了，这位年轻人既然步步都能应验伏藏师的暗号，一定有其可贵之处。我要先走一步了，还未完成的工作只好落到你们头上，多保重，下一轮回再见吧。”银须僧的另一只手伸向我，握住了我的左手。小男孩亦同时伸手，与我的右手相握，三个人形成了一个手臂交握的圆圈。

“有人说，伏藏师的一生是不快乐的，像一只冬眠的蛙，只为等到惊蛰春雷绽放的那一刻，才能瞬间苏醒。记忆苏醒，也就预示着死期的临近，像一棵短暂开放的昙花，匆匆一现，随即拥抱死亡。看刚刚那名老僧，虽然他做了那么多事，却没有人记得他的名字，直到他黯然成灰之后，随风而散，不留痕迹，就像从来没在这个世界上存在过一样。所以说，这就是伏藏师的宿命，为秘密而活，又为秘密而死。”银须僧的掌心越来越热，像是要喷出火蛇一样。

“不能不死吗？并没有人拿着生死簿在后面追赶着你。”我不愿眼前的四个人全部化灰而亡，他们思想里埋藏着的秘密，才是最具研究价值的。

“不能，这是宿命。终有一天，你也会明白，宿命的怪圈也曾套在你的脖子上。再见了，朋友们。”

他的掌心里喷出一阵热浪，我猛地抽手，眼睁睁看着他的右臂像一支燃尽的香烟一样，化为簌簌飘落的灰尘。小男孩缩手，银须僧的另一条胳膊也化为灰尘，然后是他的头颅、肩膀在一瞬间分崩离析，如一尊劣质雕像，触手而碎。

“我在此地守了一百二十年，已经是人类生命的极限，再也坚持不下去了。多年以来，我的任务只是替护法神甄选使者，要把玛哈嘎拉的神奇力量永远地传递下去。现在，他就是天选之子、护法神玛哈嘎拉在冥冥岁月中指定的传承衣钵者，你大可以陪着他继续前进。不过，伏藏师的使命总是有其局限性的，你不可能做出扭转乾坤之举，也不可能逆天而行。颠倒乾坤，把‘是’变为‘不是’，那样只会遭到天谴。”灰袍人动作极其缓慢地坐起来，头发轻轻摆动，几只小飞虫受到惊扰，从发丝做成的小巢里扑扇着羽翼飞出来。

他露在衣服外的皮肤也是灰色的，像是一个早就腐烂过半的苹果。

“也许他们不该死，在这个世界上，谁也不能剥夺别人生存下去的权利，包括你在内。”小男孩声色俱厉地质问。

灰袍人下了石台，佝偻着枯瘦的背，扶着石台边缘对着我们。当他再次开口说话时，露出了光秃秃的牙床和昏花至极的眼睛。

“这些人作为一名合格的伏藏师，使命终结的地方就是心甘情愿、名正言顺的死亡圆寂。”他伸出手，少林僧化成的细灰立刻翻卷起来，汇成一条骨灰的飘带，飞入他的掌心里。

“他……还有他，都完成了自己的使命，死得其所，没有什么好遗憾的。伏藏师是没有等级优劣可分的，既然上天选中了他们，就是冥冥中的无上法缘，而他们也一定能在不知不觉中心甘情愿地承受等待的寂寞、苦思的煎熬，直到完成一切步骤。今天，他们能破除身与心的外力屏障到这里来，毫不犹豫地以死亡自我求证，足以表明，他们完成了各自的伏藏使命。”

山洞里是没有风的，但他披垂于地面的纷纭乱发却随着话音缓缓地飘浮在空中，慢慢结成了一张庞大的灰色蛛网。他再次举手，吸起了银须僧的骨灰，向身后的蛛网中撒去。

在我看来，“伏藏”是一个漫长而又奇妙的过程，其状态与战争年代的“死间”有许多共同之处，都是在无法预期的潜伏中活着，直到天光初绽、命令传来的刹那。那时，辉煌与死亡一并出现，伏藏师将在生命的灿烂舞蹈中结束自己的未来。

“至于他，在伏藏师的等待岁月里犯下了严重的错误，但谁又能仔仔细细地分清，哪些错误是真正不可饶恕的，而哪些错误又是伏藏过程中必须经历的，唯其不断磨折顿挫，才会历练出智慧的硕果？”他的另一只手掌，不动声色地吸起了老僧的骨灰，“实质上，他已经完成了一切，关于生命自身的那些反思，证明他身体里的慧根正因‘伏藏’的启迪而展现出生机盎然的另一面。相信在下一轮回里，一定能活得更加精彩。”

三个人的骨灰都被他身后的蛛网背景吸收，我挡在小男孩前面，唯恐灰袍人会伤及他们。

“不要紧张，我不会做任何不利于他的事，因为我也是一名伏藏师，刚刚达成自己的使命，正在等待上天的召唤。”灰袍人的左掌心里忽然腾起一团橙红色的火焰，光芒盖过了油灯，把身后的蛛网映得忽明忽暗。

“是虹化。”夏雪低声疾呼。

“等一等，等一等！”小男孩绕过我，奔向石台。

呼的一声，灰袍人的右掌、脚下也都有了火光焰影，像是被突然架在了篝火堆上。

“不要过去，危险。”我向前一掠，紧紧地扭住了小男孩的胳膊。

“我在这一轮回的生命，必将因‘伏藏师’的历史而荣耀，感谢上天赐我智慧，能够为伏藏大业奉献自己的绵薄之力。下一轮回，我仍将铭记伏藏师的暗语，等待来自天籁的召唤。我亦相信，伏藏密语将会世代传承，直到有人打开通往秘境的坦途，进入护法神玛哈嘎拉的纯净世界。然后，他的仁慈之光能照遍藏地千山、百川、万壑、十方，融化寒冰积雪，让香巴拉城的富足丰饶情景重现，使遍地藏胞们重新回归安宁祥和的美好世界……”灰袍人艰难地爬回石台，躺在那个与他的身体完全吻合的凹槽里。

“等一等，还有我呢？我要去哪里？我的使命是什么，谁能点醒我？”小男孩挣扎着大叫，双手前伸，仿佛要抓住灰袍人身上释放出来的火焰。

“以无畏无怖之心、至仁至慈之念默诵六字真言三亿六千万遍，护法神玛哈嘎拉将打开你的心锁，嗡嘛呢叭咪哞，嗡嘛呢叭咪哞，嗡嘛呢叭咪哞……”沉潜而虔诚的六字真言诵经声里，飞腾于灰袍人四肢上的火焰霍地猛涨，把他全身都笼罩住。奇怪的是，我感受不到火的温度，面前出现的仿佛仅仅是一幅“着火的画面”，不会给别人带来实质性的身体伤害。

“陈先生，放开他，看看会有什么结果？”夏雪跟过来，在我耳边大叫。

我稍稍迟疑了一下，她已经伸出右掌，在我的右臂肘尖麻穴上轻轻一弹，令我的五指产生了僵硬伸直的条件反射，放开了对小男孩的掌控。他踉踉跄跄地冲过去，双手一下子伸进火焰之中。

刷的一声，石台上腾空飞扬起一阵浓密厚重的灰尘，那个干枯得没有人形的灰袍人随风而化，在石台上形成了一堆灰乎乎的粉末，比他留在世间的声音消失得更快。那张乱发结成的蛛网化为一缕青烟，袅袅升向石室顶上，最终无声地消失了。

灰袍人的圆寂过程，只产生了橙火，而没能出现经天长虹，不算是严格意义上的“虹化”。

小男孩扑了个空，愣怔地站在石台边，定定地看着面前尘埃初定的那堆细碎骨灰。

“这不是我想看到的结果，但还是出现了。”夏雪皱着眉苦笑。

四位伏藏师化灰而去，只给我们留下了模棱两可的圆寂遗言，对接下来的事没有太多实质性的帮助。

几分钟内，现场就只剩下我、夏雪和那小男孩。我望向石室另一端的甬道，思忖着下一步的行动。引路人已殁，要想走出困境，就只能靠我跟夏雪自己了。

“有时候真的很羡慕佛门中的这些先哲们，禅思所至，挥挥手就无牵无挂地寂灭了，真像是徐志摩的诗……”夏雪仰望着青烟消失之处，神情变得无比疲惫。稍后，她慢慢地背诵着那首流传已久的诗，“轻轻地我走了，正如我轻轻地来；我挥一挥手，不带走一丝云彩……”

在我看来，活在世间的每一个人，都或多或少地带着与生俱来的使命。我们没有佛教徒们寂灭的权力，哪怕只剩生命的最后一分钟，都要坚强地活下去。

小男孩爬上石台，凝视着那个灰袍人睡过的凹槽，古怪地微笑着。

夏雪刚要张口，我嘘了一声阻住她。

“你在这里睡了那么久，聆听到来自雪山心脏的呼吸了吗？”他慢慢地卧倒，躺进凹槽里。满地的灰色粉末无风而动，形成一大片虚实不定的薄雾，将他和石台一起笼罩住。我隔着雾气望着他侧卧的背影，依稀与先前灰袍人的姿势一模一样。

石室里变得出奇的静谧，我能听到小男孩悠长的呼吸声。再到后来，呼吸声变为均匀的鼾声，他竟然在石台上睡着了。雾气渐渐变得淡薄了，那些粉末似乎已经大部分进入了他的身体。

“怎么办？我们继续向前，离开这里吧？”夏雪连续看着腕表，脸上满是焦虑，“我们失踪的时间太久了，与留守贝夏村的人长时间失去联系后，会把他们急死的。”

“再等等。”我知道小男孩的举动必有深意，而不是简单的休憩酣睡。

“可是，留在甬道里的时间越久，就越有夜长梦多的危险。陈先生，如果因为耽于等待而错失时机的话，我们就未免太小心了。他们的对话中曾经提到过一个女人，我猜那有可能是我的母亲香雪海——所以，我不能再等下去了，要继续向对面的甬道里探索，直到尽头。”夏雪的声音越来越高，已经失去了最后的耐心。

没错，老僧与灰袍人对话时，的确提到过某个女人。那女人也是伏藏师的等待生涯中必须经历的一件事，并且老僧犯下的错误是与她有关的。我能理解夏雪的焦躁心情，换了我也会一样。但是，没有了伏藏师们的指引，我们得步步小心，绝对不可以凭着冲动躁进。

“听我说，先不要去。”我伸手拉她。

夏雪霍地一闪，身子向前飞掠，不再听从于我的忠告。

就在那时，石台上传来“啵”的一声轻响，一道红色的鲜血喷泉从小男孩的眉心正中飞溅而起，上升近两米，激射到石室顶上青烟消失之处，哗的一声散开。小男孩从睡梦中惊醒，猛然坐起来。鲜血从屋顶滴下，落在他的头上、身上，像是突然间下起了一场血雨。

夏雪变色，身子急停，呆呆地向石台望着。

小男孩亦困惑地抬头，“啵啵”两声，我眼睁睁地看着他的头顶正中、脑后玉枕两处连续爆开，又添了两道血泉。

“嗡嘛呢叭咪哞——”他刚刚来得及双手合十，诵念了第一句六字真言，一缕血箭从齿缝里射出来，像是一束诡异绝伦的红色礼花，在半空中化成斑斑点点的血雾，喷洒在石台上。

“陈先生？”夏雪后退，撞入我的怀里。

她在焦躁状况下失去了应变能力，也就无法用波澜不惊的平常心看待眼前的变化。

“血珍珠，是他脑颅中的血珍珠炸裂了。”我清醒地知道，那四颗红色的珍珠总有一刻会突然爆裂的，无论它们是良性还是恶性，都不会永远固定不变地盘踞在那里。如果他能从这种激变中挺过来，也许噩运的乌云将会就此散去。

“我忽然觉得心灵的世界变得无比辽远空阔，未来会很美好，天空会更澄澈，藏地会更丰饶，变成一个绿草如大被、牛羊如珍珠的完美之国，就像藏民们传诵的香巴拉之城那样。而你们，那时会携着手站在一个安宁如镜的大湖边，面对面微笑着。我看到你们身后有着一座雪白色的巍峨宫殿，还有很多漂亮的小孩子在拉着手唱歌跳舞。我知道，那些都是你们的孩子，那宫殿就是你们真正的家，身与心的静谧栖息之地。”小男孩望向屋顶那块鲜血留下的怪异痕迹，梦呓一样地低语着。

我拥着夏雪向前，一直走到石台边。

“不要说话。”他伸出右手，向我摆了摆，把我要说的关心的话挡在喉咙里，“不要说话，让我把这个梦做完、说完。在到达宫殿之前，你们经历过太多艰难险阻，那些光辉事迹将被藏民们一笔一画地绘制于唐卡上，与护法神玛哈嘎拉的神迹一起在藏地流传一千年。因为有你们的存在，遮蔽藏地天空的乌云被撕碎，日月恒星上缠绕着的三眼族毒纱被焚毁，已经被魔女污染的雅鲁藏布江、羊卓雍错湖都会重归纯净，被魔雾玷污的珠穆朗玛峰顶也将恢复洁白。如果没有你们，恒河、印度河、布拉马普特拉河、湄公河、萨尔温江、伊洛瓦底江等的源头都会成为三眼族人肆虐的毒巢。我看到，藏地人民为了等待那一刻的到来，已经熬白了头，哭瞎了眼，连准备好奉献给尊贵客人的哈达都被眼泪浸染成灰色——”

小男孩走下石台，从怀里掏出了那条曾经在老僧手上出现过的破旧哈达。他脸上的血滴下来，白布上立刻绽开了星星点点的血花。

“这是留给你的，护法神玛哈嘎拉的钦点使者……”在使者后面，是一个极长的、至少二十个音节以上的藏语名字，但他说得含混不清，我一时间无法记全。

我低声说：“谢谢。”

也许我不是什么护法神使者，但此情此景之下，我必须得接受小男孩的祝福与馈赠。

“在这里，血珍珠已经炸裂，每一颗都包容着伏藏师的一段记忆。”小男孩指着自己的太阳穴，“真好，你就在我身边，我可以把所有记忆传给你，戴上那条哈达，你会了解血珍珠的历史。在这片藏地高原上，总得有人承担起伏藏师的责任，把那些只能意会、无法言传的密宗神谕千秋万代地传递下去，直到与三眼族人的决战时刻到来。在你面前化灰而去的，都是最具慧根、最具大无畏牺牲精神的伏藏师，只为护法神种植在他们脑海中的只字片语，甘心日夜修行，只求护法卫道，为镇魔除妖奉献自己的绵薄之力。”他凝视着我，血痕未干的小脸上布满了睿智的笑容。

此时此刻，他的体型虽然没有明显变化，但眼神却明亮了十倍之多，举手投足之间不再是幼稚无知的孩子，更像是一个修行数十年甚至数百年的得道高僧。感觉中，四位伏藏师的灵魂似乎已经无形地附着在他身上。

“走吧。”他走向石室对面的另一个甬道入口，里面亦是漆黑一片，不知通往何处。当他举步前进时，围绕在他身侧的灰雾也跟着飘浮前进，仿佛在他肩上披了一层神圣的灰沙。

我站在石台前，恭恭敬敬地向着那些骨灰与血迹深鞠一躬。

也许我们都该记住，有四位神奇的伏藏师在此地献身圆寂，为了神圣不可侵犯的玛哈嘎拉神谕化灰而去。我对四位老僧所做的一切感到无比钦佩，比起藏地之外的汉族人“舍生取义，杀身成仁”的生命信条来，这边的藏族人不多说，只管做，早把自身的生命与“礼佛、拜佛、敬佛”紧紧地拴在一起。这种牺牲精神，才是流传在藏地的最圣洁、最美好、最值得尊敬的情感精髓。

“谢谢你们。”我在心底默念，取下一盏油灯，拉着夏雪跟上小男孩的脚步。

黑暗无边无际，甬道曲曲折折，似乎永无尽头。

“小兄弟，我们到底去哪里？”我知道夏雪就要忍耐不住了，主动代替她询问。

“去通向护法神玛哈嘎拉秘境的石门，现在我们已经集结了四位伏藏师生命里的智慧，一定可以破除那道门上的禁制，进入传说中的神之境界。”小男孩回答。

“你知道那秘境里有什么吗？有没有一个名叫香雪海的女人？很久之前，她曾在贝夏村外把一个非常珍贵的望远镜交给了那名老僧。我不知道他们之间有过什么约定，但那却是香雪海在藏地的最后一次出现。你跟老僧曾经同路，告诉我可以吗？”夏雪忍不住开口。

老僧已经成灰，那问题她实在已经忍得太久，再不问，恐怕将失去最后的机会了。

“是它吗？给你吧。”小男孩撩开藏袍，从腰带上取下了一架单筒望远镜，正是老僧用过的那个。

夏雪一怔，并不伸手去接，而是迟疑地苦笑着：“我要的是香雪海，不是望远镜。”

小男孩把望远镜向后抛过来，我只能伸手接下。如果它真的是香雪海用过的东西，至少会安慰一下夏雪的思母之情吧。

甬道连续拐了几个弯，被一扇青色的石壁严严实实地堵住了去路。小男孩停下脚步，带着不无遗憾的口吻低语：“就是这里了，石壁后面，就是护法神玛哈嘎拉的秘境，也就是你们应该到达的地方。”

我把油灯举高，看清了这块高宽各有八尺的石壁，上面涂着颜色、笔迹各不相同的几百句六字真言。

“现在看你的了，打开它吧。”小男孩退到一边，微笑着告诉我。

我仔细观察石壁的四边，然后站桩提气，使出全身的力量去推那石壁，但它一动不动，稳如泰山一样。事实上，这块塞住甬道的巨石相当重，一个人是根本推不动的。正因为如此，之前到达此处的人才会绝望地铩羽而归，只留下重重叠叠的六字真言。那些藏文字迹大部分是用鲜血涂抹出来的，因年代的远近不同而呈现出深浅不同的褐色。

“这石壁似乎是绝难撼动的。”夏雪苦笑。

小男孩扬着头抚摸着石壁：“这是一道考验朝圣者智慧的谜题，护法神知道，他所钦定的传承者一定拥有禄东赞那样的智慧、藏獒一样的勇猛，所以才设下这种看似不可逾越的障碍。无论如何，我相信你一定能打开它。”

禄东赞是唐朝吐蕃王松赞干布派到长安去的求婚使者，是藏地千年来最最有名的智者。在西藏拉萨市的布达拉宫里，存有一幅《东教场辨认公主》的壁画，描绘的就是他运用过人的智慧，破解唐太宗设下的求婚谜题，最终击败其他几个少数民族使者的场景。

叔叔的相册里有那幅壁画的照片，他也曾兴致勃勃地给我讲过那个藏民们耳熟能详的传奇故事。

在那之前，禄东赞已经顺利通过了四次比试。第一次，用一根丝线穿过九曲明珠；第二次，从一百匹公马和一百匹母马中辨认出它们的母子关系；第三次，一天之内吃完一百坛酒、一百只羊，再揉出一百张羊皮；第四次，晚上入宫出宫不迷路；第五次，就是最后的、最困难的一次，唐太宗让所有的求婚使者都到东教场去，在三百位美女当中辨认出文成公主来，但这三百名美女的服装、发式、高矮却都一模一样。其他民族的使臣都失败了，聪明过人的禄东赞因为之前得到了汉族老大娘的指点，知道真公主的眉心有一粒红痣，便很顺利地认出了公主。唐太宗非常高兴，决定把文成公主嫁给禄东赞的君主——二十五岁的吐蕃王松赞干布。

《东教场辨认公主》的画面上，可以看到东教场的西边站着一排美女，右起第四人就是真正的文成公主，在她们面前站着的就是身穿藏袍的禄东赞，正在一一辨认。

我很惭愧，自己的智慧根本不能与藏地第一智者禄东赞相比。但是，自小从叔叔那里学到的就是“绝不轻言放弃”的人生哲理，永远不会选择逃避和妥协之途。

第五章
“九曲蛇脉遭断头”的死局

如果携带爆破装置的话，打开通途不算难事，但我刚刚向来处回望，一阵杂沓的脚步声已然快速接近。

“有跟踪者？”夏雪一惊。

不等我回话，甬道里已然出现了战术手电筒的白色光柱，很快，七八道光柱交叉锁定在我们三个的脸上，一声声低沉冷涩的“不许动”此起彼伏地响起来。光柱后面，就是叶天带来的那批战斗力非常强劲的藏族人，全部荷枪实弹，如临大敌。

他们原本应该是我和夏雪的救兵，枪口一致对准神鹰会的敌人才对，但现在的局面，却是同室操戈，拔枪相向。

“叶先生呢？他在哪里？”在我与叶天之间的关系上，夏雪属于旁观者，任何时候都看得比我更清楚。她冷笑着发问的姿态，已经预示着这批藏族人的出现，正是最终摊牌的时候。

没有人回答，电筒的强光迎面照过来，与之相随的是十几个黑洞洞的枪口。

我张开双臂，遮住夏雪和小男孩，向着甬道里大叫了一声：“叶天，你在吗？请现身吧！”

叶天背着手出现在光柱后面，以一个绝对胜利者的姿态向我点头打招呼，嘴角满是骄傲不屑的讥讽笑容。

“这算什么意思？”我奇怪自己到这时了还能抑制住火山爆发般不断沸腾的满腔愤怒。

“图穷而匕现，竭泽而捕鱼，既然已经抵达护法神玛哈嘎拉的秘境门外，剩余的事我可以自己处理了。所以，陈风，对我而言，你现在已经没有任何作用了，我还有什么必要继续唯唯诺诺地伪装下去呢？好啦，最终的胜利果实尽在我的掌握之中——兄弟，你可以安心去死了！”他是如此嚣张，嚣张到连语调都像一个刚刚成功的暴发户一样粗鄙。

“你一直都在伪装，叔叔没有说错。”我的声音无比平静，那才是叔叔不肯收叶天入门的真正原因。他说过，如果一个人时时处处伪装而又从不放过任何表现自己的机会，足以证明这人的品行大有问题，必须反复地观察他的一言一行，才能确定可不可以与他深交。

我之前没有听从叔叔的话，严酷的事实毫不留情地给了我当头一棒。

“赠君一法决狐疑，不用钻龟与祝蓍。试玉要烧三日满，辨材须待七年期。周公恐惧流言日，王莽谦恭未篡时。向使当初身便死，一生真伪复谁知。白乐天的这首《放言》诗其实就是我一生的真实写照。我在伪装吗？错，你说错了，陈老爷子也看错了，我只是为了出人头地而不得已为之。不过，等我再回港岛时，坐拥藏地雪山深处的天大宝藏，资产能与四大家族平起平坐，我还装给谁看？谁还有资格来评点我叶天？兄弟，我们大家不得不承认，现实的确是太残酷了，简直就是一场你死我活的战斗。于是，你死了，我活了，这个世界发生了颠覆性的变革，而你所继承自陈老爷子的那些动产与不动产，也将在律师楼里以一种既合法又合理的方式转交给我。相信在几周之后，媒体将刊登青年才俊陈风入藏探奇时不慎遇难的悲惨消息，赚得那些崇拜你的女孩子们几滴眼泪。不过，她们最终将投入我的怀抱，就像你身边的夏小姐一样，成为我的女人，呵呵呵呵……”

叶天越张狂骄傲，我便越沉潜冷静，但是当他伸手指向夏雪时，我的心突然感受到一阵难言的刺痛。

港岛佳丽逾几十万之多，其中不乏学识、人品、相貌、家世样样都无可挑剔的出众名姝。可惜，我现在的心里只有夏雪，仿佛伏藏师们的心灵净土中只容得下护法神玛哈嘎拉的圣谕一样。

“她不同，她是我的。”我冷冷地回答。

“你的？你——的？”叶天拉长了声音，夸张地仰面打了个哈哈，随即以一种极度鄙夷的语气一字一顿地告诉我，“陈风，成王败寇，现在只、有、我、说、了、算！”

“我已经说得很清楚了，她是我的，任何人企图染指的话，下场只有一种，就是身首异处、血溅五步而亡。”我不看转身去看夏雪的脸，却能感受到她那种炽热的、崇拜的、真挚的眼神，正牢牢地拴在我身上。

再次细数，不算叶天，对方共十四人，六支长枪、八柄短枪齐齐地指向我自己。换而言之，只要我开始横向移动，子弹会跟着我走，夏雪和小男孩就安全了。从这群人非常专业的持枪姿势来看，与神鹰会的雇佣兵们非常接近。所以我判断叶天根本就是跟神鹰会沆瀣一气、狼狈为奸的，是队伍中的最大内奸。

“难道这已经不是一个‘兄弟如手足、夫妻如衣服’的义气年代了吗？她只是一个女人，何必争来争去的。你死，她自然归我，何必白费口舌？陈风，你是聪明人，再看不透眼前形势的话，就算到了阎罗王的十八层地狱里面，也过不舒坦。算了，快些把遗言交代交代，准备上路吧。我会把一切‘如实’地转告瑞茜卡，这一点你大可放心。”叶天摘下连在大衣上的风帽，小心地拢了拢头发，把中分的发际线一丝不苟地理顺，然后才漫不经心地第二次指着夏雪，“夏小姐，要不要自动站到这边来？否则的话，我的子弹可不长眼睛的哦？”

我终于明白，今时今日，我和叶天之间必定只有一个能活着走出甬道，继续自己未竟的事业。

《诗经·小雅·常棣》中说过：“兄弟阋于墙，外御其侮。”意思是，兄弟们虽然在家里争吵，但能一致抵御外人的欺侮。比喻内部虽有分歧，但能团结起来对付外来的侵略。可我们这样的兄弟已经走向水火不容的绝路，除了一场火拼，再无其他选择。

“我要过去，我还不想死在这条暗无天日的甬道里，请让开。”夏雪从后面推我的左肩，跨上两步，跟我并排站在一起。

“动手。”这两个字是与叶天的骄横笑声一起出现的，夏雪深情脉脉的眼神早就说明了一切。她只不过是想替我制造一个陡然发难的时机，以自己的身体做挡箭牌，用假装顺从叶天来阻止枪手们扣动扳机。唯其如此，才给了我一个猝然发难的宝贵时机。

“噗噗”两声，排在最前面的两名枪手锁骨中拳，碎裂的骨茬倒插入气管，瞬间毙命。我以迅雷不及掩耳之势斜刺里掠出突击，在枪手群中画了一个狭长的“之”字，双拳如同两柄铁锤，灌注以发自丹田的金刚真气，不留一丝怜悯之情。

夏雪说过，她不想死在此地，那么只有让叶天的枪手们去死了。

我的脚尖在地面上点了七次，枪手们已经全部倒地，呼吸要害处或塌陷或摧折，或被前后洞穿，再没有一个活口了。绝境之中，再怀有妇人之仁的话，无异于自寻死路。不过，我还是低估了叶天的轻功、枪法与高速反应能力，也包括他的心狠手辣。

咔啦，我听到甬道最尾端的黑暗中传来子弹上膛声，当我放开手脚大开杀戒时，叶天就早已飞速后退。而后，我的胸口受到重重一击，那是一颗蕴含着巨大力量的钢芯子弹，我在冲击力带动下踉跄后退，身前身后的弹孔中同时鲜血狂喷。

一枪得手，叶天像是昏暝黑夜里的吸血鬼幽灵一样闪出来，双手举着一柄威力巨大的黑色军用手枪，狠狠地抵住我的胸膛。

“好枪法。”我抬手捂住伤口，其实身上的痛比起心上的痛要差很多。目睹自己的好友当堂背叛后，我对残酷人生的感悟又加深了一层。

夏雪尖叫着替我捂住背后，已经开始失声痛哭。

“我的枪法一直很好，对你的武功弱点、人性弱点也看得一清二楚，所以才会占到上风。像你，始终只能做事事亲力亲为的将才，而不可能成为像我一样的帅才。我们之间的这场较量唯有以你的全面溃败而结束，才是最正常不过的事。”他一次又一次地连续扣动扳机，我的身体已经麻木了，只是被动地承接着子弹的冲击力，感受着高速旋转的弹头接触皮肤时的恐怖灼烧感。

子弹穿过我的心口后，去势仍旧不减，在拦路的巨石上迸射跳跃着，然后叮叮当当地落地。

“我知道，陈老爷子的‘少林铁布衫、十三太保横练金钟罩’功夫能赤手接子弹，运气如鼓避弹，再加上一件防弹衣的话，几乎能在微型冲锋枪的弹雨扫射下毫发未伤。于是，没办法，我特意替你准备了美军海豹突击队专配的钢芯穿甲弹，让你们陈家所有的护体神功通通见鬼去吧！”

最后一颗子弹出膛时，枪机撞空，发出“嗒”的一声轻响，在甬道里激起了淡淡的回声。

“就这样，我取得了前所未有的完胜，而你和你那位冥顽不灵的叔叔，一起九泉做鬼，在地下团聚吧。陈风，从中学到大学，我都很给你面子，这一次是不是也得还我一个面子，特别是在美丽的夏小姐面前？不妨实话告诉你，很多事的起源与过程是你永远都想不到的，包括赏金猎人王帆在内，都不过是纵横棋盘的小小卒子，任凭我来摆布。至于你叔叔身在港岛的那批老不死的朋友们，将来也都会投入我的麾下，就像老邵、司马镜那样——司马镜，出来吧，好戏演完，该谢幕了！”

叶天向黑暗里招手，双掌捧着罗盘的司马镜步履沉重地现身，双眼紧张地盯在那只紫铜罗盘上。

“邵节和向导嘉措顿珠的死，不过是要安大家的心，以为内奸被完全清除，可以把全部精力放到探险目标上来。你大概想不到，司马的刀伤全都是伪装出来的，因为我替他从拉萨带来了最好的电影道具，那些假血的颜色、味道、流势比真血还要神似。陈风，这是个‘真真假假、真假难辨’的美好年代，再要‘讲真心、说真话、做真事’的话，人人都会笑话你是个傻瓜，而且是超级大傻瓜。”叶天轻拍着我的脸颊，抬起右手，在染满了鲜血的枪管上轻轻地吹了一口气。

那是我的血，我的身体正在慢慢失去知觉，一阵奇怪的麻痒感觉从胸口向四肢迅速扩散着。我没料到邵节的死竟然是一个事先布好的“局”，自己身陷其中却不自知。

“子弹上有毒？”我的声音正变得越来越飘忽，像是一台老掉牙的留声机播放出的翻版音乐。

“对，你猜得非常对，那些子弹是突击队员们执行深度刺杀任务时使用的，即使只擦破目标的皮肤，来自索马里半岛的针尖树毒液也会在三十分钟内致人死亡。陈风，认命吧，你玩不过我的，这是一个必然的结局。”叶天在我肩头一推，我不由自主地仰面而倒，跌进夏雪的怀里。

“血罗盘上怎么说？”叶天的声音继续传来。

“我直说吧，咱们一路追踪到这边来之后，已经抵达九曲蛇脉的七寸要害之处。不过，风水地形突然发生了扭转性变化，从至尊至贵的‘九曲蛇脉、天地一统’变为……变为……”司马镜口吃起来，他每次精神高度紧张时就会这样。

一串冰冷的水滴落下来，打在我的鼻梁上。我吃力地睁开眼，集中精神望着夏雪。她哭了，泪珠沿着长睫毛滑落，像是春天屋檐上的雨滴。农谚说，春雨贵如油，而夏雪的眼泪在我心里比金子更珍贵。

“你哭了……”我动了动嘴唇，三个字在喉咙里打转，却发不出声音。胸口的麻木扩散遍了全身，脸上的肌肉也正在趋向僵硬，想笑都笑不出来。

“不要死，好不好？”夏雪的眼底铺陈着浓得化不开的郁悒。她的手按在我的伤口上，但却阻止不了大量涌出的鲜血。我很想举手抹去她的泪，给她勇气，给她温暖，但自己的手早就没有感觉了，肩膀、颈部麻飕飕、木胀胀的。

“怎么说？”叶天大声问，走过我身边，一掌拍在拦路的巨石上。

“现在，我们处在一个‘九曲蛇脉遭断头’的诡异变局中，血罗盘明白无误地指示出了这一点。叶先生，不如我们暂时后退，等待‘地利’这一困难条件稍稍得到缓冲后再回来。你应该明白，在这边逆袭杀人后，咱们势必失去‘人和’，三才之中仅存‘天时’。要想成功，至少占到三才中的两条才可以，否则，便陷入了三国历史上刘玄德破关入川时的悲惨困境，连失‘地利、人和’后勉强成功，终究破坏了正心、修身、齐家、治国、平天下的儒家大道基础，招致宗庙毁败、举族灭亡之灾。我的意见是，在没有陷入死局之前趁早撤退，先回贝夏村再说，否则后果难料。”司马镜越说越急，声音也提到最高，不断地在甬道里激起回声。

他是风水学上的前辈大师，毕生浸淫于此，说话最具权威性。叔叔生前，对他相当佩服，常常告诫我要虚心向他学习。司马镜的家族历史能够追溯到汉末三国时的著名隐士司马德操一脉，属于港岛风水业界少见的名门正派。

历史上的司马德操是三国时颍川阳翟(今河南禹县)人，识天文地理，晓风水阴阳，被称为“水镜先生”。这一尊号，是当时襄阳大名士庞德公、黄承彦以及流寓到此的徐庶、崔州平、石广元、孟公威、诸葛亮等诸多智者共同奉赠的，可见他的修行之深。

“入宝山而空手回？”叶天冷笑起来，显然并不同意司马镜的见解。

“不要死，我们一起回港岛去，让爱情在东方之珠彻彻底底地萌发绽放一次，给我机会爱你或者是给你机会爱我……不要死，我带你走，我带你回去……”更多的泪落在我的脸上，与以往不同，我感觉夏雪的眼泪竟然是微甜的，带着夏奈尔香水的幽香。

我想告诉她自己的感受，但眼前突然一黑，她的脸与黑黢黢的洞顶一同天旋地转起来。

“我也……爱你。”我在心里默念，一股热血涌上喉头，然后从我嘴角沁出。

“请你不要死……求你不要死，不要让我一个人面对接下来的黑暗世界……”她慌乱地掏手帕，有一件什么东西当啷一声落地，但她什么都顾不上，用那条洁白如雪的手帕擦拭着我的嘴角。

“我要死了？我真的要死了？”我忽然镇定下来。

叔叔的浑厚声音似乎正响在耳边：“风，你是一个将来要做大事的人，我对你的期许永远没有止境。只要你愿意，就能冲破任何障碍，成功地跨越任何艰难险阻。我在江湖浮沉四十年，确信自己没有看错你，才会把毕生的希望放在你身上。记住，我永远在你身后支持你、看着你，跌倒了就赶紧爬起来继续前进，赶超任何一个走在你前面的人，就像你的名字——‘风’。”

之前，我没让叔叔失望过，现在呢？

美军的海豹突击队拥有世界一流的战斗武器，叶天为了狙杀我，不惜重下血本，使用了那种每一颗的黑市报价都超过六百港币的超强子弹，实际上已经非常看重我，把我当成了平生最强劲的对手。

“叶先生，我并不是危言耸听，‘九曲蛇脉遭断头’这样的死局是无从破解的，等于是把人直接送进火化场的高温炉，一点转圜的余地都没有，入局即死，无法可解。拿人钱财，替人消灾，我既然答应使用‘血罗盘’为你助一臂之力，就一定会呕心沥血，竭尽所能。请听从我的劝告，放过他们，然后回撤，或许能避开死局。听我说，不要抗天逆行，那是绝没有好结果的。”司马镜仍在劝告，我的听觉一阵清醒一阵模糊，唯有夏雪的眼泪一停不停地落下，打湿了我半边身子。

“离成功只差一步了，你却劝我回头？儒家大道，太偏于中庸，是不适合我这种激进人才的。别人走完正心、修身、齐家、治国、平天下这条路要费时一生，而我却完全能够将其缩减到十年之内。我从来都相信自己是不平凡的，一定会让这世界的行事规则因我而变。司马镜，你还是更努力地呕血半升，细细研读血罗盘露出的征兆吧，而我——该使用炸药弄开这道石壁了。”叶天在一个成功连着一个成功的高歌猛进中飘飘然，对司马镜的建议毫不动心，只是一意孤行。

“我们撤离这里。”我吩咐夏雪离开甬道尽头，以免被爆炸殃及。

夏雪抱着我后退五十步，坐在两个甬道拐弯之后。

“天要令其灭亡，必先使其疯狂。叶天疯了，炸药爆炸时产生的气浪和毒雾，会让整个地下甬道变成死亡废墟。并且我感觉前面那块拦路的巨石非常厚重，甚至有可能是山体的一部分，打通它的可能性微乎其微。”夏雪黯然地靠在石壁上，让我的头枕在她的腿上。

叶天与司马镜的对话，亦说明了他此刻的狂妄心态。

他们所说的“正心”那段话，原文是“古之欲明明德于天下者；先治其国；欲治其国者，先齐其家；欲齐其家者，先修其身；欲修其身者，先正其心；心正而后身修，身修而后家齐，家齐而后国治，国治而后天下平。”大意是说：古代那些要使美德彰明于天下的人，要先治理好他的国家；要治理好国家的人，要先整顿好自己的家；要整顿好家的人，要先进行自我修养；要进行自我修养的人，要先端正他的思想，思想端正了，然后自我修养完善；自我修养完善了，然后家庭整顿有序；家庭整顿好了，然后国家安定繁荣；国家安定繁荣了，然后天下平定。

这是儒家传统思想中知识分子尊崇的信条。以自我完善为基础，通过治理家庭，直到平定天下，是几千年来无数知识者的最高理想。然而实际上，成功的机会少，失望的时候多，于是又出现了“穷则独善其身，达则兼济天下”的思想。“正心、修身、齐家、治国、平天下”的人生理想与“穷则独善其身，达则兼济天下”的积极而达观的态度相互结合补充，几千年中影响始终不衰。

叶天的野心并非只是成为港岛超级大亨那么简单，甚至觊觎着更高的政治目标，要像古代帝王一样“治国、平天下”。

小男孩转到我面前来，举起手里的一块银牌亮了亮。那是夏雪从他身上拿走的东西，现在终于又物归原主了。

“我突然明白了自己存在的意义，在伏藏师的生命过程中，最重要的不是活着，也不是平平淡淡地完成伏藏任务后死去——而是使出全身心的智慧，扭转伏藏之路上的败局，用来自护法神的圣洁之光，驱除黑暗。现在，就是我觉醒的时刻，不要担心，你一定会没事的。”他微笑着将银牌放在我的胸前，一只手按在上面。

我不想听太多安慰的话，自己的伤势如何，已经一目了然。

“你想要什么？我能给你什么？”夏雪低下头，跟我脸贴脸地靠在一起。

“我想要你的笑容。”我无力说话，努力振作残存的意识，在心里默默地回答。如果我真的要死，在生命消亡的刹那，我愿意在自己的眼里、心里留下她的微笑。

“在加德满都的斯瓦亚姆布纳特佛塔前与你邂逅的时候，我就告诉自己，生命里值得等待的人已经出现了。还记得吗？那天黄昏，你站在佛塔东面的巨大佛眼前，彬彬有礼地微笑着与一个女孩子通电话。我痴迷于你的微笑，真希望自己就是那个女孩子，能够让自己的名字流连在你唇边，进入你的思想。我想，大神通、大智慧的四眼天神一定看到了我内心的祈愿，才安排咱们在北上入藏之旅中相携而行……其实，那已经不知是生命中第多少次见你了，在港岛时，我的心里已经有你，只是无缘接近。陈风，你不要死，求求你……求求藏地诸佛、十方神圣，只要能留住他的生命，我愿意皈依上师三宝，念诵十一万遍莲花生大师心咒、《三十五佛忏悔文》十一万遍、二十一度母经一百一十万遍、守持八关斋戒、磕大头一百四十万个……只求诸佛，不要让他刚刚明白我的心，就风一样地离开……”

夏雪泣不成声，双臂紧紧地搂住我的脖子，仿佛唯有如此，才能抗拒死亡的飞速降临。

我感受着她的潸潸热泪，忽然喉头哽咽，眼角也无声地濡湿了。这样的生离死别，只应出现在爱情电影或者小说的桥段里，却不该在白山黑水的藏地山腹里突然上演。

记忆中，加德满都的每一处古迹、每一条老街都像是昏昏黄黄的时光隧道，记载着我和夏雪的孤独行迹。斯瓦亚姆布纳特佛塔又被称作四眼天神庙，位于加德满都市内，是一座巨型的舍利塔，属于密宗一派，塔身四面均绘有一对巨大的佛眼，象征佛法无边，无所不见。四眼天神一定见证了我们在尼泊尔的邂逅，读到了黄昏光影里我们心弦砰然拨动的刹那。

“如果我能活下去，此生会倾尽全力要你每日都有笑容，要你不再流泪。”我凄怆惨淡地苦笑着，整颗心、整个人都浸泡在辛酸的眼泪里。

“叶天，‘九曲蛇脉遭断头’死局无法可破，也不能乱闯硬来。你要炸开通道过关的话，只会陷入九死一生甚至九死无生的绝地。听我劝告，停手吧，停手吧！”司马镜绝望的吼叫声响起来。

随即，甬道尽头响起了轰然爆炸声。

第六章
五花神教的血滴子出现

硝烟弥散之中，夹杂着叶天的咆哮："不行，那就再来第二次！老子今天非要炸开一条大路不可！"

"我们要不要再后撤一些？"夏雪抬起头，忧心忡忡地向前望着。

在空气流通不畅的甬道中连续爆破，是探险者的大忌，叶天不会不懂，只是太着急了，将生死都置之度外。

"不必，该死的会死，该长生的一定长生。陈风，不要动，看着我的眼睛。"小男孩向我俯身下来，按在我胸口上的手掌突然发力，痛得我浑身一颤。他的眼睛里释放出一种朱古力色的柔和光线，甫一接触，我就有种慢慢地浸入温泉的感觉，身体的皮肤与毛孔缓缓放松，任由一股莫名的热流冲刷过来。

"你……你在干什么？"夏雪不知看到了什么，惊恐地大叫。

我无力抬头，看不清小男孩究竟做了什么，才会吓到夏雪。

"不要说话，不要动，放松身心，像重归婴儿时代一样，无知无识，无忧无惧。这个世界对你来说，是崭新而纯净的，是一座充满了新奇事物的天堂乐园。你从未知世界里萌生、成形、长大、呱呱坠地，然后沐浴着阳光、雨露、爱抚，吸收天地间的精华灵气，由幼苗成长为参天大树直至今日。重生，对于别人而言是不可思议的，但对于你，却是生命过程中必经的一步。现在，你想到了什么？看到了什么？"小男孩的声音越来越沉潜，渐渐地，我感觉那声音实际是从自己的内心深处发出的，换句话说，就像是我在自言自语一样。

暖洋洋的感觉流遍了我的全身，我觉得自己似乎要轻轻地飘起来，就像前年在死海的海滨浴场里游泳时一样，不必挥臂拍水，天然的浮力就能将自己托起于水面上。

“你不要伤害他！”夏雪弓身弹跳起来。

我的头原先是枕在她腿上的，此刻后脑着地，冷如坚冰的地面泛着微微寒气侵袭而来。

“我看到一个梦幻般的城池，我闻到空气中充满了紫檀与曼陀罗花混合着的异香，我听到了十几种银铃一起在风中振响的细碎声音，合成了无比美妙的乐声。有人诵经，有人歌舞，有人欢笑，有人在空中飞翔……”我的思想不受控制地神驰纵横，脑海中掠过各种奇奇怪怪的景物，都是此前从未见过的。

小男孩的脸越来越近，鼻孔里呼出的热气直喷在我额头上。

“快去香巴拉城，快去香巴拉城，那才是你的唯一使命。”明明是小男孩的声音，却来自于我的心底。我闭上眼，任由他紧贴过来。

“那座白色的城就是传说中的香巴拉城吗？”视界的边缘，夕阳辉映着一座洁白的石块砌筑而成的巍峨城池，脚下那条被鲜花簇拥着的小径弯弯曲曲地一路通向它。

“我不知道……我只知道你必须去香巴拉城，三眼族人的乌云正企图笼罩那座城池的暮光。唯有你能结束那场噩梦，将藏地雪国从乌云中拯救出来，伏藏师们前赴后继地接力传承，就是为了要你明白这一点。陈风，记住我的话，无论将来发生什么，一定要去那里……”

“可是，我就要死了……”那些泛着寒光的钢芯子弹不是拍电影的道具，而是货真价实的夺命武器。没有人能在身中那么多枪的情况下起死回生，除非他是美国电影里的超人。

“香巴拉”是藏语的音译，又译为“香格里拉”，意思是“极乐园”。它是佛教所说的神话世界，为时轮佛法的发源地。佛学界认为香巴拉是一个虚构的世外桃源，是藏传佛教徒向往追求的理想净土、极乐世界、人间仙境。

西藏素有“观音净土”、“佛陀天国”的别称，西藏人大都信仰佛教，面对严酷的大自然和沉重的负担，自然会想到寻找物质以外的精神慰藉。他们认为现实是苦海，要遭到生老病死的折磨，由于种种因缘在六道轮回中无休止地往返。为了脱离苦海，必须断除轮回业力、皈依佛法、通过六度，即布施、技戒、堪忍、精进、禅定、智慧，这样才能脱离苦海达到彼岸，而香巴拉就是他们世代憧憬的天堂。

“我也很想进入传说中的香巴拉城，但很可惜的是，我就要……死了。”我不怕死，遗憾的是没有完成入藏的最终使命，揭开叔叔的惨死谜题。

“你是不会死的，因为有护法神玛哈嘎拉的生命之光普照着你的未来。使命没有达成之前，谁都不要轻言死亡。香巴拉城在等着你，藏地诸族的人民在企盼你。”小男孩的声音远了，暖流也随之消失，只剩下遍地冰冷的岩石。

我感觉身体忽然一轻，伤口的麻痛感一扫而空，自己竟然能够一跃而起，重新恢复了生龙活虎的状态。

我没有死，而是在死神的门槛上打了个转之后，又轻松地回到甬道里来了。

“陈风，你好了，你完全好了！”夏雪飞扑过来，紧紧地搂住我的脖子。

第一个甜蜜而深刻的吻就在此刻自然而然地发生了，经历过生离死别后的人，才更珍惜眼前的一切。这是我第一次吻一个女孩子，不由自主地全身心迷醉般地投入到这个长达数分钟之久的热吻中，浑然忘却了周围的一切。

“我爱你，永永远远，生死不渝。”两个人的嘴唇刚刚分开，夏雪便迫不及待地说出了这句话，仿佛害怕此刻不说便再无机会一样。

我揽住她的细腰，没有多说一个字，所有的柔情与承诺都在眼神交错中呈现给她。

“恭喜你，恭喜你们。”小男孩踉跄后退，勉强扶着石壁盘膝趺坐下来。

“发生了什么事？”我低头看着自己的胸口，衣服完好如初，没有弹孔，也没有血迹。相反，小男孩的衣服已经变成了一件恐怖的血衣，他的脸色苍白如纸，连喘息都变得吃力无比了。

“他进入了你的身体，然后又退了出来——”前面再次传来爆炸声，打断了夏雪的话。

“我是伏藏师，就一定要完成自己的使命。你看，这块银牌正在发生变化，它将带我回到最初的灵魂栖息地。陈风，记住，一定要赶到香巴拉城去，为了藏地雪国的安宁，一定要击退三眼族人的侵袭……”那块银牌透出了一缕七彩光芒，照彻了小男孩身边的世界。

夏雪的话让我相信就在几分钟前，小男孩运用了佛法中的大神通、大智慧，从鬼门关上将我拉了回来。我的复活真的是一个非常神奇的过程，他进入我的身体后，将时光逆转到了叶天开枪之前，代我承受了对方的子弹。我的命，实际是用他的命换回来的。

我抚摸着胸口受伤的位置，那里没有一丝中弹的痕迹，心脏也依旧生机无限地勃勃跳动着。

“谢谢你，我一定……”

我刚刚向前跨步，他立刻举手阻止：“不要过来，更不要感谢我，每个人都有自己不同的使命，只不过是事件发生的时间先后不同而已。在死亡的边缘救你，就是我留在藏地的唯一使命。接下来，前路会有更多重担等着你，继续努力吧，跟着六字真言的力量，以护法神玛哈嘎拉的神光做指引，嗡嘛呢叭咪吽，嗡嘛呢叭咪吽，嗡嘛呢叭咪吽，嗡嘛呢叭咪吽，嗡嘛呢叭咪吽……”

小男孩轻轻合掌，微笑着一遍一遍重复着藏地上流传了千年的六字真言。银牌上的光倏地飞起来，化成缠绕着他身体的一道七彩光环。光环愈来愈强，又形成一道立体的光幢，把他密密地罩住。最终，他与光幢一起化为七尺彩虹横飞而去，奔向甬道尽头。

“虹化，是真正的高僧虹化！”夏雪低叫。

我拉着她的手急追那道长虹，猛听见前面响起一声震耳欲聋的惊雷，黑黢黢的甬道里突然出现了久违的光明。正前方五十步外，出现了一个正方形的洞口，温暖明亮的阳光正堂堂正正地照射进来。

长虹消失了，就在我们的前面，叶天拖着司马镜的手，也在跌跌撞撞地向前跑，脚下不时地绊到碎石和尸体。

“不能出去，那是死局中的死地方位、死门正中，你会有生命危险！”司马镜声嘶力竭地叫着，手中的罗盘上下颠簸，不时地洒出鲜红的血滴来。叔叔说过，血罗盘其实就是武学中的“天魔解体大法”，风水师用自己的鲜血涂抹法器工具，以求双方心力相通，计算出风水布局里的好与歹。

我骤然停步，拦在夏雪面前，低声告诉她：“你留下，等危险信号解除后，我会回来接你。”

她那么相信我，我有责任保护她的安危，带她毫发未伤地走出困境。

“那么，多加小心——我等你。”夏雪恋恋不舍地放开我的手，粲然一笑，洁白的牙齿在暗影里闪着光。

回想一下，连小男孩在内的五名伏藏师依次在甬道里穿行，为的是进入雪山腹地深处，哪里会有什么阳光？应该是越向里面去越是黑暗无边才对。我只能猜测是这条甬道出了点麻烦，根本没有在恰当的时机通到恰当的地方去。

叶天与司马镜的身体出现在光影中，我急速前冲，赶到他们身边。那个洞口约有七尺见方，满地都是爆炸留下的大小石块。洞外是一片平坦的山谷，地面与树丛被积雪深深地覆盖着，反射着头顶的阳光，幻化出一道又一道炫目的雪光。

“这里是……这里是外面的真实世界吗？以前好像来过？”司马镜喃喃自语，手忙脚乱地低头，用指北针来侦测方向，跟罗盘上的显示比对着。

我听到了激流拍岸声，低头向下看，一条翻滚着白浪的冰河正从岩石缝隙里喷涌出来。现在，我们站的地方离地面七八米高，施展轻功一跃而下不是什么问题。叶天和司马镜的注意力被眼前的变化全部吸引住，对我的突然出现也毫不在意了。

“天哪，我们竟然到了鹰嘴台附近，这是同一片山体，两地相距仅有三十米。这个‘九曲蛇脉遭断头’的死亡格局仍在，那条冰河就是九脉汇集、九死无回之地。既然这样，甬道的存在还有什么意义呢？追索了那么久，就只是为了带我们来这里吗？”司马镜大力地拍打着自己的脑门，无法解释目前的处境。

嘎的一声，一只被惊动的兀鹰从我们头顶掠过，翅膀拍动时，脱落了一条半黑半灰的翎毛，飘飘摇摇地坠下。

“司马，血罗盘出问题了？还是你在故意骗我，带我兜了个大圈子后又回到出发点上来了？我只数到十，如果再不能找到答案，你就可以死了。”叶天咬着牙举手，手枪顶在司马镜的太阳穴上。

以利益纠结的团队，最后必定因利益而四散，眼前一幕就是这句话的真实写照。叶天与邵节、司马镜、嘉措顿珠之间只不过是赤裸裸的金钱交易和相互利用的关系，当对方的利用价值被榨干后，很可能就被弃之如敝屣。

从鹰羽上看，它与鹰嘴台那边的秃鹫是同一族群的，司马镜的判断并没有错。

“叶天，你说过大家会长期合作的，绝不会做出不仁不义的事来。现在，咱们在同一条船上，杀了我，对你有什么好处？”司马镜的脸上充满了恐惧的阴影。

每个人都有自己与生俱来的弱点，他的最大弱点就是怕死，而叶天已经很好地掌握了这一点。

“一、二、三……”叶天缓慢地报数，司马镜的脸变得毫无血色，苍白的唇急促地哆嗦着。

此刻，叶天的脸是向着洞里的，没发现下面的雪地里突然闪出两个人来，前面的那人肩上扛着一张桃红色的长弓，由弓背到弓弦都呈现出一种柔媚至极的脂粉颜色，像是古代沙场女将们用的那种。后面的人双手拎着一只黑布覆盖的鸟笼一样的东西，直径与高度差不多都有两尺，看上去非常沉重。

"六、七、八……"叶天和司马镜的眼睛里都闪出了绝望的光芒。

"叶天，你不能这样，我已经瞒着老陈帮你做了那么多事，还亲手替你杀了老邵。再说，回港岛以后，你还得有很多地方用到我，不能这么绝情啊！"司马镜感到了死神的强烈威胁，身子摇晃了两下，扑通一声跪在叶天的脚下。

我怎么也不会想到，身为异术界的老前辈，他竟然为了活命不惜给叶天这样的后辈下跪乞饶。

下面的两人已经驻足，一人沉腰坐马，双臂开弓，如同怀抱一轮胭脂红色的满月；另一人吃力地把鸟笼搭在弓弦上，像高射炮的预瞄技师一样，小心地调整着射击方向。

"十。"最后一个数字出口，叶天食指一动，枪响人倒，一代风水大师司马镜便软软地倒了下去，手上那只浸满了鲜血的紫铜罗盘当啷一声落地。

"我从前没看出来，你竟然那么喜欢杀人。叶天，我现在才发现，虽然咱们是好朋友，但自己根本就不了解你。杀了他，下一个仍旧会轮到我，对不对？"我捡起了司马镜丢弃的罗盘，那是司马家族的传世宝物，极有历史价值。

"咦，你不是已经中了我十几枪，奄奄一息地倒地了吗？怎么还能再次毫发未伤地站在这里？难道是刚才那道穿透石壁的古怪彩虹救了你？"他终于意识到情况有些不对了，向甬道里张望，"你是有钱人家的孩子，含着金钥匙出生，当然不会明白我这样的穷小子心里是怎么想的，你也没兴趣知道，对不对？你只知道交往多年，为什么从来不想想你们陈家就该那么有钱，我姓叶的就应该永远做陈家的打工仔？我发誓要改变这种状况，发誓有一天要你们也尝尝卑躬屈膝、厚颜无耻地跟在我屁股后面的美妙感觉——"他的枪口又一次对准了我。

"无论如何，你不该杀司马叔。反正甬道已经炸开，通向何处又不是他能决定的。在藏地雪域之上，人类是非常渺小的，只能随形势而改变自己，却不要妄想掌控一切，不是吗？"我脑子里一直盘旋着过去两个人同学、同窗、同行时的点点滴滴，那时候，我们是最好的拍档，合作始终天衣无缝。叶天会弥补我遗留下的所有漏洞，让任何竞赛对手自叹不如。

“到现在这地步了，还想像以前那样教训我？”叶天阴沉沉地笑了。

我摇摇头，叶天龇牙一笑，像是一条终于按捺不住攻击欲望的狼犬。

“我只是可惜，大家都浪费了那段宝贵的年轻时光。如果知道你装得那么辛苦，不如好合好散，各自去寻找真正的友谊。”我说的全都是真心话，包含着对他的深深歉意。有钱并没有错，我始终秉持真心待人的行事原则，是叶天的个性太过偏激了。

“现在醒悟还不晚哟，哈哈哈哈——”

他以为枪在自己手上，就一定胜券在握，但狂笑声还未停歇，下面两人蓦地发出一声杀气澎天、回声不绝的震喝：“五花神刀，一击必杀——”

那只鸟笼嗖的一声飞射出来，带着恐怖的啸叫声，半空一旋，倏地套在叶天的头上。叶天来不及反应，下意识地扣动扳机，但我早就先一步侧身掠进，扣住他的手腕一翻一扭，将那柄手枪抢了下来。

射出鸟笼的是五花神教的梅天蝎、孙柔枪两个，而现在我已经明白，这遮盖着黑布的东西也并非什么鸟笼，而是江湖传说中的暗器之王、曾经帮助大清雍正皇帝扫平朝野异己的“血滴子”。

那种暗器的原型是一条长铁链连着一个圆帽型的金属笼子，可以飞出去套住敌人的头颅。金属帽子的边缘有一圈鲨鳍形利刃，当血滴子套住目标时，操控者可以借由控制利刃的钢索收紧笼口，利刃就会把敌人颈子切断，取下敌人的首级，犹如会飞的圆锯一般。在飞行途中，而血滴子还会因高速飞旋而连续发出震撼人心的“嗖嗖”声。

据可靠记载，“血滴子”里面储存着一种极其猛烈的毒药，是用毒蛇的毒液混合一种毒树的汁液炼成，一滴就能令人通身溃烂而死，故称“血滴子”。炼制这种毒药的主要原料，是一种名叫“撒树”的树汁，出产于大陆的广西边境深山中。苗人所用的毒箭，箭镞上所敷的见血封喉的毒药，就是用撒树汁熬成的。

清史记载，雍正当年曾下密旨给广西巡抚李绂，要他在广西寻找这种毒树汁。密旨上说：“近闻贵州诸苗之中，獞苗之弩最毒。药有两种，一种草药，一种蛇药。草药虽毒，熬成两月之后，即出气不灵。蛇药熬成，数年可用。但单用蛇汁，其药只能溃烂，仍有治蛇之药可医。更有一种蛮药，其名曰‘撒’，以此配入蛇汁熬箭，其毒遍处周流，始不可治。闻此‘撒’药，系毒树之汁，滴在石上凝结而成。其色微红，产于广西泗城土府。其树颇少，得之亦难。彼处猎人暗暗卖入苗地，其价如金，苗人视为至宝。尔等可著人密行访问此树，必令认明形状，尽行砍挖，无留遗迹。既有此药，亦应有解治之法。更加密密遍处访询，如有解毒之方，即便写明乘驿奏闻。”

叔叔熟读清史，他的一位江湖朋友曾从北邙山派的后代手里买到过一件残破的“血滴子”原型，所以我也有幸目睹过这种诡异暗器的照片，与梅、孙二人合力射出的东西几乎一模一样。

“什么东西？这是什么东西？”叶天不愧是经验丰富的高手，双手一触摸到鸟笼底边的那些精钢快刀，便马上冷静地贴着石壁站定，垂下双手，不再胡乱叫嚣。

我压低了声音：“是传说中的‘血滴子’，发射这东西的是五花神教的那两个人，邵叔、司马叔应该已经通知过你了。”

在北上的过程中，其实我们都低估了梅天蝎、孙柔枪的杀伤力。既然黑道人物对五花神教如此忌惮，教里的人物就绝不会是浪得虚名的，只是极力隐忍，尚未发作而已。

“陈先生，叫那小子最好别乱说乱动，否则的话，血滴子上的钢索一收，他的头就会在几秒钟内化成血水，神仙都救不了。”孙柔枪仰面大叫。那鸟笼上的确连着一条银色的钢链，另一头握在孙柔枪的手里。

我撩开那鸟笼上的黑布，首先映入眼帘的就是紧紧地卡在叶天喉结上的那一圈雪色利刃，总共二十四柄。叶天倒吸了一口凉气，半张着嘴，一个字都说不出来。

江湖中的现实事件，永远比故事传说更为精彩。如果不是亲眼所见，谁能相信会在偏僻的藏地山谷中竟有“血滴子”出现，而且是卡在我的朋友头上。

“有没有解救的办法？陈风，你那么聪明，快替我想想，把这东西弄下来。刀刃上一定是涂了剧毒，腥气熏得我几乎都透不过气来了。”叶天唯一能做的，就是保持绝对的冷静，因为那些尖刀尾部的卡簧都是单向驳动的，就像警察手铐上的狼牙锯齿一样，只会越挣越紧。他用带毒的子弹杀我，转眼间“现世报”就来了，同样受制于剧毒。

第七章
泅水而进，密门洞开，九头蛇魔，谁入地狱？

夏雪走出山洞，脸上终于露出久违了的微笑。

“小雪，我已经追踪到有人从冰河源头潜水进去，这里很可能是一个秘境的入口，只可惜咱们的水上功夫都不够精湛，而冰河又极度湍急，根本无法下潜。现在怎么办？这小子杀还是放？”梅天蝎仰面向上望着，脸上并没有太多胜利后的喜悦。

他们到这里来，并不是为了剿除叶天，而是有自己的目标。所以，激战后的胜利只是一个意外的插曲，不足以令两个人开心。相反，无法突进冰河源头内部的话，终究是为山九仞、功亏一篑。

“杀还是放？”夏雪转向我，泪水在她脸上留下了纵横交错的污痕，但却掩盖不了她的天生丽质。

于我而言，不想叶天这样的人才就此夭亡，当然是希望他能活下去，改邪归正，重新回到我们的阵营中来。

蓦地，叶天横跨一步，袖子里滑落出一柄掌心雷短枪，顶在夏雪的喉咙上，另一只手哗的一声扯开衣襟，露出腰间、胸口密密麻麻地绑扎着的几百块固体炸药。

“看这里——要死大家就一起死，看他们的血滴子快，还是我的子弹快。陈风，为了夏小姐的安危，我劝你还是低头服输的好，免得玉石俱焚，用夏小姐来为我这条烂命陪葬。”一招得手，他对脖子上的血滴子已经毫不在意，只是目光炯炯地瞪着我。

百足之虫，死而不僵，我早该算到他有垂死挣扎的一搏。

“怎么样？要他们放开那钢索，别耍花样。”叶天手指发力，夏雪脸上立刻显出了痛苦的神色。

“你先放开夏小姐，否则就再也无法回头了。”我不忍对他下手。

“我本来就不想回头，最好大家是同归于尽，一起死在藏地雪山之上，下辈子一起投胎，再做兄弟。”叶天的挑衅超出了我的忍耐程度，但为了夏雪，我还是要平心静气地解决问题。掌心雷的威力不容小觑，就算血滴子割掉了叶天的人头，他以最后的一丝力气开枪，仍会要夏雪的命。

我指向悬崖下面，淡淡地问：“我先下去，只留夏小姐和你在上面，你会不会更放心一些？”

叶天一怔，随即连连点头。

我走向洞口的最边缘，纵身跳落，但人在半空时，我已经骤然回头，以“犀牛望月、卧看银河、流星赶月”之势抖手射出三颗带毒的弹头，其中一颗击落了叶天手里的掌心雷，另外两颗贯穿了他的心脏与小腹。那些弹头是我从甬道里捡来的，先前曾穿透过我的身体，这次不过是投桃报李、物归原主罢了。

孙柔枪怒啸一声，牵动钢索，血滴子腾空飞起。

当我飘然落地时，叶天的无头尸体也沉甸甸地摔了下来，跌在湍急的冰河边。再看那只落在孙柔枪手中的精钢鸟笼，里面叶天的头颅正在迅速融化，一半地方都露出了森森白骨。

“这里面的刀刃上涂抹了正宗的苗山‘撒’毒，见血封喉，腐骨成水，专为对付叶天这样的高手准备的——当然，你也曾列在我们的狙杀目标上，但现在咱们是一家人，就根本用不到了。”梅天蝎、孙柔枪一左一右握住我的手，我们的关系已经变得亲密无间了。

当我和夏雪、小男孩被困甬道险境时，梅、孙二人便追踪着另外一个人赶到了石壁下面，而后亲眼看到那人下水泅渡，然后有一道七尺长虹击碎石壁飞向蓝天。他们不知道甬道里的突发事件，只是自然而然地将叶天列为头号大敌，射出血滴子，并最终帮助我扭转了败局。叶天本不该死的，但他从不相信我的宽容与大量，以小人之心度君子之腹，才会努力寻找一切可能翻盘的机会暴起发难。

“邵节一早就占卜到了‘困卦’，预示着你发起的任何行动都可能将自己缠绕到困顿的蛛网尘丝中，难道他从来都没告诉过你？至于司马镜所说的‘九曲蛇脉遭断头’死局，更是一种最严厉的预兆，你偏偏不听，自取死路。现在，安心吧，人生的恶战总有告一段落的时候。”死者为大，我不想重新历数他的罪恶，只是默默地祈求人类之间的残杀尽快告一段落，不再有人在藏地丧命。

我从没向别人提及过，其实从六岁开始，叔叔就监督我苦练泅渡技术，从师于游泳鬼才日本人北岛川成。他从来不告诉我这样做的理由，到现在这项特长终于用得上了。

“我下水看看，你们全部等在这里。”做事之前，我不想说太多，更不会下什么保证。

“先前下水的是长江水龙王，他的水性天下无敌，你该有所耳闻，请务必多加小心。”梅天蝎的表情变得非常凝重。他是夏雪的哥哥，一眼就看得出我们之间的男女深情，所以才会关心我。

“天下无敌”四个字是江湖中人梦寐以求的，但叔叔早就告诫过我：“实际上，没有人能天下无敌。纵观人类发展的历史长河，自诩‘无敌’的，往往比大多数人死得都早。最现成的例子，比如一匹乌骓马、一条丈二枪打下大秦半边河山的西楚霸王项羽，每个人都知道他在战场上所向披靡、战无不胜，但最终结果，却是被困垓下、败走乌江，然后弃妻、弃马、弃枪，挥剑自刎。所以，我要给你的人生忠告是——永远不要以为自己天下无敌，也永远不要认为别人天下无敌，那是绝对不存在的。任何时候，都要做到坚忍顽强地努力向前，不断地超越一切，你也会接近‘无敌’的状态，但那仅仅是接近，而非真正的‘无敌’。”

“水龙王的水性天下无敌”这句话在江湖上传了近二十年，我不想追究其可信性，因为那样做是毫无意义的。现在，我只想进入大山腹地去，看看伏藏师们通过弯弯曲曲的甬道指示给我的，到底将是一条什么样的神秘之路。

“我在这里站着等你回来，你一定要回来，我会一动不动地等着你。”夏雪没有说太多话，几乎要羁绊住我脚步的忧郁眼光已经说明了一切。

“朋友，多保重！”孙柔枪的语气异常复杂。我曾救过他的命，现在大家又站在同一阵线上，当我孤身犯险时，于他而言，对我的敬佩多过担心。

我没有佩戴任何潜泳设备便徒手潜入了冰河，湍流阻力极大，几度要把我冲向下游。水底并非是光滑的河床或者鹅卵石，而是一排排犬牙交错的石笋，一眼望去，森然如戟，令人不寒而栗。我吃力地逆流而进，约半小时后，感觉到头顶出现了一阵强烈的光芒，便悄悄地浮上水面，发现自己已经进入了一个宽广无比的山洞。这里不是冰河源头，而是一个安宁而纯净的水潭，水潭旁边，便是一条横贯东西的小路。

嗖的一声，一支两尺长的短翎羽箭就在我刚刚脱离水面的时候破空而来，险些正中我的背心。正西面五十步外，一个枯瘦的人影在乱石间霍地一晃，便飞快地消失了。我捡起那支箭，精钢箭镞上雕着一条微缩过的长龙，正腾飞于云头之中。

“是长江水龙王？他果然在此。”我的心情忽然放松下来，因为自己已经找对了地方。在水中，他是无所不能的龙王，但到了陆地，就没有任何优势了。我很奇怪他没有在水下偷袭我，因为那样的话得手的机率会更大一些。

山洞四壁上爬满了一种微微发光的苔藓，所以光线并不算暗。按照指北针的显示，我一直向右走，寻找可能存在的通向山外的门户。果然，小路尽头出现了两扇对开的石门，门扇上用各种笔迹写满了藏语的六字真言。我走过去，确信四周并没有什么危险之后，才缓缓地发力一推，石门竟然应手而开，明亮的阳光扑面而来。

门外是个平坦的石台，秃鹫群的咕咕叫声清晰可闻，就在我的头顶上方。

“难道……竟然是鹰嘴台？”我吃了一惊，低头细看，确信这里正是自己曾经来过的地方，并且很容易地就找到了当日潜伏隐身的树丛。身边这两扇酷似壁画的石门是由里向外推开的，怪不得我和神鹰会的人费尽力气都打不开它。石门的结构尺寸精密到了极点，所以我才会误解为那只是一幅绘在岩壁上的简笔画。

鹰嘴台与冰河入口相距极近，我按照事先约定的暗号，发出三声长啸，夏雪、梅天蝎、孙柔枪便迅速赶了过来。他们最初的惊讶反应与我一模一样，都料不到打开山腹入口竟是如此简单的一件事，简单到令人不敢相信眼前的一切都是真的。

四个人一道沿小路前进，四周静悄悄的，曾经一闪而逝的水龙王也不见了踪影。

“我感觉到极重的湿邪之气，小海，打起精神来。”梅天蝎一直走在最前面，不时地举起望远镜向前探索。小路笔直向前，两边的石壁上只有那种发光的青苔，再也见不到其他藏地生物。空气中飘浮着一种说不出的怪味，甜腻腻的，像是谁家打翻了过期的劣质香水瓶子。

“如果有事发生，请保护好小雪姐，我们兄弟感激不尽。”孙柔枪赶上去，与梅天蝎并肩而行。

自从进洞开始，我就一直紧紧地握着夏雪的手，短暂的分离越发拉近了我们之间的感情，仿佛唯有一秒钟都不停地彼此牵手，才能平息内心的焦渴。

“如此轻易地进入这里，是不是有些不正常？你说过，水龙王就在附近，为什么一点动静都没有？我总觉得，这是终极血战爆发前的最不正常的宁静，所以，我很担心他们两个的安全。知道吗？他们对香雪海并没有太多的深厚感情，只是因为我的固执，才冒死跟随入藏。上次小海险些重伤而亡，我心里有多愧疚你能想象得到吗？”夏雪肩膀上斜挎着一支微型冲锋枪，右手始终牢牢地扣着扳机，如临大敌一般。

“该来的终究会来，不是吗？”我并不紧张，总觉得前面无论出现什么样的险恶状况，自己都能够坦然应对，就像次第慷慨赴死的五位伏藏师一样。

当那个始终没有报上名字的小男孩最终以命换命、身体化长虹而去的时候，我便感到自己肩上增加了一副沉重至极的担子，那就是遵照他们的指示，沿着这条路一直走下去，见招拆招，永不言败。

“有些事说易行难……”夏雪长叹，忽然转换了另一个话题，“你有没有见过九头蛇？”

我愣了愣，不明白她的意思。

“香雪海曾留下了一册极其诡异的铅笔速写画册，其中几页，画的都是狰狞盘绕的九头怪蛇。我咨询过五大洲最著名的生物学家和捕蛇高手，都回答说世上根本没有那种奇特的生物，但香雪海的绘画原型来自哪里呢？总不会是凭空捏造出来的。所以我怀疑，在她生活的地方，一定有这种东西存在。大哥和小海毅然投入五花神教，潜心钻研蛊术，一半就是为了将来有一天面对它们。”夏雪的话，又揭示了香雪海的一段过往。那些记忆是她最不愿意提起的，但又不得不反复地拿出来说，实在是一种无法逃避的折磨。

五花神教的驱虫术、炼蛊术盖世无双，我相信即使面对九头怪蛇时，梅、孙两个也能从容应付，化险为夷。

一小时后，前面出现了一条近十米宽的深谷，两边的悬崖笔直陡立，深度至少超过七米。一道宽仅半米的天然石梁横亘其上，通向对岸。对面不远处，一道岿然不动的漆黑色石壁死死地封住了去路，

梅天蝎止步，从背包里取出一柄蛇形短刀和一个白玉小瓶，脸色变得非常难

看。

孙柔枪从望远镜里观察着谷底的情况，幽幽地叹了口气："大哥，你觉得非此不可吗？还有没有更好的办法？我说过，永远不跟你争抢危险任务，成全你要保护雪姐和兄弟的拳拳之心。但是，看起来山谷里静悄悄的，暂时没有什么异样，你完全不必动用那些剧毒的东西。"

"小海，身为五花神教的人，你怎么会讲这种外行话？教内的前辈高手早就告诫过咱们，越是大毒虫蛰伏之处，环境就会越安静，因为其他生物或被吞噬、或被驱逐，谁都不敢靠近。这一次，我在前领路，你必须得跟我保持五米距离，不得躁进。如果我有不测，见到香雪海的时候，代我给她磕三个头，谢谢她给了我生命。"梅天蝎小心地旋开小瓶的三层盖子，将里面的淡红色液体抹在刀刃上。

血滴子摘去叶天的首级时，隐藏刀刃上涂的就是这种东西，见血封喉，须臾之间把叶天的人头化为血水。

梅天蝎第一个踏上了摇摇欲坠的石梁，微弯着腰，右手死死地握着刀柄。青色的石梁不知已经在此放了多久，人一走上去，石梁又是摇晃又是掉渣，实在让人担心。

蓦地，平静的谷底出现了难以置信的"咝咝"声，并且在几秒钟内增加到高低粗细各不相同的几百种声音，一大群缠绕翻滚着的青色毒蛇随之现身，布满了那道深谷。跳跃得最高的几条，险险就要跃上石梁，袭击梅天蝎。

孙柔枪一惊，双手分张，把我和夏雪挡住。

"这是五花神教人马最喜欢的战斗方式，我和大哥等这一天已经太久了。你们等在这里，耐心看我们的表演吧。"他举步踏上石梁，从口袋里取出一包黑色的棉絮一样的东西，撕下一块，在嘴里嚼了几下，呸的一声吐向山谷。那应该是一种极其霸道的蛇药，下面的毒蛇纷纷向四面退避，但蛇药沉底，蛇群又重新围拢过来，恢复了争先恐后向上蹿跃的恐怖局面。

夏雪向沟底观察了一会儿，沉着脸自语："那些只是普通毒蛇而已，大哥和小海能够应付。"

孙柔枪连连吐出蛇药，汹涌的蛇群攻势几度受挫，局面似乎得到了控制。

"看那边——"夏雪向右侧的一个低矮的石坑里指了指。

我看到了两具藏族人的尸体，衣着服饰有几分熟悉，等到跑过去细细辨认，竟然是失踪于鹰嘴台石门的聋哑夫妻，也就是天龙寺的两位高手。他们的额头、眼窝、两腮、下巴都奇怪地凹陷下去，干枯的皮肤紧贴着骨骼，像是两个被放掉了气的塑料娃娃。

当时，他们以一种匪夷所思的方式从石门里通过，曾经让我极度费解，现在的死因，则要加一个“更”字。

“他们似乎是被什么东西吸干了身体，只留一层人皮在这里。你想想，自然界中有什么动物习惯于食肉、喝血然后把皮和骨头吐出来？”不等我回答，她已经铁青着脸自问自答：“是蛇。”

我看过动物世界里的蛇类进食片段，的确如夏雪所说，蟒蛇习惯于囫囵吞食小动物，等到猎物体内的营养成分被它的胃酸腐蚀干净后，再缓慢地吐出毛发、骨骼等无法消化的垃圾部分。

“你确定这里存在那种九头怪蛇？”我看透了夏雪的心思。

“百分之百地确定。”夏雪点点头。

“你的意思是，香雪海留下的任何线索都是别有深意的，并非来自于天马行空的胡乱想象？”我每问一个问题都非常谨慎，毕竟这都是夏雪的隐私，一旦刺疼了她，我的心也会剧痛。

她没有回答我的话，忽然转过身，向着谷底的西北方向凝视着。那边亦是一望无际的潮水般的蛇群，以既丑陋又恐怖的方式彼此纠结扭动着。所有的蛇仿佛都饥饿到了极点，一旦闻到活人的气息，就会变得兴奋无比，为即将到来的饕餮大餐而昂扬跃动，从南北两面涌向石梁这里。

“我感受到一种无可抵御的澎湃杀机，就像扛着勾镰的死神已经站在门外，下一秒钟，所有的人都没有活路，只能被他带走。陈风，我好冷，抱紧我，我怕……”夏雪肩头一颤，向后退了两步，靠在我的胸前。她肩上挂着的冲锋枪荡了荡，啪的一声落地。

我听到了远处传来的呼啸风声，其间夹杂着某种奇特的怒吼声，全部来自西北远方。

“那是什么动物在叫？”

我一边问一边替她捡枪，却被她阻止：“没用的，这些武器对我们毫无帮助。现在唯一的办法就是向外逃，能逃一个算一个。”

深谷距离石门约十公里路程，全力展开轻功撤退的话，抵达鹰嘴台需要半小时时间。

“小雪、小海，你们跟陈风先撤出去，让我自己留下。”梅天蝎绝望地大叫了一声。一阵裹挟着莫名白雾的狂风沿着山谷袭来，吹得石梁来回摇摆着，上面站着的梅、孙二人努力稳住身体，紧张地盯着西北方。

“我不走，大家既然已经到了这里，就只有咬牙继续前进。我才不管什么九头怪蛇之类的，就算它有一百个头，也一样在我们的五花神教法刀之下变成烂泥！”孙柔枪刺啦一声撕裂上衣，露出了后背上那个巨大的青色蜘蛛文身。他刷的一声抽下了银色的腰带，迎风一展，竟然是一柄百炼钢化为绕指柔的蛇形软剑。

“小雪，你走。”梅天蝎转过身来，冷漠狠毒的眼神中忽然有了从未见过的柔情，“你是我唯一的妹妹，父亲临终时，要我尽心尽力地保护你，哪怕是最终为此而付出生命。所以，明知道藏地之行凶险无比，我仍旧义无反顾地陪着你辗转加德满都北上。父亲说过，你跟母亲很像，他每次看到你，就像看到十八岁时花样年华的母亲，那种混合着甜蜜与刺痛的感觉就像吸食海洛因上瘾一样，令他整日挣扎在痛苦的欲望沟壑之中不能自拔。于是，他选择用死亡来了断一切，拒绝医生的深度治疗，只求速死。我必须得保护你，直到失去生命，然后把这个接力棒转交给陈风——”

孙柔枪软剑一旋，将跃升到石台上的三条五尺长的毒蛇斩为六段，死蛇的尸体落下，转瞬间就被饿疯了的同伴们啮食干净。

“兄弟，善待小雪，不要让她受到一丁点委屈，不要让她流泪。”梅天蝎眼里的柔情蓦地消失，陡然一声大喝，“请五花神教法刀！”他双手捧着蛇形短刀，向正南方向连拜了五次，口中一直不停地念诵着苗人咒语。

“大哥，我不要你死，不要你使用‘化身为蛊’的终极杀招……”夏雪痛苦地嘶声低叫，唇角涌出触目惊心的血滴。大爱无言，大悲无泪，只有哀伤到极致，她才会如此。五花神教的十大绝顶蛊术中，“化身为蛊，以命杀敌”排在第六，是一种同归于尽的搏命招数。

谷底的毒蛇蓦地安静下来，咝咝吐信声瞬间消失。

“注意，它来了。”梅天蝎站起身，平伸左臂，右手扬刀，如一尊青岩雕像般牢牢矗立在石梁上。

“啊——”西北面传来一声凄厉的惨呼，一个穿着青色藏袍的瘦削影子出现在我的视野中。他慌不择路地狂奔着，一路踩着那些毒蛇的身体，像一只被猎人追急了的兔子。

“救命，救命，老天爷佛祖救命哪！”他敞开喉咙大叫着，瞥见了我们几个，似乎突然看到了救星，施展“燕子三抄水”的绝顶轻功飞纵起来，凌空十几个跨步，终于举手钩住石梁，稍作喘息后，翻身跃上，气喘吁吁地与梅天蝎站在一起。

“是水龙王。”我认出了这个长着驴脸、鹰鼻、鹞眼、蛤唇的中年人，他曾在长江七十二路水寇中占着两个“最”字——相貌最丑、水性最佳。

“来了。”梅天蝎的嘶哑叫声仿佛是从牙缝里迸出来的。

“来得好！”孙柔枪傲然一笑。

“你们两个……要当心。”夏雪挺直了背，像只已经被彻底激怒的小猫。

“老天爷，你们知道那是什么吗？是一条庞大无比的九头蛇魔，简直就是神话传说里的故事情节。天龙寺的两个家伙就是被蛇魔隔着石壁吸进来弄死的，它早就成仙、成精了，根本不是人力所能抵挡的。早知道藏地这么危险，就算他妈的阿楚那小子给我再多金条，老子也不会到这里来趟浑水的，还不如——”水龙王的身子突然平展展地向前飞了出去，像一只被无形的线绳牵动的纸鸢一般，越飞越快，平跃至少三十米，落在一条巨蟒早就张开的血盆大口里。几秒钟之内，便被活生生地吞噬进去，只留下一只脱落的藏靴，因鞋带上的死结而挂在巨蟒的门牙上，在半空里晃来晃去。

“九头蛇魔，它终于出现了。”夏雪一字一句地低语。

我清清楚楚地看到，吞掉水龙王的只是巨蟒的其中一个蛇头，沿着谷底迤逦而来的二十米长蟒身上竟然还长着另外八个一模一样的蛇头，八条鲜红的蛇信疯狂吞吐着，瞄准了石梁上的梅天蝎与孙柔枪。

第八章 香雪海与阿姐鼓

谷底的毒蛇纷纷退避，大有山中虎啸、群兽逃散之势。原来看似平坦的谷底实际存在无数蜂巢一般的洞穴，一会儿工夫，蛇群便钻入洞里，谷底只剩那条吸走了水龙王的九头蛇魔。

“北风卷地白草折，胡天八月即飞雪。”梅天蝎突然吐气开声，似吟似唱，短刀一挥，斩下自己中指的第一节。断指跌下石梁，在半空中冒出缕缕白烟，像一根刚刚燃烧便被狂风吹熄的火柴。

蛇魔蜿蜒前进，到达石梁下面之后，九头昂扬，做好了随时扑击食人的准备。

这种场面，是任何动物世界类电视节目中没有出现过的。不知是因为蛇吻毒气还是过度紧张所致，夏雪吃力地呻吟了一声，重新倒在我的怀里。与这条惊人的怪蛇相比，梅、孙二人的力量看起来实在是太过单薄了。包括那道摇摇欲坠的石梁在内，都极有可能在怪蛇冲击下拦腰断裂，坠入谷中。

“忽如一夜春风来，千树万树梨花开。”这一次，梅天蝎一边吟唱，一边挥刀，将自己的左手齐腕斩下。蛇魔的其中一个蛇头灵活地半空一扭，蛇信一卷，便接到了那只同样冒着白烟的人手。

“那是父亲临终前草书于病房白墙上的诗句，那首诗里嵌着母亲的‘雪、海’二字，是父亲最最钟爱的。我们都知道，父亲一生虽然怨恨过、质疑过、哀痛过、不解过，究其最终，心里仍旧没有放下母亲，才会用这样的绝笔诗来发泄一生的郁悒。长兄如父，唯有大哥才能理解父亲没能一吐为快的满腹忧伤。”夏雪挣扎着起身，虽然面对邪气逼人的蛇魔，却根本没有临阵脱逃的意思，只是含着泪肃立着，等待最终结局。

眼下，我们手中没有任何能够有效地狙杀蛇魔的武器，这种情况下，超强的火焰喷射器可能会派上一定的用场，但谁能料到山腹中藏匿着如此庞大的蛇类？即便是悍勇嚣张如叶天之流，面对眼前的诡谲变化也会变得束手无策吧？

“梅天蝎、孙柔枪必死，我们呢？该怎么办？”平生第一次，我感到了死神带来的巨大压力，因为自己的生死可以置之度外，而梅、孙两人已经把照顾夏雪的担子托付给了我，我必须要保护她的安全。

“哈哈哈哈，散入珠帘湿罗幕，狐裘不暖锦衾薄。将军角弓不得控，都护铁衣冷难着……果然是天下无双的好诗，好诗……”梅天蝎面不改色，奋然挥刀，齐肘斩断自己的小臂。此时此刻，他像一个操控着手术刀的外科医生一般，逐一分解着自己的左臂，没有丝毫痛苦的表现。

指头、手掌、小臂是落入同一个蛇头里面的，陡然间，蛇头发出沉闷的哞哞吼声，如同一只濒死的藏牦牛一般，从蛇吻到脖颈的皮肉上噼里啪啦地炸开了百十个血洞。

夏雪精神一振，提气大叫：“大哥的‘撒’毒奏效了！”那种专门用来涂抹血滴子刀刃的剧毒杀死蛇头的同时，首先会令梅天蝎毒发身亡，这种杀敌一千、自损八百的攻击方式，只能证明梅天蝎面对九头蛇魔时，已经放弃了一切生路，只求以必死一战来为妹妹、弟弟撕开一条活路。

“五花神教五行使，果然是好样的。”我在心里默默地感叹，从前对梅天蝎的种种成见全部一扫而空，转而充满了对他的刻骨钦敬。危境之中，方见骨肉情深，江湖传言“加入了五花神教的人都会变得丧心病狂、毫无人性”，在梅、孙两人面前，此类谣言不攻自破。

“陈风，你猜这九个头的怪物总共有几个胃？”孙柔枪忽然开口。

九个蛇头的分叉点在巨蟒身体的中前段，也就是“七寸”稍后的部位，所以我很肯定地回答：“一个。”

孙柔枪哈哈大笑：“那就好，那就好！”

“瀚海阑干百丈冰，愁云惨淡万里凝——借一腔热血换酒，与尔同销万古愁！”梅天蝎连续两刀，第一刀斩在自己肩头，断掉半臂；第二刀斩在左膝上，断掉小腿。两处创口中鲜血狂喷，而他只用一条右腿稳稳地立足于石梁上。

“大哥，果然好诗，如果父亲还在世，看你这样辣手屠蛇、铁血吟诗，一定会深感快慰。”孙柔枪虽然年轻，面对蛇魔血战、兄弟残肢时的洒脱镇定，绝不输给任何一位身经百战的江湖前辈。

“哞呜”，受伤的蛇头在半空中猛烈地扭动着，污血与烂肉横飞，到最后竟然只剩下一具白森森的骨骼，轰然坠地，环扣尽散，碎骨在谷底四处乱飞。

另一个蛇头吞掉了梅天蝎的半臂、小腿，脖颈一扭，越过石梁，向梅天蝎腰间翻卷过来。巨蟒的绞杀力非常惊人，一般普通的七到十米长的蟒蛇绞杀力就有一百五十公斤左右，一旦被它缠住，剩下的就只有窒息而亡一条路了。

“来得好——”孙柔枪仰面发出一声长啸，双臂向天，嘴里突然射出一条红线，夭矫行空，飞掠到梅天蝎身边，于千钧一发之际缠住了怒张的蛇头。那条红线能够半空自动拐弯，在蛇颈上绕了三圈后，猛然绷紧拉直，铮的一声怪响，如一柄线形利刃，将蛇头斩断。这种大快人心的变化足以令人击节赞叹，只可惜观众仅有我和夏雪，无法让更多人目睹今日的精彩一战。

那条红线即是深藏在孙柔枪颅骨里的“裂头蛊”，真正的长度远远超过了孙柔枪自己的估计，应该在十五米左右。

蛊虫在半空飘摇舞动着，我看不清它的头在什么地方，但能感觉到它的舞姿极尽妖艳、诡异、邪恶，多看一眼，都禁不住头晕目眩，张口欲呕。

“中军置酒饮归客，胡琴琵琶与羌笛。纷纷暮雪下辕门，风掣红旗冻不翻。轮台东门送君去，去时雪满天山路。山回路转不见君，雪上空留马行处……小弟，我要去了，何不弹奏一曲，以壮行色？”这是梅天蝎在世间留下的最后一段话，在他面前五米之外，一只蛇头昂立起来，猛力一吸，他残废的身体划空而飞，落入大张着的蛇吻里。

孙柔枪放出的裂头蛊飞奔过来，缠住吞噬梅天蝎的蛇颈，但这一次蛊虫的力量已经远没有第一次那样霸道，非但没能斩断蛇颈，反而被连续甩动的蛇头扯断，与孙柔枪的身体完全断开。蛊虫失去生命的根基后必定会死，而与它息息相关的炼蛊师也会步其后尘，一荣俱荣，一损俱损。

“这是我死的日子——”孙柔枪长啸，嗤的一声撕裂了长裤，露出捆绑在双腿上的几十块方形炸药，“生何欢，死何惧？大丈夫一条命，活得洒洒脱脱，死得百了痛快，而且还有你们两个做最贴心的观众。最后，我祝二位白头偕老、子孙满堂、长命百岁、逍遥安康。可惜，我跟老大一样，永远不能亲眼看到母亲现在是什么样子的了，代我给她磕头，替我告诉她，无论她做过什么，都永远是我最思念、最渴盼的娘亲，是我心灵世界里最美丽、最慈爱的女人。父亲亲口说过，如果有来生，最期望还能娶到像她那样的女人。”

他的右手中握着一只黑色的遥控器，那肯定是从死掉的叶天身上得来的。我猜到他一定是要以自身投入蛇嘴，然后在蛇腹中引爆炸药，跟那九头蛇魔同归于尽。

我刚想劝阻他孤注一掷的疯狂举动，身子突然一紧，被一个从地底钻出来的人紧紧地缠住。对方一定是印度瑜伽术或者巴西柔术方面的高手，身子软得像一条浸过水的麻绳，从脚踝一直缠绕到脖颈，勒得我无法呼吸。

“小弟，退回来吧，留得青山在，不怕没柴烧。”夏雪的声音虚弱无力，因为她也明白，事到如今，孙柔枪体内的护身蛊暴死，他本人勉强活下来也没有什么意义了。

“五陵年少爱风流，一朝风流便风流。相逢拔刀为兄弟，岂肯惜命独回头？呵呵呵呵，雪姐，你是女孩子，永远不明白我跟大哥之间的兄弟感情。他死了，死在眼前这条鬼森森的九头怪蛇手里，我只要还有一口气在，就必须为他报仇。否则，他的在天亡灵就不会认我这样的兄弟。我们是男人，一生都会秉持‘人争一口气，佛拼一炷香’的男人原则，不惜命，只拼命。五年前，大哥在苗山冲以北虎头涧单挑三十六连营草寇，杀敌五十，负伤九处，只为替我争回一个钟爱的女孩子；三年前，他在日本厢根郊外与山口组人马冲突火拼，厮杀半晚，为的是替我完成教主指派的危险任务；两年前，他在葡京，代我跟澳门黑道大亨罗溪马对赌死亡轮盘，逼得对方下跪求饶，帮我赢回了在当晚三千佳丽面前的名声……他给我的太多了，无法一一细数。这一切，都只因为——他是我的大哥。”剩余的蛇头昂扬扭动着，随时都能吞噬他或者撕裂他，但孙柔枪浑然忘却了十步之外的死亡杀机，兀自娓娓述说着梅天蝎对自己的好。

我猛地提气，身体绷紧如弓，与缠上来的那人无声地抗衡，免得分了孙柔枪的神，破坏了他的最终杀招。

“我无法给予他任何东西，现在，是上天赐给我唯一的一个回报时机。你们说，我会怎么做？”一只蛇头慢慢地伸过来，蛇信几乎扫到孙柔枪脸上，但他丝毫不为所动，稳稳地矗立在石梁上。

“你怎么了？”夏雪意识到了我的困境。

我的眼角余光蓦地见，一条灰色的人影正从青色的岩石之间滑出来，慢慢地贴向她的背后。袭击者把握住了最好的潜近时机，当我和夏雪的注意力完全被石梁上的人蛇恶战吸引时，根本顾不得其他。

“我忽然很想唱歌，唱一支献给大哥的赞美之……”话还没说完，探到近前来的蛇头霍地一卷，石梁上立刻空空如也，孙柔枪就像一只被死神捏住的玩偶，与蛇头一起在我们的视线里远去。

我的心陡然一阵难言的刺痛，真的很渴望听完孙柔枪的歌声。古语说，打虎亲兄弟，上阵父子兵，血浓于水、骨肉之情是永远难以割舍的，与江湖朋友、肝胆之交间的感情完全不同。

“好一份兄弟浓情！”我双臂一振，撑开那个缠住自己的身体，然后身子骤然紧缩，在对方的包围圈里转身，右掌五指叉开，迅猛无比地穿透了袭击者的胸口。血肉横飞之际，我急速侧翻，扭住意图袭击夏雪的那名敌人脖颈，翻身一旋，已经令对方身首异处。

九头蛇魔狂暴地连吞梅天蝎、孙柔枪两人，给我和夏雪带来了无穷无尽的愤懑，唯有重手杀敌，才能把充塞在胸腔里的暗火发泄出来。

偷袭者还有四人，三秒钟之内便在我拳下做鬼，尸横当场。

“你说，他能成功吗？”夏雪的表情冷如冰霜，但她不再哭泣流泪，只是紧张地盯着蛇头。

“你说，他能成功吗？”一个奇怪的声音跟着重复，然后一只骨节暴凸的大手出现在她喉咙上，“他成功不成功并不重要，现在，我已经控制了局面，坐享别人的胜利果实。嗯哼，天龙寺虽然以武学称雄尼泊尔，但却一向擅长以智取胜，付出最小的代价获取最大的利益。比如这一次，我们又做到了。陈风先生，谢谢你完成了最合格的引路任务，原来我们之间的合作竟然是如此心有灵犀的。”

暗龙狰狞的笑脸在夏雪背后出现，我猜到他不会简单地死在王帆枪下，并且也不可能轻易败退，果不其然。

“山腹中有什么，值得你苦苦相逼？”我不由自主地望向对面那堵遮挡一切的黑色石壁。杀戮总是与利益并存的，天龙寺出动了这么多人，必定与此地的秘密有关。

“你真的要听？看在眼前这幕好戏还没完的份上，我可以讲给你听。”暗龙自负地笑了，“你已经看过《西藏镇魔图》了，世人都只是笼统地知道文成公主费尽心机绘出了那张图，然后制成唐卡，留传后代，但她和她的随从们包括藏王松赞干布最终什么都没有做。简简单单的一幅唐卡就能镇魔除妖、维护雪域安宁吗？错了，必须还有具体的实施步骤，他们只是没来得及完成所有的镇魔准备，便卷入了连年密宗战火，无法继续下去。本寺的高僧法眼大师精研尼泊尔、印度、西藏三地的上万本佛学古籍，终于明白，原来藏王松赞干布与王妃文成公主一生都在搜集藏地的‘佛寺藏金’，囤积在雪山腹地的山洞里，准备以此铸成镇魔所需的九万九千九百九十九朵佛眼莲花。法眼大师确信，藏金都在‘九曲蛇脉’所指的地方，也就是过了石梁之后的某个秘洞里。我到这里来的目的，就是找到它们，然后运往另外一个只有我自己知道的地方——人不为己，天诛地灭，虽然我是天龙寺第一武僧，也不会脱离做人的最终本性，是不是？”他的脸上露出了邪恶的得意笑容。

砰砰砰砰，夏雪从右臂袖子里连续射出四颗子弹，全部击中暗龙。

我并不期望子弹能突破暗龙的金刚护体神功，而是乘着这白驹过隙的瞬间机会，猱身而上，向他的双眼、双耳、太阳穴、顶门百会穴、喉结、颈侧动脉连续猛攻，将夏雪从他的掌控中救了出来。

“中国人的功夫不是我天龙寺佛教武学的对手，你还是不要白费力气了！”暗龙哧哧地冷笑着，轻而易举地化解了我的进攻。

“鼓声、鼓声、鼓声——”夏雪接连大叫了三声，一道白色的电光从我与暗龙之间掠过，像一扇亮闪闪的门，将激战中的两人隔开。我及时收手，毫发无损地后退，而暗龙就没有这么幸运了，双臂齐肩而断，疯狗一般嘶声嗥叫着后退，一溜烟地消失在山洞尽头，只留下满地污血。

在我和夏雪面前，出现了一个穿着白色长袍的瘦削女人。她的腰间悬着一只灰色的藏鼓，身后浓密的银色长发披拂在地上，足足超过两米。她有一张苍白而憔悴的脸，虽然现在已经双眼深凹、眼珠毫无光泽，但却依稀看得出年轻时绝对是位千娇百媚、风情万种的绝代美人。

“你是……你是……”夏雪向那女人伸出双臂，但对方转过脸去，久久地凝视着对面的黑色石壁默然无语。

“你是不是香雪海？你到底是不是我的母亲香雪海？”夏雪向她冲过去，那女人左手轻抬，掌心里忽然冒出一柄雪色的长刀，把夏雪挡在三尺之外。

谷底的蛇魔仍然在张牙舞爪地跃动着，随时都有可能冲上来，危及我和夏雪的生命。

“如果你是香雪海，看到你的两个亲生儿子就在眼前丧生于蛇吻，怎么会无动于衷？父亲说过，你的心性被藏地的妖魔所迷，已经不是一个神智正常的女人，果然没有说错——果然没有说错！”夏雪激动地挥舞着手臂狂叫。

我只能判定，她是叶天曾经遭遇过的怪人，而斩伤暗龙的电光亦像极了虫棺出现时的那一道，凶猛绝伦，无可匹敌。

“修行百年，终不能破除自身的陈规陋习、思想屏障，真是可悲——我为什么不能早一步从佛陀‘舍身饲虎、割肉喂鹰’的大无畏行动中得到启迪，早一些突破进入秘境的一切障碍？难道是之前的机缘未到？”那女人忽然出声，大步走到深谷边缘，盘膝打坐。她掌心里出现的长刀无声地收了回去，双掌稳稳地交叠在胸前。

夏雪终于不支倒地，紧咬着牙关，眼睛里几乎喷出火来。

“不要冲动，静观其变。”我抱住她，就像在甬道里她抱着重伤的我一样。

“她就是香雪海，我能感觉得到。这一刻，我终于明白了什么才叫‘到黄河死心、见棺材落泪’，苦求了那么久，得到的却是如此结果，是上天在故意捉弄我们兄妹三个吗？陈风，告诉我，求你告诉我——这一刻，我的心就要碎了，在它碎成千万片、万万片之前，其实已经如死灰、如薄冰、如暮烟……”她吃力地抓住我的手，昏昏沉沉地呢喃自语着，最后便无声地昏厥过去。

此时此刻，暂时的休克是对她而言最好的治疗方式。我相信她的判断，那女人就是他们在藏地苦苦寻觅的香雪海，此地就是三个人长途跋涉的最后终点。哲学家说，并非每个终点都是圆满的句号，果不其然。

“昔者菩萨为大国王，号萨波达，布施众生恣其所索，愍济厄难常有悲怆……帝命边王曰：今彼人王慈润滂霈福德巍巍，恐于志求夺吾帝位。尔化为鸽疾之王所，佯恐怖求哀彼王。彼王仁惠必受尔归，吾当寻后从王索尔。王终不还，必当市肉，以当其处。吾诡不止，王意清真，许终不违，会自割身肉以当其重也。若其秤肉随而自重，肉尽身痛其必悔矣，意有悔者所志不成。释即化为鹰，边王化为鸽，鸽疾飞趋于王足下，恐怖而云：大王哀我，吾命穷矣。王曰：莫恐莫恐，吾今活汝。鹰寻后至，向王说曰：吾鸽尔来，鸽是吾食，愿王相还。王曰：鸽来以命相归，已受其归，吾言守信，终始无违。尔苟得肉，吾自足尔，令重百倍。鹰曰：吾唯欲鸽，不用余肉，希王当相惠而夺吾食乎。王曰：已受彼归信重天地。何心违之乎。当以何物令汝置鸽欢喜去矣……”那女人面对着深谷里的九头蛇魔，开始大声诵经，银色长发铺陈在背后，随着蛇头的呼吸吞吐飞扬着。

她念诵的是《六度集经》中的《萨波达王本生》，记述的正是“割肉喂鹰”的佛家故事，但孙柔枪投身蛇吻的行动，其目的却与这故事颇有不同。前者是为了弘扬佛法、普度众生，而后者则是为兄弟报仇、保护我和夏雪。

“鹰曰：若王慈惠必济众生者，割王肌肉令与鸽等，吾欣而受之。王曰：大善。即自割髀肉，秤之令与鸽重等，鸽踰自重自割如斯，身肉都尽未与重等，身疮之痛其为无量。王以慈忍心愿鸽活，又命近臣曰：尔疾杀我秤髓，令与鸽重等。吾奉诸佛受正真之重戒。济众生之危厄，虽有众邪之恼，犹若微风，焉能动泰山乎……”

那女人的诵经声越来越高亢，在山洞里激起层层回声。蓦地，一只蛇头横掠过来，要将她卷入山谷。女人的身体平地飞起五尺，盘坐的姿势不变，头顶倏地闪出一把七尺长刀，旋转着飞斩下来，蛇头应声而落，翻滚着跌下谷底。

我惊诧于她的出刀方式，这种武功竟然是自己之前闻所未闻的。蛇魔又受重创，终于盘旋后退，向西北面游去。突然之间，它的腰腹中段连续发生了三次剧烈爆炸，血肉横飞之间，蛇身被炸成两段，其中连接着剩余六个蛇头的部分直飞上洞顶，再落下来时，已经砸成了一块巨大的肉饼。

“鹰照王怀守道不移慈惠难齐，各复本身。帝释边王稽首于地曰：大王，欲何志尚恼苦若兹？人王曰：吾不志天帝释及飞行皇帝之位，吾睹众生没于盲冥，不睹三尊不闻佛教，恣心于凶祸之行，投身于无择之狱。睹斯愚惑，为之恻怆，誓愿求佛，拔济众生之困厄令得泥洹。天帝惊曰：愚谓大王欲夺吾位，故相扰耳，将何敕诲。王曰：使吾身疮愈复如旧，令吾志尚布施济众行高踰今。天帝即使天医神药传身，疮愈色力踰前，身疮斯须豁然都愈。释却稽首，绕王三匝欢喜而去。自是之后，布施逾前，菩萨慈惠度无极行布施如是。”那女人的诵经声停了，毫不理会我和夏雪的存在，大步走过石梁。

“前辈，前辈？”我大声呼唤她，但她根本头也不回。

“就在此地，就在此时，我已经耽搁太久了，再不能破关而入，伏藏师的黑夜就要重新降临，而我的一生亦如风中之烛，无法善始善终，得道而归。愿护法神玛哈嘎拉的智慧之光，仁吉卓玛的人皮之鼓，给我以决断困厄的神力！”她摘下了腰间的鼓，猛然挥臂一敲，发出振聋发聩的一声巨响。

随着鼓声出现，那面看似坚不可摧的黑色石壁竟然也春风拂动湖面般微微晃荡起来。

第九章 虫壁、虫人、虫战

夏雪猛地坐起来，用力揉了揉眼睛，凝望着那女人的背影。

“我来了，击鼓拔刀，破除魔障——”九次击鼓后，女人腾身而起，跃在半空，浑身上下都散发着耀眼的刀光，旋风般地向着黑壁卷了过去。

“我明白了，鼓声是用来摧毁敌人意志的，真正的劲敌就在黑壁后面。陈风，她一个人是打不破那屏障的，还需要外人的帮忙。”夏雪起身，情绪冷静了许多，沉思指向石梁对面，“我想该是最后决战的时刻了。”

女人身上的刀光在黑壁面前奏效甚微，仅仅是撕开了一小块裂口，就被黑壁的力量[illegible]住了。从那条半米长的竖向缺口里，我看到了一个顶天立地的黑色巨人，正双手按在自己太阳穴上，昂然面向正南方。

裂口收缩复原之前，我看清了巨人额头上的第三只眼，正幻化出一道死气沉沉的灰色光芒。当他的双臂指向空中时，那只眼睛里就有一条细长的黑色虫子挣扎着向外爬出来。

那时，我正与夏雪走到石梁正中，两个人几乎同时打了个冷噤。空气中充满了血腥与死亡的味道，水龙王被九头蛇魔吞噬前的惨叫声、梅天蝎自残杀蛇的悲怆吟诵声、孙柔枪以身灭蛇的凛然长啸声都仿佛一一回响在耳边。

“人生难逃一死，或重于泰山，或轻于鸿毛，单看自身如何选择？接下来，你我要选哪一种？”夏雪忽然淡淡地一笑，握紧了我的手，大步走过石梁，面向那道石壁。

“我来了，我来了——”女人连声大叫。

随即，刀光劈出的裂口重被封死，黑壁依旧顽固地挡在前面。与冰河边挖掘出的虫棺一样，石壁亦是由无数肢体勾连在一起的黑色甲虫构成，只不过其厚度超过虫棺数倍，至少在六尺以上。

“母亲，我是你的雪儿啊，你不认识我了吗？”过了石梁，夏雪沉声低喝，声音中满含压抑不住的企盼。

那女人终于回过头来，幽幽的目光落在我和夏雪身上：“绝境之中，只谈战事，不叙前情。既然大家已经到了这里，便都是护法神玛哈嘎拉麾下的英勇战士，破除魔障绝壁才是当务之急。年轻人，你是陈沧海的子侄辈，一定胸怀过人的睿智，对此有什么好的办法？”

她说得没错，就算叙情，也要等到危机解除之后。刚刚仅仅瞥见那黑色巨人一眼，便被他浑身释放出来的邪恶魔性所震慑，不敢再被其他杂事分神。

“把刀给我。”我向她伸出手，“以你的能力，击鼓与出刀不能兼顾，只能负责一种。我知道，你的鼓声对黑甲虫结成的阵势有强烈的冲击能力，令它们露出破绽。既然你也认识‘盗墓王’陈沧海，就该知道五湖四海之内，没有人在刀法上的造诣、研究能超过他。”

刀为“兵器之胆”，是中华武术中最重要的器械之一。自古至今，练武术的人用刀的最多，形成了许多刀法派别。叔叔一生，精研中国传统历代名刀中的环首刀、大横刀、手刀、马刀、腰刀、佩刀、大砍刀、雁翎刀、柳叶刀、开山刀、银错缭风刀、青龙偃月刀、五虎断门刀、滚背双刀、双手带刀、朴刀、背刀、窝刀、鸳鸯刀、船尾刀、解腕刀……共七十五种门派刀法，然后又融合日本武士刀、印度乌兹刀、波斯圆月弯刀、德国大马士革刀等十一种世界名刀特殊的攻守技法，最终修炼成了“手中有刀，心中无刀”的绝顶武术境界。

九年前中秋节之夜，他曾与上一代嵩山少林寺负责罗汉堂武僧教习的素辰大师切磋，在嵩山西麓的结缘寺外塔林手谈、语谈、身谈整夜，令素辰大师折服。

世所共知，少林寺的法号排名次序为：福慧智子觉，了本圆可悟。周洪普广宗，道庆同玄祖。清净真如海，湛寂淳贞素。德行永延恒，妙本常坚固。心朗照幽深，性明鉴崇祚。衷正善禧禅，谨悫原济度。雪庭为导师，引汝归铉路。到了“素字辈”素辰大师这里，非但禅、武、医三修，其中更是将少林寺世传的七十二路绝艺发挥到了前无古人、后无来者的炉火纯青境界。

那一战，无旁观者，无著述者，更没有拍照、摄录留念者，只是两位淡泊名利、心无俗念的老前辈们之间的高层次交流，与江湖排名、门派高低无关。后来，我在叔叔的日记中看到这一节，才隐约了解了内情。

“我没有刀，只有一缕刀魂。如果你是陈沧海，或许我可以相信你。”那女人摇摇头，解下了腰间那只灰色面、五彩身、直径一尺、高度一尺的陈旧藏鼓，“我唯一的双胞胎阿姐仁吉卓玛的灵魂已经随着她的肉身附着在这只藏地天鼓上，而我在多年之前终于明白，自身存在于世间的唯一目的便是寻找自小失散的双胞胎阿姐，然后两个人合二为一，解脱藏地雪山深处的护法神玛哈嘎拉使者身受的束缚。”

“我们都没有选择了。”我长吸了一口气，虫壁的里面，仿佛正传来那黑色巨人的狂笑声。面对九头蛇魔时，我只是震惊，却没有感到发自心底的骇然，但那巨人带给我的，恰恰就是预感到灭顶之灾即将来临的极度恐惧。

“母亲，相信他，他说得对，我们别无选择，当所有人的最终希望悬于一线的时候，除了听他安排，没有第二条路可走。在此之前，贝夏村的伏藏师们已经印证了这一点。现在，我已经完全洞悉了你的内心世界，包括父亲、大哥、小弟乃至香家、夏家所有宗族亲眷所不能理解的你的种种怪行——你是万千伏藏师中的一员，在这个漫长而艰难的过程中，你必须接受其他伏藏师的帮助，而不是把所有人的善意都摒除在外。相信我，相信你的女儿好吗？”

夏雪踏上一步，攀住了那女人的手臂。她的声音低沉而清晰，像是拉萨大昭寺顶的晨钟暮鼓声，回荡在空旷巨大的山洞里。

“你真的明白阿姐鼓的最终意义了？”那女人似有所动。

“当然。”夏雪沉重地点头，“世俗众生以口舌、以仪式礼佛，而真正的向佛者是以心、以身、以命呈现给心中的净土神明。我们是心意相通的，你想到什么，我都能一览无遗地看到，因为我曾经孕育在你的身体里面，我的生命也是从你的生命里脱胎而来。”

那女人扬起头，幽幽地轻叹：“仁吉卓玛不是阿姐的本名，如果不是因为意外，她也会像你一样在港岛幸福地长大，然后选择出嫁生子、悠闲一生的美好生活。但是，她仅出生三天，就离开港岛，才走上了另外一条不堪回首的艰难之路。我不知道，这只仁吉卓玛阿姐不能言传仅能意会的亡灵之鼓，会不会希望我那样做？”

虫壁微微起伏着，像是正在酝酿着惊天动地大潮的海面。我知道，留给大家的时间不多了。

那女人依旧沉浸在回忆里："她不是被抱走的，而是被一只衔着莲花的鹰叼走。那朵莲花上的香气印在我的记忆里，是它唤醒了我脑海中关于伏藏师的记忆，最终抛离一切辗转入藏。就是凭着它，我纵横藏地千山万水，直到熬白了头发才找到已经化身为鼓的阿姐。在这里，我秉承阿姐的遗愿，皈依护法神玛哈嘎拉，练成举世无双的刀魂，一次次地狙杀三眼族人派往这里的援兵，把他们的虫棺砍得粉碎。世人只以为阿姐鼓的传说只不过是向佛者杜撰出来的故事，却不知道，一代又一代伏藏师正在演绎着这真实的一幕。"她用自己的脸颊摩挲着鼓面，深情自然而然地流露在眼角眉梢之间。

藏地流传着各种版本的阿姐鼓传说，讲述一个孤单的小姑娘失去了相依相伴的哑巴阿姐，但她不明白阿姐为什么会突然离开。后来，她听到村落寺庙祭祀时的神秘鼓声，才突然明白阿姐是为了追求信仰、追求梦想而将自身奉献给了神佛，只不过这种追求的过程，却带着血淋淋的残酷。阿姐鼓是人皮鼓，在藏地，只有真正圣洁的女人皮才配制鼓。在藏人心目中，死并不可怕，它如同诞生新的生命一样，是回归大自然、进入轮回的一部分，生与死是平等的，只有对幸福吉祥的追求才最为重要。

香雪海和她的仁吉卓玛阿姐都是伏藏师中的一员，甘心情愿地各自执行着不同的向佛者任务，并对因此而做出的巨大牺牲无怨无悔。

"一心不能二用，把刀给我，无论它是有形实质的武器还是一缕不可见、不可说的刀魂。让我们一起，看到虫壁后的世界吧。"我走向她，感到漆黑的虫壁正在一点一点挤压过来，像是要把我们逼进毒蛇遍地的深谷一样。

轰隆一声，那石梁从中折断，跌下深谷，碎成几千块。谷底石缝里的毒蛇遭到惊扰，一起蹿出来，翻翻滚滚地缠绕在一起，那边立刻又变成了毒蛇吐信的疯狂世界。

"没有退路，就得向前杀出一条路来，不是吗？"我的手掌按在藏鼓上。

"陈沧海是世间真正的大英雄、大豪杰，也是我唯一敬仰钦佩的男人。"她的唇边隐隐出现了一缕惨淡的微笑，忽然抬起头，双眼中射出两道耀目的白光，像雷雨夜突然裂云穿空的闪电，照亮了我心内、身外的双重世界。

"沧海横流，方显英雄本色。"她轻轻地咳嗽起来，每咳一声，就有几十滴细密的血点落在鼓面上，"惟大英雄能本色，是真名士自风流。这是诀别的时刻，纵有千般不舍，也无可奈何了。有时候我会想，是否因为自己的向佛之心起了动摇、犹如柔水无法阻挡春风的诱惑才导致了今日的危局？才辜负了仁吉卓玛阿姐化身为鼓的无畏之举、辜负了护法神玛哈嘎拉的召唤，始终无法突破三眼族人的虫壁——如此一想，我早该结束这一轮回的痴缠，做一名诚心定志、毫无杂念的伏藏师，以自身心血维护玛哈嘎拉的神光。”

她甩了甩头，反手钩住背后的银色长发，五指一捻，便截下了一大把头发，铺在面前的青石上，然后才小心翼翼地把那只小鼓放下。

我隐约想到，香雪海与叔叔陈沧海之间似乎有某种奇特的关联，比如他留下的日记簿封面上曾经用指甲划下“香雪海”的名字，但此情此景已经不容我多想，虫壁猛然加快了推进的速度，几万只小虫振翅磨牙、腿脚碰撞声像一阵阵来自十八层地狱里的鬼哭狼嚎般传入我的耳朵里。

鼓声再起，起初单调而凄婉，像冬天的凌乱冰雹敲打在藏民们的帐篷顶上。鼓点频率忽然加快，如千军万马卷地而来，马蹄声汇成了遮天盖地的疾风骤雨。

那一刻，我仿佛是站在漆黑不见五指的旷野里，被风声雨声胡乱地笼罩着，心情愤懑到极点，渴望雷公电母突降，撕碎这个黑暗的世界。

“虫壁过来了，陈风，退！”夏雪的声音传来，面前那道黑色的石壁如一块笼盖一切的幕布兜转过来，把我们三个一起罩住，死亡的阴影如期而至。

“刀来！”香雪海的长发霍的一声卷向空中，犹如一张蛛丝结成的银网，反射出星星点点的寒光。我终于等到了天边的闪电，一道又一道巨大的银色之字形闪电俯冲而下，伴着震耳欲聋的雷声。我扬起双臂，承接着电光的洗礼，当其中一道粗大的电光击中我的身体时，我的脑子里像高速快放的电影画面一般，成千上万张刀法图片一下子涌进来，变成一股巨大无比的力量，推动我的身体离地飞旋，在厚重的虫壁里每一挥掌、每一踢腿，都带出一大片刀光剑影。

闪电和霹雷的频率越来越快，我感觉自己的神经与身体已经进入了任意挥洒的自动状态，刀光过处，虫壁四散崩溃，纷纷坠地，“谈笑间樯橹灰飞烟灭”的快意令我心中的闷气渐渐抒发干净。

鼓声停时，虫壁消失了，千万只黑甲虫填满了我们身后的深谷，与翻翻滚滚的毒蛇之阵一起化为恐怖的死亡碎末。

在我们面前出现的是一个被一张透明的网封闭着的石室，那黑色巨人站在石室正中，眉心的第三只眼里又一次跃出两寸长的黑色蠕虫，甫一落地，便蜿蜒游向石室的左侧。其实，石室里已经没有什么空白地面了，被一层厚厚的黑色蠕虫遮盖住，而挡住我们去路的网，也是体积更为粗大的另一群蠕虫吐出的丝黏结而成的。

“你们……始终还是来迟了，这一点不灭的佛心之火就要熄灭了……”石室左侧的一角，一个身体几乎被虫子完全覆盖的男人发出了无奈的长叹。他盘膝坐在地上，怀里抱着一只两尺高的白色长颈瓶子，瓶口上燃着一点微弱的火头。看来蠕虫们对这火头非常忌惮，不敢过于接近，所以这个人的双手和面部还露在外面，才不至于全部沉沦于虫子的包裹之中。

“是护法神玛哈嘎拉的使者吗？请恕我救援……来迟……”香雪海摇晃着起身，夏雪赶紧从旁边搀住她。

“在时间的长河里，我们永远都来得太迟，任由魔族的力量在雪域上肆虐。与其到这里来，你们还不如早些赶去香巴拉之城，那里才是雪域的灵魂栖息之地，一旦落入魔族之手，藏地的纯净世界将沦为黑暗沉寂之城，就算护法神玛哈嘎拉重生，都永远无法救赎。如此，我们都将是无法进入轮回的罪人，被永久地钉在珠穆朗玛峰的擎天耻辱之柱上。”他艰难地张开右手拇指和食指，捻碎了一条企图跃向火头的虫子，但怀里的瓶子一晃，火头闪了两下，险些就此熄灭。

“使者，你等的人已经到了，告诉他怎么做，我们一定就——”香雪海的声音越来越微弱，想必是刚刚的全力击鼓，已经耗费了她太多的精力。

透明的网突然一晃，一只粗壮的黑色大手瞬间破网而出，锁住了她的喉咙。那只手背上生着密密叠叠的黑色鳞片，如同图片上的非洲鳄鱼或者巴拿马乌龟脚爪一样。我一下子记起了第一次见到小男孩在冰河中祈祷时的那块巨大石头，上面绘着的正是这样两条手臂。现在想来，石头上画着的瓶子与此刻被困的人怀里抱着的也是一模一样。当时我以为缠绕着瓶子的是一条蜷缩的黑色巨蛇，实质上应该是那些大量纠结在一起的蠕虫。

夏雪一声惊呼，我向那只大手仅望了一眼，一道闪电般的刀光便从我眼中飞斩出去，将它齐腕斩断。香雪海给予我的是一种雪刀之魂的无形意念力量，而不是某种真实的长刀或者刀法。唯有意念，才能够穿越空间、忽略空间，只要看到想到，强劲无匹的刀光就能瞬间抵达，比真实的长刀更为暴烈。断臂缩回网里，留在香雪海脖子上的大手突然溃散为一堆死虫，落在她的脚下。

黑色巨人发出一阵狂妄至极的大笑：“护法神使者，这已经是你最后的日子了。接下来，雪域就将坠入三眼族人尊崇的彻底黑暗之中，为此，我们已经等待了千年，那个时刻早就该到来了。”

当他昂首挺胸地挥动双臂时，身体上覆盖着的黑色虫子便全部蠕动起来，情形恐怖至极。

“使者，我们都是玛哈嘎拉最坚定的拥护者，为了完成伏藏师的使命，不惧死亡，不惜性命，请护持那一点佛光，等我们破网而来吧！”香雪海陡然双拳捶鼓，铿锵的鼓声再次昂扬而起。

我的全部注意力都关注在巨人的第三只眼上，于鼓声响到最高昂、最密集处时，集中意念，发出了席卷天地、气贯长虹的一刀。那张网急速震颤着，死死地纠缠住我的刀光，所有的蠕虫都急促地吐出透明的液体，黏结在刀光上，抵消了我出击的力量。这一刀，还没有突破大网就中途停止，更不要说斩在巨人身上了。

“哈哈哈哈，这就是护法神玛哈嘎拉的信徒们企图拯救雪域的手段吗？”黑色巨人不屑地冷笑着，满地丑恶的蠕虫也跟着扭动身子应和着他。

“你们走吧，去香巴拉之城，那里有更重要的任务等着你们去完成。我们已经损失了太多伏藏师的力量，必须要集中起来，迎击三眼族魔女的全力袭击。”那人吃力地举起瓶子，把火头凑近嘴边，发出无可奈何的浩叹，“最终，我将吞下它，把佛心之火熔炼在舍利子之中，永久地保存下去，等待后来的护法神使者发掘。你们走吧，你们快走吧……”

“击鼓，用你的全部身心毫无保留地重来一次，不胜就得死，这是我们最后的机会。”我冷静地吩咐香雪海。

鼓声能够削弱三眼族人的防卫能力，必定对遍地吐丝的蠕虫也有极大的杀伤力，我用全部意念出刀，一定能破网而入。愈挫愈奋，永不言败，才是一个真正的英雄面对强敌时的唯一原则。叶天、暗龙都是强敌，但现在他们一死、一逃，已经化为我成长之路上的身后风景，而这一次，我也同样要让这狂妄傲慢的无名巨人成为刀下亡魂。

“仁吉卓玛阿姐，我已经听到你的声音了。放心，这次我不会再离开你，就像你不舍得离开我一样，我们的灵魂一定会在护法神玛哈嘎拉的智慧之光里融合为一体，然后成为雪域上的两缕风或者两只鸟，依依相随，绝不分离。”香雪海没有应声击鼓，而是清了清嗓子，幽幽地唱起了一支藏语的歌谣。

在那只歌里，我似乎听到了女孩子们的欢笑声、诵经声、祈祷声、哀哭声，眼前展开了一幅围绕阿姐鼓的故事而绘成的唐卡长卷。香雪海的声音忧郁而沉静，仿佛“天湖”纳木错里的湖水，亘古不变，永恒存在，承载着藏人们的欢欣与苦难。

“我看到了，你的灵魂即将踏上去‘天湖’的朝圣之路，等等我，让我的马儿载你一程……”夏雪潸然泪下，吟诵着藏族唱游者们为“阿姐鼓”而谱写的歌词。

纳木错位于藏北草原，距拉萨二百多公里，湖面海拔四千七百一十八米，东西长七十余公里，南北宽三十公里，面积一千九百二十平方公里，是世界上海拔最高的大咸水湖。“纳木错”在藏语中的意思为“天湖”，是藏传佛教信徒们朝拜的圣地。传说中，哑姐与她妹妹的灵魂已经永远地栖息于藏北草原之上的纳木错湖，并且那里已经树起了纪念这段动人故事的石碑。

第十章

尾声：化身为鼓之战，庖丁解牛刀法

鼓声轻轻柔柔地响起来，像初春的冰河正在南风里解冻，藏地之春正在缓缓走近，让人忍不住有随之起舞的冲动。这不是激励勇士突飞猛进的战鼓，却变成了伴着舞蹈者翩翩起舞的娱乐鼓声。

我凝聚心神，排除一切外界杂念，目光如炬，紧盯着巨人的第三只眼。

“陈风，我找到他的破绽了，就在那只眼睛里。”夏雪在我身后提醒，她始终能够跟我想到一起去。

“我需要世间最强劲的战鼓声，摧毁那些黑色蠕虫的战斗力，你能帮我吗？”我明白，香雪海在击鼓助我突破虫壁时力量已经用尽，此刻面临油尽灯枯、生死交关的危急关口。

夏雪还没来得及回答，香雪海已经无力地前倾，伏倒在鼓上，嘴里狂喷鲜血，最终气息奄奄。

“母亲，我和大哥、小弟历尽千辛万苦才找到你，你一定要坚持住，让我带你回港岛去，告慰父亲在天之灵。父亲、大哥、小弟都死了，你不能只留下我一个人在这世界上！”夏雪把香雪海搀起来，让她倒在自己怀里，但那只已经陈旧至极的藏鼓，却被她刚刚吐出的鲜血染成了血红色。

“我要死了，护法神玛哈嘎拉在天明鉴，我已经竭尽全力，与这只鼓融化为一体，一起为伏魔卫道贡献最后的力量。小雪，我是一名秉持护法神玛哈嘎拉教诲的伏藏师，伏藏师的过去、现在与未来都是属于藏地雪域的，存在于世间的每一秒钟都是为了达成使命而活。我对不起你的父亲，还有你的哥哥和弟弟，但这种结局是命中早已注定的，不会被人力扭转篡改。我不怕死亡，怕的是魔族人的黑暗之光最终战胜正义，令吉祥如意的雪域沦入万劫不复的暗夜。小雪，你愿意继续我未完成的事业吗，接替我，做一名无论在何等困境下始终能够敲响进攻之鼓的战士？”香雪海的声音越来越低，她用尽力气死死抓住夏雪的手腕，忽然间全身一颤，连续诵念了十几遍六字真言，已经就此撒手人寰。

“我——愿意。”夏雪慢慢地起身，放平了香雪海的身体。

“只剩我们两个了。”我平静地看着她。

“这样也好，心无牵挂一战，才能挣脱一切束缚，放开手脚，轰轰烈烈向前。”她解下香雪海腰间的带子，把那只鼓拴在腰间，毅然决然地问：“可以开始了吗？”

突然间，香雪海的身体化为灰色的沙子，纷纷扬扬地飘了起来。藏鼓不敲自响，发出一连串沉闷的咚咚声，鼓面上飘逸出一个瘦削的影子，与半空里的灰沙融为一体。

“看，那是母亲与仁吉卓玛阿姨的灵魂，她们没有离去，始终与我同在，一定能奏出这只藏鼓的最强音。”夏雪的哀伤正在转化为烈火熊熊的斗志，陡然双拳翻飞，狠狠地擂响了藏鼓。

刹那间，我蓄势已久的刀魂猛然刺出，凝成一条绣花针一般尖细的光刺，无声地刺破那张网，笔直地射入巨人的第三只眼里。

这也是一种刀法——其精髓来源于庄子内篇《养生主》一文中“庖丁解牛”的典故。

叔叔从这篇叙事简洁而意义深刻的古代短文中反复琢磨提炼，终于将此前看过、练过的几百家刀法融会贯通为“无厚入有间，四两拨千斤”的一套“庖丁解牛”刀法，无论面对何等强敌，只要集中力量突破一点，侵入敌人内部，便能够令对方看似强大的防守一一土崩瓦解。

巨人的第三只眼突然闭合，将我射出的刀魂与一只仅仅爬出一半的虫子同时夹住。

“击鼓！”我沉声大喝。

夏雪的敲鼓速度立即加重、加快，但被对方控制住的刀魂却无法动弹。

“我们三眼族人已经隐忍得太久了，这股渴求黑暗的庞大力量也被压抑太久了，一旦释放，没有人能抵挡得住。就像你们，一群不知天高地厚的伏藏者，竟然也敢介入到护法神与三眼魔族的战争中来？我随时都能结果你的性命，但不是现在，我还有更重要的事！”他缓慢地向前迈动脚步，逼向跌坐着的护法神使者。

满地蠕虫突然变得无比兴奋起来，扭动着丑陋的身子，昂扬起舞，似乎正在庆祝即将到手的胜利。

“护法神玛哈嘎拉，原谅我吧，我只能用自身舍利的厚壁来保护佛火，把它吞进肚子里，流传后代，等待您的使者重新开启。这一世轮回里真佛与魔族的较量，也许就要到此为止了。”那个使者把火头凑近自己的眼前，深情而绝望地凝视着它。

“陈风，我已经发挥到极限了，无法更快！”密如豪雨的鼓点中，夏雪也现出了力不能支的颓势。陡然间，那张透明的网急速向前推进，把我们俩也包裹进去，陷入了黑色蠕虫的海洋。

“把神灯交出来！”巨人俯身，剩余的左手伸向使者。

“护法神的弟子，只会战死，从来不会投降。”使者冷冷地回答。

“还在冥顽不灵？那你就死吧！”巨人的手从使者面前掠过，夺走了玉瓶，但那一点火头却凌空飞起，落在使者微张的唇上。蠕虫的爬行速度极快，转眼间便覆盖了他的半张脸和两只手，只余下嘴唇周围的部分。

巨人挥手，玉瓶在岩石上摔碎为千万片，被埋葬在蠕虫的海洋里。

呼的一声，使者周围突然燃起了大火，红彤彤的烈焰飞腾之间，他高举双臂，双手并拢，十指弯曲张开，如同一朵盛开的莲花。“嗡嘛呢叭咪吽，嗡嘛呢叭咪吽，嗡嘛呢叭咪吽，嗡嘛呢叭咪吽……”庄严的六字真言念诵声随即响彻了这被包裹着的诡异世界。

我望向夏雪，她眼里透露出的绝望让我的心又一次焦灼地痛楚起来。

“我知道，你已经尽力了，但我们必须得一直向前，就像那些在山川河流之间跪拜着、长叩着的藏族朝圣者一样，永远不能放弃，直到死亡的那一刻。”生死关头，我想到的不是携着她的手逃遁，而是那些为了引领我到这里来而自燃、虹化的伏藏师们。他们可以为了世间最至高无上的真理而不惜捐躯，只求达成伏藏使命，我们呢？怎么可能临阵退却？

我是睥睨群雄、威震江湖的“盗墓王”陈沧海的后辈，一生所作所为，绝不能让他蒙羞。

咚的一声，两条灰色影子从半空中俯冲而下，四只拳头一起擂响了血色的藏鼓，加入到夏雪已经凌乱的鼓点中来。

“母亲，仁吉卓玛阿姨！是你们！”夏雪惊喜地大叫，鼓声隆隆而起，顿时淹没了巨人的狂吼声、蠕虫的嘶叫声。

巨人的第三只眼再也挡不住刀魂的进袭，刀光从他的后脑迸裂而出。意念之中，刀魂化成一柄尖细锋锐解腕尖刀，从他的脑、眼、鼻、口、喉一路向下，破断双肩经络、削离胸腹五脏、横贯腰肋骨肉之后转而飞流直下，将他的四肢砍伐得支零破碎。这才是庖丁解牛刀法的精髓，外表看似毫无损伤，内部却已经成了支零破碎的一堆骸骨，生命已经宣告结束。

“风，我果然没有看错你！”冥冥之中，叔叔的浑厚声音仿佛响在耳边。在他生前，每一次我出色地完成他交付的任务时，都会得到这样的夸赞。

“叔叔——”我仰天长啸，那黑色巨人的身体被啸声所摧，摇摇晃晃地向后翻倒，跌成无数碎片。那些残破的尸骸迅速化为无数蠕虫、甲虫，连同它们的同伴一起迅速逃去，半空中悬挂的网也垂落下来，化为一摊黑水。

鼓声停了，夏雪出神地凝望着我们的来处，喃喃自语：“她们的灵魂飞走了，飞向天湖，那里才是阿姐鼓的灵魂栖息之地。很可惜，我没能完成父亲的心愿，带她回港岛去，将他们合葬在同一个墓地里。其实我知道，父亲表面上为她离家出走而暴跳愤怒，实质上却一直深爱着她，把她奉为心目中的圣洁女神。我想，他们此生的相遇是一次错误的缘分，才会令父亲郁郁不得善终。也许上天会在来生补偿他们吧，因为上天总是公平的，不会眼睁睁看着红尘中纠结的灵魂不得安宁……”

我走近那已经寂然不动的男人，火光微弱如豆，而那只曾经承载着火头的白色玉瓶已经被巨人摔得粉碎。围绕在他周身的橘色火焰一直在跳跃着，但我感受不到任何温暖。

“我终于等到了你，但时间的齿轮却没有像我一样安于等待，它总是不断向前飞速啮合的，错过一齿，就是一个轮回。所幸三眼族人并没有得到佛心之火，它是属于你的，点燃你内心潜藏的佛性，让护法神玛哈嘎拉的神迹重现在你的脑海里。你的名字并不重要，从现在开始，在轮回寂灭里，你只有唯一的称呼，就是‘护法神使者’，秉承玛哈嘎拉之名，驱逐笼罩在藏地雪域上空的魔族阴霾。在遥远的未来，你必将继承来自于藏王松赞干布、大唐文成公主、尼泊尔尺尊公主的不灭睿智，按照《西藏镇魔图》上所示，斩断魔女兴风作浪的黑暗根基，永永远远地封印三眼魔族世界——那是护法神使者的最终任务，一代一代地传承着，引领万千灵性不灭的伏藏师、雪域人、朝圣者战斗下去。在那个长达千年的过程中，生命和躯体绝对是次要的，我们存在的唯一目的，就是封印魔族。”他不再有任何动作，只是隔着火焰发出声音，并且气息越来越微弱。

“要怎样才能封印三眼魔族？”我闭上眼睛，不再受摇荡的火焰困扰，只是诚心定志地听他教诲。

“去拉萨大昭寺，找到藏王和两位公主留下的莲花金砖，进入香巴拉之城，封印三眼族魔女的唯一死穴，就能够达成使命。来，接受这一点佛心之火，打开你脑中闭塞着的禁扉。”

我感觉到浑身一阵灼痛，再睁眼时，自己也被笼罩在火焰之中。

“用你的全部身心，诵念至高无上的六字真言，玛哈嘎拉护法神将会降临，赋予你神之使者的力量。”我骇然发现，那男人的身体正在急遽缩小，转瞬之间便缩减为婴孩大小，那点火光，变成了婴孩眉心的一颗红痣。此刻，在我面前霍然出现了一位六臂天神，面目刚猛威武，头顶燃烧着熊熊火焰，身上披挂着几百种叫不出名字的藏饰。

“那就是我们尊奉的藏地护法神六臂黑玛哈嘎拉，一名六臂怙主，乃千手千眼十一面观音之化身。因菩萨思惟众生难度之因，皆由魔障所缠扰，于是化现玛哈嘎拉伏魔本尊，内怀彻骨之大悲，外显无比之威猛相。玛哈嘎拉大力王，其身形之特征，各有其不同之表法及缘起上的作用，发可迸出火星，焚烧诸魔，呲牙降伏魔障，身一切毛孔中，放出蜘蛛及蝎子，穿裂犯戒诸魔怨，钩刀能断诸魔部多命，嘎巴拉饮魔怨脑血，数珠为导六道众生，三叉能获三身果位，小鼓摄服空行母，罗索系诸毁坏教者之颈。身现黑蓝色，乃表示法身不动之本质。三眼表示对三世一切之了悟，及佛陀三身之化现。六臂表示六波罗蜜，双足表示善巧方便与智能，脚踏毗那夜迦表示降伏群邪，虎皮裙表示净除一切贪念，身披象皮表示净除慢心，蛇饰为降伏瞋心，身上一切严饰则表示其具足佛陀之一切德行。足下日轮为威光照破无明黑暗之意，莲花表示离娑婆污染之清净。背后智能火焰乃摧毁一切心之散乱……据观音菩萨所发深宏誓愿，修持六臂玛哈嘎拉能降伏魔障，救度末法时期逐渐恶化之众生，能解除众生生活的艰困及贫穷，圆满有情众一切善愿……”使者的声音一直在我耳边回响着。

那位天神没有说一个字，静静地听使者说完，俯身抱起已经变为婴孩的使者。在他的巨灵掌中，婴孩手舞足蹈着，陡然化做一朵洁白的八瓣莲花。

“藏传佛教，一切真义，皆在六字真言之中。嗡嘛呢叭咪吽，虽然仅有六字，却能包罗万象，真正具有大智慧的人才能读懂它。我相信，终结藏地千年厄运、佛魔杀阵的人，必将是你，藉护法神玛哈嘎拉之名，钦点你成为新一代护法使者，护持莲花佛法，护佑藏地苍生，护卫雪域安宁……”

我分不清是使者还是那天神在说话，头脑一片空灵，眼前仿佛出现了一座矗立在千朵洁白莲花之中的美丽城池。天极蓝，云极白，我的内心深处充满了对那座城池的渴望，终于明白，那就是传说中的香巴拉之城，亦是我此生必将到达的地方。

不知何时，火焰、天神、使者全都不见了，我的掌心里托着一朵雪白色的八瓣骨质莲花，那就是使者圆寂时留下的佛舍利。山洞之中，只剩下我和夏雪两个遥遥相对。经历过刀光火海、生死搏杀、劫后余生的我们，默默地凝视着，心里涌动着千万句话，却只化成满脸的无言微笑。

满心柔情，尽在不言之中。犹如禅宗经典《五灯会元》所说：世尊在灵山会上，拈花示众，是时众皆默然，唯迦叶尊者破颜微笑。世尊曰：“吾有正法眼藏，涅槃妙心，实相无相，微妙法门，不立文字，教外别传，付嘱摩柯迦叶。”

原来，爱情与禅宗一样，最早的缘起往往是无法用语言表达的。因为一说即有执著，即有分别。所有的说法，都是方便表达罢了，真正的如来境界是超越了一切世间思维的，无执著、无分别、无对立。

三周之后，我和夏雪身在悠然踏向拉萨大昭寺的马车上。

天空是一片澄澈无比的蔚蓝，白云如絮，三三两两地轻缀其上，而我们呼吸到的每一口空气都新鲜得让人无比感动。

“未来会怎么样？前路上我们是不是还会遇到更多的伏藏师？大昭寺之行会带给我们什么启迪？三眼族的魔女在哪里，传说中的香巴拉之城又在哪里……”她有太多问题等我回答，但我只是牵着她纤细的手指，微笑着凝视她的脸，满腔都是化不开的柔情。

“为什么不说话？知道现在你的样子会让我想起什么吗？”她把披垂的长发挽好，露出耳垂上嵌着的两颗浑圆明珠。在她胸前的一根古铜色牛皮绳上，则悬挂着那个神秘的小男孩伏藏师留下的十一眼天珠。

“什么？”润泽的珠光无法遮盖她一丝一毫的神采，即使那是一对每颗估价都在四百万港币以上的绝世珍宝。

“我想起年轻时的父亲专门为母亲营造了一所‘海上闻雪香’的万梅之园，那一年，他们在树下谈心，我在繁花似锦的枝头偷看，父亲也是像你一样，轻握着母亲的手指，小心翼翼的，仿佛掌心里握着的不是一个女人的纤纤十指，而是一颗弥足珍贵的无价之宝。那时候，我就知道，终有一天，我也会遇见一个父亲那样的温文儒雅却又侠肝义胆的大英雄，把我捧在他的掌心里，珍视一生，永不动摇……”

说到后来，她的脸颊上忽然飞起两朵绯红的云霞，转过头去，眺望着远处的雪山尖顶，嘴里哼起了香雪海留下的那首藏族歌谣。

在护法神使者圆寂之地的山洞秘龛里，我们发现了几百件年代悠久的金银藏宝，却没有暗龙曾经提及过的金砖。此刻戴在夏雪耳朵上的，就是其中最微不足道的两件。断臂而逃的暗龙并没有顺利地回到尼泊尔天龙寺去，他的尸体约在一周前出现于聂拉木县樟木口岸附近的边境线上，与他死在一起的，是十几名尼泊尔神鹰会的高手。他死了，那个山洞里的秘密就再也不会泄露出去了，包括里面曾经发生过的那场惨烈血战。在那里，太多人、太多事值得永久怀念，但我更愿意夏雪忘掉不愉快的记忆，尽快走出阴霾。

此刻在我心里，亦藏着太多苦苦思索却不可解的谜题，比如——

叔叔遇害的真正原因是什么？

到底是谁撕走了那五页日记？

王帆和陈塘什么时候能够再次出现？

藏王松赞干布、大唐文成公主、尼泊尔尺尊公主在大昭寺里留下了什么？

我们能够在护法神的光芒护佑下成功地找到香巴拉之城吗？

《西藏镇魔图》上的三眼族魔女要害究竟在哪里？

作为护法神玛哈嘎拉的使者，我能担负起守护藏地安宁的重担吗……

忽然，夏雪欢呼雀跃起来：“就要到了，陈风，我已经看到大昭寺的辉煌金顶了，快来看，快来看！”

她站起身来，像只快乐的小鸟一样扑进我的怀里。两个人的目光接触的那刻，她的脸上立刻绽开了雪莲花般的甜美微笑，娇羞无限。

《伏藏》第二部即将出版 敬请关注

夏雪在藏南罗布寺失踪，陈风和顾知今赶到，向导说窝拉措湖水突然消失，夏雪进入了湖底。现在，湖水上涨，夏雪没能回来。陈风遇到印度土王的人，包括公主莲娜、宁吉大总管和手下。尼泊尔神鹰会那京将军给陈风电话，要送给他夏雪失踪前的照片。陈风和顾知今雇用银骷髅等人下水探索。有人给陈风送来夏雪坠湖时的照片，这个人是天龙寺高手东天青龙。陈风找特洛伊帮忙，要她借用组织力量查夏雪下落。莲娜与陈风长谈，说出父母丹金王子和雪莲圣女临死前变成小人的怪事。陈风回到罗布寺，坠入密室，找到失踪的莲娜。在地下，真假杰朗现身，说明真相。两个人全都是伏藏师。双头怪物出现，杀死真假杰朗，但被融化的水晶墙困住。陈风进入古树下的密洞，见到天龙八部高僧、三眼族魔女。陈风见到隐藏在魔女脑子里的大唐朝孙将军，共同消灭魔女肉身。水下古城浮出水面，陈风终于找到夏雪。在古城的水晶镜后面，宁吉变身为双头怪物，恶战之后，陈风化身护法神玛哈嘎拉，消灭双头怪物化身。莲娜留在香巴拉之城，化为神灯灯芯，献身照耀香巴拉，以抵抗魔族侵袭……